*A TRILOGIA DE NOVA YORK*

Obras do autor publicadas pela Companhia das Letras

*4321*
*Achei que meu pai fosse Deus* (org.)
*O caderno vermelho*
*Conto de Natal de Auggie Wren*
*Da mão para a boca*
*Desvarios no Brooklyn*
*Diário de inverno*
*Homem no escuro*
*A invenção da solidão*
*Invisível*
*Leviatã*
*O livro das ilusões*
*Noite do oráculo*
*Sunset Park*
*Timbuktu*
*Todos os poemas*
*A trilogia de Nova York*
*Viagens no scriptorium*

PAUL AUSTER

# A TRILOGIA DE NOVA YORK

*Cidade de vidro*
*Fantasmas*
*O quarto fechado*

Tradução
RUBENS FIGUEIREDO

*2ª edição*
*6ª reimpressão*

Copyright © 1985, 1986 by Paul Auster

Título original
*The New York Trilogy*
*City of Glass*
*Ghosts*
*The Locked Room*

*Grafia atualizada segundo o Acordo Ortográfico da*
*Língua Portuguesa de 1990, que entrou em vigor em 2009.*

Capa
*Art Spiegelman*

Preparação
*Cristina Penz*

Revisão
*Valquíria Della Pozza*
*Adriana Bairrada*

*Os personagens e as situações desta obra são reais apenas no universo da ficção;*
*não se referem a pessoas e fatos concretos, e não emitem opinião sobre eles.*

Dados Internacionais de Catalogação na Publicação (CIP)
(Câmara Brasileira do Livro, SP, Brasil)

Auster, Paul, 1947-2024
A trilogia de Nova York / Paul Auster ; tradução Rubens
Figueiredo. — 2ª ed. — São Paulo : Companhia das Letras,
1999.

Título original: The New York Trilogy.
Conteúdo : Cidade de vidro — Fantasmas — O quarto fechado.
ISBN 978-85-7164-856-2

1. Romance norte-americano I. Título.

98-5678                        CDD-813.5

Índice para catálogo sistemático:
1. Romances : Século 20 : Literatura norte-americana
813.5
2. Século 20 : Romances : Literatura norte-americana
813.5

Todos os direitos desta edição reservados à
EDITORA SCHWARCZ S.A.
Rua Bandeira Paulista, 702, cj. 32
04532-002 — São Paulo — SP
Telefone: (11) 3707-3500
www.companhiadasletras.com.br
www.blogdacompanhia.com.br
facebook.com/companhiadasletras
instagram.com/companhiadasletras
twitter.com/cialetras

# SUMÁRIO

Cidade de vidro      7

Fantasmas      149

O quarto fechado      215

# CIDADE DE
# VIDRO

Tudo começou
com uma ligação
errada...

## PAUL AUSTER

# 1

Foi um número errado que começou tudo, o telefone tocando três vezes, altas horas da noite, e a voz do outro lado chamando alguém que não morava ali. Bem mais tarde, quando ele já se sentia capaz de refletir sobre as coisas que lhe aconteceram, chegaria à conclusão de que nada era real a não ser o acaso. Mas isso foi muito depois. No início, havia apenas o fato e suas consequências. Se aquilo poderia ter um desfecho diferente ou se tudo já estava predeterminado desde a primeira palavra que saiu da boca do desconhecido não é o que está em questão. A questão é a história em si, e não cabe à história dizer se ela significa ou não alguma coisa.

Quanto a Quinn, há pouca coisa para comentar. Quem era, de onde veio e o que fazia não têm muita importância. Sabemos, por exemplo, que tinha trinta e cinco anos. Sabemos que já fora casado, havia sido pai e que sua esposa e seu filho haviam morrido. Sabemos também que era autor de livros. Para ser preciso, sabemos que escrevia romances de mistério. Três obras foram escritas com o nome de William Wilson e ele as concluía à razão de uma por ano, o que lhe rendia dinheiro bastante para viver modestamente em um pequeno apartamento de Nova York. Como não gastava mais do que cinco ou seis meses para escrever um romance, ficava livre o resto do ano para fazer o que bem entendesse. Lia muitos livros, ia a exposições de pintura, ia ao cinema. No verão, assistia aos jogos de beisebol na tevê; no inverno, ia à ópera. Mais do que tudo, porém, gostava de caminhar. Quase todo dia, com sol ou chuva, frio ou calor, saía do seu apartamento para andar pela cidade — nunca para ir a algum lugar determinado, mas simplesmente deixando-se levar por suas pernas.

Nova York era um espaço inesgotável, um labirinto de caminhos intermináveis, e por mais longe que ele andasse, por melhor que conhecesse seus bairros e ruas, a cidade sempre o deixava com a sensação de estar perdido. Perdido não apenas na cidade, mas também dentro de si mesmo. Toda vez que saía para dar uma volta, tinha a sensação de que estava deixando a si mesmo para trás e, ao se entregar ao movimento das ruas, ao reduzir-se a um olhar observador, ele se descobria apto a fugir da obrigação de pensar, e isso, mais do que qualquer outra coisa, lhe trazia uma certa paz, um saudável vazio interior. O mundo estava fora dele, em volta, à frente, e a velocidade com que o mundo se modificava sem parar tornava impossível para Quinn deter-se em qualquer coisa por muito tempo. O movimento era a chave da questão, o ato de colocar um pé adiante do outro e se abandonar ao fluxo do próprio corpo. Ao caminhar sem rumo, todos os lugares se tornavam iguais e já não importava mais onde estava. Em suas melhores caminhadas, chegava a sentir que não estava em parte alguma. E isso, afinal, era tudo o que sempre pedia das coisas: não estar em lugar nenhum. Nova York era o lugar nenhum que ele havia construído em torno de si mesmo, e Quinn se deu conta de que não tinha a menor intenção de um dia deixá-la outra vez.

No passado, Quinn fora mais ambicioso. Quando jovem, publicara vários livros de poesia, escrevera peças teatrais, ensaios de crítica e trabalhara em algumas traduções extensas. Porém, de maneira um tanto repentina, desistira de tudo isso. Uma parte dele havia morrido, explicava aos amigos, e não queria que ela voltasse para assombrar sua vida. Foi nessa altura que adotou o nome de William Wilson. Quinn já não era mais aquela parte dele capaz de escrever livros e, embora de várias maneiras Quinn continuasse a existir, já não existia mais para ninguém senão para si mesmo.

Continuou a escrever porque era a única coisa que se sentia capaz de fazer. Os romances de mistério pareciam uma solução razoável. Tinha pouco trabalho para inventar as histórias complicadas que o gênero exigia, e escrevia bem, muitas vezes a despeito da própria vontade, como se não tivesse de fazer nenhum esforço. Visto que não se considerava o autor daquilo que escrevia, ele mesmo não se sentia responsável pelos livros e portanto não era compelido a defendê-los em seu íntimo. William Wilson, afinal de contas, era uma invenção e, muito embora houvesse nascido dentro do próprio Quinn, tinha agora uma vida independente. Quinn o tratava com respeito, às vezes com admiração, mas nunca chegava a ponto de acreditar que ele e William Wilson fossem o mesmo homem. Era por essa razão que Quinn não se mostrava por trás da máscara do seu pseudônimo. Quinn tinha um agente literário, mas nunca se haviam encontrado. Seus contatos restringiam-se à correspondência e por isso Quinn havia alugado uma caixa postal na agência do correio. O mesmo era verdade para o seu editor, que pagava todos os adiantamentos, honorários e direitos autorais de Quinn por intermédio do agente. Nenhum livro de William Wilson continha uma foto ou uma biografia do autor. William Wilson não constava de nenhum catálogo de escritores, não dava entrevistas e todas as cartas que recebia eram respondidas pela secretária do seu agente. Até onde Quinn sabia, ninguém tinha conhecimento do seu segredo. No começo, quando os amigos souberam que ele havia desistido de escrever, perguntaram como pretendia ganhar a vida. Ele respondia sempre a mesma coisa: que havia herdado uma pensão da esposa. Mas a verdade é que sua mulher nunca tivera dinheiro. E a verdade era que ele já não tinha mais amigos.

Agora já haviam passado mais de cinco anos. Já não pensava muito no filho e só pouco tempo antes retirara a fotografia da mulher da parede. De tempos em tempos, sentia de repente como tinha sido segurar nos braços o menino de três anos — mas isso não era exatamente pensar, nem sequer era lembrar. Tratava-se de uma sensação física, uma marca impressa do passado que havia permanecido no seu corpo, e Quinn não tinha controle sobre ela. Esses momentos ocorriam com menos frequência, agora, e em geral parecia que as coisas haviam começado a mudar para ele. Não desejava mais estar morto. Ao mesmo tempo, não se pode dizer que estivesse contente por estar vivo. Mas pelo menos não se magoava com isso. Estava vivo, e a obstinação desse fato passara pouco a pouco a fasciná-lo — como se Quinn tivesse conseguido sobreviver a si mesmo, como se de algum modo estivesse vivendo uma vida póstuma. Já não dormia mais com a luz acesa e agora já fazia muitos meses que não se lembrava dos seus sonhos.

Era noite. Quinn estava deitado na cama fumando um cigarro, ouvindo a chuva bater na janela. Imaginava quando é que ia parar de chover e se estava com vontade de fazer uma caminhada longa ou uma caminhada curta na manhã seguinte. Um exemplar das *Viagens* de Marco Polo repousava aberto, virado para baixo, no travesseiro ao seu lado. Desde quando terminara o último romance de William Wilson duas semanas atrás, vinha se sentindo abatido. Seu detetive particular e narrador, Max Work, tinha esclarecido uma complicada cadeia de crimes, havia levado muitas surras e várias vezes escapara por um fio, e Quinn sentia-se um tanto exaurido por suas façanhas. Ao longo dos anos, Work se tornara muito próximo de Quinn. Enquanto William Wilson permanecia uma figura abstrata para ele, Work cada vez mais adquiria vida. Na tríade de egos em que Quinn se transformara, Wilson servia como uma espécie de ventríloquo, o próprio Quinn era o boneco e Work era a voz animada que conferia um propósito àquela empresa. Se Wilson era de fato uma ilusão, justificava no entanto a vida dos outros dois. Se Wilson de fato não existia, era no entanto a ponte que permitia a Quinn passar de si mesmo para Work. E pouco a pouco Work se tornara uma presença na vida de Quinn, seu irmão interior, seu companheiro de solidão.

Quinn pegou o livro de Marco Polo e começou a ler de novo a primeira página. "Vamos assinalar as coisas vistas como vistas, as ouvidas como ouvidas, de tal sorte que nosso livro possa representar um registro preciso, isento de qualquer tipo de invenção. E todos os que lerem este livro ou ouvirem sua leitura poderão fazê-lo com total confiança, porquanto ele nada contém senão a verdade." No instante em que Quinn começava a ponderar o sentido dessas frases, revirar na mente suas afirmações incisivas, o telefone tocou. Bem mais tarde, quando se sentiu capaz de reconstituir os acontecimentos daquela noite, Quinn se lembraria de ter olhado para o relógio, visto que passava da meia-noite e imaginado por que alguém telefonaria àquela hora. Com toda a certeza, pensou, era alguma notícia ruim. Saiu da cama, andou nu até o aparelho e pegou o fone no segundo toque.

— Sim?

Seguiu-se um longo silêncio no outro lado e, por um momento, Quinn achou que a pessoa havia desligado. Então, como se estivesse muito distante, veio o som de uma voz diferente de qualquer outra que ele já tinha ouvido. Era, a um só tempo, mecânica e repleta de sentimento, pouco mais do que um sussurro e contudo perfeitamente audível, de uma entonação tão monocórdia que ele se viu incapaz de dizer se pertencia a uma mulher ou a um homem.

— Alô? — disse a voz.

— Quem fala? — perguntou Quinn.

— Alô? — repetiu a voz.

— Estou ouvindo — disse Quinn. — Quem é?

— É o Paul Auster? — perguntou a voz. — Eu queria falar com o senhor Paul Auster.

— Não tem ninguém aqui com esse nome.

— Paul Auster. Da Agência de Detetives Auster.

— Lamento — disse Quinn. — É engano.

— É um assunto de máxima urgência — insistiu a voz.

— Não posso fazer nada por você — respondeu Quinn. — Não tem nenhum Paul Auster aqui.

— O senhor não está entendendo — disse a voz. — O tempo está se esgotando.

— Nesse caso, sugiro que telefone outra vez. Aqui não é uma agência de detetives.

Quinn desligou o telefone. Ficou ali de pé no chão frio, olhando para os pés, os joelhos, o pênis flácido. Por um instante, lamentou ter se mostrado tão seco com a pessoa no telefone. Podia ser interessante brincar um pouco, pensou. Talvez pudesse ter descoberto alguma coisa acerca do caso — talvez pudesse até ter ajudado de algum modo. "Preciso aprender a raciocinar mais depressa", disse para si mesmo.


A exemplo da maioria das pessoas, Quinn não sabia quase nada sobre crimes. Nunca havia assassinado ninguém, nunca roubara nada e não conhecia ninguém que tivesse feito isso. Nunca estivera em uma delegacia de polícia, nunca conhecera um detetive particular, nunca conversara com um criminoso. Tudo o que sabia a respeito dessas coisas aprendera em livros, filmes e jornais. Entretanto não considerava que isso representasse uma desvantagem. Para Quinn, o que interessava nas histórias que escrevia não era a sua relação com o mundo, mas a sua relação com as outras histórias. Ainda antes de se transformar em William Wilson, Quinn fora um fanático leitor de romances de mistério. Sabia que, na sua maior parte, eram livros mal escritos, que a maioria não resistiria sequer ao exame mais superficial, mesmo assim era a sua forma que o seduzia e ele só se recusava a ler no caso raro de um livro de mistério indescritivelmente ruim. Enquanto seu gosto para outros livros era rigoroso, exigente a ponto de se mostrar estreito, em relação aos romances de mistério Quinn não demonstrava quase nenhum discernimento. Quando se achava no estado de ânimo apropriado, não tinha problema para ler dez ou doze deles seguidos. Era uma espécie de fome que se apoderava de Quinn, uma voracidade por um tipo especial de alimento, e ele não parava até que estivesse entupido.

O que gostava nesses livros era o seu sentido de plenitude e economia. No bom livro de mistério, nada é desperdiçado, nenhuma frase, nenhuma palavra que não seja significativa. E ainda que não seja significativa, ela tem o potencial para isso — o que no final dá no mesmo. O mundo do romance se torna vivo, ferve de possibilidades, com segredos e contradições. Uma vez que tudo o que é visto ou falado, mesmo a coisa mais ligeira e trivial, pode guardar alguma relação com o desfecho da história, nada deve ser negligenciado. Tudo se torna essência; o centro do livro se desloca a cada acontecimento que impele a história para a frente. O centro, portanto, está em toda parte e nenhuma circunferência pode ser traçada antes que o livro chegue ao fim.

O detetive é quem olha, quem ouve, quem se movimenta nesse atoleiro de objetos e fatos, em busca do pensamento, da ideia que fará todas essas coisas se encaixarem e ganharem sentido. Com efeito, o leitor e o detetive são permutáveis. O leitor vê o mundo através dos olhos do detetive, experimentando a proliferação dos detalhes desse mundo como se o visse pela primeira vez.

O leitor desperta para as coisas à sua volta como se elas pudessem falar com ele, como se, em virtude da atenção que agora lhes dedica, elas passassem a ter algum outro significado além do simples fato de existir. Detetive particular, *private eye*. A expressão em inglês tinha um significado triplo para Quinn. Não era apenas a pronúncia que corresponde à letra "i", em *eye*, indicando a palavra "investigador", era também o "I" maiúsculo, "Eu", a pequenina vida em botão enterrada no corpo de um eu vivo. Ao mesmo tempo, era o olho físico do escritor, o olho do homem que volta sua atenção para o mundo e quer que o mundo se revele diante dele. Havia cinco anos, agora, Quinn vivia sob o jugo desse trocadilho.

Tinha, é claro, muito tempo atrás, parado de pensar em si mesmo como uma pessoa real. Se ele agora, por pouco que fosse, vivia no mundo, o fazia somente à distância, por intermédio da figura imaginária de Max Work. Seu detetive tinha necessariamente de ser real. A natureza dos livros exigia isso. Enquanto Quinn se havia permitido apagar-se, retirar-se para os confins de uma vida estranha e hermética, Work por sua vez continuava a viver no mundo dos outros, e quanto mais Quinn parecia se apagar, mais persistente se tornava a presença de Work neste mundo. Enquanto Quinn tendia a sentir-se deslocado dentro da própria pele, Work se mostrava agressivo, eloquente, muito à vontade em qualquer lugar onde fosse parar. As mesmas coisas que causavam problemas para Quinn não traziam a menor dificuldade para Work, e ele atravessava a pancadaria das suas aventuras com uma naturalidade e uma indiferença que nunca deixavam de impressionar o seu criador. Não era exatamente que Quinn desejasse ser Work, nem mesmo ser igual a ele, mas o reconfortava fingir que era Work enquanto escrevia seus livros, saber que trazia dentro de si a possibilidade de ser Work, se um dia assim escolhesse, ainda que fosse apenas na sua mente.

Naquela noite, quando afinal se dispôs a dormir, Quinn tentou imaginar o que Work teria dito para o desconhecido ao telefone. No sonho, que mais tarde esqueceu, Quinn se viu sozinho em um quarto, disparando uma pistola na direção de uma parede branca e nua.

*15*

Na noite seguinte, Quinn foi apanhado desprevenido. Pensou que o incidente estivesse encerrado e não esperava que o desconhecido ligasse de novo. Aconteceu que estava sentado na privada, em pleno ato de cagar, quando o telefone tocou. Foi um pouco mais tarde do que na noite anterior, talvez dez ou doze minutos para a uma hora. Quinn havia acabado de chegar ao capítulo que relata a viagem de Marco Polo de Pequim para Amoy, e o livro estava aberto no seu colo enquanto ele executava sua função no minúsculo banheiro. O toque da campainha do telefone era uma tremenda chatice. Atender depressa significaria levantar sem se limpar, e Quinn se opunha a sair andando pelo apartamento nessas condições. Por outro lado, se terminasse o que estava fazendo em seu ritmo normal, não conseguiria atender o telefone a tempo. Apesar disso, Quinn relutou em se mexer. O telefone não era o seu objeto favorito e mais de uma vez já tinha pensado em se livrar dele. O que mais aborrecia Quinn com relação ao telefone era a sua tirania. Não só tinha o poder de o interromper contra a sua vontade como também, de forma inevitável, Quinn acabava se submetendo à autoridade do aparelho. Dessa vez, decidiu resistir. No terceiro toque, seus intestinos estavam vazios. No quarto toque, ele conseguira se limpar. No quinto toque, já tinha levantado as calças, saído do banheiro e caminhava tranquilamente para o outro lado do apartamento. Atendeu o telefone no sexto toque, mas não havia ninguém do outro lado da linha. A pessoa tinha desligado.

Na noite seguinte, ele estava pronto. Deitado à vontade na cama, esquadrinhando as páginas de *The Sporting News*, esperava que o desconhecido telefonasse pela terceira vez. A intervalos, quando os nervos tomavam conta dele, Quinn ficava de pé e andava para lá e para cá pelo apartamento. Punha um disco para tocar — a ópera de Haydn *Il Mondo della Luna* — e ouvia do início ao fim. Esperando o tempo todo. Às duas e meia, enfim, desistiu e foi dormir.

Esperou na noite seguinte, e na outra também. Quando estava prestes a desistir do seu plano, admitindo que todas as suas suposições estavam erradas, o telefone tocou de novo. Era o dia

19 de maio. Ele se lembrava da data porque era aniversário de casamento dos pais — ou seria, caso os pais estivessem vivos — e sua mãe uma vez lhe disse que ele fora concebido na noite do casamento. Esse fato sempre o fascinara — ser capaz de determinar exatamente o primeiro momento da sua existência —, e ao longo dos anos Quinn, em segredo, havia comemorado seu aniversário nesse dia. Dessa vez foi um pouco mais cedo do que nas duas noites precedentes — ainda não eram onze horas — e, quando levou a mão ao telefone, Quinn pensou que era outra pessoa.

— Alô? — disse ele.

De novo, houve um silêncio do outro lado. Quinn soube no mesmo instante que era o desconhecido.

— Alô? — repetiu. — O que posso fazer por você?

— Sim — respondeu a voz, afinal. O mesmo sussurro mecânico, o mesmo tom desesperado. — Sim. É necessário agora. Sem demora.

— O que é necessário?

— Falar. Neste instante. Falar neste instante. Sim.

— E com quem deseja falar?

— Sempre o mesmo homem. Auster. Aquele que chama a si mesmo Paul Auster.

Dessa vez Quinn não hesitou. Sabia o que ia fazer e, agora que a hora havia chegado, ele fez.

— Pois não — disse Quinn. — É Auster quem está falando.

— Enfim. Enfim encontrei você. — Dava para ouvir o alívio na voz, a serenidade tangível que de repente pareceu dominá-la.

— É verdade — disse Quinn. — Enfim. — Fez uma pausa para deixar que as palavras penetrassem mais fundo, tanto em si mesmo como no outro. — O que posso fazer para ajudá-lo?

— Preciso de ajuda — respondeu a voz. — Há um grande perigo. Dizem que você é o melhor para cuidar dessas coisas.

— Depende de que coisas está falando.

— Estou falando de morte. Estou falando de morte e assassinato.

— Não é exatamente o meu ramo — disse Quinn. — Não saio por aí matando pessoas.

— Não — retrucou a voz com impaciência. — É o contrário.

— Alguém vai matar você?

*17*

— Sim, me matar. Isso mesmo. Vou ser assassinado.

— E quer que eu o proteja?

— Proteger-me, sim. E encontrar o homem que quer me matar.

— Não sabe quem é ele?

— Sei, sim. É claro que sei. Mas não sei onde está.

— Pode falar mais a respeito disso?

— Não agora. Não pelo telefone. Há um grande perigo. Você precisa vir aqui.

— Que tal amanhã?

— Certo. Amanhã. Amanhã cedo. De manhã.

— Dez horas?

— Certo. Dez horas. — A voz deu um endereço na rua 69 Leste. — Não esqueça, senhor Auster. O senhor precisa vir.

— Não se preocupe — respondeu Quinn. — Estarei lá.

# 2

Na manhã seguinte, Quinn acordou mais cedo do que vinha fazendo havia muitas semanas. Enquanto tomava café, passava manteiga no pão e dava uma olhada no placar das partidas de beisebol no jornal (o Mets tinha perdido de novo, dois a um, por um erro no nono turno), não lhe ocorreu que ia comparecer ao seu encontro marcado. Até mesmo essa expressão, *seu encontro marcado*, lhe parecia estranha. Não era seu o encontro, era de Paul Auster. E não tinha a menor ideia de quem fosse essa pessoa. No entanto, à medida que o tempo corria, Quinn se viu fazendo uma boa imitação de um homem que se prepara para sair de casa. Tirou da mesa a louça do café da manhã, jogou o jornal no sofá, entrou no banheiro, tomou banho, fez a barba, foi para o quarto enrolado em duas toalhas, abriu o armário e escolheu as roupas que ia vestir naquele dia. Sentiu vontade de usar paletó e gravata. Quinn não usava gravata desde o enterro da esposa e do filho, e não conseguia nem lembrar se ainda tinha uma. Mas lá estava ela, pendurada no meio dos destroços do seu guarda-roupa. Desistiu, no entanto, de uma camisa branca por parecer formal demais e, em lugar disso, escolheu uma de tecido xadrez, vermelho e cinzento, para combinar com a gravata cinzenta. Vestiu-se em uma espécie de transe.

Só quando já estava com a mão na maçaneta da porta, Quinn começou a suspeitar do que estava fazendo. "Parece que estou saindo de casa", falou para si mesmo. "Mas se estou saindo, para onde exatamente estou indo?" Uma hora depois, quando saltava do ônibus número 4 na esquina da rua 70 com a Quinta Avenida, Quinn ainda não havia respondido a essa pergunta. De um lado estava o parque, verdejante ao sol da manhã, com sombras aguçadas e fugidias; do outro lado estava o Frick, branco e severo, como se tivesse sido abandonado para os mortos. Quinn pensou um momento no quadro de Vermeer *Soldado e menina sorrindo*, tentou recordar a expressão do rosto da menina, a posição exata das suas mãos em torno da xícara, as costas vermelhas do homem sem rosto. Em sua mente, Quinn teve um vislumbre do mapa azul na parede e da luz do sol se derramando através da janela, muito semelhante à luz do sol que o envolvia naquele momento. Ele estava caminhando. Atravessando a rua e seguindo para o leste. Na avenida Madison, virou para a direita e seguiu para o sul ao longo de um quarteirão, depois dobrou à esquerda e viu onde estava. "Parece que cheguei", disse para si mesmo. Ficou de pé diante do edifício e aguardou um instante. De repente, já não parecia mais importar. Sentiu uma serenidade extraordinária, como se tudo já tivesse acontecido com ele. Quando abriu a porta que o levaria para o saguão, Quinn dirigiu a si mesmo um último conselho. "Se isto está de fato acontecendo", disse ele, "então é melhor ficar de olhos bem abertos."

Foi uma mulher que abriu a porta do apartamento. Por alguma razão, Quinn não estava esperando por isso e ficou desconcertado. As coisas já estavam acontecendo depressa demais. Antes que tivesse uma chance de assimilar a presença da mulher, uma chance de descrevê-la para si mesmo e dar forma a suas impressões, ela já estava falando com Quinn, obrigando-o a responder. Portanto, já nesses primeiros momentos, ele havia perdido terreno, começava a ser deixado para trás. Mais tarde, quando teve tempo para refletir sobre esses acontecimentos, Quinn conseguiria reconstituir seu encontro com a mulher. Mas isso era o trabalho da memória, e coisas lembradas, ele sabia, tinham a tendência de subverter as coisas lembradas. Em consequência, ele nunca conseguiu ter certeza de nada disso.

A mulher tinha uns trinta e poucos anos, talvez trinta e cinco; altura média, no máximo; quadris um pouquinho largos, ou voluptuosos, dependendo do ponto de vista; cabelo escuro, olhos escuros e, nos olhos, uma expressão ao mesmo tempo reservada e vagamente sedutora. Usava um vestido preto e um batom muito vermelho.

— Senhor Auster? — Um sorriso hesitante; um indagador meneio da cabeça.

— Perfeitamente — respondeu Quinn. — Paul Auster.

— Sou Virginia Stillman — começou a mulher. — Esposa de Peter. Ele está à espera do senhor desde as oito horas.

— O encontro foi marcado para as dez — disse Quinn, dando uma rápida olhada no relógio de pulso. Eram exatamente dez horas.

— Ele anda muito agitado — explicou a mulher. — Nunca o vi assim antes. Mal consegue esperar.

A mulher abriu a porta para Quinn. Quando atravessou a soleira e entrou no apartamento, pôde sentir-se ficando vazio, como se de repente o seu cérebro tivesse desligado. Quinn pretendia guardar os detalhes do que estava vendo, mas essa tarefa de algum modo se revelou acima de suas possibilidades no momento. O apartamento assomou à sua volta como uma espécie de borrão. Percebeu que era amplo, talvez uns cinco ou seis quartos, e que estava suntuosamente mobiliado, com numerosas obras de arte, cinzeiros de prata e quadros com molduras requintadas nas paredes. Mas isso foi tudo. Nada mais do que uma impressão geral — muito embora Quinn estivesse ali, olhando todas essas coisas com os próprios olhos.

Viu-se sentado em um sofá, sozinho na sala. Lembrou-se agora de que a senhora Stillman lhe dissera para esperar ali enquanto ela ia chamar o marido. Quinn não seria capaz de dizer quanto tempo passara. Sem dúvida, não mais do que um ou dois minutos. Mas a julgar pelo modo como a luz entrava pelas janelas, já parecia ser quase meio-dia. Entretanto não lhe ocorreu olhar seu relógio. O aroma do perfume de Virginia Stillman pairava em torno dele e Quinn pôs-se a imaginar como ela seria sem roupa nenhuma. Em seguida, pensou no que Max Work estaria pensando caso estivesse ali. Resolveu acender um cigarro. Soprou a fumaça no ar da sala. Agradou-o ver a fumaça sair da boca em lufadas, dispersar-se e assumir novos contornos conforme a luz a atingia.

*21*

Ouviu o barulho de alguém entrando na sala atrás dele. Quinn se pôs de pé e virou-se, esperando ver a senhora Stillman. Em vez disso, era um jovem, todo vestido de branco, com o cabelo louro e claro como o de uma criança. De forma insólita, Quinn, num primeiro momento, pensou em seu próprio filho morto. Depois, da mesma forma repentina com que tinha surgido, o pensamento se apagou.

Peter Stillman avançou pela sala e sentou-se em uma poltrona de veludo vermelho diante de Quinn. Não disse uma palavra no trajeto até a poltrona, tampouco deu sinal de notar a presença de Quinn. O ato de se deslocar de um ponto para o outro parecia requerer toda a sua atenção, como se não pensar naquilo que estava fazendo fosse reduzi-lo à imobilidade. Quinn nunca tinha visto ninguém andar desse jeito e no mesmo instante se deu conta de que era a mesma pessoa que havia falado pelo telefone. O corpo agia quase exatamente igual à voz: mecânico, espasmódico, alternando movimentos lentos e rápidos, severo mas expressivo, como se o funcionamento estivesse fora de controle, sem corresponder muito bem à vontade que se encontrava atrás dele. Parecia que o corpo de Stillman não havia sido usado por muito tempo e todas as suas funções tiveram de ser reaprendidas, desse modo mover-se se tornara um processo consciente, cada movimento era desmembrado em seus submovimentos constituintes, resultando daí que todo fluxo e espontaneidade acabavam se perdendo. Era como olhar uma marionete tentando andar sem os cordões.

Tudo em Peter Stillman era branco. Camisa branca, aberta no pescoço; calça branca, sapato branco, meia branca. Contra a palidez da sua pele, a finura de linho do seu cabelo, o efeito era quase de transparência, como se fosse possível ver as veias azuis através da pele do seu rosto. Esse azul era quase o mesmo dos olhos: um azul leitoso que parecia dissolver-se em uma mistura de céu e nuvens. Quinn não conseguia imaginar-se dirigindo a palavra a essa pessoa. Era como se a presença de Stillman representasse uma ordem para ficar calado.

Stillman se acomodou lentamente na poltrona e por fim voltou a atenção para Quinn. Quando seus olhos se encontraram, Quinn teve de repente a sensação de que Stillman tinha ficado invisível. Podia vê-lo sentado na poltrona a sua frente mas ao mesmo tempo tinha a impressão de que não estava ali. Passou pela sua cabeça que talvez Stillman fosse cego. Mas não, isso não parecia possível. O homem estava olhando para ele, na verdade o examinava com atenção e, se não se via a menor centelha de um reconhecimento no seu rosto, ainda assim havia algo mais do que um olhar apagado. Quinn não sabia o que fazer. Ficou ali parado, mudo, no sofá, olhando de volta para Stillman. Passou um longo tempo.

— Sem perguntas, por favor — disse o jovem, afinal. — Sim. Não. Obrigado. — Fez uma pausa. — Sou Peter Stillman. Estou falando por minha livre e espontânea vontade. Sim. Este não é o meu nome verdadeiro. Não. É claro, minha mente não é tão boa como deveria ser. Mas nada se pode fazer a respeito. Não. A respeito disso. Não, não. Nunca mais.

"Você fica aí sentado e pensa assim: quem é esse sujeito que está falando comigo? O que são essas palavras saindo da sua boca? Vou lhe explicar. Ou então não vou explicar. Sim e não. Minha mente não é tão boa como deveria ser. Estou falando por minha livre e espontânea vontade. Mas vou tentar. Sim e não. Vou tentar explicar a você, mesmo que minha mente torne tudo difícil. Obrigado.

"Meu nome é Peter Stillman. Talvez tenha ouvido falar de mim, mas provavelmente não ouviu. Não importa. Este não é o meu nome verdadeiro. Não consigo lembrar o meu nome verdadeiro. Me desculpe. Não que isso tenha importância. Quer dizer, agora já não tem mais.

"Isso é o que se chama falar. Creio que o termo é este. Quando as palavras saem, voam no ar, vivem por um instante, e morrem. Esquisito, não é? Eu mesmo não tenho nenhuma opinião. Não e não de novo. Mas mesmo assim existem palavras das quais a gente vai precisar. Existem muitas delas. Muitos milhões, eu acho. Talvez apenas três ou quatro. Me desculpe. Mas hoje estou me sentindo bem. Muito melhor do que de hábito. Se eu conseguir lhe dar as palavras de que você precisa, será uma grande vitória. Obrigado. Um milhão de vezes, obrigado.

"Muito tempo atrás, havia mãe e pai. Não me lembro de nenhum deles. Dizem: a mãe morreu. Quem são, não sei dizer. Me desculpe. Mas é isso que dizem.

*23*

"Sem mãe, portanto. Ha, ha. Esta é a minha risada agora, este sacudir de mentirinha a barriga. Ha, ha, ha. O grande pai disse: não faz diferença. Para mim. Quer dizer, para ele. O grande pai, dos músculos grandes, e o estouro, bum, bum, bum. Sem perguntas agora, por favor.

"Digo o que disseram, porque não sei nada. Sou apenas o pobre coitado do Peter Stillman, o garoto que não consegue lembrar. Buu, buu. Sem pé nem cabeça. O bobalhão. Me desculpe. Eles dizem, dizem. Mas o que o coitado do Peter diz? Nada, nada. Nunca mais.

"Havia isso. Escuro. Muito escuro. Escuro, mas muito escuro mesmo. Dizem: esse era o quarto. Como se eu pudesse falar a respeito. O escuro, quer dizer. Obrigado.

"Escuro, escuro. Dizem há nove anos. Nem uma janela. Pobre Peter Stillman. E bum, bum, bum. Os montes de cocô. Os lagos de xixi. Os desmaios. Me desculpe. Tonto e nu. Me desculpe. Obrigado.

"Havia, então, o escuro. Estou contando a você. Tinha comida no escuro, sim, mingau no quarto escuro e silencioso. Ele comia com as mãos. Me desculpe. Quer dizer, Peter comia. E se sou Peter, tanto melhor. Quer dizer, tanto pior. Me desculpe. Sou Peter Stillman. Este não é o meu nome verdadeiro. Obrigado.

"Pobre Peter Stillman. Era um garotinho. Mal conhecia algumas poucas palavras. E depois sem palavras, e depois nenhuma palavra, e depois não, não, não. Nunca mais.

"Me desculpe, senhor Auster. Vejo que estou deixando o senhor triste. Sem perguntas, por favor. Meu nome é Peter Stillman. Este não é o meu nome verdadeiro. Meu nome verdadeiro é senhor Triste. Qual é o seu nome, senhor Auster? Talvez o senhor seja o verdadeiro senhor Triste e eu não seja ninguém.

"Buu, buu. Me desculpe. Este é o meu choro e o meu soluço. Buu, buu, snif, snif. O que fez Peter naquele quarto? Ninguém sabe dizer. Alguns não dizem nada. Quanto a mim, acho que Peter não podia pensar. Ele comeu? Ele bebeu? Ele fedeu? Ha, ha, ha. Me desculpe. Às vezes sou muito gozado.

"Estalo-de-broca mói-farelos bilu-bilu. Estala estala o estrado da cama. Som abafado, rói-casca masca-maná. Ai, ai, ai. Me desculpe. Sou o único que compreende essas palavras.

"Depois e depois e depois. Assim dizem eles. Continuei durante muito tempo para que Peter ficasse bom da cabeça. Nunca mais. Não, não, não. Dizem que alguém me descobriu. Eu não lembro. Não, eu não lembro o que aconteceu quando abriram a porta e a luz entrou. Não, não, não. Nada posso dizer sobre tudo isso. Nunca mais. "Por um longo tempo, usei óculos escuros. Eu tinha doze anos. Pelo menos, é o que dizem. Vivia em um hospital. Pouco a pouco, me ensinaram a ser Peter Stillman. Disseram: você é Peter Stillman. Obrigado, respondi. Ai, ai, ai. Obrigado e obrigado, respondi.

"Peter era um bebê. Tinham de ensinar tudo para ele. Como andar, você sabe. Como comer. Como fazer cocô e fazer xixi na privada. Isso não foi ruim. Mesmo quando eu batia neles, não faziam o bum, bum, bum. Mais tarde, parei até de rasgar minhas roupas.

"Peter era um bom garoto. Mas era difícil lhe ensinar palavras. Sua boca não funcionava direito. E, é claro, sua cabeça não era cem por cento. Bá, bá, bá, dizia ele. E dá, dá, dá. E vá, vá, vá. Me desculpe. Levou anos e anos. Então dizem para o Peter: agora você pode ir, não tem mais nada que possamos fazer por você. Peter Stillman, você é um ser humano, eles disseram. É bom acreditar no que os médicos dizem. Obrigado. Muito obrigado.

"Sou Peter Stillman. Este não é o meu nome verdadeiro. Meu nome verdadeiro é Peter Coelho. No inverno, sou o senhor Branco, no verão, o senhor Verde. Pense o que bem entender sobre isso. Estou falando por minha livre e espontânea vontade. Estalo-de-broca mói-farelos bilu-bilu. É lindo, não é? Fico montando palavras assim o tempo todo. Não posso evitar. Elas simplesmente saem da minha boca por si mesmas. Não podem ser traduzidas.

"Pergunte, pergunte. Não vai adiantar. Mas vou contar a você. Não quero ser triste, senhor Auster. Você tem uma cara muito boa. Me lembra um suspiro ou alguma outra coisa. Não sei o quê. E seus olhos me olham. Sim, sim. Posso vê-los. Isso é muito bom. Obrigado.

"É por isso que vou contar a você. Sem perguntas, por favor. Você deve estar imaginando como será o resto. Quer dizer, o pai. O pai terrível que fez todas essas coisas com o pequeno Peter.

*25*

Fique tranquilo. Eles o levaram para um lugar escuro. Trancaram a porta e o deixaram lá dentro. Ha, ha, ha. Me desculpe. Às vezes sou muito gozado.

"Treze anos, disseram. Talvez isso seja muito tempo. Mas nada sei do tempo. Sou novo a cada dia. Nasço quando acordo de manhã, envelheço no correr do dia e morro à noite quando vou dormir. Não é culpa minha. Hoje estou me sentindo muito bem. Estou muito melhor do que jamais estive.

"Durante treze anos o pai ficou longe. O nome dele também é Peter Stillman. Esquisito, não é? Que duas pessoas possam ter o mesmo nome. Não sei se é o seu nome verdadeiro. Mas não acho que ele seja eu. Nós dois somos Peter Stillman. Mas Peter Stillman não é o meu nome verdadeiro. Portanto talvez eu não seja Peter Stillman, afinal de contas.

"Treze anos, eu dizia. Ou eles diziam. Não faz diferença. Nada sei do tempo. Mas é isso o que me dizem. Amanhã chegam ao fim os treze anos. Isso é ruim. Mesmo que digam que não, isso é ruim. Não tenho de lembrar. Mas de vez em quando lembro, apesar do que digo.

"Ele virá. Quer dizer, o pai virá. E vai tentar me matar. Obrigado. Mas não quero isso. Não, não. Nunca mais. Peter agora vive. Sim. A cabeça dele não funciona muito bem, mesmo assim ele vive. E isso não é de se jogar fora, não é mesmo? Pode apostar o seu último centavo. Ha, ha, ha.

"Sou agora sobretudo um poeta. Todo dia sento no meu quarto e escrevo um novo poema. Invento eu mesmo todas as palavras, do mesmo jeito que fazia quando vivia no escuro. Começo a lembrar as coisas desse modo, finjo que estou de volta no escuro, outra vez. Sou o único que sabe o que as palavras querem dizer. Elas não podem ser traduzidas. Esses poemas vão me tornar famoso. Acertar na mosca. Ai, ai, ai. Poemas lindos. Tão lindos que o mundo inteiro vai chorar.

"Mais tarde, talvez, farei uma outra coisa. Afinal, já sou um poeta completo. Mais cedo ou mais tarde, minhas palavras vão acabar, entende? Todo mundo tem tantas palavras dentro de si. E aí então onde é que eu vou parar? Acho que gostaria de ser bombeiro, depois de tudo isso. E depois, médico. Não importa. A última coisa que vou ser é um equilibrista na corda bamba. Quando eu for muito velho e tiver, enfim, aprendido a andar como as outras pessoas. Aí então vou dançar na corda bamba e as pessoas vão ficar admiradas. Até as criancinhas. É disso que eu gostaria. Dançar na corda bamba até morrer. "Mas não importa. Não faz diferença. Para mim. Como pode ver, sou um homem rico. Não tenho com que me preocupar. Não, não. Não quanto a isso. Pode apostar seu último centavo. O pai era rico e o pequeno Peter ficou com todo o dinheiro dele depois que o trancaram no escuro. Ha, ha, ha. Me desculpe por rir. Às vezes sou bem gozado.

"Sou o último dos Stillman. Era uma senhora família, pelo menos é o que dizem. Da antiga Boston, caso você tenha ouvido falar. Sou o último deles. Não há outros. Sou o fim de todo o mundo, o último homem. Tanto melhor, eu acho. Não é uma pena que tudo tenha de terminar agora. É bom para todo mundo estar morto.

"O pai talvez não fosse mau, na verdade. Pelo menos é o que digo agora. Tinha uma cabeça grande. Grande, mas grande mesmo, o que quer dizer que tinha muito espaço lá dentro. Tantos pensamentos naquela cabeçorra. Mas coitado do Peter, não é mesmo? Estava em papos de aranha. Peter, que não conseguia ver nem falar, que não conseguia pensar nem agir. Peter, que não conseguia. Não. Não conseguia nada.

"Nada sei de nada disso. Nem entendo. Minha esposa é que me conta essas coisas. Diz que para mim é importante saber, mesmo que eu não entenda. Para saber, a gente tem de entender. Não é isso? Mas não sei nada. Talvez eu seja Peter Stillman, talvez não seja. Meu nome verdadeiro é Peter Ninguém. Obrigado. E o que você acha disso?

"Mas então estou falando a respeito do pai. É uma boa história, mesmo que eu não entenda. Posso contar a você porque conheço as palavras. E isso é uma coisa boa, não é? Conhecer as palavras, quero dizer. Às vezes tenho tanto orgulho de mim mesmo! Me desculpe. É isso que minha esposa diz. Ela diz que o pai falava sobre Deus. É uma palavra engraçada para mim. Quando a gente lê de trás para a frente, pronuncia cão.* E um cachorro não se parece muito com Deus, não é? Au, au, au. Arf, arf. Essas são

(*) Em inglês, *God* ("Deus") e *dog* ("cão"). (N. T.)

*27*

palavras de cão. Acho que são ótimas. Tão bonitas e verdadeiras. Como as palavras que eu invento.

"Em todo caso. Eu estava dizendo. O pai falava sobre Deus. Ele queria saber se Deus tinha um idioma. Não me pergunte o que isso quer dizer. Só estou contando a você porque conheço as palavras. O pai achava que um bebê conseguiria falar sozinho se não visse pessoa nenhuma. Mas que bebê ele tinha à mão? Ah. Agora você está começando a entender. Não era preciso comprar um bebê. É claro, Peter sabia algumas palavras das pessoas. Isso era inevitável. Mas o pai achou que Peter talvez fosse esquecer essas palavras. Depois de um tempo. É por isso que tinha tantos bum, bum, bum. Toda vez que Peter dizia uma palavra, seu pai vinha com bum para cima dele. Afinal Peter aprendeu a não falar nada. Ai, ai, ai. Obrigado.

"Peter guardava as palavras dentro dele. Durante todos aqueles dias e meses e anos. Ali no escuro, o pequeno Peter completamente sozinho, as palavras faziam barulho na sua cabeça e lhe faziam companhia. É por isso que a sua boca não funciona direito. Pobre Peter. Buu, buu. Estas são suas lágrimas. O garotinho que nunca pode crescer.

"Agora Peter pode falar que nem gente. Mas ainda tem na cabeça as outras palavras. São o idioma de Deus, e mais ninguém consegue falar essa língua. Elas não podem ser traduzidas. É por isso que Peter vive tão perto de Deus. É por isso que é um poeta famoso.

"Tudo é tão bom para mim agora. Posso fazer o que bem entender. A qualquer hora, em qualquer lugar. Tenho até uma esposa. Você pode ver isso. Já mencionei antes. Talvez você a tenha encontrado, já. É linda, não é? Seu nome é Virginia. Não é o seu nome verdadeiro. Mas isso não importa. Para mim.

"Sempre que peço, minha mulher arranja uma garota para mim. São piranhas. Meto nelas minha minhoca e elas gemem. Foram tantas. Ha, ha. Sobem até aqui e eu como todas elas. É gostoso trepar. Virginia lhes dá dinheiro e todo mundo fica feliz. Pode apostar seu último centavo. Ha, ha.

"Pobre Virginia. Ela não gosta de trepar. Quer dizer, comigo. Talvez ela trepe com outra pessoa. Quem sabe? Não sei nada sobre isso. Não importa. Mas, talvez, se você for bom com Virginia ela deixe você trepar com ela. Isso me faria feliz. Por você. Obrigado. "Portanto. Existem muitas e muitas coisas. Estou tentando contá-las para você. Sei que não estou muito certo da cabeça. Isso é verdade, é sim, e digo por minha livre e espontânea vontade que às vezes fico só gritando sem parar. Sem nenhum motivo razoável. Como se tivesse de existir um motivo. Mas por nenhum motivo que eu possa ver. Nem eu nem ninguém. Não. E também tem as vezes em que fico sem falar nada. Durante dias e dias sem fim. Nada, nada, nada. Esqueço como fazer as palavras saírem da minha boca. Então para mim é difícil me mover. Ai, ai. E até ver. É nessas horas que viro o senhor Triste.

"Ainda gosto de ficar no escuro. Pelo menos, às vezes. Me faz bem, eu acho. No escuro, falo o idioma de Deus e ninguém pode me escutar. Não fique zangado, por favor. Não consigo evitar.

"O melhor de tudo é que tem o ar. Sim. E pouco a pouco aprendi a viver dentro dele. O ar e a luz, sim, isso também, a luz que brilha sobre todas as coisas e as coloca ali para os meus olhos verem. Tem o ar e a luz, e isso é o melhor de tudo. Me desculpe. O ar e a luz. Sim. Quando o tempo está bom, gosto de sentar junto à janela aberta. Às vezes olho para fora e vejo as coisas lá embaixo. A rua e todo mundo, os cães e os carros, os tijolos e os prédios do outro lado da rua. E tem também as vezes em que fecho os olhos e apenas fico ali parado, com a brisa soprando no rosto e a luz dentro do ar, tudo à minha volta e bem na frente dos meus olhos, e o mundo todo vermelho, um vermelho lindo dentro dos meus olhos, com o sol brilhando sobre mim e nos meus olhos.

"É verdade que raramente saio de casa. É difícil para mim, e nem sempre se pode confiar em mim. Às vezes grito. Não fique zangado comigo, por favor. Não posso evitar. Virginia diz que preciso aprender como me comportar direito em público. Mas às vezes não consigo me controlar e os gritos simplesmente saem de mim.

"Mas adoro ir ao parque. Tem as árvores, o ar e a luz. Existe uma coisa boa em tudo isso, não é? Sim. Pouco a pouco, vou ficando melhor, por dentro. Dá para sentir. Até o doutor Wyshnegradsky diz isso. Sei que ainda sou o mesmo garoto marionete. Não se pode fazer nada. Não, não. Nunca mais. Mas às vezes acho que no final vou crescer e me tornar real.

"Por enquanto, ainda sou Peter Stillman. Este não é o meu nome verdadeiro. Não sei dizer quem serei amanhã. Cada dia é novo, e a cada dia nasço outra vez. Vejo a esperança em toda parte, mesmo no escuro e, quando morrer, talvez me torne Deus.

"Existem muitas outras palavras para falar. Mas não creio que eu vá dizê-las. Não. Não hoje. Minha boca está cansada, agora, e acho que chegou a hora de ir. É claro, nada sei do tempo. Mas isso não importa. Para mim. Muito obrigado. Sei que o senhor vai salvar minha vida, senhor Auster. Conto com o senhor. A vida pode durar tanto tempo, sabe? Tudo o mais está no quarto, com a escuridão, com o idioma de Deus, com os gritos. Aqui estou no ar, uma coisa excelente para a luz brilhar. Talvez o senhor se lembre disso. Sou Peter Stillman. Este não é o meu nome verdadeiro. Muito obrigado."

# 3

O discurso chegou ao fim. Quanto tempo havia demorado, Quinn não sabia dizer. Pois só agora, depois que as palavras cessaram, deu-se conta de que estavam no escuro. Ao que parece, um dia inteiro tinha passado. Em algum momento durante o monólogo de Stillman, o sol se pusera na sala, mas Quinn não havia percebido. Agora podia sentir a escuridão e o silêncio, e sua cabeça zunia com essas duas coisas. Muitos minutos passaram. Quinn achou que talvez fosse sua obrigação falar alguma coisa agora, mas não conseguia ter certeza. Podia ouvir a respiração arfante de Peter Stillman, em seu posto, do outro lado da sala. Afora isso, não havia ruído algum. Quinn não conseguia decidir o que fazer. Pensou em várias possibilidades, mas então, uma por uma, ele as afastou de sua mente. Ficou ali sentado à espera de que acontecesse alguma coisa.

O ruído de pernas revestidas de meias movendo-se através da sala enfim rompeu o silêncio. Soou o estalido metálico de um interruptor e de repente a sala ficou repleta de luz. Os olhos de Quinn automaticamente voltaram-se para a fonte do ruído e ali, de pé ao lado de um abajur de mesa, à esquerda da poltrona de Peter, ele viu Virginia Stillman. O jovem Peter estava olhando fixo para a frente, como se tivesse adormecido de olhos abertos. A senhora Stillman curvou-se, pôs o braço em torno do ombro de Peter e falou suavemente em seu ouvido.

— Agora está na hora, Peter — disse ela. — A senhora Saavedra está à sua espera.

Peter ergueu os olhos para a esposa e sorriu.

— Estou cheio de esperança — disse ele.

Virginia Stillman beijou o marido, com carinho, no rosto.

— Diga adeus ao senhor Auster — pediu Virginia.

Peter ficou de pé. Ou melhor, começou a triste e vagarosa aventura de manobrar seu corpo para fora da poltrona e pelejar para ficar de pé sozinho. A cada etapa, havia retrocessos, contorções, recuos de catapulta, acompanhados por repentinos acessos de imobilidade, grunhidos, palavras cujo sentido Quinn não conseguia decifrar.

Enfim, Peter conseguiu se colocar ereto. Estava de pé diante da sua poltrona com uma expressão de triunfo no rosto e fitava Quinn direto nos olhos. Então abriu um sorriso largo e espontâneo.

— Até logo — disse ele.

— Até logo, Peter — respondeu Quinn.

Peter fez um pequeno e espasmódico aceno de mão e depois, lentamente, virou-se e caminhou através da sala. Claudicava ao andar, inclinando-se primeiro para a direita, depois para a esquerda, suas pernas alternadamente se dobrando e travando. No fundo da sala, de pé em uma porta iluminada, estava a mulher de meia-idade com um uniforme branco de enfermeira. Quinn presumiu que fosse a senhora Saavedra. Quinn seguiu Peter Stillman com os olhos até que o jovem desapareceu através da porta.

Virginia Stillman sentou-se diante de Quinn, na mesma poltrona que seu marido havia ocupado.

— Eu podia ter poupado o senhor de tudo isso — disse ela —, mas achei que seria melhor ver com os próprios olhos.

— Compreendo — respondeu Quinn.

— Não, acho que não compreende — retrucou a mulher com secura. — Não creio que ninguém possa compreender.

Quinn sorriu com ar judicioso e depois disse a si mesmo para ir fundo de uma vez.

— Seja lá o que for que compreendi ou não — disse ele —, com certeza não é isso o que interessa. A senhora me contratou para fazer um serviço, e quanto antes eu der cabo do assunto, melhor. Pelo que soube, o caso é urgente. Não pretendo convencer ninguém de que compreendo a situação de Peter ou o que

*32*

vocês devem ter sofrido. O importante é que estou disposto a ajudar. Acho que a senhora deve aceitar isso nesses termos.

Quinn estava se animando, agora. Algo lhe dizia que havia encontrado o tom correto e uma repentina sensação de prazer inundou-o, como se ele tivesse acabado de atravessar alguma fronteira interior no fundo de si mesmo.

— O senhor tem razão — respondeu Virginia Stillman. — É claro que tem razão.

A mulher fez uma pausa, respirou fundo e depois ficou parada de novo, como se estivesse ensaiando mentalmente as coisas que diria em seguida. Quinn reparou que as mãos dela seguravam firme a ponta dos braços da poltrona.

— Sei — prosseguiu Virginia — que quase tudo o que Peter diz é muito confuso, sobretudo na primeira vez em que o ouvimos falar. Eu estava de pé no quarto ao lado escutando o que ele lhe dizia. O senhor não deve tomar como seguro que Peter diga sempre a verdade. Por outro lado, seria um engano pensar que ele mente.

— Quer dizer que devo acreditar em algumas coisas e não acreditar em outras.

— É exatamente isso que quero dizer.

— Os hábitos sexuais da senhora, ou a ausência deles, não me dizem respeito, senhora Stillman — disse Quinn. — Mesmo que Peter tenha dito a verdade, não faz diferença. No meu ramo, a gente se acostuma a encontrar todo tipo de coisa, e se a gente não aprende a deixar em suspenso nossa faculdade de julgar, acaba não chegando a lugar nenhum. Estou habituado a ouvir os segredos das pessoas e também estou habituado a ficar de boca fechada. Se um determinado fato não exerce nenhuma influência direta em um caso, ele não me serve de nada.

A senhora Stillman corou.

— Eu só queria que o senhor soubesse que o que Peter disse não é verdade.

Quinn deu de ombros, pegou um cigarro e acendeu.

— De um jeito ou de outro — disse ele —, não tem importância. O que me interessa são as outras coisas que Peter falou. Suponho que sejam verdadeiras e, se são mesmo, eu gostaria de ouvir o que a senhora tem a dizer a respeito.

*33*

— Sim, são verdadeiras. — Virginia Stillman soltou os dedos que agarravam o braço da poltrona e pôs a mão direita embaixo do queixo. Pensativa. Como se procurasse uma postura de inabalável honestidade. — Peter tem um modo infantil de contar as coisas. Mas o que ele diz é verdade.

— Me diga alguma coisa sobre o pai. Qualquer coisa que achar pertinente.

— O pai de Peter é um Stillman de Boston. Tenho certeza de que já ouviu falar do nome dessa família. Houve vários governadores no século xix, um punhado de bispos da igreja episcopal, embaixadores, um reitor de Harvard. Ao mesmo tempo, a família ganhou bastante dinheiro em atividades têxteis, no ramo da navegação e Deus sabe no que mais. Os detalhes não importam. É apenas para o senhor ter uma ideia dos antecedentes da família.

"O pai de Peter foi para Harvard, como todo mundo na família. Estudou filosofia e religião e, segundo todas as informações, foi um aluno brilhante. Redigiu sua tese sobre as interpretações teológicas do Novo Mundo nos séculos xvi e xvii e depois conseguiu um emprego no departamento de religião da Universidade de Columbia. Pouco tempo depois, casou com a mãe de Peter. Não sei muito sobre ela. Pelas fotos que vi, era muito bonita. Mas frágil, um pouco como Peter, com esses pálidos olhos azuis e a pele branca. Quando Peter nasceu, alguns anos depois, a família estava morando em um apartamento grande em Riverside Drive. A carreira acadêmica de Stillman estava progredindo. Reescreveu sua dissertação e a transformou em um livro — muito bem acolhido — e foi nomeado professor titular com trinta e quatro ou trinta e cinco anos. Então a mãe de Peter morreu. Tudo em relação a essa morte é obscuro. Stillman alegou que ela havia morrido enquanto dormia, mas os indícios pareciam apontar para um suicídio. Algo a ver com uma superdose de pílulas, mas é claro que nada pôde ser provado. Correu até o rumor de que ele a havia matado. Mas não passava de um rumor e não deu em nada. O caso todo foi bem abafado.

"Peter tinha só dois anos na época, uma criança absolutamente normal. Após a morte da esposa, Stillman aparentemente tinha pouco a ver com o filho. Uma babá foi contratada e, durante os seis meses seguintes mais ou menos, ela cuidou de tudo o que dizia respeito a Peter. Então, sem mais nem menos, Stillman a mandou embora. Esqueci seu nome... senhora Barber, eu creio... mas ela testemunhou no julgamento. Parece que Stillman simplesmente entrou em casa um dia e declarou que ele mesmo ia se incumbir da criação de Peter. Mandou seu pedido de demissão para a Universidade de Columbia e lhes disse que estava deixando a universidade a fim de se dedicar em tempo integral ao seu filho. Dinheiro, é claro, não era problema, e não havia nada que se pudesse fazer.

"Depois disso, ele mais ou menos desapareceu de vista. Continuou morando no mesmo apartamento, mas raramente saía. Ninguém sabe ao certo o que aconteceu. Acho que ele provavelmente começou a acreditar em algumas ideias religiosas estapafúrdias sobre as quais havia escrito. Isso o deixou perturbado, completamente louco. Não há outro jeito de descrevê-lo. Trancou Peter em um quarto no apartamento, cobriu as janelas e o manteve ali assim durante nove anos. Tente só imaginar, senhor Auster. Nove anos. Uma infância inteira passada no escuro, isolado do mundo, sem nenhum contato humano a não ser uma surra de vez em quando. Vivo em companhia do resultado dessas experiências e posso assegurar ao senhor que o malefício foi monstruoso. O que o senhor viu hoje foi Peter em sua melhor forma. Levou treze anos para chegar a esse ponto e ainda que me matem não vou deixar que alguém faça mal a ele de novo."

A senhora Stillman parou para tomar fôlego. Quinn sentiu que ela estava à beira de uma crise e bastaria mais uma só palavra para empurrá-la pela ribanceira. Agora era a vez de Quinn falar, caso contrário ele perderia as rédeas da conversa.

— Como é que Peter foi enfim descoberto? — perguntou.

Um pouco da tensão se esvaiu da mulher. Ela soltou o ar dos pulmões de maneira audível e fitou Quinn nos olhos.

— Houve um incêndio — respondeu.

— Um incêndio acidental ou proposital?

— Ninguém sabe.

— O que a senhora acha?

— Acho que Stillman estava no seu escritório. Mantinha ali os registros da sua experiência e acho que ele, enfim, compreendeu que seu trabalho fora um fracasso. Não estou dizendo que tenha se arrependido de nada do que havia feito. Mas, mesmo segundo os seus próprios critérios, sabia que tinha fracassado. Creio que alcançou um ponto definitivo de insatisfação consigo mesmo naquela noite e resolveu queimar seus escritos. Mas o fogo fugiu do controle e boa parte do apartamento se incendiou. Felizmente, o quarto de Peter ficava na extremidade oposta de um longo corredor e os bombeiros chegaram a ele em tempo.

— E depois?

— Levou muitos meses para compreender tudo. Os escritos de Stillman tinham sido destruídos, o que significava que não havia nenhuma prova concreta. Por outro lado, havia o estado geral de Peter, o quarto em que fora trancado, aquelas tábuas horrendas pregadas nas janelas e no final a polícia conseguiu reconstituir o caso inteiro. Stillman foi finalmente levado a julgamento.

— O que aconteceu no tribunal?

— Stillman foi considerado demente e encaminhado para tratamento.

— E Peter?

— Também foi enviado para um hospital. Ficou lá até dois anos atrás.

— Foi aí que a senhora o conheceu?

— Sim, no hospital.

— Como?

— Eu era sua fonoaudióloga. Exercitei Peter todos os dias durante cinco anos.

— Não quero me intrometer. Mas exatamente como isso acabou em casamento?

— É complicado.

— Se importa de me contar?

— Na verdade, não. Mas não creio que o senhor vá compreender.

— Só há um jeito de descobrir.

— Bem, para simplificar as coisas. Era a melhor maneira de tirar Peter do hospital e lhe dar uma oportunidade de levar uma vida normal.

— A senhora não poderia ter sido designada sua tutora legal?

— Os trâmites eram muito complicados. Além do mais, Peter já não era menor de idade.

*36*

— Isso não foi um enorme sacrifício da sua parte?

— Não exatamente. Já fui casada antes... um desastre. Não é uma coisa que eu deseje enfrentar outra vez. Pelo menos, com Peter, minha vida tem um propósito.

— É verdade que Stillman vai ser solto?

— Amanhã. Vai desembarcar na estação Grand Central, à noite.

— E a senhora tem a sensação de que ele pode vir atrás de Peter. É só um palpite ou existe alguma prova?

— Um pouco das duas coisas. Dois anos atrás, iam deixar Stillman sair. Mas ele escreveu uma carta para Peter e eu a mostrei para as autoridades. Resolveram que não estava pronto para ser solto, afinal.

— Que tipo de carta era essa?

— Uma carta demente. Chamava Peter de menino encapetado e disse que chegaria o dia do ajuste de contas.

— Ainda tem a carta com a senhora?

— Não. Entreguei à polícia dois anos atrás.

— Uma cópia?

— Lamento. Acha que é importante?

— Pode ser.

— Posso tentar conseguir uma cópia para o senhor, se quiser.

— Suponho que não tenha havido mais cartas depois dessa.

— Nenhuma outra carta. E agora eles acham que Stillman está pronto para ser libertado. É a opinião da Justiça, pelo menos, e não há nada que eu possa fazer para detê-los. O que acho, no entanto, é que Stillman simplesmente aprendeu sua lição. Viu que cartas e ameaças o manteriam lá, preso.

— E assim a senhora ainda está preocupada.

— É isso mesmo.

— Mas não tem nenhuma ideia precisa de quais possam ser os planos de Stillman.

— Exatamente.

— O que quer que eu faça?

— Quero que o vigie com cuidado. Quero que descubra o que pretende. Quero que o mantenha longe de Peter.

— Em outras palavras, uma espécie de segurança de luxo.

— Creio que sim.

37

— Acho que deve compreender que não posso impedir Stillman de vir a este prédio. O que posso fazer é adverti-lo a respeito. E posso procurar vir aqui com ele.

— Entendo. Assim já é uma proteção.

— Certo. Quantas vezes quer que eu faça contato?

— Gostaria que me apresentasse um relatório todos os dias. Digamos, um telefonema de noite, por volta das dez ou onze horas.

— Muito bem.

— Mais alguma coisa?

— Só mais algumas perguntas. Tenho curiosidade, por exemplo, de saber como conseguiu descobrir que Stillman ia desembarcar na estação Grand Central amanhã à noite.

— Era minha obrigação descobrir isso, senhor Auster. Há coisas demais em jogo aqui para que eu deixe tudo correr ao sabor do acaso. E se Stillman não for seguido desde o momento em que desembarcar, pode facilmente desaparecer sem deixar vestígios. Não quero que isso aconteça.

— Em que trem ele virá?

— No das seis e quarenta e um, vindo de Poughkeepsie.

— Suponho que tenha uma foto de Stillman.

— Sim, é claro.

— Há também uma pergunta a respeito de Peter. Eu gostaria de saber por que, afinal de contas, a senhora lhe contou tudo a respeito dessas coisas. Não teria sido melhor esconder dele o assunto?

— Eu queria. Mas calhou de Peter estar escutando na extensão do telefone quando recebi a notícia da libertação do seu pai. Não havia nada que eu pudesse fazer. Peter pode se mostrar muito teimoso e aprendi que é melhor não mentir para ele.

— Uma última pergunta. Quem foi que recomendou meu nome à senhora?

— O marido da senhora Saavedra, Michael. Ele era da polícia e apurou algumas informações. Descobriu que o senhor era o melhor homem na cidade para esse tipo de coisa.

— Estou lisonjeado.

— A julgar pelo que eu soube a seu respeito, senhor Auster, tenho certeza de que encontramos o homem certo.

Quinn interpretou isso como a deixa para se levantar. Foi um alívio poder esticar as pernas, afinal. Tudo havia corrido bem, muito melhor do que esperava, mas agora sua cabeça doía e seu corpo pesava com um cansaço que não experimentava fazia anos. Se precisasse continuar ali, tinha certeza de que ia acabar se desmascarando.

— Meus honorários são cem dólares por dia mais despesas — disse ele. — Se pudesse me dar alguma coisa a título de adiantamento seria uma prova de que estou trabalhando para a senhora, o que asseguraria para nós dois um relacionamento especial do tipo investigador-cliente. Isso significa que tudo o que se passar entre nós será estritamente confidencial.

Virginia Stillman sorriu, como se fosse de alguma piada secreta que só ela conhecesse. Ou talvez estivesse apenas reagindo ao possível duplo sentido da sua última frase. A exemplo de muitas coisas que aconteceram com ele no correr dos dias e semanas que se seguiram, Quinn não conseguiu ter uma ideia precisa a respeito disso.

— Quanto gostaria de ganhar? — perguntou ela.

— Não importa a quantia. Deixo por sua conta.

— Quinhentos?

— Seria mais do que o bastante.

— Ótimo. Vou pegar meu talão de cheques. — Virginia Stillman se levantou e sorriu de novo para Quinn. — Vou lhe trazer também uma foto do pai de Peter. Acho que sei onde está.

Quinn agradeceu a ela e disse que ia esperar. Observou-a deixar a sala e mais uma vez se viu imaginando como seria Virginia sem roupa. Estaria ela de algum modo querendo seduzi-lo, refletiu Quinn, ou era apenas sua própria mente que tentava sabotá-lo outra vez? Resolveu adiar suas reflexões e retomar o assunto mais tarde.

Virginia Stillman voltou para a sala e disse:

— Aqui está o cheque. Espero ter preenchido direito.

Sim, sim, pensou Quinn enquanto examinava o cheque, tudo em ordem. Estava encantado com a própria esperteza. O cheque, é claro, era nominal a Paul Auster, o que significava que Quinn não poderia ser acusado de se fazer passar por um detetive particular sem licença. Sentiu-se tranquilizado por saber que havia, de algum modo, saído daquilo tudo sem se incriminar. O fato de nunca poder sacar o cheque não o incomodava. Compreendia, mesmo então, que não estava fazendo nada daquilo por dinheiro. Enfiou o cheque no bolso interno do paletó, na altura do peito.

— Lamento não dispor de uma foto mais recente — Virginia Stillman explicou. — Esta fotografia é de mais de vinte anos atrás. Mas receio que é o melhor que eu posso arranjar.

Quinn olhou para a foto do rosto de Stillman, à espera de uma repentina epifania, do repentino afluxo de um conhecimento subterrâneo que o ajudaria a compreender o homem. Mas o retrato nada lhe dizia. Não passava da fotografia de um homem. Examinou-a por um momento um pouco mais demorado e concluiu que poderia perfeitamente ser qualquer pessoa.

— Vou examinar com mais cuidado quando chegar em casa — disse ele, colocando a foto no mesmo bolso para onde tinha ido o cheque. — Levando em conta a passagem do tempo, tenho certeza de que conseguirei reconhecê-lo na estação, amanhã.

— Assim espero — disse Virginia Stillman. — É terrivelmente importante, e estou contando com o senhor.

— Não se preocupe — respondeu Quinn. — Até hoje, nunca decepcionei ninguém.

Ela o levou até a porta. Por vários segundos, ficaram os dois de pé em silêncio, sem saber se havia alguma coisa a acrescentar ou se havia chegado a hora de se despedir. Nesse minúsculo intervalo, Virginia Stillman de repente lançou os braços em torno de Quinn, com os lábios procurou os lábios de Quinn e o beijou apaixonadamente, levando a língua bem fundo na sua boca. Quinn foi apanhado tão desprevenido que quase se esqueceu de desfrutar o beijo.

Quando ele pôde, enfim, respirar outra vez, a senhora Stillman segurou-o à distância de um braço e disse:

— Isto é para provar que Peter não estava dizendo a verdade. É muito importante que acredite em mim.

— Acredito em você — disse Quinn. — E mesmo se não acreditasse, não teria importância, na verdade.

— Só queria que você soubesse do que sou capaz.

— Acho que agora tenho uma boa ideia disso.

Ela pegou a mão direita de Quinn entre as suas mãos e a beijou.

— Obrigado, senhor Auster. Acredito de verdade que você é a resposta para os nossos problemas.

Ele prometeu telefonar para Virginia na noite seguinte e depois se viu atravessando a porta, tomando o elevador para o térreo e saindo do edifício. Passava da meia-noite quando chegou à rua.

# 4

Quinn já ouvira falar de casos como o de Peter Stillman. Nos tempos de sua outra vida, não muito depois de seu filho nascer, ele escrevera a resenha de um livro sobre o menino selvagem de Aveyron e, na ocasião, fizera alguma pesquisa sobre o assunto. Até onde lembrava, o relato mais antigo de uma experiência semelhante se encontrava nos escritos de Heródoto: o faraó egípcio Psamtik isolou dois bebês no século VII a.C. e ordenou ao servo encarregado deles que nunca pronunciasse uma palavra em presença das crianças. Segundo Heródoto, um cronista célebre pela falta de credibilidade, as crianças aprenderam a falar — sua primeira palavra teria sido o vocábulo frígio que significa pão. Na Idade Média, empregando métodos semelhantes, o imperador do Sacro Império Romano Frederico II repetiu a experiência na esperança de descobrir a verdadeira "linguagem natural" do homem, mas as crianças morreram antes de pronunciar uma única palavra. Por fim, no que sem dúvida não passou de uma pilhéria, James IV, o rei da Escócia no início do século XVI, declarou que as crianças escocesas isoladas daquela mesma maneira acabariam falando um "hebraico muito bom".

Pirados e ideólogos, no entanto, não eram os únicos interessados no assunto. Mesmo um homem tão cético e sensato como Montaigne ponderou cuidadosamente acerca da questão e, em seu ensaio mais importante, a *Apologia de Raymond Sebond*, escreveu: "Creio que uma criança que tivesse sido criada em completa solidão, isolada de toda a sociedade (o que seria uma experiência bem difícil de realizar), teria algum tipo de fala para exprimir suas ideias. E não é crível que a Natureza nos tenha sonegado um recurso que concedeu a tantos outros animais... Porém ainda não se pode saber que língua essa criança viria a falar; e tudo o que foi dito a respeito, baseado em conjeturas, não possui a aparência de verdade".

Afora o caso dessas experiências, houve também os casos de isolamentos acidentais — crianças perdidas em florestas, marinheiros abandonados em ilhas, crianças criadas por lobos — bem como casos de pais cruéis e sádicos que trancafiaram seus filhos, acorrentaram-nos à cama, surraram-nos no armário, torturaram-nos por nenhum outro motivo senão os impulsos de sua própria loucura — e Quinn lera atentamente a extensa literatura dedicada a essas histórias. Havia o marinheiro escocês Alexander Selkirk (para alguns, o modelo do personagem Robinson Crusoé) que viveu sozinho durante quatro anos em uma ilha da costa do Chile e que, segundo o capitão do barco que o resgatou em 1708, "havia a tal ponto esquecido sua língua por falta de uso que nós mal conseguíamos compreendê-lo". Menos de vinte anos depois, Peter de Hanover, uma criança selvagem de uns catorze anos, que fora encontrado nu e mudo em uma floresta nos arredores da cidade alemã de Hamelin, foi trazido para a corte inglesa sob a proteção especial de Jorge I. Tanto Swift quanto Defoe tiveram oportunidade de vê-lo, e a experiência deu ensejo ao folheto de Defoe de 1726 intitulado *A pura natureza esboçada*. Peter nunca aprendeu a falar, todavia, e muitos meses depois foi enviado para o interior, onde viveu até a idade de setenta anos, sem nenhum interesse por sexo, dinheiro ou outros assuntos mundanos. A seguir veio o caso de Victor, o menino selvagem de Aveyron, que foi encontrado em 1800. Sob os cuidados pacientes e minuciosos do doutor Itard, Victor aprendeu alguns rudimentos da fala, mas nunca conseguiu ir além do estágio correspondente a uma criança pequena. Ainda mais conhecido do que o caso de Victor foi o de Kaspar Hauser, que apareceu certa tarde em Nuremberg, em 1828, trajando uma roupa bizarra e praticamente incapaz de pronunciar qualquer som inteligível. Sabia escrever o próprio nome mas em tudo o mais se comportava como um bebê. Adotado pela cidade e confiado aos cuidados de um professor local, passava os dias sentado no chão, brincando com cavalinhos de brinquedo, alimentando-se apenas de pão e água. Kaspar, no entanto, se desenvolveu. Tornou-se um excelente cavaleiro, tornou-se obsessivamente preocupado com o asseio pessoal, tinha paixão pelas cores vermelha e branca e, segundo todos os testemunhos, dava mostras de uma memória extraordinária, sobretudo para nomes e rostos. Contudo preferia ficar dentro de casa, evitava a luz forte e, tal como Peter de Hanover, nunca demonstrou qualquer interesse por sexo ou dinheiro. À medida que a lembrança do seu passado gradualmente lhe voltava, Kaspar foi conseguindo recordar como passara muitos anos sentado no chão de um quarto escuro, alimentado por um homem que jamais falava com ele nem se deixava ver. Não muito depois dessas revelações, Kaspar foi assassinado por um homem desconhecido, com um punhal, em um parque público.

Haviam, agora, decorrido anos desde a época em que Quinn se permitira pensar nessas histórias. Qualquer assunto relativo a crianças era muito doloroso para ele, sobretudo crianças que haviam sofrido, tinham sido maltratadas, haviam morrido antes que pudessem crescer. Se Stillman era o homem com o punhal, que voltava para se vingar no menino cuja vida ele havia destruído, Quinn queria estar lá para impedi-lo. Sabia que não poderia trazer seu filho de volta à vida, mas ao menos poderia evitar que um outro morresse. De repente se tornara possível, para ele, fazer isso e, agora, parado de pé ali na rua, a imagem do que se achava diante dele avultava como um sonho terrível. Pensou no pequeno caixão que levava o corpo do seu filho e como o tinha visto, no dia do enterro, baixar para a terra. Aquilo era isolamento, disse Quinn consigo mesmo. Aquilo era silêncio. Só vinha, talvez, piorar a situação o fato de o nome do seu filho também ter sido Peter.

# 5

Na esquina da rua 72 com a avenida Madison, acenou para um táxi. Enquanto o carro chacoalhava pelo parque rumo ao West Side, Quinn olhava pela janela e se perguntava se aquelas eram as mesmas árvores que Peter Stillman via quando andava ao ar livre e à luz do dia. Imaginou se Peter via as mesmas coisas que ele, ou se o mundo seria um lugar diferente para os dois. E se uma árvore não era uma árvore, ele se perguntava o que seria na verdade. Depois que o táxi o deixou em frente à sua casa, Quinn se deu conta de que estava com fome. Nada comera desde o café da manhã. Era estranho, pensou, como o tempo havia passado depressa no apartamento dos Stillman. Se seus cálculos estavam corretos, tinha ficado lá por mais de catorze horas. No fundo, porém, tinha a sensação de que sua permanência havia durado só três ou quatro horas, no máximo. Deu de ombros em face dessa discrepância e disse para si mesmo: "Tenho de aprender a olhar para o relógio com mais frequência".

Voltou atrás pela rua 107, dobrou à esquerda na Broadway e começou a andar na direção da parte alta da cidade, em busca de um lugar adequado para comer. Nessa noite, um bar não lhe interessava — comer no escuro, a pressão de vozes embriagadas tagarelando ao redor —, embora normalmente encarasse isso com simpatia. Quando atravessou a rua 112, viu que a Heights Luncheonette ainda estava aberta e resolveu entrar. Era um lugar muito iluminado, mas melancólico, com uma grande estante de revistas de mulher pelada em uma parede, uma seção de artigos

45

de papelaria, outra seção de jornais, várias mesas para os fregueses e um comprido balcão de fórmica com bancos giratórios. Um porto-riquenho alto, com um chapéu de chefe de cozinha feito de papelão, estava de pé atrás do balcão. Seu trabalho era preparar a comida, que consistia sobretudo em bolinhos de carne moída entremeada de pelanca, sanduíches sem gosto com tomates desbotados e alface murcha, milkshake, leite com soda e xarope, e pãezinhos doces. À direita, abrigado atrás da caixa registradora, se achava o dono, um homenzinho que começava a ficar careca, com cabelos encaracolados e um número de campo de concentração tatuado no antebraço, imperando absoluto no seu reino de cigarros, cachimbos e charutos. Estava ali sentado, impassível, lendo a edição noturna do *Daily News* da manhã seguinte.

O lugar estava quase deserto àquela hora. Na mesa ao fundo, sentavam-se dois homens velhos com roupas surradas, um muito gordo e o outro muito magro, examinando atentamente as tabelas de corrida de cavalos. Duas xícaras de café vazias estavam na mesa entre os dois. No primeiro plano, de rosto voltado para a estante das revistas, estava um jovem estudante de pé com uma revista aberta nas mãos, olhando fixamente a foto de uma mulher nua. Quinn sentou-se junto ao balcão, pediu um bolinho de carne moída e um café. Enquanto o garçom trabalhava, conversava com Quinn falando por cima do ombro.

— Viu o jogo desta noite, amigo?

— Perdi. Aconteceu alguma coisa boa?

— O que você acha?

Fazia vários anos, Quinn vinha tendo a mesma conversa com esse homem, cujo nome não sabia. Certa vez, quando estava na lanchonete, conversaram sobre beisebol e agora, toda vez que Quinn entrava, continuavam a falar sobre o mesmo assunto. No inverno, a conversa era sobre compra e venda de jogadores, prognósticos, lembranças. Durante a temporada de beisebol, o assunto era sempre a partida mais recente. Eram ambos torcedores do Mets, e o caráter desenganado dessa paixão havia criado um vínculo entre os dois.

O garçom balançou a cabeça.

— Nos dois primeiros tempos, Kingsman acertou umas bolas isoladas — disse ele. — Bum, bum. Aqueles foguetes, direto para a lua. Jones está arremessando bem, para variar, e as coisas até que não parecem tão ruins. Está dois a um, no final do nono turno. Pittsburgh coloca jogadores na segunda e terceira bases, um vai para fora, e aí os Mets tiram o Allen do banco de reservas. Ele entra disposto a decidir a partida. Os Mets recuam os extremas para fazer pressão na base do batedor, ou tentar, quem sabe, um lance para tirar de campo dois adversários, se acertarem no meio. Peña aparece e lança uma bolinha de merda, que sai quicando pelo campo, para o homem da primeira base, e o sacana passa por baixo das pernas de Kingman. Dois pontos, dois homens fora, e acabou-se, adeus Nova York.

— Dave Kingman é uma bosta — disse Quinn, dando uma dentada no seu bolinho.

— Mas é bom ter cuidado com o Foster — comentou o garçom.

— Foster é um bundão. Já era. Um mongol com cara de mau. — Quinn mascava sua comida com cuidado, tateando com a língua à cata de pedacinhos de osso extraviados. — Deviam despachar o coitado de volta para Cincinnati pelo correio expresso.

— É isso aí — disse o garçom. — Mas eles vão dar duro dessa vez. Melhor do que no ano passado, pelo menos.

— Não sei — respondeu Quinn, dando outra mordida. — Parece bom no papel, mas o que eles têm na verdade? Stearns vive contundido. Eles têm jogadores das ligas inferiores na segunda base e entre a segunda e a terceira bases, e Brooks não consegue se concentrar na partida. Mookie é bom, mas é muito cru, e eles não conseguem nem resolver quem vão colocar no lugar de quem. Há também o Rusty, é claro, mas está gordo demais para correr. E quanto ao arremessador, é melhor nem pensar. Eu e você podíamos ir ao Shea amanhã mesmo e seríamos contratados como os dois estreantes mais promissores do mundo.

— Quem sabe eu faça de você o dirigente do time — disse o garçom. — Você bem que podia mandar aqueles sacanas irem todos para o inferno.

— Pode apostar o seu último centavo — disse Quinn.

Depois que acabou de comer, Quinn perambulou pelas estantes de artigos de papelaria. Havia chegado uma nova remessa de cadernos e a pilha chamava atenção, uma linda mistura de azul, verde, vermelho e amarelo. Pegou um dos cadernos e viu que as páginas tinham as linhas estreitas como ele gostava. Quinn só escrevia a caneta, usando a máquina de escrever apenas para passar o texto a limpo, e vivia atrás de bons cadernos de espiral. Agora que tinha se metido no caso Stillman, achou que um caderno novo vinha a calhar. Seria útil ter um local separado para anotar seus pensamentos, observações e dúvidas. Desse modo, quem sabe, as coisas não sairiam de controle.

Remexeu a pilha, tentando resolver qual caderno escolher. Por razões que nunca ficaram claras para Quinn, de repente sentiu um impulso irresistível por um determinado caderno vermelho que estava embaixo. Puxou-o e examinou-o, correndo cuidadosamente as páginas no polegar. Não tinha a menor ideia de como explicar sua atração pelo caderno. Era um caderno padrão, de vinte e dois por vinte e oito centímetros, com cem páginas. Mas algo nele parecia despertar sua atenção — como se o destino supremo do caderno neste mundo fosse abrigar as palavras que saíssem da caneta de Quinn. Quase constrangido pela intensidade de suas emoções, Quinn enfiou o caderno vermelho embaixo do braço, caminhou para a caixa registradora e comprou-o.

De volta ao seu apartamento, quinze minutos depois, Quinn tirou do bolso do paletó a fotografia de Stillman e o cheque, e colocou-os cuidadosamente na escrivaninha. Removeu os detritos espalhados na superfície da mesa — fósforos riscados, guimbas de cigarro, remoinhos de cinzas, cartuchos de tinta usados, algumas moedas, canhotos de ingressos, papéis rabiscados, um lenço sujo — e pôs o caderno vermelho bem no meio. Em seguida, deixou o quarto no escuro, tirou a roupa toda e sentou-se na escrivaninha. Nunca tinha feito isso antes mas, de algum modo, pareceu adequado ficar nu nesse momento. Ficou ali sentado durante vinte ou trinta segundos, tentando não se mexer, tentando não fazer nada senão respirar. Em seguida abriu o caderno vermelho. Pegou a caneta e escreveu suas iniciais, D. Q. (para Daniel Quinn), na primeira página. Era a primeira vez em mais de cinco anos que colocava o próprio nome em um de seus cadernos. Deteve-se a fim de ponderar a respeito disso por um instante mas depois desistiu, julgando-o descabido. Virou a página. Por vários momentos, examinou sua brancura, se perguntando se não seria, afinal, um completo idiota. Depois pressionou a caneta sobre a primeira linha e fez a primeira anotação no caderno vermelho.

O rosto de Stillman. Ou: O rosto de Stillman tal como era vinte anos atrás. Impossível saber se esse rosto amanhã vai se parecer com isto. No entanto não há dúvida de que não se trata da cara de um louco. Ou será que essa não é uma afirmação legítima? Aos meus olhos, pelo menos, o rosto parece benévolo, se não francamente simpático. Tem até uma sugestão de ternura em torno da boca. Muito provavelmente, olhos azuis, com um tom de água. O cabelo fino, já naquela época, agora na certa calvo, e o que restou, grisalho, ou mesmo branco. Tem um ar estranhamente familiar: o tipo meditativo, sem dúvida temperamental, uma pessoa que talvez gaguejasse, lutasse consigo mesma para estancar a torrente de palavras que jorrava de sua boca.

O pequeno Peter. É necessário para mim imaginá-lo ou posso admiti-lo apenas com base na fé? A escuridão. Pensar em mim mesmo naquele quarto. Sinto-me relutante. Acho que nem mesmo desejo compreendê-lo. E para quê? Isto não é uma história inventada, afinal. É um fato, algo que acontece no mundo e eu preciso fazer um serviço, uma coisinha à toa, e eu disse sim para isso. Se tudo der certo, pode até ser muito fácil. Não fui contratado para entender — apenas para agir. Isso é algo novo. Manter isso em mente, a qualquer preço.

E no entanto o que é que Dupin diz no conto de Poe? "Uma identificação entre o intelecto do investigador e o do seu oponente." Mas aqui isso se aplicaria ao Stillman pai. O que na certa seria ainda pior.

Quanto a Virginia, estou perplexo. Não é só o beijo, que poderia ser explicado por um monte de razões; não é o que Peter falou sobre ela, que não tem mesmo importância. O casamento dela? Talvez. A completa falta de sentido desse casamento. Será que Virginia se casou por dinheiro? Ou estaria agindo em colaboração com Stillman? Isso mudaria tudo. Mas, ao mesmo tempo, não faz sentido. Por que motivo ela me teria contratado? A fim de ter uma testemunha de suas boas intenções aparentes? Talvez. Mas isso soa muito complicado. E mais: por que tenho a sensação de que não posso confiar nela?

A cara de Stillman, de novo. Durante os últimos minutos, não me saiu da cabeça que já vi essa cara antes. Talvez anos atrás, aqui no bairro e nos arredores — antes de ser preso.

Recordar a sensação de vestir a roupa dos outros. Começar por aí, eu acho. Supondo que deva mesmo começar. De volta aos velhos tempos, dezoito, vinte anos atrás, quando não tinha dinheiro e meus amigos me davam suas roupas para vestir. O velho sobretudo de J., na faculdade, por exemplo. E a sensação esquisita que eu tinha, de estar entrando na pele dele. Isso na certa pode ser um ponto de partida.

E depois, mais importante que tudo: lembrar quem sou. Lembrar quem se supõe que eu seja. Não acho que se trate de um jogo. Por outro lado, nada está claro. Por exemplo: quem é você? E se você acha que sabe, por que continua a mentir? Não tenho resposta. Tudo o que posso dizer é o seguinte: ouçam-me. Meu nome é Paul Auster. Este não é o meu nome verdadeiro.

# 6

Quinn passou a manhã seguinte na biblioteca de Columbia lendo o livro de Stillman. Chegou cedo, o primeiro a entrar quando a porta abriu, e o silêncio dos salões de mármore o confortou, como se tivesse sido admitido em uma cripta do esquecimento. Após exibir sua carteirinha de ex-aluno para o funcionário sonolento atrás da escrivaninha, Quinn pegou o livro em uma pilha, voltou para o terceiro andar e depois se instalou em uma poltrona de couro verde em uma das salas de fumantes. A radiosa manhã de maio espreitava lá fora como uma tentação, um apelo para vagar sem rumo ao ar livre, mas Quinn rechaçou-a. Virou a poltrona de lado, ficando de costas para a janela, e abriu o livro.

*O jardim e a torre: visões inaugurais do Novo Mundo* era um livro dividido em duas partes de extensão aproximadamente igual, "O mito do Paraíso" e "O mito de Babel". A primeira se concentrava nas descobertas dos exploradores, partindo de Colombo e prosseguindo com Raleigh. O postulado de Stillman era o de que os primeiros homens a visitar a América acreditavam que haviam, por acidente, descoberto o paraíso, um segundo jardim do Éden. Na narrativa de sua terceira viagem, por exemplo, Colombo escreveu: "Pois creio que o Paraíso terrestre se encontra aqui, no qual ninguém pode entrar a não ser com a autorização de Deus". Quanto ao povo dessa terra, Peter Martyr escrevia já em 1505: "Parecem viver naquela era de ouro da qual os escritores antigos tanto falam, quando os homens viviam na simplicidade e inocência, sem a constrição das leis, sem desavenças, juízes ou calúnias, contentes unicamente em satisfazer a natureza". Ou, como o sempre atual Montaigne escreveria mais de meio século depois: "Na minha opinião, o que vemos efetivamente nessas nações não só ultrapassa todas as imagens que os poetas pintaram da Era de Ouro e as invenções em que representaram o estado de felicidade que a humanidade vivia então, como também supera a concepção e os anseios da própria filosofia". Desde o início, segundo Stillman, a descoberta do Novo Mundo representou um impulso propulsor do pensamento utópico, a centelha que deu esperança para a perfectibilidade da vida humana — do livro de Thomas Morus de 1516 até a profecia de Geronimo de Mendieta, alguns anos depois, de que a América se tornaria um Estado teocrático ideal, uma genuína Cidade de Deus.

Havia, não obstante, uma opinião oposta. Se alguns julgavam que os índios viviam em uma inocência anterior ao pecado original, outros os consideravam feras selvagens, demônios em forma de homens. A descoberta de canibais no Caribe nada fez para abrandar esse ponto de vista. Os espanhóis usavam-no como justificativa para explorar impiedosamente os nativos para seus próprios fins mercantis. Pois se não consideramos que o homem à nossa frente é humano, existem poucas restrições da consciência para o nosso comportamento em relação a ele. Foi apenas em 1537, com a bula papal de Paulo III, que os índios foram declarados homens autênticos, portadores de almas. A discussão, no entanto, prosseguiu por centenas de anos, culminando, por um lado, no "bom selvagem" de Locke e Rousseau — o que assentava os fundamentos teóricos da democracia em uma América independente — e, de outro, na campanha para exterminar os índios, na crença imortal de que o único índio bom era o índio morto.

A segunda parte do livro começava com um novo estudo da queda. Apoiando-se em grande parte em Milton e no seu relato em *Paraíso perdido* — como um porta-voz da posição puritana ortodoxa —, Stillman alegava que foi somente após a queda que surgiu a vida humana tal como a conhecemos. Pois se não existia nenhum mal no Paraíso, tampouco haveria algum bem. Conforme o próprio Milton declarou na *Aeropagitica*: "Foi do sabor da casca de uma maçã que o bem e o mal saltaram para o mundo, como dois gêmeos talhados juntos". A exegese de Stillman acerca dessa frase era exacerbadamente exaustiva. Alerta à possibilidade de trocadilhos e jogos de palavras em toda parte, ele demonstrava como a palavra "sabor" continha uma alusão ao vocábulo latino *sapere*, que significa tanto "provar" como "saber", e por conseguinte contém uma referência subliminar à árvore do conhecimento: a fonte da maçã cujo sabor trouxe o conhecimento para o mundo, o que equivale a dizer o bem e o mal. Stillman também se detinha no paradoxo da expressão "talhados juntos", que contém os significados tanto de "unir" quanto de "separar", desse modo encarnando dois sentidos equivalentes e opostos, o que por sua vez encarna um conceito da língua que Stillman julga presente em toda a obra de Milton. No *Paraíso perdido*, por exemplo, cada palavra-chave possui dois sentidos — um anterior à queda e outro posterior à queda. Para ilustrar seu argumento, Stillman isolou várias palavras desse tipo — sinistro, serpentino, delicioso — e demonstrou como o seu emprego anterior à queda era livre de conotações morais, ao passo que seu emprego posterior à queda era sombreado, ambíguo, moldado por um conhecimento do mal. A única tarefa de Adão no Paraíso fora inventar a língua, dar a cada coisa e criatura o seu nome. Nesse estado de inocência, sua língua alcançara diretamente o cerne do mundo. As palavras de Adão não tinham sido meramente penduradas nas coisas que via, elas revelaram suas essências, haviam literalmente dado vida às coisas. A coisa e seu nome eram permutáveis. Após a queda, isso já não era mais verdade. Os nomes se tornaram desligados das coisas; as palavras se converteram em um acúmulo de signos arbitrários; a língua foi apartada de Deus. A história do Paraíso, portanto, registra não só a queda do homem como também a queda da língua.

Mais adiante no livro do Gênese há uma outra história sobre a língua. Segundo Stillman, o episódio da Torre de Babel representava uma recapitulação precisa do que acontecera no Paraíso — só que mais ampliada, investida de uma significação mais geral para a humanidade. A história de Babel adquire um sentido especial quando se observa sua posição no conjunto do livro: capítulo onze do Gênese, versículos um a nove. É o último incidente da pré-história na Bíblia. Daí em diante, o Velho Testamento é exclusivamente uma crônica dos hebreus. Em outras palavras, a Torre de Babel se alça como a derradeira imagem antes do autêntico começo do mundo.

Os comentários de Stillman se estendiam por muitas páginas. Começava com um levantamento histórico das diversas tradições exegéticas relativas à história de Babel, elaboradas com base em numerosas leituras equivocadas que se desenvolveram em torno dela, e concluía com um extenso catálogo de lendas do Haggadah (um compêndio de interpretações rabínicas sem vínculo com assuntos jurídicos). Foi aceito de forma generalizada, escreveu Stillman, que a Torre fora construída no ano de 1996 após a Criação, escassos trezentos e quarenta anos depois do Dilúvio, "para que não fôssemos dispersados por toda a face da Terra". O castigo de Deus veio como uma resposta a esse desejo, que se contrapunha a uma ordem que havia aparecido anteriormente no Gênese: "Crescei e multiplicai-vos, povoai toda a Terra e a dominai". Ao destruir a Torre, portanto, Deus condenou o homem a obedecer a essa imposição. Outra leitura, contudo, encarava a Torre como um desafio lançado contra Deus. Nimrod, o primeiro soberano de todo o mundo, foi indicado como o arquiteto da Torre: Babel se destinava a ser um santuário que simbolizava a universalidade do seu poder. Essa era a visão prometeica da história de Babel, e se calcava nas expressões "cujo topo poderá tocar o céu" e "criemos um nome". A construção da Torre tornou-se a obsessiva e avassaladora paixão da humanidade, mais importante até do que a própria vida. Tijolos tornaram-se mais preciosos do que pessoas. Mulheres operárias não paravam sequer para dar à luz seus filhos; amparavam o recém-nascido no seu avental e continuavam a trabalhar. Ao que parece, havia três grupos distintos envolvidos na construção: aqueles que desejavam morar no céu, aqueles que desejavam promover uma guerra contra Deus e aqueles que queriam cultuar ídolos. Ao mesmo tempo, estavam unidos em seus esforços — "E a terra inteira tinha uma só língua e um mesmo modo de falar" — e o poder latente de uma humanidade unificada ofendia Deus. "E o Senhor disse, Vede, o povo é uno, e todos têm uma língua; e começam a construir isso: agora não se deterão diante de nada que imaginarem fazer." Esta declaração é um eco deliberado das palavras que Deus pronunciou ao expulsar Adão e Eva do Paraíso: "Vede, o homem tornou-se um de nós, ao conhecer o bem e o mal; agora é preciso evitar que estenda a mão e tome também o fruto da árvore da vida, e coma, e assim viva para sempre — Portanto o Senhor expulsou-o do jardim do Éden...". Todavia uma outra leitura sustentava que a história de Babel representava apenas um modo de explicar a diversidade dos povos e das línguas. Pois se todos os homens eram descendentes de Noé e seus filhos, como seria possível explicar as enormes diferenças entre as culturas? Outra leitura semelhante preconizava que a história de Babel era uma explicação da existência do paganismo e da idolatria — pois, até surgir essa história na Bíblia, todos os homens são mostrados como monoteístas. Quanto à Torre propriamente dita, a lenda rezava que um terço da estrutura afundara no solo, um terço fora destruído pelo fogo e um terço fora deixado de pé. Deus a atacou de duas maneiras a fim de convencer o homem de que a destruição era um castigo divino e não o resultado de um acaso. Mesmo assim, a parte que restou de pé era tão elevada que uma palmeira vista do seu topo parecia menor do que um gafanhoto. Dizia-se também que uma pessoa poderia caminhar durante três dias na sombra da Torre sem sair dela. Enfim — e Stillman se detinha demoradamente nesse ponto — acreditava-se que quem porventura examinasse as ruínas da Torre acabaria esquecendo tudo o que sabia.

O que tudo isso tinha a ver com o Novo Mundo, Quinn não podia dizer. Mas então começava um novo capítulo e, de repente, Stillman se punha a discutir a vida de Henry Dark, um pastor de Boston, nascido em Londres em 1649 (no dia da execução de Carlos I), que chegou à América em 1675 e morreu em um incêndio em Cambridge, Massachusetts, em 1691.

Segundo Stillman, quando jovem, Henry Dark fora secretário particular de John Milton — de 1669 até a morte do poeta, cinco anos depois. Isso era novidade para Quinn, pois ele parecia recordar ter lido em algum lugar que o cego Milton tinha ditado sua obra a uma de suas filhas. Dark, ele veio a saber, era um puritano ardoroso, um estudante de teologia e um devotado seguidor da obra de Milton. Tendo encontrado seu herói certa noite em uma pequena reunião, Dark foi convidado a lhe fazer uma visita na semana seguinte. Isso levou a outras visitas, até que afinal Milton passou a confiar a Dark diversas tarefas menores: tomar ditado, guiá-lo pelas ruas de Londres, ler para ele as obras dos autores antigos. Em uma carta de 1672 escrita por Dark para sua irmã em Boston, ele mencionava longas conversas com Milton sobre as questões mais delicadas da exegese bíblica. Então Milton morreu e Dark ficou desconsolado. Seis meses depois, achando que a Inglaterra era um deserto, uma terra que não lhe oferecia coisa alguma, resolveu emigrar para a América. Chegou a Boston no verão de 1675.

Pouco se sabia a respeito de seus primeiros anos no Novo Mundo. Stillman especulava que Dark podia ter viajado para o Oeste à procura de um território ainda não desbravado, mas não foi possível encontrar indícios concretos para apoiar essa ideia. De um lado, certas referências nos escritos de Dark indicavam um conhecimento profundo dos costumes indígenas, o que levou Stillman a teorizar que Dark possivelmente vivera com uma das tribos durante certo tempo. De todo modo, não havia nenhuma referência à presença de Dark na América até o ano de 1682, quando seu nome surge nos registros de casamento de Boston, como tendo desposado uma certa Lucy Fitts. Dois anos depois, Dark vem apontado como líder de uma pequena congregação puritana nos subúrbios da cidade. O casal teve vários filhos, mas todos morreram na infância. Um filho chamado John, porém, nascido em 1686, sobreviveu. Mas consta que, em 1691, o menino caiu por acidente de uma janela no segundo andar e faleceu. Apenas um mês depois, a casa inteira se consumiu em chamas e tanto Dark como a esposa morreram.

Henry Dark teria submergido na obscuridade dos primórdios da vida americana não fosse por uma coisa: a publicação em 1690 de um livreto intitulado *A nova Babel*. Segundo Stillman, essa pequena obra de sessenta e quatro páginas constituía a explanação mais visionária a respeito do novo continente já escrita até aquela época. Se Dark não tivesse morrido tão pouco tempo depois de seu lançamento, sem dúvida alguma ele teria tido um efeito muito maior. Pois, conforme se verificou, quase todos os exemplares do livreto foram destruídos no incêndio que matou Dark. O próprio Stillman só conseguiu localizar um exemplar — e mesmo assim por acaso, no sótão da casa da sua família, em Cambridge. Após anos de buscas minuciosas, concluiu que aquele era o único exemplar que existia. *A nova Babel*, escrito em uma prosa enérgica e miltoniana, preconizava a edificação do paraíso na América. Ao contrário de outros escritores que trataram do assunto, Dark não supôs que o paraíso fosse um lugar que pudesse ser descoberto. Não havia mapas que guiassem um homem até lá, não existiam instrumentos de navegação capazes de levar um homem até seu litoral. A rigor, sua existência era imanente ao interior do ser humano: a ideia de um além que o ser humano seria capaz de criar um dia, no aqui e agora. Pois a utopia não estava em parte alguma — nem mesmo, explicava Dark, na sua "condição vocabular". E se o homem pudesse um dia dar realidade a esse lugar tão sonhado, seria apenas edificando-o com as próprias mãos.

Dark baseava suas conclusões em uma leitura da história de Babel como uma obra profética. Apoiando-se amplamente na interpretação de Milton a respeito da queda, Dark seguia os passos do seu mestre ao conferir uma importância desmedida ao papel da língua. Mas levava as ideias do poeta ainda mais longe. Se a queda do homem acarretava também a queda da língua, não era lógico supor que seria possível desfazer a queda do homem, reverter seus efeitos, ao anular a queda da língua, ao lutar para recriar a língua que era falada no Éden? Se o homem pudesse aprender a falar essa língua original da inocência, não decorreria daí que o homem recuperaria desse modo um estado de inocência dentro de si mesmo? Bastava examinar o exemplo de Cristo, argumentava Dark, para compreender que era de fato assim. Pois não era Cristo um homem, uma criatura de carne e osso? E Cristo não falava essa língua anterior à expulsão do Paraíso? Em *Paraíso recuperado*, de Milton, Satã fala com "ardis de duplo sentido", ao passo que em Cristo "as ações correspondem às palavras, as palavras/ traduzem com fidelidade o seu grande coração, o seu coração/ contém a forma perfeita do bem, da sabedoria e da justiça". E ali não se diz também que Deus "agora enviou seu oráculo vivo/ para o mundo a fim de ensinar sua vontade final,/ e doravante envia o seu Espírito da Verdade para habitar/ nos corações piedosos, um Oráculo interior/ para que eu conheça toda a indispensável Verdade"? E, graças a Cristo, não teve a queda um desfecho feliz, não foi uma *felix culpa*, conforme ensina a doutrina? Portanto, Dark insistia, seria de fato possível para o homem falar a língua original da inocência e recuperar, íntegra e inviolada, a verdade dentro de si mesmo.

Voltando à história de Babel, Dark levava adiante então o seu plano e anunciava sua visão das coisas que estavam por vir. Citando o segundo versículo do Gênese 11 — "E ocorreu que, tendo chegado do leste, encontraram uma planície na terra de Seenar e habitaram nela" — Dark afirmava que essa passagem atestava o movimento da civilização e da vida humana rumo ao oeste. Pois a cidade de Babel se situava na Mesopotâmia, no extremo leste do território dos hebreus. Se Babel ficava a oeste de alguma coisa, haveria de ser do Éden, a terra natal da humanidade. A obrigação humana de se disseminar por toda a Terra — em obediência à ordem divina que dizia "multiplicai-vos... e povoai a Terra" — acarretaria de forma inevitável um movimento no sentido oeste. E que terra, indagava Dark, poderia ser mais ocidental na Cristandade do que a América? O movimento dos colonizadores ingleses para o Novo Mundo, portanto, podia ser interpretado como o cumprimento da ordem ancestral. A América constituía o último passo de todo o processo. Uma vez povoado o continente, o tempo estaria maduro para uma mudança no destino da humanidade. A proibição de construir Babel — porque o homem deveria antes povoar a Terra — seria suspensa. Nesse momento se tornaria possível outra vez para toda a Terra ter uma só língua e um mesmo modo de falar. E, se isso acontecesse, o Paraíso não poderia estar muito longe.

Assim como Babel fora construída trezentos e quarenta anos após o Dilúvio, do mesmo modo, previa Dark, exatamente trezentos e quarenta anos após a chegada do navio *Mayflower* ao porto de Plymouth, a ordem seria cumprida. Pois com toda a certeza eram os puritanos, o novo povo escolhido por Deus, que portavam nas mãos o destino da humanidade. Ao contrário dos hebreus, que frustraram Deus ao rejeitar seu filho, esses ingleses transplantados iriam escrever o capítulo final da história antes que o Céu e a Terra enfim se unissem. A exemplo de Noé na sua arca, eles tinham viajado através do vasto dilúvio oceânico a fim de cumprir sua missão sagrada.

Trezentos e quarenta anos, segundo os cálculos de Dark, significavam que em 1960 a primeira parte da tarefa dos colonizadores estaria concluída. A essa altura, estariam fixados os alicerces para a obra efetiva que viria a seguir: a construção da nova Babel. Desde já, escrevia Dark, viam-se sinais animadores na cidade de Boston, posto que lá, como em nenhuma outra parte do mundo, o principal material de construção era o tijolo — o qual, conforme indica de forma específica o versículo três do capítulo onze do Gênese, constituía o material de construção usado em Babel. No ano de 1960, afirmava ele com segurança, a nova Babel começaria a se erguer, seu próprio feitio exprimiria uma aspiração de chegar aos céus, um símbolo da ressurreição do espírito humano. A história seria escrita ao contrário. O que tinha caído se ergueria; o que se havia cindido se unificaria. Uma vez concluída, a Torre seria grande o bastante para abrigar todos os habitantes do Novo Mundo. Haveria um aposento para cada pessoa e, assim que entrasse aí, ela esqueceria tudo o que sabia. Após quarenta dias e quarenta noites, se tornaria um novo homem, falando a língua de Deus, preparado para habitar o segundo e eterno paraíso.

Dessa maneira terminava a sinopse de Stillman para o livreto de Henry Dark, com data de 26 de dezembro de 1690, o setuagésimo aniversário do desembarque do navio *Mayflower*.

Quinn soltou um pequeno suspiro e fechou o livro. O salão de leitura estava vazio. Inclinou-se para a frente, pôs a cabeça entre as mãos e fechou os olhos. "Mil novecentos e sessenta", disse ele em voz alta. Tentou evocar uma imagem de Henry Dark, mas nada lhe veio à mente. No seu pensamento, só via fogo, um resplendor de livros em chamas. Em seguida, perdendo a trilha dos seus pensamentos e a direção para onde eles o estavam conduzindo, Quinn de repente lembrou que 1960 era o ano em que Stillman havia trancado seu filho no quarto.

Abriu o caderno vermelho e colocou-o aberto no colo. Quando estava, porém, prestes a escrever, resolveu que já era o bastante. Fechou o caderno vermelho, levantou-se da poltrona e repôs o livro de Stillman na escrivaninha da frente. Acendendo um cigarro no pé da escada, Quinn saiu da biblioteca e caminhou na direção da tarde de maio.

# 7

Ele chegou bem adiantado à Grand Central Station. O trem de Stillman não viria antes das seis e quarenta e um, mas Quinn queria tempo para estudar a geografia do local, para se assegurar de que Stillman não teria condições de passar por ele sem que ele notasse. Quando subiu as escadas do metrô que davam para o salão principal da estação, viu no relógio que passava um pouco de quatro horas. A estação já começava a encher com a multidão do horário do rush. Abrindo caminho entre a pressão dos corpos que se esbarravam, Quinn fez uma inspeção nos portões numerados em busca de escadas ocultas, saídas sem placas, redutos escuros. Concluiu que um homem decidido a sumir poderia fazê-lo sem maiores problemas. Ele teria de torcer para que Stillman não houvesse sido avisado de sua presença ali. Se fosse esse o caso e Stillman conseguisse ludibriá-lo, significaria que Virginia Stillman era a responsável. Não havia outra pessoa. Consolava-o saber que tinha um plano alternativo se as coisas dessem errado. Caso Stillman não aparecesse, Quinn seguiria direto para a rua 69 e confrontaria Virginia Stillman com o que estaria sabendo.

Enquanto perambulava pela estação, Quinn recordava a si mesmo a pessoa por quem estava se fazendo passar. O efeito de ser Paul Auster, Quinn começara a notar, não era de todo desagradável. Embora possuísse ainda o mesmo corpo de antes, a mesma mente, os mesmos pensamentos, tinha a impressão de que, de algum modo, ele fora retirado de dentro de si mesmo, como se não tivesse mais de andar para lá e para cá com o fardo da própria consciência. Graças a um mero truque do intelecto, um pequeno e hábil deslocamento de nomes, sentia-se incomparavelmente mais leve e mais livre. Ao mesmo tempo, sabia que tudo era uma ilusão. Mas havia nisso um certo conforto. Ele na verdade não se perdera; estava apenas fingindo, e poderia voltar a ser Quinn quando bem entendesse. O fato de agora haver um propósito para simular ser Paul Auster — um propósito que ia se tornando cada vez mais importante para ele — servia como uma espécie de justificativa moral para toda aquela farsa e o absolvia por levar adiante sua mentira. Pois imaginar-se como Auster se tornara, em sua mente, sinônimo de praticar o bem no mundo.

Vagou pela estação, então, como se estivesse no corpo de Paul Auster, à espera de Stillman. Voltou os olhos para cima, para o teto abobadado do salão principal, e observou o afresco de constelações. Havia lâmpadas representando estrelas e o contorno das figuras celestes. Quinn nunca conseguira apreender a ligação entre as constelações e seus nomes. Quando menino, passava muitas horas sob o céu da noite tentando reconhecer o formato de ursos, touros, arqueiros e carregadores de água nos aglomerados de luzes iguais a pontas de alfinete. Mas nada resultava disso, e ele se sentia idiota, como se houvesse um ponto cego no centro do seu cérebro. Imaginou se Paul Auster, quando jovem, teria se saído melhor do que ele na mesma situação.

Do lado oposto, ocupando a maior parte da parede leste da estação, havia um grande anúncio fotográfico da Kodak, com cores fulgurantes, absurdas. A cena exposta naquele mês mostrava uma rua de alguma aldeia de pescadores da Nova Inglaterra, talvez Nantucket. Uma linda luz de primavera brilhava nos paralelepípedos, flores de várias cores estavam colocadas no parapeito das janelas na frente das casas e, mais ao fundo, no final da rua, ficava o oceano, com suas ondas brancas e a água muito azul. Quinn lembrou-se de ter visitado Nantucket com a esposa muito tempo atrás, em seu primeiro mês de gravidez, quando seu filho não passava de uma pequena almôndega na barriga da mulher. Achou doloroso recordar isso agora e tentou suprimir as imagens que se formavam em sua mente. "Olhe tudo através dos olhos de Auster", disse para si mesmo, "e não pense em mais nada." Voltou de novo a atenção para a fotografia e sentiu-se aliviado por descobrir que seu pensamento se desviava para as baleias, para as expedições que partiam de Nantucket no século XIX, para Melville e as páginas de abertura de *Moby Dick*. Daí sua mente enveredou para os relatos que lera sobre os últimos anos de vida de Melville — o velho taciturno trabalhando na alfândega de Nova York, sem leitores, esquecido por todos. Então, de repente, com grande nitidez e precisão, Quinn viu a janela de Bartleby e a parede nua de tijolos à sua frente.

Alguém deu uma palmadinha no seu braço e Quinn girou para enfrentar o ataque, viu um homem baixo e mudo estendendo para ele uma caneta esferográfica verde e vermelha. Pregada à caneta estava uma bandeirinha branca de papel, em uma das faces da qual se lia: "Este produto de boa qualidade é cortesia de um SURDO-MUDO. Pague quanto quiser. Grato pela colaboração". Do outro lado da bandeirinha havia uma tabela do alfabeto manual — APRENDA A FALAR COM SEUS AMIGOS — que mostrava as posições da mão para cada uma das vinte e seis letras. Quinn enfiou a mão no bolso e deu ao homem um dólar. O surdo-mudo cumprimentou-o ligeiramente com a cabeça e seguiu adiante, deixando Quinn com a caneta na mão.

Agora já passava de cinco horas. Quinn achou que ficaria menos vulnerável em outro local e retirou-se para a sala de espera. No geral, era um lugar desagradável, repleto de poeira e de gente que não tinha aonde ir, mas agora, quando a hora do rush ia ganhando força total, o salão fora ocupado por homens e mulheres com pastas, livros e jornais. Quinn teve dificuldade em achar um lugar para sentar. Depois de procurar por dois ou três minutos, enfim encontrou um lugar vago em um dos bancos, entalando-se entre um homem de terno azul e uma mulher jovem e gorducha. O homem lia a seção de esportes do *Times*, e Quinn deu uma espiada a fim de ler a notícia sobre a derrota dos Mets na noite anterior. Havia chegado ao terceiro ou quarto parágrafo quando o homem voltou-se lentamente para ele, dirigiu-lhe um olhar sinistro e puxou o jornal para longe da sua vista.

Depois disso, aconteceu uma coisa estranha. Quinn voltou sua atenção para a moça à sua direita, para ver se havia algum material de leitura nessa direção. Calculou que a moça teria mais ou menos vinte anos. Tinha várias espinhas na bochecha esquerda, obscurecidas por uma camada de maquiagem cor-de-rosa, e um bolo de chiclete estalava na sua boca. Contudo ela lia um livro, uma edição em brochura com uma capa escandalosa, e Quinn inclinou-se muito ligeiramente para a direita a fim de dar uma espiada no título. Contra suas expectativas, era um livro que ele mesmo tinha escrito — *Cilada suicida*, de William Wilson, o primeiro romance de mistério do personagem Max Work. Quinn muitas vezes havia imaginado essa situação: o prazer repentino, inesperado, de encontrar um de seus leitores. Imaginara até o diálogo que se seguiria: ele, ligeiramente acanhado enquanto o estranho elogiava o livro, e depois, com grande relutância e modéstia, acedendo ao pedido de autografar a folha de rosto, "já que o senhor insiste". Mas agora que a cena estava ocorrendo de fato, sentiu-se bastante frustrado, e até aborrecido. Não gostou da moça sentada ao seu lado e o ofendia ver como ela lia às pressas e desatentamente as páginas que lhe haviam custado tanto esforço. Seu impulso era arrancar o livro das mãos dela e sair correndo com o volume para o outro lado da estação.

Observou o rosto da moça outra vez, tentando escutar as palavras que ela ouvia soar na cabeça, examinou os seus olhos enquanto corriam em disparada para lá e para cá ao longo da página. Quinn deve ter olhado com muita intensidade, pois logo depois a moça voltou-se para ele com uma expressão irritada no rosto e disse:

— Algum problema, senhor?

Quinn deu um sorriso frouxo.

— Nenhum problema — respondeu. — Só estava pensando se você gosta desse livro.

A moça encolheu os ombros.

— Já li melhores e já li piores.

Quinn quis encerrar a conversa ali mesmo mas algo nele ainda insistia. Antes que pudesse levantar e ir embora, as palavras já estavam na sua boca:

— Achou a história emocionante?

A moça encolheu os ombros de novo e estalou o chiclete na boca com um ruído alto.

— Mais ou menos. Tem uma parte em que o detetive se perde e que dá medo na gente.

— Ele é um detetive esperto?

— Ah, é sim. Mas fala demais.

— Você gostaria de mais ação?

— Acho que sim.

— Se desgosta tanto do livro, por que continua a ler?

— Não sei. — A moça encolheu os ombros de novo. — Ajuda a passar o tempo, eu acho. De todo jeito, não é lá grande coisa. É só mais um livro.

Quinn estava a ponto de lhe contar quem era, mas então compreendeu que não fazia nenhuma diferença. A moça era um caso perdido. Durante cinco anos ele mantivera em segredo a identidade de William Wilson e não iria revelar tudo agora, muito menos para uma desconhecida idiota. Era doloroso, no entanto, e ele lutou desesperadamente para engolir o seu orgulho. Em vez de dar um murro na cara da moça, Quinn levantou-se de repente do banco e se afastou.

Às seis e meia, se colocou diante do portão número vinte e quatro. Esperava-se que o trem chegasse no horário e, de sua posição privilegiada no meio do portão, Quinn pensava que suas chances de ver Stillman eram boas. Tirou do bolso a fotografia e examinou-a mais uma vez, prestando uma atenção especial aos olhos. Recordou ter lido em algum lugar que os olhos eram o único traço do rosto que nunca mudava. Desde a infância até a velhice, os olhos permaneciam os mesmos, e um homem atento a isso poderia, teoricamente, fitar os olhos de um menino em uma foto e reconhecer a mesma pessoa quando velha. Quinn tinha lá suas dúvidas, mas isso era tudo com que podia contar no momento, sua única ponte para o presente. Mais uma vez, porém, o rosto de Stillman não lhe disse nada.

O trem entrou na estação e Quinn experimentou o barulho como um disparo atravessando o seu corpo: um estrépito febril, aleatório, que parecia casar-se com suas pulsações, bombeando seu sangue em jorros ásperos. Sua cabeça então foi tomada pela voz de Peter Stillman, como um dique de palavras absurdas desmoronando de encontro às paredes do seu crânio. Disse a si mesmo para ficar calmo. Mas não adiantou muito. A despeito do que havia esperado de si mesmo nesse momento, estava nervoso. O trem vinha lotado, e quando os passageiros começaram a encher a rampa de desembarque e caminhar em sua direção, logo se transformaram em uma multidão. Quinn ficou batendo nervosamente com o caderno vermelho na coxa direita, na ponta dos pés, e perscrutava a turba. Logo uma onda de gente corria à sua volta. Havia homens e mulheres, crianças e velhos, homens negros e mulheres brancas, homens brancos e mulheres negras, orientais e árabes, homens de marrom, cinza, azul e verde, mulheres de vermelho, branco, amarelo e cor-de-rosa, crianças de tênis, crianças de sapatos, crianças de botas de vaqueiro, gente gorda e gente magra, gente alta e gente baixa, cada pessoa diferente de todas as demais, cada pessoa irredutivelmente ela mesma. Quinn examinava a todos, ancorado em seu ponto de observação, como se o seu ser tivesse se exilado nos olhos. Sempre que um homem idoso se aproximava, ele se esticava para ver se era Stillman. Vinham e iam embora depressa demais para que ele pudesse se entregar à frustração, mas em cada rosto idoso Quinn parecia descobrir um augúrio da aparência do verdadeiro Stillman, e bem ligeiro desviava suas expectativas para cada cara nova que surgia, como se a acumulação de homens velhos constituísse um prenúncio da chegada iminente do próprio Stillman. Por um instante, Quinn pensou: "Então é assim o trabalho de um detetive". Mas afora isso ele não pensou em nada. Apenas olhava. Imóvel no meio da multidão que se deslocava, Quinn permanecia de pé ali e observava com atenção.

Quando a metade dos passageiros já deixara a estação, Quinn teve a primeira visão de Stillman. A semelhança com a fotografia parecia inequívoca. Não, ele não tinha ficado careca, como Quinn havia pensado. Seu cabelo era branco e estava despenteado, despontando em tufos aqui e ali. Era alto, magro, sem dúvida com mais de sessenta anos, um pouco curvado. De forma inadequada para a estação do ano, vestia um comprido sobretudo marrom muito surrado e arrastava um pouco os pés ao andar. A expressão no seu rosto parecia serena, a meio caminho entre o torpor e a meditação. Não olhava para as coisas à sua volta, nem elas pareciam interessá-lo. Trazia uma única mala na bagagem, uma mala de couro maltratada que já fora linda, com uma correia em torno. Uma ou duas vezes enquanto subia a rampa de desembarque, ele baixou a mala e descansou um instante. Dava a impressão de andar com esforço, um pouco aturdido pela multidão, sem saber se devia segui-la ou deixar que os outros passassem por ele.

Quinn retrocedeu vários passos, se colocando a postos para um movimento rápido, tanto para a esquerda como para a direita, dependendo do que viesse a acontecer. Ao mesmo tempo, queria ficar afastado o suficiente para que Stillman não sentisse que estava sendo seguido.

Quando Stillman chegou à saída da estação, pôs a mala no chão mais uma vez e parou de andar. Nesse momento, Quinn se permitiu um olhar para a direita de Stillman, inspecionando o restante da multidão para se certificar de que não havia cometido nenhum engano. O que aconteceu então desafiava qualquer explicação. Logo atrás de Stillman, surgindo a apenas alguns centímetros do seu ombro direito, um outro homem se deteve, pegou um isqueiro no bolso e acendeu um cigarro. Seu rosto era uma réplica exata do rosto de Stillman. Por um segundo Quinn pensou que fosse uma ilusão, uma espécie de aura projetada pelas correntes eletromagnéticas do corpo de Stillman. Mas não, aquele outro Stillman se movimentava, respirava, piscava os olhos; suas ações eram nitidamente independentes do primeiro Stillman. O segundo Stillman tinha um ar próspero em torno de si. Vestia um caro terno azul; os sapatos estavam engraxados; o cabelo branco estava penteado; e nos olhos havia a expressão sagaz de um homem que conhece o mundo. Também levava uma só mala: preta, elegante, mais ou menos do mesmo tamanho da mala do outro Stillman.

Quinn franziu a testa. Agora, qualquer coisa que fizesse seria um erro. Qualquer escolha que fizesse — e tinha de fazer uma escolha — seria arbitrária, uma submissão ao acaso. A incerteza o assombraria até o final. Naquele momento, os dois Stillman retomaram cada um o seu caminho. O primeiro tomou a direita, o segundo tomou a esquerda. Quinn desejou possuir o corpo de uma ameba, a fim de se dividir ao meio e correr em duas direções ao mesmo tempo. "Faça alguma coisa", disse para si mesmo, "faça alguma coisa agora, seu imbecil." Sem motivo algum, Quinn seguiu para a esquerda, no encalço do segundo Stillman. Após nove ou dez passos, parou. Algo lhe dizia que passaria o resto da vida arrependido do que estava fazendo. Agia movido pelo rancor, ávido para castigar o segundo Stillman por vir confundi-lo. Virou-se para trás e viu o primeiro Stillman arrastando os pés na direção oposta. Sem dúvida, aquele era o homem. Essa criatura alquebrada, tão abatida e alheia ao mundo à sua volta — com certeza esse era o Stillman louco. Quinn respirou fundo, expirou com o peito sobressaltado e inspirou outra vez. Não havia como saber: nem isso, nem nada. Partiu atrás do primeiro Stillman, diminuindo o ritmo de seus passos a fim de acompanhar a velocidade do velho, e seguiu-o até o metrô.

Eram agora quase sete horas e a multidão tinha começado a minguar. Embora Stillman parecesse confuso, sabia aonde estava indo. O professor seguiu direto para a escada do metrô, pagou a passagem na bilheteria, embaixo, e aguardou tranquilamente na plataforma a composição para o Times Square. Quinn começou a perder o medo de ser notado. Nunca vira ninguém tão imerso em seus próprios pensamentos. Mesmo que ficasse de pé bem na frente de Stillman, Quinn duvidava que ele conseguisse notá-lo.

Viajaram no metrô para o West Side, percorreram os corredores úmidos da estação de metrô da rua 42 e desceram outra escada que levava aos trens interdistritais. Sete ou oito minutos depois, embarcaram no expresso da Broadway, seguiram em velocidade rumo à parte alta da cidade e, após duas longas paradas, desembarcaram na rua 96. Galgando lentamente a última escada, com várias interrupções no caminho para Stillman baixar a mala e tomar fôlego, afinal emergiram na esquina e penetraram na noite azul-escura. Stillman não hesitou. Sem se deter para firmar melhor seu ponto de apoio, pôs-se a caminhar subindo a Broadway pelo lado leste da rua. Por vários minutos, Quinn se entreteve com a convicção irracional de que Stillman estava andando na direção da sua casa na rua 107. Mas antes que pudesse se entregar a um pânico desenfreado, Stillman se deteve na esquina da rua 99, esperou que o sinal mudasse do verde para o vermelho e atravessou para o outro lado da Broadway. Meio quarteirão adiante

67

ficava um hotelzinho ordinário para gente da pior espécie, o Hotel Harmony. Quinn passara muitas vezes por ele e estava habituado com os bêbados e vagabundos que circulavam por ali. Surpreendeu-o ver Stillman abrir a porta da frente e entrar na recepção. De algum modo, havia imaginado que o velho encontraria um alojamento mais confortável. Mas enquanto estava de pé do lado de fora da porta de vidro e via o professor avançar até o balcão, escrever o que sem a menor dúvida havia de ser o seu nome no livro de registro dos hóspedes, pegar sua mala e desaparecer no elevador, Quinn entendeu que aquele era mesmo o local onde Stillman desejava ficar.

Quinn esperou do lado de fora durante as duas horas seguintes, andando para lá e para cá pela calçada, achando que talvez Stillman fosse sair para jantar em um dos bares vizinhos. Mas o velho não apareceu, e por fim Quinn concluiu que devia ter ido dormir. Ligou para Virginia Stillman de um telefone público na esquina, fez para ela um relatório completo do que tinha ocorrido e depois seguiu para casa na rua 107.

# 8

Na manhã seguinte, e por muitas manhãs depois, Quinn se instalou em um banco no meio da ilha de pedestres na esquina da Broadway com a rua 99. Chegava cedo, nunca depois das sete, e sentava ali com um café preparado para viagem, pão com manteiga e um jornal aberto no colo, vigiando a porta de vidro do hotel. Às oito horas, Stillman saía, sempre com o seu comprido sobretudo marrom, levando uma grande e antiquada mala de pano. Durante duas semanas, essa rotina não mudou. O velho perambulava pelas ruas da vizinhança, avançando devagar, às vezes mediante progressos ínfimos, parando, voltando a andar, parando de novo, como se cada passo tivesse de ser pesado e medido antes de ocupar seu lugar na soma total dos passos. Mover-se dessa maneira era difícil para Quinn. Estava habituado a andar ligeiro e todo aquele parar e recomeçar e cambalear ia se tornando um aborrecimento, como se o ritmo do seu corpo estivesse sendo quebrado. Ele era a lebre que perseguia a tartaruga, e o tempo todo tinha de se lembrar de conter os passos.

O que Stillman fazia nessas caminhadas permanecia um mistério para Quinn. Ele podia, é claro, ver com os próprios olhos o que acontecia e anotava tudo escrupulosamente em seu caderno vermelho. Mas o sentido dessas coisas continuava a intrigá-lo. Stillman nunca dava a impressão de estar indo para algum lugar determinado, tampouco parecia saber onde se encontrava. Entretanto, como se obedecesse a um desígnio consciente, conservava-se em uma área bem circunscrita, delimitada ao norte pela rua 110, ao sul pela rua 72, a oeste pelo Riverside Park e a leste pela avenida Amsterdam. Por mais aleatórias que parecessem suas excursões — e cada dia seu itinerário era diferente —, Stillman jamais ultrapassava essas fronteiras. Tamanha exatidão desnorteava Quinn, pois em todos os outros aspectos Stillman parecia mover-se a esmo.

Enquanto andava, Stillman não erguia os olhos. Seu olhar se mantinha o tempo todo fixado na calçada, como se estivesse à procura de alguma coisa. Na verdade, de vez em quando ele parava, apanhava algum objeto no chão e o examinava com cuidado, revirando-o para um lado e outro na mão. Isso fazia Quinn pensar em um arqueólogo analisando um fragmento em alguma ruína pré-histórica. Às vezes, depois de esquadrinhar um objeto colhido em seu caminho, Stillman o atirava de volta para a calçada. Porém o mais frequente é que abrisse sua bolsa e guardasse cuidadosamente o objeto ali dentro. Em seguida, metendo a mão em um dos bolsos do sobretudo, tirava de lá um caderno vermelho — semelhante ao de Quinn, porém menor — e escrevia nele com grande concentração durante um ou dois minutos. Tendo completado essa operação, punha o caderno de volta no bolso, pegava de novo a bolsa e prosseguia no seu caminho.

Até onde Quinn sabia, os objetos que Stillman pegava não tinham valor algum. Pareciam nada mais do que coisas quebradas, jogadas fora, refugos perdidos na rua. Com o decorrer dos dias, Quinn registrou um guarda-chuva retrátil despojado do seu pano, uma cabeça de boneca de plástico, uma luva preta, o bocal de uma lâmpada espatifada, vários retalhos de papel impresso (revistas enxovalhadas, jornais amarfanhados), uma fotografia rasgada, pedaços indistintos de máquinas e um monte de quinquilharias inúteis que ele não conseguia identificar. O fato de Stillman levar essa varredura tão a sério deixava Quinn intrigado, mas não podia fazer nada mais do que observar, anotar o que via em seu caderno vermelho, pairar como um tolo na superfície das coisas. Ao mesmo tempo, agradava-lhe saber que Stillman possuía também um caderno vermelho, como se isso formasse um vínculo secreto entre eles. Quinn desconfiava que o caderno vermelho de Stillman continha as respostas para as perguntas que vinham se acumulando em sua mente, e começou a arquitetar vários estratagemas a fim de roubá-lo do velho. Mas ainda não chegara a hora para dar esse passo. Afora apanhar objetos na rua, Stillman parecia não fazer mais nada. De vez em quando parava em algum lugar para fazer uma refeição. Às vezes ocorria de esbarrar com uma pessoa e balbuciar um pedido de desculpas. Certa vez um carro quase o atropelou quando atravessava a rua. Stillman não falava com ninguém, não entrava nas lojas, não sorria. Não parecia nem feliz nem triste. Por duas vezes, quando o fruto de sua varredura se mostrou invulgarmente volumoso, ele voltou para o hotel no meio do dia e depois saiu de novo, alguns minutos depois, com a bolsa vazia. Na maior parte dos dias, passava pelo menos várias horas no Riverside Park, caminhando metodicamente pelas trilhas asfaltadas ou fustigando os arbustos com uma bengala. Em uma ocasião, Quinn reparou, Stillman chegou a curvar-se para observar um cocô de cachorro já seco, farejou-o com cuidado e guardou-o. Também era no parque que Stillman descansava. De tarde, em geral após o almoço, sentava-se em um banco e ficava contemplando o outro lado do rio Hudson. Certa vez, em um dia especialmente quente, Quinn o viu estirado na grama, dormindo. Quando escurecia, Stillman ia jantar no Apollo Cofee Shop, na esquina da rua 97 com a Broadway, e depois voltava para dormir no seu hotel. Não tentou entrar em contato com o filho nenhuma vez. Isso era confirmado por Virginia Stillman, para quem toda noite, depois de voltar para casa, Quinn telefonava.

O essencial era permanecer envolvido naquilo. Pouco a pouco, Quinn começou a sentir-se afastado de suas intenções originais, e se perguntava agora se não teria embarcado em um projeto sem sentido. Era possível, é claro, que Stillman estivesse apenas ganhando tempo, acalentando o mundo para deixá-lo em um estado de letargia antes de atacar. Mas isso seria presumir que ele sabia que estava sendo vigiado, o que Quinn achava improvável. Até então, Quinn fizera seu trabalho direito, mantendo-se a uma distância discreta do velho, misturando-se ao tráfego da rua, sem chamar atenção para si mesmo mas também sem tomar medidas drásticas a fim de se conservar oculto. Por outro lado, era possível que Stillman soubesse o tempo todo que seria vigiado — e até já soubesse disso de antemão — e portanto não se tivesse dado ao trabalho de descobrir quem era o seu vigia. Se estar sendo seguido constituía uma certeza, que importância teria isso? Um vigia, uma vez descoberto, sempre podia ser substituído por outro.

Essa maneira de encarar a situação confortava Quinn e ele resolveu acreditar nisso, muito embora não tivesse motivos para fundamentar sua crença. Ou Stillman sabia o que estava fazendo, ou não sabia. E se não soubesse, Quinn não chegaria a parte alguma, estava perdendo seu tempo. Era muito melhor acreditar que todos os seus movimentos tinham na verdade um propósito. Se essa interpretação pressupunha um conhecimento da parte de Stillman, então Quinn admitiria esse conhecimento como um artigo de fé, pelo menos por enquanto.

Permanecia o problema de como ocupar seus pensamentos enquanto seguia o velho. Quinn estava habituado a vagar pelas ruas. Suas excursões pela cidade o haviam ensinado a compreender o vínculo entre o interno e o externo. Empregando o movimento ao acaso como uma técnica de inversão, ele conseguia em seus melhores dias transpor o exterior para o interior e desse modo usurpar a soberania da interioridade. Ao se inundar com o exterior, ao se afogar no que estava fora dele, Quinn conseguira exercer algum diminuto grau de controle sobre seus paroxismos de desespero. Perambular, portanto, era uma espécie de alheamento. Mas seguir Stillman não era perambular. Stillman podia perambular, podia cambalear feito um cego de um lugar para o outro, mas esse era um privilégio negado a Quinn. Pois agora ele estava obrigado a se concentrar no que fazia, ainda que fosse quase nada. Volta e meia seus pensamentos começavam a andar à deriva e logo seus passos iam também pelo mesmo caminho. Isso queria dizer que ele se achava em constante perigo de acelerar os passos e chocar-se com Stillman pelas costas. A fim de se precaver desse contratempo, Quinn forjou vários métodos diferentes de desaceleração. O primeiro consistia em dizer a si mesmo que já não era mais Daniel Quinn. Era Paul Auster agora e, a cada passo que dava, tentava se adaptar de forma mais confortável aos rigores dessa metamorfose. Auster não passava de um nome para ele, uma casca sem conteúdo. Ser Auster significava ser um homem sem interior nenhum, um homem sem pensamentos. E se não havia pensamentos à sua disposição, se sua própria vida interior se tornara inacessível, então não existia um lugar para onde ele pudesse fugir. Como Auster, Quinn não podia evocar recordações e temores, sonhos e alegrias, pois todas essas coisas, uma vez que pertenciam a Auster, representavam para ele um completo vazio. Em consequência, tinha de permanecer unicamente na superfície de si mesmo, voltando o olhar para o exterior em busca de um ponto de sustentação. Manter os olhos fixos em Stillman, por conseguinte, não era simplesmente uma distração para a cadeia dos seus pensamentos, mas sim o único pensamento que Quinn se permitia ter.

Durante um ou dois dias, essa tática obteve um sucesso moderado, mas no final até Auster começou a se abater com a monotonia. Quinn se deu conta de que precisava de mais alguma coisa para se manter ocupado, alguma tarefa ligeira para acompanhá-lo enquanto fazia o seu trabalho. No fim, foi o caderno vermelho que trouxe a salvação. Em vez de simplesmente rabiscar algumas anotações triviais, como fizera nos primeiros dias, Quinn resolveu registrar todos os detalhes possíveis a respeito de Stillman. Usando a caneta que havia comprado do surdo-mudo, lançou-se à tarefa com ardor. Não só tomava nota dos gestos de Stillman, descrevia todos os objetos que ele rejeitava ou escolhia para a sua bolsa e mantinha um cronograma preciso para todos os acontecimentos, como também registrava com um cuidado minucioso o itinerário exato das deambulações de Stillman, anotando cada rua que tomava, cada curva que fazia, cada pausa que ocorria. Além de mantê-lo ocupado, o caderno vermelho retardava os passos de Quinn. Não existia agora o menor perigo de ultrapassar Stillman. O problema, ao contrário, era manter-se no seu encalço, garantir que ele não ia sumir de vista. Pois andar e escrever não eram atividades facilmente compatíveis. Se nos últimos anos Quinn passara seus dias fazendo uma e outra coisa, agora tentava fazer ambas ao mesmo tempo. No começo, não cometeu erros. Era sobretudo difícil escrever sem olhar para o papel e muitas vezes descobria que tinha escrito duas ou até três linhas uma por cima da outra, criando um palimpsesto embaralhado e ilegível. Olhar para a página, porém, significava parar, e isso aumentava suas chances de perder Stillman. Depois de um tempo, concluiu que era basicamente uma questão de posição. Experimentou pôr o caderno à sua frente em um ângulo de quarenta e cinco graus, mas constatou que seu pulso esquerdo logo se cansava. Em seguida, tentou manter o caderno bem na frente do rosto, os olhos espiando por cima do papel, como um Kilroy* de carne e osso, mas isso se revelou pouco prático. Depois, tentou escorar o caderno no braço direito, alguns centímetros acima do cotovelo, e apoiar as costas do caderno na palma da mão esquerda. Mas isso dava cãibras na mão com que escrevia e tornava impossível escrever na metade de baixo da página. Por fim, resolveu colocar o caderno no quadril esquerdo, quase como um artista segura sua paleta. Isso representou um progresso. Levar o caderno não era mais um transtorno, e a mão direita podia segurar a caneta, desembaraçada de outras obrigações. Embora esse método também tivesse seus contratempos, parecia o arranjo mais confortável para o seu demorado trajeto. Pois Quinn agora conseguia dividir sua atenção quase igualmente entre Stillman e sua escrita, ora levantando os olhos para um, ora baixando os olhos para a outra, vendo o fato e escrevendo a respeito dele no mesmo gesto fluente. Com a caneta do surdo-mudo na mão direita e o caderno vermelho no quadril esquerdo, Quinn continuou a seguir Stillman por mais nove dias.

Suas conversas noturnas com Virginia Stillman eram breves. Embora a lembrança do beijo ainda estivesse bem viva na mente de Quinn, não houve nenhum desdobramento romântico. A princípio, Quinn tinha esperado que alguma coisa acontecesse. Depois de um começo tão promissor, ele experimentou a certeza de que no final teria a senhora Stillman em seus braços. Mas sua cliente havia recuado bem depressa para trás da máscara de um relacionamento profissional e nem por uma vez fizera referência àquele momento isolado de paixão. Talvez Quinn se tivesse iludido em suas esperanças, confundindo-se momentaneamente

(*) Personagem criado na Segunda Guerra Mundial pelos soldados norte-americanos, que o desenhavam nos muros com a inscrição: "Kilroy esteve aqui". (N. T.)

com a figura de Max Work, um homem que jamais deixava de tirar proveito dessas situações. Ou quem sabe Quinn estivesse simplesmente começando a sentir sua solidão de forma mais contundente. Havia muito tempo que não tinha um corpo quente ao seu lado. E, para dizer a verdade, ele sentiu desejo por Virginia Stillman desde o momento em que a vira, bem antes de acontecer o beijo. Tampouco a atual falta de sinais encorajadores da parte de Virginia impedia que ele continuasse a imaginá-la nua. Imagens lascivas desfilavam pela cabeça de Quinn todas as noites e, embora as chances de se tornarem reais parecessem remotas, elas persistiam como uma diversão agradável. Muito mais tarde, bem depois de já ser tarde demais, ele compreendeu que bem no fundo vinha alimentando a esperança cavalheiresca de resolver o caso de forma tão esplêndida, de salvar Peter Stillman de todo e qualquer perigo de um modo tão fulminante e irrevogável que ganharia em recompensa os carinhos da senhora Stillman por quanto tempo desejasse. Isso, está claro, era um engano. Mas entre tantos enganos que Quinn cometeu desde o início até o final, não era em nada pior do que os outros.

Era o décimo terceiro dia desde que o caso começara. Quinn voltou para casa mal-humorado naquela noite. Estava desanimado, disposto a abandonar o barco. Apesar dos jogos que vinha praticando consigo mesmo, apesar das histórias que inventara para manter-se ativo, o caso não parecia ter nenhuma consistência. Stillman era um velho maluco que esquecera o filho. Poderia ser seguido até o final dos tempos e mesmo assim nada iria acontecer. Quinn pegou o telefone e discou para o apartamento dos Stillman.

— Estou achando melhor tirar meu time de campo — disse para Virginia Stillman. — Pelo que vejo, não existe nenhuma ameaça para Peter.

— É isso mesmo que ele quer que a gente pense — respondeu a mulher. — Você não tem ideia de como ele é ardiloso. E de como é paciente.

— Ele pode ser paciente, mas eu não sou. Acho que você está jogando seu dinheiro fora. E que estou perdendo meu tempo.

— Tem certeza de que ele não viu você? Isso pode ser muito importante.

— Eu não apostaria minha vida nisso, mas sim, tenho certeza.

— O que você acha, então?

— Acho que você não tem com que se preocupar. Pelo menos por enquanto. Se alguma coisa acontecer mais tarde, entre em contato comigo. Virei correndo ao menor sinal de perigo.

Depois de uma pausa, Virginia Stillman disse:

— Você pode ter razão. — E depois de outra pausa: — Mas só para me tranquilizar um pouco mais, eu queria saber se você podia me fazer uma concessão.

— Depende do que você tem em mente.

— Nada de mais. Só vigie mais alguns dias. Para ter absoluta certeza.

— Com uma condição — respondeu Quinn. — Você tem de me deixar agir a meu modo. Nada de restrições. Preciso ficar livre para falar com ele, fazer perguntas, ir logo ao fundo da questão de uma vez por todas.

— Isso não seria arriscado?

— Não tem por que se preocupar. Não vou pisar na bola. Ele não vai nem desconfiar quem sou e o que pretendo.

— Como vai conseguir isso?

— É problema meu. Tenho um monte de truques guardados na manga. Você só precisa confiar em mim.

— Tudo bem, eu aceito. Acho que não vai fazer mal nenhum.

— Ótimo. Vou esperar mais alguns dias e aí então veremos em que pé estão as coisas.

— Senhor Auster?

— Sim?

— Estou imensamente grata. Peter tem andado muito bem nas duas últimas semanas e sei que é por sua causa. Ele fala sobre você o tempo todo. Você é como... não sei... um herói para ele.

— E como a senhora Stillman se sente?

— Ela sente a mesma coisa.

— É bom ouvir isso. Talvez um dia ela deixe que eu também me sinta grato a ela.

— Tudo é possível, senhor Auster. Deve se lembrar disso.

— Lembrarei. Seria um tolo se não lembrasse.

\* \* \*

Quinn preparou um jantar ligeiro com ovos mexidos e torradas, tomou uma garrafa de cerveja e depois se instalou em sua escrivaninha com o caderno vermelho. Já vinha escrevendo nele por vários dias, enchendo uma página depois da outra com sua caligrafia errante, turbulenta, mas ainda não tivera ânimo de ler tudo o que havia escrito. Agora que o final parecia enfim à vista, imaginou se não deveria se aventurar a dar uma olhada. Boa parte do texto era de leitura difícil, sobretudo no início. E quando conseguia decifrar as palavras, não parecia valer a pena o esforço. "Apanha um lápis no meio do quarteirão. Examina, hesita, põe na bolsa... Compra um sanduíche na lanchonete... Senta no banco do parque e lê o caderno vermelho." Essas frases lhe pareciam completamente inúteis.

Era tudo uma questão de método. Se o objetivo era compreender Stillman, conhecê-lo bem o bastante para conseguir prever o que faria em seguida, Quinn tinha fracassado. Começara com um número restrito de fatos: a formação e a profissão de Stillman, a prisão do seu filho, sua captura pela polícia e o internamento em um hospital, uma obra acadêmica bizarra, redigida enquanto se achava supostamente são, e acima de tudo a certeza de Virginia Stillman de que ele agora tentaria fazer algum mal ao filho. Mas os fatos do passado pareciam não ter nenhum apoio nos fatos do presente. Quinn estava profundamente decepcionado. Sempre imaginara que a chave do êxito de um detetive residia na observação minuciosa dos detalhes. Quanto mais acurado o exame, mais satisfatórios seriam os resultados. O pressuposto era de que o comportamento podia ser compreendido, que por baixo da infinita fachada de gestos, tiques e silêncios existia afinal uma coerência, uma ordem, uma fonte de motivação. Mas depois de quebrar a cabeça para decifrar todos esses efeitos de superfície, Quinn não se sentiu nem um pouco mais perto de Stillman do que estava quando começou a segui-lo. Tinha vivido a vida de Stillman, caminhado no mesmo passo que ele, tinha visto o que ele via, e a única coisa que experimentava agora era a impenetrabilidade do homem. Em vez de reduzir a distância que havia entre ele e Stillman, Quinn viu o velho se afastar mais ainda, mesmo quando se achava diante dos seus olhos.

Sem nenhum motivo especial que pudesse apontar, Quinn abriu uma página em branco no caderno vermelho e desenhou ali um mapinha da área pela qual Stillman perambulava.

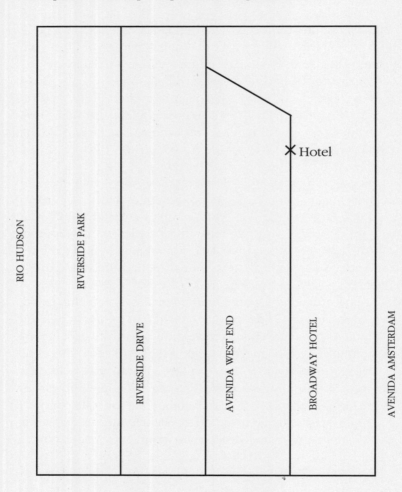

Em seguida, examinando cuidadosamente suas anotações, pôs-se a traçar com a caneta os movimentos que Stillman fizera em um único dia — o primeiro dia em que fizera um registro completo das deambulações do velho. O resultado foi o seguinte:

Quinn ficou espantado com o modo pelo qual Stillman havia contornado o território, sem se aventurar uma única vez em direção ao centro. O diagrama parecia um pouco o mapa de algum estado imaginário do Meio-Oeste americano. Exceto pelos onze quarteirões ao subir pela Broadway no início da caminhada e pela série de floreios que representavam os desvios de Stillman no Riverside Park, a imagem também lembrava um retângulo. Por outro lado, levando em conta a estrutura de quadrante das ruas de Nova York, poderia ser também um zero ou a letra "O".

Quinn passou para o mapa do dia seguinte e resolveu ver o que ia acontecer. O resultado não foi nem um pouco semelhante.

Essa imagem fez Quinn pensar em um pássaro, talvez uma ave de rapina, com as asas abertas, pairando nas alturas. Um instante depois, essa interpretação lhe pareceu estapafúrdia. A ave se dissipou e em seu lugar havia apenas duas formas abstratas, unidas pela pequena ponte que Stillman havia formado ao caminhar para oeste na rua 83.

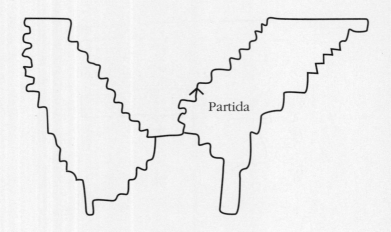

Quinn se deteve um momento para refletir a respeito do que estava fazendo. Estaria rabiscando absurdos? Estaria jogando a noite fora feito um desmiolado, ou estava mesmo tentando descobrir alguma coisa? Tanto uma resposta como a outra eram inaceitáveis, ele percebeu. Se estava simplesmente matando o tempo, por que escolhera um jeito tão trabalhoso? Estaria tão desnorteado que não tinha mais coragem de pensar? Por outro lado, se não estava apenas se entretendo, o que queria fazer, afinal? Tinha a impressão de que estava à procura de um sinal. Vasculhava o caos dos movimentos de Stillman à cata de algum vislumbre de coerência. Isso significava apenas uma coisa: que ele continuava a duvidar da arbitrariedade das ações de Stillman. Desejava que houvesse nelas algum sentido, por mais obscuro que fosse. Isso, em si mesmo, era inaceitável. Pois significava que Quinn estava se permitindo negar os fatos, e isso, conforme ele sabia muito bem, era a pior coisa que um detetive podia fazer.

Mesmo assim resolveu ir em frente. Não era tarde, nem sequer onze horas ainda, e a verdade é que aquilo não ia fazer mal nenhum. O resultado do terceiro mapa não tinha nenhuma semelhança com os dois anteriores.

Não parecia mais haver qualquer dúvida sobre o que estava ocorrendo. Deixando de lado os arabescos na região do parque, Quinn tinha certeza de que estava olhando para a letra "E". Admi-

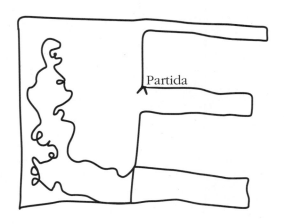

tindo-se que o primeiro diagrama representasse de fato a letra "O", parecia legítimo supor que as asas do pássaro do segundo desenho formavam a letra "W". É claro, as letras O-W-E formavam uma palavra,* mas Quinn não estava preparado para tirar nenhuma conclusão. Ele não se dispôs a começar o seu inventário até chegar ao quinto dia das excursões de Stillman e a identidade das cinco primeiras letras estar fora de qualquer dúvida. Lamentou não ter começado mais cedo, ciente agora de que o mistério daqueles quatro dias era irrecuperável. Mas talvez conseguisse compensar o que perdera no passado indo em frente. Ao chegar ao final, talvez pudesse intuir o princípio.

O diagrama do dia seguinte parecia desvendar uma forma semelhante à letra "R". A exemplo dos demais, era embaraçado por numerosas irregularidades, aproximações e firulas ornamentais na região do parque. Ainda se aferrando a uma aparência de objetividade, Quinn tentou olhar para o desenho como se não previsse encontrar ali uma letra do alfabeto. Tinha de admitir que nada era seguro: podia muito bem não fazer sentido algum. Talvez estivesse procurando imagens nas nuvens, como fazia quando menino. E mesmo assim a coincidência era impressionante demais. Se um mapa fosse parecido com uma letra, quem sabe até dois mapas, ele poderia ter desdenhado o fato como uma arti-

(*) Em inglês, *owe*, "ter dívida". (N. T.)

manha do acaso. Mas com quatro mapas seguidos, já seria levar a coisa longe demais.

O dia seguinte lhe deu um "O" torto, uma rosquinha esmagada em um dos lados por três ou quatro linhas denteadas saindo uma da outra. Depois veio um "F" bem alinhado, com os habituais remoinhos rococó no canto. Após isso veio um "B" que parecia duas caixas jogadas ao acaso uma em cima da outra, com aparas de madeira usadas para forrar embalagens transbordando pelas bordas. Em seguida veio um "A" claudicante que parecia um pouco uma escada de mão, com degraus a intervalos regulares dos dois lados. Por fim veio um segundo "B": precariamente enviesado em um determinado ponto caprichosamente escolhido, como uma pirâmide de cabeça para baixo.

Quinn então copiou as letras em ordem: OWEROFBAB. Após revirar essas letras durante uns quinze minutos, trocando de ordem, separando umas das outras, remontando a sequência, ele voltou à ordem original e as escreveu da seguinte maneira: OWER OF BAB. A solução parecia tão grotesca que ele quase se apavorou. Mesmo admitindo que perdera os quatro primeiros dias e que Stillman ainda não havia terminado, a resposta parecia inevitável: THE TOWER OF BABEL, A Torre de Babel.

Os pensamentos de Quinn momentaneamente fugiram para as páginas finais de *A. Gordon Pym* e para a descoberta dos estranhos hieróglifos na parede interna da fenda — letras inscritas na própria terra, como se estivessem tentando dizer uma coisa que já não podia mais ser compreendida. Mas, pensando melhor, isso não parecia adequado. Pois Stillman não deixara essa mensagem inscrita em parte alguma. Na verdade, criara as letras com o movimento dos seus passos, mas eles não tinham sido escritos. Era como fazer um desenho no ar com os dedos. A imagem se esvai na mesma hora em que a gente a cria. Não existe nenhum resultado, nenhum vestígio para assinalar o que fizemos.

Todavia as imagens existem de fato — não nas ruas onde foram desenhadas, mas no caderno vermelho de Quinn. Ele se perguntava se Stillman havia sentado em seu quarto todas as noites e planejado seu trajeto para o dia seguinte, ou se improvisara à medida que caminhava. Era impossível saber. Perguntava-se também que propósito essa escrita cumpria na mente de Stillman. Seria meramente uma espécie de anotação feita para si mesmo ou tinha o intuito de transmitir uma mensagem para os outros? No mínimo, concluiu Quinn, aquilo queria dizer que Stillman não tinha esquecido Henry Dark.

Quinn não queria entrar em pânico. Em um esforço para se controlar, tentou imaginar as coisas sob o pior ângulo possível. Ao encarar o pior, quem sabe as coisas no final não se revelassem tão ruins quanto ele pensava? Analisou a situação da seguinte forma. Primeiro: Stillman estava de fato planejando alguma coisa contra Peter. Réplica: isso sempre fora o pressuposto, afinal de contas. Segundo: Stillman sabia que seria seguido, sabia que seus movimentos seriam registrados, sabia que sua mensagem seria decifrada. Réplica: isso não alterava em nada o fato primordial — que Peter tinha de ser protegido. Terceiro: Stillman era muito mais perigoso do que ele imaginara até então. Réplica: isso não queria dizer que ele ia conseguir concretizar seu intento.

Isso ajudou bastante. Mas as letras continuavam a horrorizar Quinn. A coisa toda era tão tortuosa, tão diabólica em seus circunlóquios, que ele não queria admitir. Depois vieram dúvidas, como se estivessem assumindo o comando, entupindo sua cabeça de vozes debochadas em tom de ladainha. Quinn imaginara tudo. As letras não eram letras de modo algum. Ele tinha visto as letras simplesmente porque queria vê-las. E ainda que os diagramas formassem de fato letras, era só uma coincidência. Stillman nada tinha a ver com isso. Tudo não passava de um acidente, um embuste que ele havia perpetrado a si mesmo.

Resolveu ir para a cama, dormiu direito, acordou, escreveu no caderno vermelho durante meia hora, voltou para a cama. Seu último pensamento antes de ir dormir foi que provavelmente dispunha ainda de dois dias, pois Stillman não havia completado sua mensagem. Faltavam as duas últimas letras — o "E" e o "L". A mente de Quinn dispersou-se. Desembocou em um mundo de fantasia formado por fragmentos, um lugar de coisas sem nomes e nomes sem coisas. Em seguida, debatendo-se em seu torpor uma última vez, disse a si mesmo que El era a denominação de Deus em hebraico antigo.

Em seu sonho, que depois esqueceu, viu a si mesmo no depósito de lixo da cidade da sua infância vasculhando uma montanha de porcarias.

# 9

O primeiro encontro com Stillman ocorreu em Riverside Park. Era no meio da tarde, um sábado de bicicletas, de gente que leva o cachorro para passear e de crianças. Stillman estava sentado sozinho em um banco, olhando em frente, para nada em especial, com o caderninho vermelho no colo. Havia luzes em toda parte, uma luz imensa que parecia irradiar com força de cada coisa em que os olhos se detivessem, e acima, nos galhos das árvores, uma brisa não parava de soprar, agitando as folhas com um sussurro nervoso, um levantar e baixar que emitia um murmúrio contínuo, feito as ondas na praia.

Quinn planejara seus movimentos com cuidado. Fingindo não ver Stillman, sentou-se no banco ao lado dele, cruzou os braços no peito e voltou os olhos na mesma direção que o velho. Nenhum dos dois falou. Pelas estimativas que fez posteriormente, Quinn calculou que esse intervalo durou quinze ou vinte minutos. A seguir, sem avisar, voltou-se para o velho e olhou para ele à queima-roupa, fixando os olhos teimosamente no perfil enrugado. Quinn concentrou todas as suas forças nos olhos, como se pudessem abrir um furo ardente no crânio de Stillman. Esse olhar se prolongou por cinco minutos.

Por fim Stillman virou-se para ele. Com uma surpreendente e mansa voz de tenor, falou:

— Desculpe, mas não vai ser possível falar com você.

— Eu não disse nada — retrucou Quinn.

— É verdade — disse Stillman. — Mas você precisa compreender que não tenho o costume de falar com estranhos.

— Repito — insistiu Quinn — que eu não disse nada.

— Sim, ouvi o que você disse da primeira vez. Mas não está interessado em saber por quê?

— Receio que não.

— Muito bem. Vejo que é um homem sensato.

Quinn deu de ombros, recusando-se a responder. Toda a sua pessoa agora transpirava indiferença.

Stillman sorriu vivamente com isso, inclinou-se para Quinn e disse, com uma voz conspiratória:

— Acho que vamos nos dar bem.

— Isso ainda vamos ver — respondeu Quinn depois de um longo intervalo.

Stillman riu — um breve e estrondoso "Ha" — e depois continuou.

— Não é que me desagradem os estranhos *per se*. Ocorre apenas que prefiro não falar com uma pessoa que não se apresenta. Para começar uma conversa, preciso ter um nome.

— Porém, uma vez que um homem diz seu nome, já não é mais um estranho.

— Justamente. É por isso que nunca falo com estranhos.

Quinn estava preparado para isso e sabia como responder. Não ia deixar que o pegassem. Como tecnicamente ele era Paul Auster, era esse o nome que tinha de proteger. Tudo o mais, até mesmo a verdade, seria uma invenção, uma máscara para escondê-lo e mantê-lo a salvo.

— Nesse caso — disse ele —, fico feliz em lhe fazer esse favor. Meu nome é Quinn.

— Ah — disse Stillman, pensativo, balançando a cabeça. — Quinn.

— Sim, Quinn. Q-U-I-N-N.

— Entendo. Sim, sim, entendo. Quinn. Hmmm. Sim. Muito interessante. Quinn. Uma palavra muito sonora. Rima com Caim, não é?

— É isso mesmo. Caim.

— E também com motim, se não estou enganado.

— Não está não.

— E também com tim-tim por tim-tim. Não é mesmo?

— Exatamente.

— Hmmm. Muito interessante. Vejo muitas possibilidades nessa palavra, esse Quinn, essa... quintessência... de quididade. Quina, por exemplo. E quinhão. E quase. E quinze. Hmm. Rima com rim. Para não falar em fim. Hmmm. Muito interessante. E sim. E vim. E gim. E mim. Hmmm. Rima até com djim. Hmmm. E se a gente pensar direito, com brim. Hmmm. Sim, muito interessante. Gosto imensamente do seu nome, senhor Quinn. Ele se arvora em muitas pequeninas direções ao mesmo tempo.

— Pois é, eu mesmo já notei isso muitas vezes.

— A maioria das pessoas não presta atenção nessas coisas. Pensam nas palavras como se fossem pedras, grandes objetos imóveis e sem vida, como mônadas que jamais se alteram.

— As pedras podem se modificar. Podem ser gastas pelo vento ou pela água. Podem ser erodidas. Podem ser trituradas. É possível transformar as pedras em lascas, ou cascalho, ou pó.

— Exatamente. Percebi que o senhor era um homem sensato assim que o vi, senhor Quinn. Se o senhor soubesse quanta gente me ouviu sem me compreender. Minha obra sofreu muito por causa disso. Sofreu terrivelmente.

— Sua obra?

— Sim, minha obra. Meus projetos, minhas investigações, minhas experiências.

— Ah.

— Pois é. Mas apesar de todos os reveses, nunca me deixei intimidar. No momento, por exemplo, estou empenhado em uma das coisas mais importantes que já fiz. Se tudo correr bem, creio que terei na mão a chave para uma série de descobertas cruciais.

— A chave?

— Sim, a chave. Uma coisa que abre portas fechadas.

— Ah.

— É claro, por enquanto estou apenas coletando dados, reunindo provas, por assim dizer. A seguir, porei em ordem minhas descobertas. Trata-se de um trabalho muito árduo. O senhor nem acreditaria como é difícil, sobretudo para um homem na minha idade.

— Posso imaginar.

— É verdade. Há tanto a fazer e tão pouco tempo disponível. Toda manhã acordo ao raiar do dia. Tenho sempre de ir para a rua, não importa o tempo que faça, em movimento constante, sempre a pé, indo de um lugar para o outro. Isso me deixa esgotado, não tenha dúvida.

— Mas vale a pena.

— Tudo em nome da verdade. Nenhum sacrifício é grande demais.

— De fato.

— Veja, ninguém entendeu o que eu entendi. Sou o primeiro. Sou o único. Isso coloca sobre mim o peso de uma grande responsabilidade.

— O mundo sobre os ombros.

— Sim, por assim dizer. O mundo, ou o que restou dele.

— Não percebi que as coisas estavam assim tão ruins.

— Estão ruins mesmo. Talvez até pior que isso.

— Ah.

— Veja, o mundo está despedaçado, senhor. E meu trabalho é unir seus cacos outra vez.

— O senhor assumiu uma tarefa e tanto.

— Sei disso. Mas estou apenas em busca do princípio. Isso se encontra dentro da esfera de ação de um homem. Se conseguir assentar os fundamentos, outras mãos poderão se incumbir do trabalho de restauração propriamente dito. O importante é a base, o primeiro passo teórico. Infelizmente, não há mais ninguém capaz de fazê-lo.

— O senhor avançou muito?

— Andei a passos largos. De fato, sinto que estou à beira de uma ruptura importante.

— Fico feliz em saber.

— É mesmo um pensamento confortador, sim. E tudo por causa da minha sagacidade, a deslumbrante clarividência da minha mente.

— Não tenho dúvida alguma disso.

— Veja, compreendi a necessidade de me restringir. De trabalhar em um terreno reduzido o bastante para que todos os resultados sejam categóricos.

— O fundamento do fundamento, por assim dizer.

— É exatamente isso. O princípio do princípio, o método de operação. Veja, o mundo está despedaçado, senhor. Não só perdemos nosso sentido de finalidade, como perdemos também a linguagem por meio da qual poderíamos falar sobre isso. Sem dúvida, essas são questões espirituais, mas têm o seu equivalente no mundo material. Minha formidável proeza residiu em me confinar a coisas físicas, ao imediato e ao tangível. Meus motivos são sublimes, mas minha obra, agora, tem lugar no reino do cotidiano. É por isso que com tanta frequência sou mal compreendido. Mas não importa. Aprendi a dar as costas para essas coisas.

— Uma reação admirável.

— A única reação possível. A única digna de um homem da minha estatura. Veja, estou prestes a inventar uma nova língua. Com uma obra como essa para realizar, não posso me perturbar com a burrice dos outros. Seja como for, é tudo parte da doença que estou tentando curar.

— Uma língua nova?

— Sim. Uma língua que irá, enfim, dizer aquilo que temos para dizer. Pois nossas palavras já não mais correspondem ao mundo. Quando as coisas formavam um todo, tínhamos confiança de que nossas palavras eram capazes de expressá-las. Mas aos poucos essas coisas se despedaçaram, se romperam, desmoronaram no caos. E no entanto nossas palavras permaneceram as mesmas. Elas não se adaptaram à nova realidade. Por isso, toda vez que tentamos falar o que vemos, falamos com falsidade, distorcendo a coisa mesma que desejamos representar. Tudo vira uma bagunça. Mas as palavras, como o senhor mesmo afirmou, são capazes de mudar. O problema é como demonstrá-lo. É por essa razão que agora eu trabalho com os recursos mais simples possíveis — tão simples que até uma criança é capaz de apreender o que estou dizendo. Imagine uma palavra que se refere a uma coisa — "guarda-chuva", por exemplo. Quando digo a palavra "guarda-chuva", vemos o objeto na nossa mente. Vemos uma espécie de bengala com varetas de metal dobráveis em cima, que formam um tipo de armação para um tecido impermeável, o qual, quando aberto, vai nos proteger da chuva. Este último detalhe é importante. Um guarda-chuva não só é uma coisa, mas também uma coisa que desempenha uma função — em outras palavras, exprime a vontade do homem. Quando a gente para para pensar, vê que todos os objetos são semelhantes ao guarda-chuva, que todos eles se prestam a uma função. Um lápis para escrever, um sapato para calçar, um carro para se locomover. Agora, minha pergunta é a seguinte: o que acontece quando uma coisa já não desempenha mais sua função? Ainda é a mesma ou se transformou em outra coisa? Quando você rasga o pano do guarda-chuva, ele ainda é um guarda-chuva? Você abre as varetas, ergue a armação acima da cabeça, caminha debaixo da chuva e fica todo ensopado. É possível continuar a chamar esse objeto de guarda-chuva? Em geral, as pessoas fazem isso. No máximo, dirão que o guarda-chuva está quebrado. Para mim isso constitui um erro sério, a fonte de todos os nossos problemas. Como já não pode mais desempenhar sua função, o guarda-chuva deixou de ser guarda-chuva. Pode até se parecer com um guarda-chuva, pode ter sido um guarda-chuva no passado, mas agora se transformou em outra coisa. A palavra, porém, permaneceu a mesma. Portanto, ela não pode mais exprimir a coisa. É imprecisa; é falsa; oculta a coisa que deveria revelar. E se não conseguimos sequer denominar um objeto trivial, cotidiano, que seguramos em nossa mão, como podemos pretender falar das coisas que nos dizem respeito mais a fundo? A menos que possamos começar a corporificar a noção de mudança nas palavras que usamos, continuaremos perdidos.

— E a sua obra?

— Minha obra é muito simples. Vim para Nova York porque é o lugar mais lamentável do mundo, o mais abjeto. A fragmentação está em toda parte, a desordem é universal. Basta abrir os olhos para ver. As pessoas quebradas, as coisas quebradas, os pensamentos quebrados. A cidade inteira é um monte de escória. Isso se presta aos meus propósitos de forma admirável. Nas ruas, tenho uma fonte infinita de material, um depósito inesgotável de coisas estraçalhadas. Todo dia saio com minha bolsa para coletar objetos que parecem dignos de investigação. Minhas amostras agora chegam a centenas, do lascado ao destroçado, do riscado ao esmagado, do pulverizado ao podre.

— O que o senhor faz com essas coisas?

— Eu lhes dou nomes.

— Nomes?

— Invento palavras novas que corresponderão às coisas.

— Ah. Agora entendi. Mas como é que o senhor decide? Como sabe que encontrou a palavra certa?

— Nunca cometo um erro. Essa é uma função do meu gênio.

— Poderia me dar um exemplo?

— De uma de minhas palavras?

— Sim.

— Desculpe, mas não será possível. É um segredo meu, entende? Quando eu tiver publicado meu livro, o senhor e o resto do mundo vão ficar sabendo. Mas por enquanto tenho de manter tudo em segredo.

— Informação confidencial.

— Exatamente. Altamente secreto.

— Desculpe.

— O senhor não deve ficar desanimado. Não vai demorar muito para que eu ponha em ordem minhas descobertas. Então, grandes coisas começarão a ocorrer. Será o acontecimento mais importante de toda a história da humanidade.


O segundo encontro teve lugar um pouco depois das nove horas na manhã seguinte. Era domingo e Stillman tinha saído do hotel uma hora depois do costume. Caminhou dois quarteirões até o lugar onde sempre tomava o café da manhã, o Mayflower Café, e sentou-se em um compartimento no canto e no fundo. Quinn, agora mais confiante, seguiu o velho até o interior do restaurante e sentou-se no mesmo compartimento, de frente para ele. Por um ou dois minutos, Stillman pareceu não notar sua presença. Em seguida, erguendo os olhos do cardápio, examinou o rosto de Quinn de um jeito meio distraído. Aparentemente não o reconheceu do encontro do dia anterior.

— Conheço o senhor? — perguntou ele.

— Não creio — respondeu Quinn. — Meu nome é Henry Dark.

— Ah — Stillman fez que sim com a cabeça. — Um homem que começa pelo essencial. Eu gosto disso.

— Não fico de rodeios em torno da sarça — disse Quinn.

— Sarça? E que sarça seria essa?

— A sarça ardente, é claro.

— Ah, sim. A sarça ardente. É claro — Stillman olhou para o rosto de Quinn, agora com um pouco mais de atenção, mas também com o que parecia ser uma certa confusão. — Desculpe — ele prosseguiu —, mas não lembro o seu nome. Recordo que você me disse seu nome não faz muito tempo, mas agora parece que ele se apagou.

— Henry Dark — respondeu Quinn.

— É isso mesmo. Sim, agora estou lembrando. Henry Dark. — Stillman fez uma pausa demorada e depois balançou a cabeça. — Infelizmente isso não é possível, senhor.

— Por que não?

— Porque não existe nenhum Henry Dark.

— Bem, talvez eu seja um outro Henry Dark. Em oposição ao que não existe.

— Hmmm. Sim, estou entendendo. É verdade que duas pessoas às vezes têm o mesmo nome. É bem possível que seu nome seja Henry Dark. Mas você não é *o* Henry Dark.

— Ele é amigo do senhor?

Stillman riu, como se fosse uma boa piada.

— Não exatamente — disse ele. — Veja, nunca existiu uma pessoa chamada Henry Dark. Eu inventei isso. Ele é uma invenção.

— Essa não — exclamou Quinn, com um espanto fingido.

— Sim. É um personagem de um livro que escrevi tempos atrás. Uma ficção.

— Acho difícil de engolir.

— Todo mundo reagiu da mesma forma. Enganei a todos.

— Espantoso. E por que motivo o senhor fez uma coisa dessas?

— Eu precisava dele, entende? Na época, eu tinha certas ideias que eram polêmicas e perigosas demais. Assim simulei que essas ideias tinham vindo de outra pessoa. Era um modo de me proteger.

— Como escolheu o nome de Henry Dark?

— É um nome bom, não acha? Gosto muito dele. Cheio de mistério e ao mesmo tempo muito conveniente. Prestava-se muito bem ao meu propósito. Além disso, tinha um sentido secreto.

— A alusão à escuridão?

— Não, não. Nada tão óbvio assim. Eram as iniciais. H. D. Isso era muito importante.

— De que modo?

— Não quer tentar adivinhar?

— Acho que não.

— Ah, experimente. Faça três tentativas. Se não acertar, eu conto para o senhor.

Quinn parou um instante, tentando dar o melhor de si.

— H. D. — disse ele. — Para Henry David? Como em Henry David Thoreau.

— Está longe.

— Que tal H. D. puro e simples? Para a poeta Hilda Doolittle?

— Pior ainda que a primeira.

— Tudo bem, mais uma tentativa. H. D. H... e D... Só um momento... E que tal... Só um momento... Ah... Sim, vamos lá. H para o filósofo que chora, Heráclito... e D para o filósofo que ri, Demócrito. Heráclito e Demócrito... os dois polos da dialética.

— Uma resposta muito arguta.

— Acertei?

— Não, é claro que não. Mesmo assim é uma resposta arguta.

— Não pode dizer que não tentei.

— Não, não posso. É por isso que vou recompensá-lo com a resposta correta. Porque você tentou. Está pronto?

— Pronto.

— As iniciais H. D. no nome Henry Dark referem-se a Humpty Dumpty.

— Quem?

— Humpty Dumpty. O senhor sabe de quem estou falando. O ovo.

— Como em "Humpty Dumpty sentou-se em um muro"?

— Exatamente.

— Não entendo.

— Humpty Dumpty: a mais pura encarnação da condição humana. Ouça com atenção, senhor. O que é um ovo? É aquilo que ainda não nasceu. Um paradoxo, não é? Pois como pode Humpty Dumpty estar vivo se ainda não nasceu? No entanto, ele está vivo, não há engano algum. Sabemos disso porque ele é capaz de falar. Mais ainda, ele é um filósofo da linguagem. "Quando *eu* uso uma palavra, disse Humpty Dumpty em um tom meio debochado, ela significa apenas aquilo que eu quis que significasse, nem mais nem menos. A questão, disse Alice, é saber se você *consegue* fazer as palavras significarem tantas coisas diferentes. A questão, disse Humpty Dumpty, é o que significa ser aquele que manda, e isso é tudo."

— Lewis Carroll.

— *Através do espelho*, capítulo seis.

— Interessante.

— É mais do que interessante, senhor. É decisivo. Ouça com cuidado e talvez aprenda alguma coisa. Em seu pequeno discurso para Alice, Humpty Dumpty resume o futuro das esperanças humanas e fornece a chave para a nossa salvação: nos tornarmos senhores das palavras que falamos, fazer a língua corresponder às nossas necessidades. Humpty Dumpty era um profeta, um homem que falava verdades para as quais o mundo não estava pronto.

— Um homem?

— Desculpe. Um lapso de linguagem. Quero dizer, um ovo. Mas esse lapso é instrutivo e ajuda a comprovar minha ideia. Pois todos os homens são ovos, por assim dizer. Existimos, mas ainda não atingimos a forma que é o nosso destino. Somos puro potencial, um exemplo do que ainda-está-por-vir. Pois o homem é uma criatura decaída, sabemos disso com base no Gênese. Humpty Dumpty é também uma criatura decaída. Cai do seu muro e ninguém consegue juntar seus pedaços de novo, nem mesmo o rei, nem seus cavalos, nem seus homens. Porém é isso que todos agora devemos nos empenhar em fazer. É nossa obrigação como seres humanos: unir os cacos do ovo outra vez. Pois todos nós, senhor, somos Humpty Dumpty. E ajudá-lo é ajudar a nós mesmos.

— Um argumento convincente.

— É impossível encontrar nele uma falha.

— Nenhuma rachadura no ovo.

— Exatamente.

— E, ao mesmo tempo, a origem de Henry Dark.

— Sim. Mas há mais do que isso. Um outro ovo, para dizer a verdade.

— Há mais de um?

— Meu Deus, há sim. Existem milhões deles. Mas o que tenho em mente é um ovo especialmente famoso. Na certa, é o ovo mais célebre do mundo.

— O senhor me deixa desorientado.

— Estou falando do ovo de Colombo.

— Ah, sim. É claro.

— Conhece a história?

— Todo mundo conhece.

— É ótima, não é? Confrontado com o problema de como colocar de pé um ovo, ele simplesmente quebrou de leve a pontinha, partindo a casca apenas o bastante para criar uma base plana capaz de suportar o ovo quando Colombo afastasse a mão.

— Funcionou.

— Claro que funcionou. Colombo era um gênio. Procurava o paraíso e descobriu o Novo Mundo. Ainda não é tarde demais para que ele se transforme no paraíso.

— De fato.

— Admito que as coisas ainda não funcionam muito bem. Mas existe ainda uma esperança. Os americanos nunca perderam seu desejo de descobrir novos mundos. Lembra-se do que ocorreu em 1969?

— Lembro de muitas coisas. Do que o senhor está falando, em especial?

— Os homens pisaram na Lua. Pense nisso, meu prezado senhor. Os homens pisaram na Lua!

— Sim, me lembro. Segundo o presidente, foi a coisa mais importante desde a criação do mundo.

— Ele tinha razão. A única coisa inteligente que aquele homem já disse. E como é que o senhor acha que é a Lua?

— Não tenho a mínima ideia.

— Vamos, vamos, pense de novo.

— Ah, sim. Agora entendo o que o senhor quer dizer.

— A semelhança não é perfeita, tenho de admitir. Mas é verdade que em certas fases, sobretudo em uma noite clara, a Lua se parece bastante com um ovo.

— Sim. Parece muito.

Nesse momento apareceu uma garçonete trazendo o café da manhã de Stillman e o colocou na mesa à sua frente. O velho contemplou a comida com apetite. Erguendo uma faca na mão direita com boas maneiras, ele partiu a casca do seu ovo cozido e disse:

— Como pode ver, senhor, não deixo pedra sobre pedra.

O terceiro encontro ocorreu horas depois nesse mesmo dia. A tarde já ia bem adiantada: a luz como uma gaze nos tijolos e nas folhas, as sombras se alongando. Mais uma vez, Stillman retirou-se para o Riverside Park, dessa vez seguindo em direção à orla do parque, indo repousar em uma elevação rochosa na rua 84, conhecida como monte Tom. No mesmo local, nos verões de 1843 e 1844, Edgar Allan Poe passou muitas e longas horas fitando o rio Hudson. Quinn sabia disso porque se dedicara a se informar sobre esse tipo de coisas. Na verdade, ele mesmo se sentara ali muitas vezes.

Quinn agora tinha medo de fazer o que precisava fazer. Circundou a rocha duas ou três vezes, mas não conseguiu chamar a atenção de Stillman. Então sentou-se perto do velho e disse olá. Por incrível que pareça, Stillman não o reconheceu. Era a terceira vez que Quinn se apresentava a ele e a cada vez era como se fosse outra pessoa. Não conseguia determinar se isso era bom ou mau. Se Stillman estava fingindo, era o melhor ator do mundo. Pois toda vez que Quinn aparecia, era de surpresa. E mesmo assim Stillman nem sequer piscava. Por outro lado, se Stillman de fato não o reconhecia, o que isso queria dizer? Seria possível para qualquer um ser tão impermeável às coisas que via?

O velho indagou quem ele era.

— Meu nome é Peter Stillman — respondeu Quinn.

— Este é o meu nome — retrucou Stillman. — Eu sou Peter Stillman.

— Eu sou o outro Peter Stillman — disse Quinn.

— Ah. O senhor se refere ao meu filho. Sim, é possível. O senhor se parece bastante com ele. É claro, Peter é louro e o senhor é moreno escuro. Porém as pessoas mudam, não mudam? Num instante são uma coisa, e depois são outra.

— Exatamente.

— Muitas vezes refleti sobre você, Peter. Muitas vezes fiquei pensando comigo mesmo: "Como será que o Peter está passando?".

— Agora estou muito melhor, obrigado.

— Fico contente em saber. Uma pessoa, certa vez, me contou que você tinha morrido. Isso me deixou muito triste.

— Não, eu me recuperei inteiramente.

— Estou vendo que sim. Está em grande forma. E fala muito bem.

— Todas as palavras agora me são acessíveis. Mesmo aquelas que trazem dificuldade para a maior parte das pessoas. Posso dizê-las todas.

— Estou orgulhoso de você, Peter.

— Devo tudo ao senhor.

— Filhos são uma grande bênção. Sempre afirmei isso. Uma bênção incomparável.

— Tenho certeza que sim.

— Quanto a mim, tenho dias bons e dias ruins. Quando chegam os dias ruins, penso nos que foram bons. A memória é uma grande bênção, Peter. A melhor coisa que existe, depois da morte.

— Sem dúvida alguma.

— É claro, temos de viver no presente, também. Por exemplo, estou no momento em Nova York. Amanhã, eu poderia estar em outra parte. Viajo um bocado, sabe. Hoje aqui, amanhã já fui embora. Faz parte da minha obra.

— Deve ser estimulante.

— Sim, me sinto muito estimulado. Minha mente nunca para.

— Isso é bom de ouvir.

— Os anos pesam demais, é verdade. Mas temos tanto do que ser gratos. O tempo nos faz envelhecer, mas também nos dá o dia e a noite. E quando morremos, há sempre alguém para tomar o nosso lugar.

— Todos envelhecemos.

— Quando você ficar velho, talvez tenha um filho para confortá-lo.

— Eu gostaria disso.

— Então você será tão feliz quanto eu fui. Lembre-se, Peter, os filhos são uma grande bênção.

— Não esquecerei.

— E lembre-se também de que não se devem colocar todos os ovos no mesmo cesto. Em contrapartida, não conte com o ovo dentro da galinha.

— Não. Eu tento aceitar as coisas do jeito que são.

— Por último, nunca diga uma coisa que, no fundo do seu coração, você saiba que é falsa.

— Não direi.

— Mentir é uma coisa ruim. Faz a gente se arrepender até de ter nascido. E não ter nascido é uma desgraça. Ficamos condenados a viver fora do tempo, não existe dia nem noite. Não se tem sequer a chance de morrer.

— Eu entendo.

— Uma mentira nunca pode ser desfeita. Nem sequer a verdade consegue isso. Sou pai e conheço essas coisas. Lembre-se do que aconteceu com o pai do nosso país. Ele derrubou a cerejeira e depois contou ao pai dele: "Não posso contar uma mentira". Pouco depois, jogou moedas para o outro lado do rio. Essas duas histórias são fatos fundamentais na história dos Estados Unidos. George Washington derrubou uma árvore e depois jogou dinheiro fora. Você entende? Ele nos estava dizendo uma verdade essencial. A saber, que o dinheiro não dá em árvores. É isso que fez o nosso país ser grande, Peter. Agora o retrato de George Washington está em cada cédula de dólar. Há uma lição importante para ser aprendida em tudo isso.

— Concordo com você.

— É claro, é uma lástima que a árvore tenha sido derrubada. Aquela era a Árvore da Vida, e ela nos teria tornado imunes à morte. Agora damos boas-vindas à morte, sobretudo quando estamos velhos. Mas o pai do nosso país sabia qual era a sua obrigação. Não podia agir de outra forma. Este é o sentido da expressão "A vida é um pote de cerejas". Se a árvore tivesse permanecido de pé, teríamos alcançado a vida eterna.

— Sim, compreendo o que quer dizer.

— Tenho muitas ideias como essa na minha cabeça. Minha mente nunca para. Você sempre foi um menino inteligente, Peter, e fico feliz que você compreenda.

— Acompanho perfeitamente o seu raciocínio.

— Um pai deve sempre ensinar a seu filho as lições que aprendeu. Desse modo o conhecimento é transmitido de geração para geração, e ficamos mais sábios.

— Não vou esquecer o que você me disse.

— Agora vou poder morrer feliz, Peter.

— Fico contente com isso.

— Mas você não deve esquecer nada.

— Não vou esquecer, meu pai. Prometo.

Na manhã seguinte, Quinn estava na frente do hotel na sua hora habitual. O tempo havia, enfim, mudado. Após duas semanas de céus esplendorosos, uma garoa caía em Nova York e as ruas estavam repletas do ruído dos pneus molhados em movimento. Durante uma hora, Quinn ficou sentado no banco, protegendo-se com um guarda-chuva preto, imaginando que Stillman fosse aparecer a qualquer momento. Quinn tomou seu café com um pãozinho, leu a reportagem sobre a derrota dos Mets no domingo e ainda não havia sinal do velho. Paciência, disse para si mesmo, e começou a se atracar com o resto do jornal. Passaram quarenta minutos. Chegou à seção de economia e estava prestes a ler a análise de uma fusão de empresas quando a chuva de repente ficou mais forte. Com relutância, levantou do seu banco e se retirou para um portal do outro lado da rua, em frente ao hotel. Ficou ali de pé em seus sapatos úmidos durante uma hora e meia. Será que Stillman estava doente?, ele se perguntou. Quinn tentou imaginá-lo deitado na cama, suando de febre. Talvez o velho tivesse morrido durante a noite e seu corpo ainda não tivesse sido descoberto. Essas coisas acontecem, disse para si mesmo.

Hoje deveria ser o dia decisivo, e Quinn fizera planos minuciosos e complicados. Agora seus cálculos não serviam para nada. Ficou perturbado ao perceber que não havia levado em conta essa possibilidade.

Mesmo assim, ele hesitava. Continuou ali de pé embaixo do guarda-chuva, vendo a chuva deslizar pela borda do pano em gotas pequenas e finas. Às onze horas, começou a amadurecer uma decisão. Meia hora depois, atravessou a rua, caminhou quarenta passos descendo o quarteirão e entrou no hotel de Stillman. O lugar fedia a repelente de baratas e a cinza de cigarros. Alguns hóspedes, sem ter aonde ir com a chuva, se achavam sentados no saguão, refestelados em poltronas de plástico alaranjado. O lugar parecia deprimente, um inferno de pensamentos embolorados.

Um grande homem negro estava sentado atrás do balcão da recepção com as mangas arregaçadas. Um cotovelo apoiado no balcão e a cabeça escorada na mão aberta. Com a outra mão, virava as páginas de um jornal tabloide, mal se detendo para ler as palavras. Parecia tão entediado como se tivesse ficado ali a vida inteira.

— Gostaria de deixar um recado para um hóspede — disse Quinn.

O homem olhou para ele bem devagar, como se quisesse que Quinn sumisse.

— Gostaria de deixar um recado para um hóspede — repetiu Quinn.

— Não temos hóspede nenhum aqui — respondeu o homem. — A gente usa o termo residentes.

— Para um de seus residentes, então. Eu gostaria de deixar um recado.

— E quem é o tal sujeito, meu irmão?

— Stillman. Peter Stillman.

O homem fingiu pensar um momento, depois balançou a cabeça.

— Nada feito. Não me lembro de ninguém com esse nome.

— Não existe um livro de registro?

— Ah, sim, existe um livro de registro. Mas está no cofre.

— No cofre? Do que você está falando?

— Estou falando do livro, meu irmão. O patrão gosta de deixar o livro trancado no cofre.

— Imagino que você não saiba a combinação.

— Desculpe. Só com o patrão.

Quinn soltou um suspiro, enfiou a mão no bolso e pegou uma nota de cinco dólares. Bateu com ela no balcão e ficou com a mão espalmada em cima.

— Será que por acaso você não tem por aí uma cópia do livro de registro? — perguntou.

— Talvez — disse o homem. — Vou ter de procurar no meu escritório.

O homem levantou o jornal que estava aberto em cima do balcão. Embaixo do jornal estava o livro de registro.

— Um golpe de sorte — disse Quinn, afastando a mão do dinheiro.

— Pois é, acho que hoje é meu dia — respondeu o homem, fazendo a nota deslizar pela superfície do balcão, arrebatando-a na beirada e depois enfiando no bolso. — Como era mesmo o nome do seu amigo?

— Stillman. Um cara velho de cabelo branco.

— O coroa de sobretudo?

— Ele mesmo.

— A gente chama ele de Professor.

— É esse homem. Pode dizer o número do quarto dele? Entrou aqui faz duas semanas.

O funcionário abriu o livro de registro, virou as páginas e correu o dedo descendo a coluna de nomes e números.

— Stillman — disse ele. — Quarto 303. Não está mais aqui não.

— O quê?

— Foi embora.

— O que está dizendo?

— Escute, meu irmão, só estou dizendo o que está escrito aqui. Stillman fechou a conta na noite passada. Foi embora.

— É a maior loucura que já ouvi.

— Não me interessa se é loucura. Está tudo aqui, preto no branco.

— Ele deixou um endereço para contato?

— Você está de gozação, é?

— A que horas ele foi embora?

— Vai ter de perguntar ao Louie, o funcionário da noite. Chega às oito.

— Posso ver o quarto dele?

— Desculpe. Eu mesmo pus um hóspede nesse quarto hoje de manhã. O cara está lá em cima dormindo.

— Como ele era?

— Por cinco paus você está fazendo muitas perguntas, não acha?

— Esqueça — disse Quinn, sacudindo as mãos em desespero. — Não importa.


Caminhou de volta para o seu apartamento debaixo de um aguaceiro, se encharcando todo apesar do guarda-chuva. Danem-se as funções das coisas, disse consigo mesmo. Dane-se o sentido das palavras. Jogou o guarda-chuva no chão da sua sala, irritado. Depois tirou o paletó e arremessou-o contra a parede. Espirrou água para todo lado.

Ligou para Virginia Stillman, confuso demais para pensar em fazer qualquer outra coisa. Quando ela atendeu, Quinn quase desligou o telefone.

— Eu o perdi — disse ele.

— Tem certeza?

— Stillman fechou a conta do hotel na noite passada. Não sei onde está.

— Estou assustada, Paul.

— Teve notícias dele?

— Não sei. Acho que sim, mas não tenho certeza.

— O que isso quer dizer?

— Peter atendeu o telefone hoje de manhã enquanto eu tomava banho. Não quis me dizer quem era. Entrou no quarto, fechou as persianas e se recusa a falar.

— Mas ele já fez isso antes.

— Sim. É por isso que não tenho certeza. Mas faz muito tempo que não acontece.

— Parece mau.

— É disso que tenho medo.

— Não se preocupe. Tenho algumas ideias. Vou colocá-las em prática imediatamente.

— Como posso entrar em contato com você?

— Vou ligar de duas em duas horas, não importa onde eu esteja.

— Promete?

— Sim, prometo.

— Estou tão assustada, não consigo suportar.

— É tudo culpa minha. Cometi um erro idiota e lamento muito.

— Não, eu não culpo você. Ninguém pode vigiar uma pessoa vinte e quatro horas por dia. É impossível. Teria de ficar na pele da pessoa.

— É exatamente esse o problema. Pensei que eu estava na pele dele.

— Não é tarde demais, é?

— Não. Ainda temos muito tempo. Não quero que você fique preocupada.

— Vou tentar.

— Ótimo. Eu telefono.

— De duas em duas horas?

— De duas em duas horas.


Ele concluiu a conversa de forma bastante gentil. Apesar de tudo, conseguira manter Virginia Stillman calma. Achou difícil acreditar, mas ela ainda parecia confiar nele. Não que isso adiantasse grande coisa. Pois a verdade era que Quinn mentira para ela. Não tinha um punhado de ideias. A rigor, não tinha ideia nenhuma.

# 10

Agora Stillman havia ido embora. O velho se tornara parte da cidade. Era um ponto preto, um sinal de pontuação, um tijolo em um infinito muro de tijolos. Quinn podia caminhar pelas ruas todo dia pelo resto da vida e mesmo assim não ia encontrá-lo. Tudo fora reduzido ao acaso, um pesadelo de números e probabilidades. Não havia pistas, nenhum fio condutor, nenhum movimento a ser feito.

Quinn, em pensamento, refez o caminho até o início do caso. Seu trabalho era proteger Peter, e não seguir Stillman. Isso representara apenas um método, uma maneira de tentar prever o que ia acontecer. Ao vigiar Stillman, supunha que assim pudesse descobrir quais suas intenções em relação a Peter. Ele seguira o velho durante duas semanas. E, no entanto, o que ele podia concluir? Pouca coisa. O comportamento de Stillman fora obscuro demais para lhe fornecer qualquer pista.

Havia, é claro, algumas medidas radicais que eles podiam tomar. Quinn podia sugerir que Virginia Stillman conseguisse um número de telefone fora do catálogo. Assim eliminaria as ligações perturbadoras, pelo menos temporariamente. Se isso falhasse, ela e Peter poderiam mudar de endereço. Poderiam ir para outro bairro, talvez até deixar a cidade de uma vez. Na pior hipótese, poderiam assumir novas identidades, viver sob outros nomes.

Essa última ideia relembrou-o de uma coisa importante. Até agora — Quinn de repente se deu conta — não tinha investigado seriamente as circunstâncias em que fora contratado. As coisas se passaram depressa demais e ele estivera inteiramente convencido de que seria capaz de se fazer passar por Paul Auster. Uma vez investido desse nome, Quinn parou de pensar no Auster verdadeiro. Se esse homem era um detetive tão bom quanto os Stillman pensavam, talvez pudesse ajudar no caso. Quinn abriria o jogo com toda a franqueza, Auster o perdoaria e juntos trabalhariam para salvar Peter Stillman.

Procurou nas Páginas Amarelas a Agência de Detetives Auster. Não havia registro. Na lista de assinantes, porém, encontrou o nome. Tinha um Paul Auster em Manhattan, morando em Riverside Drive — não muito longe da casa de Quinn. Não havia nenhuma referência a uma agência de detetives, mas isso não significava nada, necessariamente. Vai ver Auster tinha tanto trabalho que nem precisava pôr anúncio. Quinn pegou o telefone e estava prestes a discar quando pensou melhor. Tratava-se de uma conversa importante demais para ser feita por telefone. Não queria correr o risco de ser repelido. Como Auster não tinha um escritório, devia trabalhar em casa. Quinn iria até lá e conversaria com ele face a face.

A chuva agora tinha parado e, embora o céu ainda estivesse cinzento, bem longe na direção oeste Quinn podia avistar um pequeno feixe de luz vazando através das nuvens. À medida que caminhava subindo o Riverside Drive, ele foi se tornando consciente do fato de que não estava mais seguindo Stillman. Tinha a impressão de que perdera metade de si mesmo. Durante duas semanas, estivera atado ao velho por um fio invisível. O que quer que Stillman tivesse feito, já tinha feito; aonde quer que Stillman tivesse ido, já tinha ido. O corpo de Quinn não estava habituado a essa nova liberdade e percorreu os primeiros quarteirões do seu trajeto no passo cambaleante do velho. O sortilégio havia terminado, mas o seu corpo ainda não sabia disso.

O prédio de Auster ficava no meio do comprido quarteirão entre as ruas 16 e 19, ao sul da igreja de Riverside e do túmulo de Grant. Era um lugar bem conservado, com maçanetas lustradas e vidros limpos, e tinha um ar de sobriedade burguesa que atraía Quinn naquele momento. O apartamento de Auster ficava no décimo primeiro andar e Quinn tocou o interfone à espera de que uma voz lhe falasse. Mas a porta se abriu para ele sem nenhuma pergunta. Quinn empurrou a porta para a frente, atravessou a portaria e subiu de elevador até o décimo primeiro andar.

Foi um homem que abriu a porta do apartamento. Era um sujeito alto e moreno de uns trinta e poucos anos, com roupa amarrotada e barba de dois dias. Na mão direita, entre o polegar e os dois primeiros dedos, tinha uma caneta-tinteiro destampada, ainda na posição de quem está escrevendo. O homem parecia surpreso de encontrar um desconhecido na sua frente.

— Sim? — perguntou, hesitante.

Quinn falou no tom de voz mais educado que conseguiu encontrar:

— Você estava esperando outra pessoa?

— Minha mulher, para dizer a verdade. Foi por isso que abri a porta lá embaixo sem perguntar quem era pelo interfone.

— Lamento incomodar você — desculpou-se Quinn. — Mas estou à procura de Paul Auster.

— Eu sou Paul Auster — respondeu o homem.

— Gostaria de conversar com você. É muito importante.

— Primeiro vai ter de me dizer do que se trata.

— Eu mesmo não sei direito — Quinn dirigiu a ele um olhar grave. — É complicado, eu receio. Muito complicado.

— Você tem um nome?

— Desculpe. Claro que tenho. Quinn.

— Quinn de quê?

— Daniel Quinn.

O nome pareceu sugerir alguma coisa a Auster e ele parou um momento, pensativo, como se estivesse procurando na memória.

— Quinn — murmurou consigo mesmo. — Conheço esse nome de algum lugar. — Ficou calado outra vez, fazendo um esforço ainda maior para trazer à tona a resposta. — Você não é um poeta, é?

— Já fui, em outra época — respondeu Quinn. — Mas já faz muito tempo que não escrevo poemas.

— Você escreveu um livro muitos anos atrás, não foi? Acho que o título era *Negócios inacabados*. Um livrinho de capa azul.

— Sim. Era eu mesmo.

— Gostei muito do seu livro. Fiquei com vontade de conhecer mais o seu trabalho. Na verdade, ficava imaginando o que teria acontecido com você.

— Ainda estou aqui. De um jeito ou de outro.

Auster abriu mais a porta e fez um gesto para Quinn entrar no apartamento. Era um lugar bastante agradável: de um formato incomum, com numerosos corredores compridos, livros espalhados por todo lado, nas paredes quadros de artistas que Quinn não conhecia, e alguns brinquedos de criança jogados no chão — um caminhão vermelho, um urso marrom, um monstro espacial verde. Auster levou-o até a sala de estar, lhe ofereceu uma cadeira estofada e puída para sentar e depois foi para a cozinha pegar uma cerveja. Voltou com duas garrafas, colocou-as em um caixote de madeira que servia de mesinha de chá e sentou-se no sofá de frente para Quinn.

— Você queria conversar sobre algum assunto literário? — começou Auster.

— Não — respondeu Quinn. — Antes fosse. Mas não tem nada a ver com literatura.

— Tem a ver com o que, então?

Quinn hesitou, olhou em volta sem ver nada, e tentou começar.

— Tenho a sensação de que houve um terrível engano. Vim aqui à procura de Paul Auster, o detetive particular.

— O quê? — riu Auster, e nesse riso tudo desmoronou. Quinn percebeu o absurdo do que estava falando. Seria a mesma coisa que perguntar pelo cacique Touro Sentado — o efeito não teria sido diferente.

— O detetive particular — repetiu com voz mansa.

— Receio que você encontrou o Paul Auster errado.

— Você é o único no catálogo.

— Pode ser — admitiu Auster. — Mas não sou detetive.

— Então quem é você? O que faz?

— Sou escritor.

— Escritor? — Quinn pronunciou a palavra como se fosse um lamento.

— Desculpe — disse Auster. — Mas é isso o que sou.

— Se é verdade, então não há esperança. A coisa toda é um pesadelo.

— Não tenho ideia do que você está falando.

Quinn lhe contou. Partiu do início e percorreu a história inteira, passo a passo. A pressão vinha aumentando dentro dele desde o desaparecimento de Stillman, naquela manhã, e agora transbordou em uma torrente de palavras. Falou das ligações para Paul Auster, da forma inexplicável pela qual ele havia aceitado o caso, do seu encontro com Peter Stillman, da sua conversa com Virginia Stillman, da sua leitura do livro de Stillman, de ter seguido Stillman quando desembarcou na Grand Central Station, das deambulações diárias de Stillman, da bolsa de lona e dos objetos quebrados, dos mapas perturbadores que formavam letras do alfabeto, de suas conversas com Stillman, do sumiço de Stillman do hotel. Quando chegou ao fim, disse:

— Acha que estou louco?

— Não — respondeu Auster, que tinha ouvido com atenção o monólogo de Quinn. — Se eu estivesse no seu lugar, na certa teria feito a mesma coisa.

Essas palavras vieram como um grande alívio para Quinn, como se, depois de tudo, o fardo já não fosse apenas dele. Quinn teve vontade de pegar Auster nos braços e declarar sua amizade pelo resto da vida.

— Veja bem — disse Quinn. — Não estou inventando essa história. Tenho provas. — Pegou sua carteira e retirou de lá o cheque de quinhentos dólares que Virginia Stillman tinha preenchido duas semanas antes. Entregou-o para Auster. — Veja — disse ele. — Está até nominal a você.

Auster examinou o cheque com atenção e fez que sim com a cabeça.

— Parece um cheque perfeitamente normal.

— Bem, é seu — disse Quinn. — Quero que fique com ele.

— Não posso aceitar, de jeito nenhum.

— Não me serve para nada. — Quinn olhou o apartamento em volta e fez um gesto vago. — Compre mais uns livros para você. Ou alguns brinquedos para seu filho.

— Este é um dinheiro que você ganhou. Você merece ficar com ele. — Auster hesitou um momento. — Mas tem uma coisa que vou fazer por você. Como o cheque está em meu nome, vou depositá-lo para você. Vou levá-lo ao meu banco amanhã de manhã, depositá-lo na minha conta e lhe darei o dinheiro quando for compensado.

Quinn não disse nada.

— Tudo bem? — indagou Auster. — Estamos combinados?

— Tudo bem — disse Quinn, afinal. — Vamos ver o que acontece.

Auster pôs o cheque na mesinha de café, como que indicando que o assunto estava encerrado. Depois recostou-se no sofá e fitou Quinn nos olhos.

— Há um problema muito mais importante do que o cheque — disse ele. — O fato de meu nome ter sido misturado com essa história. Não consigo compreender de modo algum.

— Eu gostaria de saber se você andou tendo problemas com seu telefone ultimamente. As linhas às vezes se cruzam. Uma pessoa tenta ligar para um número e, ainda que disque certo, cai na casa de outra pessoa.

— Sim, já me aconteceu antes. Mas, mesmo que meu telefone estivesse quebrado, isso não esclarece de fato o problema. Até nos explica por que a ligação foi para você, mas não por que eles queriam falar comigo.

— Será que você conhece as pessoas envolvidas no caso?

— Nunca ouvi falar dos Stillman.

— Talvez alguém quisesse fazer uma brincadeira com você.

— Não ando com gente desse tipo.

— Nunca se sabe.

— Mas o fato é que não se trata de uma piada. É um caso de verdade, com gente real.

— Sim — respondeu Quinn, após um demorado silêncio. — Estou ciente disso.

Haviam chegado ao fim do que podiam conversar. Para além desse ponto, não havia nada: os pensamentos fortuitos de homens que nada sabiam. Quinn percebeu que devia ir embora. Estava ali fazia quase uma hora e estava chegando o momento de telefonar para Virginia Stillman. No entanto, relutava em ir embora. A cadeira era confortável e a cerveja o deixara um pouquinho alto. Esse tal Auster era a primeira pessoa inteligente com quem conversava havia muito tempo. Ele tinha lido a antiga obra de Quinn, apreciara-a, ficara na expectativa de ler mais coisas dele. Apesar de tudo, era impossível para Quinn não se sentir feliz com isso.

Ficaram ali sentados por um tempo sem dizer nada. Por fim, Auster encolheu os ombros de leve, o que dava a entender que haviam chegado a um impasse. Ele se levantou e disse:

— Eu ia fazer o almoço para mim. Não me importo em preparar comida para dois.

Quinn hesitou. Era como se Auster tivesse lido seus pensamentos, adivinhando aquilo que ele mais desejava — comer, ter uma desculpa para ficar mais um tempo.

— Eu, na verdade, preciso ir embora — disse Quinn. — Mas, sim, obrigado. Um pouco de comida não vai fazer mal.

— Que tal uma omelete de presunto?

— Acho bom.

Auster retirou-se para a cozinha a fim de preparar o almoço. Quinn gostaria de oferecer sua ajuda, mas não conseguia se mexer. Seu corpo parecia uma pedra. Na ausência de qualquer outra ideia, fechou os olhos. No passado, o reconfortava fazer o mundo desaparecer. Dessa vez, no entanto, Quinn nada encontrou de interessante no interior da sua cabeça. Parecia que tudo lá dentro tinha parado de se mexer. Depois, vindo da escuridão, começou a ouvir uma voz, uma voz idiota em tom de ladainha, que ficava cantando e repetindo a mesma frase muitas e muitas vezes: "Não se pode fazer uma omelete sem quebrar os ovos". Quinn abriu os olhos a fim de fazer cessar a voz.

Vieram pão e manteiga, mais cerveja, facas e garfos, sal e pimenta, guardanapos e duas omeletes, escorrendo, em pratos brancos. Quinn comeu com uma energia brutal, raspando o prato no que pareceu uma questão de segundos. Em seguida, fez um grande esforço para ficar calmo. Lágrimas espreitavam misteriosamente por trás dos seus olhos e sua voz parecia tremer quando falava, mas de algum modo ele conseguiu se conter. Para provar que não era um ingrato egocêntrico, passou a interrogar Auster a respeito do que ele escrevia. Auster mostrou-se um pouco reticente, mas afinal admitiu que estava escrevendo um livro de ensaios. O texto em curso no momento era sobre *Dom Quixote*.

— Um de meus livros prediletos — disse Quinn.

— Sim, meu também. Não existe nada igual.

Quinn perguntou a respeito do ensaio.

— Creio que posso chamá-lo de especulativo, uma vez que não me proponho a demonstrar nada. Na verdade, é tudo meio na base da brincadeira. Uma leitura imaginativa, acho que se pode dizer.

— Qual é o ponto central?

— Tem a ver sobretudo com a autoria do livro. Quem o escreveu e como foi escrito.

— Existe alguma dúvida?

— Claro que não. Mas eu me refiro ao livro dentro do livro que Cervantes escreveu, o livro que ele imaginou que estava escrevendo.

— Ah.

— É bastante simples. Cervantes, se você está lembrado, não mede esforços para convencer o leitor de que o autor não é ele. O livro, diz Cervantes, foi escrito em árabe por Cid Hamete Benengeli. Cervantes descreve como descobriu o manuscrito por acaso, certo dia, no mercado de Toledo. Contrata uma pessoa para traduzi-lo para o espanhol e desse modo se apresenta simplesmente como o editor de uma tradução. Na verdade, ele não pode sequer afiançar a exatidão da tradução.

— Mesmo assim — acrescentou Quinn —, ele afirma que o texto de Cid Hamete Benengeli é a única versão verdadeira da história de dom Quixote. Todas as demais versões são fraudes, escritas por impostores. Ele faz questão de deixar bem claro que tudo o que está no livro aconteceu na realidade.

— Exatamente. Pois o livro, afinal de contas, representa uma denúncia dos perigos da fantasia. Cervantes não poderia fazê-lo de forma adequada por meio de uma obra de imaginação, não é verdade? Tinha de garantir que era tudo verdade.

— Apesar disso, sempre desconfiei de que Cervantes devorava aqueles romances antigos. Não é possível odiar com tanta violência uma coisa, a menos que uma parte da pessoa tenha também algum amor por ela. De certo modo, dom Quixote era apenas um substituto para ele mesmo.

— Estou de acordo com você. Não pode haver retrato mais perfeito de um escritor do que um homem enfeitiçado por livros.

*111*

— Justamente.

— Em todo caso, como se supõe que o livro seja real, segue-se que a história tem de ser escrita por uma testemunha ocular dos fatos que ocorrem nele. Mas Cid Hamete, o autor a quem a obra é atribuída, nunca aparece. Nem por uma vez alega estar presente naquilo que sucede. Desse modo, a pergunta que faço é a seguinte: quem é Cid Hamete Benengeli?

— Sim, compreendo aonde você quer chegar.

— A teoria que apresento nesse ensaio é de que Cid Hamete é na verdade uma mistura de quatro pessoas distintas. Sancho Pança, obviamente, é a testemunha. Não existe nenhum outro candidato — uma vez que ele é o único que acompanha dom Quixote em todas as suas aventuras. Mas Sancho não sabe ler nem escrever. Portanto, não pode ser o autor. Por outro lado, sabemos que Sancho tem um grande talento para a língua. Apesar de seus insólitos barbarismos de linguagem, ele é capaz de levar qualquer um na conversa no decorrer do livro. Para mim, parece perfeitamente possível que ele tenha ditado a história para outra pessoa, a saber, o barbeiro e o padre, bons amigos de dom Quixote. Eles puseram a história em uma forma literária apropriada, em espanhol, e depois entregaram o manuscrito para Sansão Carrasco, bacharel de Salamanca, que se incumbiu de traduzi-lo para o árabe. Cervantes encontrou a tradução, mandou vertê-la de novo para o espanhol e depois publicou o livro *As aventuras de dom Quixote*.

— Mas por que Sancho e os outros tiveram todo esse trabalho?

— A fim de curar a loucura de dom Quixote. Queriam salvar seu amigo. Lembre-se, no início eles queimam seus livros de cavalaria, mas essa medida não produz nenhum efeito. O Cavaleiro da Triste Figura não desiste de suas obsessões. Em seguida, a intervalos, todos eles partem ao encontro de dom Quixote sob variados disfarces, como uma mulher aflita, como o Cavaleiro dos Espelhos, como o Cavaleiro da Lua Branca, a fim de atrair dom Quixote de volta para casa. No final, de fato obtêm sucesso. O livro representava apenas um de seus ardis. A ideia era erguer um espelho diante da loucura de dom Quixote, chamar a atenção dos seus leitores para os seus absurdos e ridículas ilusões, de tal modo que, quando dom Quixote finalmente lesse o livro, veria o engano da sua conduta.

— Gosto disso.

— Pois é. Mas ainda há um último desdobramento. Dom Quixote, ao meu ver, não era realmente louco. Apenas fingia ser louco. A rigor, ele orquestrava tudo sozinho. Lembre: ao longo de todo o livro, dom Quixote preocupava-se com o problema da posteridade. Vezes seguidas, ele se pergunta se o cronista registrará com acuidade suas aventuras. Isso indica um conhecimento prévio da parte dele; dom Quixote sabe de antemão que o seu cronista existe. E quem seria ele, senão Sancho Pança, o fiel escudeiro que dom Quixote escolheu a dedo para esse fim? Do mesmo modo, escolheu os outros três para desempenhar os papéis que lhes destinou. Foi dom Quixote que engendrou o quarteto Benengeli. E não só selecionou os autores, como também provavelmente foi ele mesmo que traduziu o manuscrito árabe de novo para a língua espanhola. Não devemos subestimar suas capacidades. Para um homem tão hábil na arte do disfarce, escurecer a pele e vestir a indumentária de um mouro não devia ser assim tão difícil. Gosto de imaginar aquela cena no mercado em Toledo. Cervantes contratando dom Quixote para decifrar a história do próprio dom Quixote. Há uma grande beleza nisso.

— Mas você ainda não explicou por que um homem como dom Quixote perturbaria sua vida sossegada a fim de se envolver em uma brincadeira desse tipo.

— Pois essa é a parte mais interessante de todas. Na minha opinião, dom Quixote estava pondo em prática uma experiência. Queria testar a credulidade de seus companheiros. Seria possível, ele se perguntava, se apresentar de peito aberto diante do mundo e, com a maior convicção, cuspir as maiores mentiras e absurdos? Dizer que moinhos de vento eram cavaleiros, que a bacia do barbeiro era um capacete, que marionetes eram pessoas reais? Seria possível persuadir os outros a concordar com aquilo que ele dizia, mesmo que não acreditassem nele? Em outras palavras, até que ponto as pessoas tolerariam blasfêmias se elas lhes proporcionassem diversão? A resposta é óbvia, não é? Tolerariam até o infinito. Pois a prova é que ainda lemos o livro. Permanece extremamente divertido para nós. E, afinal, isso é tudo o que as pessoas querem de um livro: que seja divertido.

Auster recostou-se no sofá, sorriu com um certo prazer irônico e acendeu um cigarro. O homem, obviamente, estava contente consigo mesmo, mas a natureza exata desse prazer escapava a Quinn. Parecia uma espécie de riso silencioso, uma piada que se interrompia antes do desfecho, uma alegria generalizada, sem objeto. Quinn esteve prestes a dizer algo em resposta à teoria de Auster, mas não teve oportunidade. Quando abriu a boca para falar, foi interrompido pelo tilintar de chaves na porta da frente, o som da porta abrindo e depois batendo, e uma eclosão de vozes. O rosto de Auster se ergueu ao som das vozes. Levantou-se do sofá, pediu desculpas a Quinn e andou ligeiro na direção da porta.

Quinn ouviu risos na sala, primeiro de uma mulher e depois de uma criança — o agudo e o agudíssimo, o tilintante staccato dos fragmentos de uma granada — e depois o ribombar de baixo da gargalhada de Auster. A criança falou:

— Pai, olha só o que achei!

E depois a mulher explicou que aquilo estava jogado na calçada, e por que não? Afinal, parecia em perfeito estado. Um instante depois, Quinn ouviu que a criança vinha correndo em sua direção pelo corredor. A criança entrou em disparada na sala de estar, deu de cara com Quinn e parou de chofre. Era um menino de cabelo louro de cinco ou seis anos.

— Boa tarde — disse Quinn.

O menino, rapidamente se retraindo na timidez, conseguiu emitir apenas um débil "oi". Na mão esquerda segurava um objeto vermelho que Quinn não conseguia identificar. Perguntou ao menino o que era aquilo.

— É um ioiô — respondeu, abrindo a mão para mostrá-lo. — Achei na rua.

— Está funcionando?

O menino deu de ombros com um gesto exagerado de pantomima.

— Sei lá. Siri não consegue usar. E eu não sei como é.

Quinn perguntou se ele podia experimentar, e o menino se aproximou e pôs o ioiô na sua mão. Enquanto examinava o ioiô, podia ouvir a criança respirando ao seu lado, observando com

*114*

atenção seus movimentos. O ioiô era de plástico, igual aos que havia usado para brincar muitos anos atrás, mas de certo modo parecia mais sofisticado, um artefato da era espacial. Quinn apertou o laço da ponta do cordão em torno do dedo médio, ficou de pé e fez uma tentativa. O ioiô emitiu um som de flauta, um assobio, enquanto descia, e centelhas faiscaram dentro dele. O menino abriu a boca espantado, mas aí o ioiô parou de rodar, oscilando na ponta do cordão.

— Um grande filósofo disse certa vez — sussurrou Quinn — que o caminho que sobe e o que desce são um só.

— Mas você não fez o ioiô subir — retrucou o menino. — Ele só desceu.

— A gente tem de continuar tentando.

Quinn estava enrolando o carretel para uma nova tentativa quando Auster e a esposa entraram na sala. Quinn ergueu os olhos e viu primeiro a mulher. No mesmo instante, percebeu que estava encrencado. Ela era alta, magra, loura, de uma beleza radiante, com uma energia e uma felicidade que pareciam tornar invisível tudo à sua volta. Era demais para Quinn. Teve a sensação de que Auster estava escarnecendo dele, pelas coisas que tinha perdido, e Quinn reagiu com raiva e inveja, uma dilacerante autopiedade. Sim, ele também gostaria de ter essa esposa e esse filho, gostaria de ficar o dia inteiro de conversa fiada sobre livros antigos, cercado de ioiôs, omeletes de presunto e canetas-tinteiro. Ele suplicava a si mesmo por redenção.

Auster reparou no ioiô em sua mão e disse:

— Estou vendo que já se conheceram. Daniel — disse para o menino — este é Daniel. — E para Quinn, com o mesmo sorriso irônico: — Daniel, este é Daniel.

O garoto soltou uma risada e disse:

— Todo mundo é Daniel!

— Isso mesmo — disse Quinn. — Eu sou você e você é eu.

— E isso fica rodando e rodando a vida toda — gritou o menino, abrindo os braços de repente e saindo em disparada, correndo em volta da sala como um giroscópio.

— E esta — disse Auster, virando-se para a mulher — é a minha esposa. Siri.

A mulher sorriu com o seu sorriso, disse que estava feliz por conhecer Quinn como se estivesse realmente feliz por isso e depois estendeu a mão para ele. Quinn a apertou, sentindo a misteriosa fragilidade dos seus ossos, e perguntou se seu nome era norueguês.

— Pouca gente sabe disso — respondeu ela.

— Você veio da Noruega?

— Indiretamente — respondeu Siri. — Passando por North-field, Minnesota. — E depois ela riu com o seu riso, e Quinn sentiu que mais um pouco dele mesmo desmoronava.

— Sei que é meio repentino demais — disse Auster —, mas se você estiver com tempo, por que não fica e janta conosco?

— Ah — exclamou Quinn, lutando para se manter sob controle. — É muita gentileza sua. Mas preciso mesmo ir embora. Na verdade já estou atrasado.

Fez um derradeiro esforço, sorrindo para a esposa de Auster e acenando adeus para o menino.

— Até logo, Daniel — disse ele, caminhando rumo à porta.

O garoto olhou para Quinn do outro lado da sala e riu outra vez.

— Até logo para mim mesmo! — disse ele.

Auster acompanhou-o até a porta. Falou:

— Vou ligar assim que o cheque for compensado. Seu nome está na lista telefônica?

— Sim — respondeu Quinn. — Sou o único.

— Se precisar de mim para qualquer coisa — disse Auster — é só ligar. Ficarei feliz em ajudar.

Auster estendeu o braço para apertar sua mão, e Quinn se deu conta de que ainda segurava o ioiô. Pôs o ioiô na mão direita de Auster, deu uma palmadinha amistosa no seu ombro e se foi.

# 11

Quinn agora não estava em parte alguma. Não tinha nada, não sabia nada e sabia que não sabia nada. Não só fora mandado de volta para o início de tudo, na verdade ele agora estava antes do início, e tão longe do início que a situação era pior do que qualquer final que ele pudesse imaginar.

Seu relógio de pulso marcava quase seis horas. Quinn caminhou para casa do mesmo jeito que viera, alongando seus passos um pouco mais a cada quarteirão. Quando alcançou a sua rua, já estava correndo. É 2 de junho, disse para si mesmo. Tente lembrar-se disso. Aqui é Nova York e amanhã será 3 de junho. Se tudo correr bem, o dia seguinte será 4 de junho. Mas nada é certo.

Já havia passado muito tempo do seu horário de ligar para Virginia Stillman e Quinn se inquietava tentando resolver se devia ou não telefonar. Seria possível ignorá-la? Poderia abandonar tudo agora, sem mais nem menos? Sim, disse para si mesmo, era possível. Ele podia esquecer o caso, voltar à sua rotina, escrever outro livro. Podia viajar, se quisesse, até mesmo deixar o país por um tempo. Podia ir para Paris, por exemplo. Sim, isso era possível. Mas qualquer lugar servia, ele pensou, qualquer lugar do mundo.

Sentou-se em sua sala e olhou para as paredes. Em outros tempos elas haviam sido brancas, lembrou-se, mas agora tinham adquirido uma curiosa tonalidade amarela. Talvez, um dia, elas enveredassem ainda mais no rumo do encardido, decaindo no cinzento, ou mesmo no marrom, como um pedaço de fruta que envelhece. Uma parede branca se transforma em uma parede amarela e em uma parede cinzenta, disse Quinn para si mesmo. A tinta se exaure, a cidade invade com sua fuligem, o reboco se esboroa por dentro. Alterações, e depois mais alterações ainda.

Fumou um cigarro, e depois outro, e depois outro. Olhou para as mãos, viu que estavam sujas e se levantou para lavá-las. No banheiro, com a água correndo na pia, resolveu fazer também a barba. Passou espuma na cara, pegou uma lâmina nova e começou a raspar a barba. Por algum motivo, achou desagradável encarar o espelho e continuou tentando desviar os olhos de si mesmo. Você está ficando velho, disse para si mesmo, está virando um velho chato. Depois foi para a cozinha, comeu uma tigela de flocos de milho e fumou mais um cigarro.

Agora eram sete horas. Mais uma vez, ele se perguntava se devia telefonar para Virginia Stillman. Enquanto revolvia a questão na sua mente, lhe ocorreu que já não tinha mais uma opinião formada. Entendia as razões para telefonar e ao mesmo tempo entendia as razões para não telefonar. No final, foram as boas maneiras que deram a última palavra. Não seria bonito sumir sem se despedir de Virginia. Feito isso, já não teria mais problema nenhum. Contanto que se diga às pessoas o que se vai fazer, raciocinava ele, está tudo bem. Depois a gente fica livre para fazer o que bem entender.

O telefone dela, porém, estava ocupado. Quinn esperou cinco minutos e ligou de novo. Mais uma vez, estava ocupado. Depois disso, durante uma hora, Quinn ficou ligando e esperando, sempre com o mesmo resultado. Enfim, chamou a telefonista e perguntou se o telefone estava quebrado. Haveria uma tarifa de trinta centavos, avisaram. Em seguida veio um chiado nos fios, o ruído de um número sendo discado, mais vozes. Quinn tentou imaginar como seriam as telefonistas. Então a primeira mulher falou com ele outra vez: o telefone estava mesmo ocupado.

Quinn não sabia o que pensar. Havia tantas possibilidades, ele nem tinha por onde começar. Stillman? O fone fora do gancho? Alguma pessoa desconhecida?

Ligou a televisão e viu os dois primeiros tempos do jogo dos Mets. Depois discou de novo. A mesma coisa. No auge do terceiro tempo, St. Louis marcou um ponto importante na primeira base, uma base perdida, um jogador da base fora de jogo, uma rebatida desperdiçada. Os Mets reagiram na metade do tempo que lhes coube, com um ponto duplo de Wilson e um simples de Youngblood. Quinn percebeu que não se importava. Entrou um anúncio de cerveja e ele tirou o som. Pela vigésima vez, tentou ligar para Virginia Stillman, e pela vigésima vez aconteceu a mesma coisa. No ponto culminante do quarto período, o time de St. Louis marcou quatro *runs*, e Quinn desligou também a imagem. Encontrou seu caderno vermelho, sentou na escrivaninha e ficou concentrado escrevendo durante as duas horas seguintes. Não se deu ao trabalho de reler o que já tinha escrito. Depois telefonou para Virginia Stillman e ouviu mais uma vez o sinal de ocupado. Bateu o fone no gancho com tanta força que o plástico trincou. Quando tentou ligar de novo, já não conseguiu ouvir o sinal de discar. Ficou de pé, foi para a cozinha e se serviu de mais uma tigela de flocos de milho. Depois foi para a cama.

Em seu sonho, que mais tarde esqueceu, se via caminhando pela Broadway, levando pela mão o filho de Auster.


Quinn passou o dia seguinte andando. Começou cedo, logo depois das oito, e não parou para pensar aonde estava indo. Aconteceu de ver, nesse dia, muita coisa que nunca antes havia notado.

A cada vinte minutos entrava em uma cabine de telefone e ligava para Virginia Stillman. Assim como fora na noite anterior, era também agora. A essa altura, Quinn já esperava que o telefone estivesse mesmo ocupado. Isso já não o aborrecia mais. O sinal de ocupado se tornara um contraponto para os seus passos, um metrônomo batendo incansável em meio aos ruídos fortuitos da cidade. Havia um conforto no pensamento de que, toda vez que discasse o número, o mesmo som estaria ali à espera de Quinn, sem jamais se furtar à sua recusa, ao seu discurso negador de qualquer possibilidade de discurso, tão persistente quanto o bater de um coração. Virginia e Peter Stillman agora estavam distantes dele. Mas Quinn podia aplacar sua consciência com a ideia de que ainda continuava tentando. Qualquer que fosse o terror por que eles estavam passando agora, Quinn ainda não os abandonara.

Desceu pela Broadway até a rua 72, virou para leste na direção de Central Park Oeste, e seguiu até a rua 59 e a estátua de

Colombo. Lá, virou mais uma vez para leste, seguindo pelo Central Park Sul até a avenida Madison, e aí dobrou à direita, rumo ao centro da cidade, na direção da Grand Central Station. Depois de rodar ao acaso por alguns quarteirões, continuou rumo ao sul por mil e seiscentos metros, chegou ao entroncamento da Broadway com a Quinta Avenida, na rua 23, deteve-se a fim de contemplar o Flatiron Building e depois mudou de direção, dando uma guinada para oeste até chegar à Sétima Avenida, altura em que virou para a esquerda e avançou rumo ao centro da cidade. Na Sheridan Square, virou de novo para o leste, descendo a passo lento a Waverly Place, atravessando a Sexta Avenida e seguindo até Washington Square. Passou sob o arco e tomou a direção sul no meio da multidão, parando um instante para observar a exibição de um malabarista em uma corda bamba estendida entre um poste de luz e um tronco de árvore. Depois deixou para trás o pequeno parque na sua esquina leste, caminhou pelo conjunto de alojamentos da universidade com seus gramados verdejantes e virou à direita na rua Hudson. Na Broadway Oeste, virou outra vez, agora para a esquerda, e foi em frente na direção do canal. Desviando-se ligeiramente para a direita, passou por um parquinho mirim e fez a volta rumo à rua Varick, passou pelo número 6, onde tinha morado tempos atrás, e depois retomou o seu curso para o sul, tomando novamente a Broadway Oeste onde ela se fundia com a rua Varick. A Broadway Oeste levou-o até a entrada do World Trade Center e para o interior da portaria de uma das torres, onde fez sua trigésima ligação do dia para Virginia Stillman. Quinn resolveu comer alguma coisa, entrou em uma das lanchonetes instaladas no térreo e consumiu preguiçosamente um sanduíche, enquanto trabalhava um pouco no seu caderno vermelho. A seguir, caminhou de novo para o leste, perambulando pelas ruas estreitas do setor financeiro, e depois tomou a direção sul, rumo ao Bowling Green, onde viu a água e as gaivotas acima dela, planando na luz do meio-dia. Por um instante, pensou se devia tomar a balsa para Staten Island, mas achou melhor não, e então se encaminhou para o norte. Na rua Fulton, escapuliu para a direita, seguiu o caminho para nordeste na Broadway Leste, que passava através do miasma do Lower East Side e depois subia para Chinatown. De lá, ele encontrou a Bowery, que o levou até a rua

14. Depois, enveredou para a esquerda, cruzou a Union Square, e prosseguiu na direção da parte alta da cidade pela Avenida Park Sul. Na rua 23, barafustou para o norte. Alguns quarteirões adiante, desviou de novo para a direita, seguiu um quarteirão rumo ao leste, e depois subiu pela Terceira Avenida durante um tempo. Na rua 32, virou à direita, foi desembocar na Segunda Avenida, dobrou à esquerda, andou para a parte alta da cidade por mais três quarteirões e em seguida virou para a direita uma última vez, ocasião em que acabou deparando com a Primeira Avenida. Então caminhou ao longo dos sete quarteirões restantes até as Nações Unidas e resolveu descansar um pouco. Sentou em um banco de pedra na praça e respirou fundo, descansando à toa, no ar e na luz, de olhos fechados. Depois abriu o caderno vermelho, pegou no bolso a caneta do surdo-mudo e começou uma nova página.

Pela primeira vez desde que havia comprado o caderno vermelho, o que Quinn escreveu naquele dia nada tinha a ver com o caso Stillman. Em vez disso, se concentrou nas coisas que vira enquanto andava. Não parou a fim de pensar no que estava fazendo, nem analisou as possíveis significações desse ato incomum. Sentia uma premência de registrar certos fatos e queria pô-los no papel antes que os esquecesse.

Hoje, como nunca antes: os vagabundos, os indigentes, as mendigas que carregam sacolas, os bêbados e os vadios. Abrangem desde os meramente pobres até os que se encontram em completa desgraça. Para onde quer que se olhe, lá estão eles, em bairros bons e ruins.

Alguns mendigam com uma aparência de orgulho. Me dá esse dinheiro aí, parecem dizer, e em pouco tempo estarei de volta, para junto de vocês, zanzando para um lado e outro em minhas caminhadas diárias. Outros abandonaram toda esperança de um dia deixar essa vida de mendigo. Ficam ali largados na calçada com seu chapéu, ou caneca, ou caixa, sem sequer se dar ao trabalho de erguer os olhos para o passante, derrotados demais até para agradecer quem deixa cair uma moeda ao seu lado. Outros ainda tentam trabalhar pelo dinheiro que recebem: os cegos que vendem lápis, os bêbados que lavam as janelas do seu carro. Uns contam histórias, em geral relatos trágicos das próprias vidas, como se quisessem oferecer a seus benfeitores algo em troca da sua bondade — nem que sejam só palavras.

Outros possuem talentos autênticos. O velho negro de hoje, por exemplo, que sapateava enquanto fazia malabarismos com cigarros — ainda com dignidade, obviamente um artista de vaudeville em outros tempos, vestindo um terno púrpura com uma camisa verde e uma gravata amarela, sua boca congelada em um sorriso que era uma pálida recordação do sorriso que usava no palco. Há também os artistas que desenham com giz na calçada e os músicos: saxofonistas, guitarristas, violinistas. De vez em quando, a gente cruza até com um gênio, como ocorreu comigo hoje:
Um clarinetista de idade indeterminada, usando um chapéu que fazia sombra no seu rosto e sentado de pernas cruzadas na calçada, à maneira de um encantador de serpente. Bem à sua frente ficavam dois macacos de brinquedo, um com um pandeiro e o outro com um tambor. Enquanto um sacudia e o outro batia, os dois marcando uma síncope precisa e bizarra, o homem improvisava de forma interminável pequeninas variações no seu instrumento, seu corpo oscilando todo duro para a frente e para trás, imitando com vigor o ritmo dos macacos. Tocava com elegância e talento, desenhos ondulantes e rebuscados em tom menor, como se estivesse feliz de estar ali com seus amigos mecânicos, encerrado no universo que havia criado, sem erguer os olhos uma única vez. Continuava a tocar sem nunca parar, sempre a mesma coisa, e mesmo assim quanto mais eu ouvia mais difícil era ir embora.

Estar dentro daquela música, ser arrebatado para dentro do círculo das suas repetições: talvez esse seja um lugar onde possamos por fim desaparecer.

Mas pedintes e músicos de rua constituem apenas uma pequena parte da população de vagabundos. São a sua aristocracia, a elite dos decaídos. Muito mais numerosos são aqueles sem nada para fazer, sem nenhum lugar para ir. Muitos são bêbados — mas essa palavra não faz justiça à devastação que eles encarnam. Montanhas de desespero, roupas em trapos, rostos esfolados e sangrando, eles cambaleiam pelas ruas como se estivessem acorrentados. Adormecidos junto às paredes, andando às tontas feito loucos no meio do trânsito, desmaiando na calçada — parecem estar em toda parte na hora em que a gente procura por eles. Alguns morrem de fome, outros de frio, outros ainda serão espancados, queimados ou torturados.

Para cada alma perdida nesse inferno particular, existem inúmeras outras trancafiadas na loucura — incapazes de saírem para o mundo que aguarda no limiar dos seus corpos. Muito embora pareçam estar ali, não podem ser considerados como presentes. O homem, por exemplo, que anda por toda parte com baquetas de bateria, batucando na calçada em um ritmo desordenado, absurdo, desajeitadamente curvado para a frente enquanto caminha pela rua, batucando no cimento sem parar. Talvez acredite que está fazendo um trabalho importante. Talvez, se ele não fizesse o que faz, a cidade inteira desmoronaria. Quem sabe a Lua giraria fora da sua órbita e viesse se chocar com a Terra. Tem aqueles que falam sozinhos, que balbuciam, gritam, xingam, rugem, contam histórias para si mesmos como se fossem outra pessoa. O homem que vi hoje, sentado feito um monte de lixo em frente à Grand Central Station, a multidão passando às pressas por ele, que dizia com uma voz alta, tensa de pânico: "Fuzileiros do Terceiro... Comendo abelhas... As abelhas rastejando para fora da minha boca". Ou a mulher que grita para um companheiro invisível: "E se eu não quiser? O que é que vai acontecer se eu não quiser porra nenhuma?".

Existem as mendigas com suas sacolas e os mendigos com suas caixas de papelão, arrastando seus pertences de um lugar para o outro, sempre em movimento, como se tivesse alguma importância o local onde eles estejam. Tem o homem enrolado na bandeira americana. Tem a mulher com uma máscara de Dia das Bruxas na cara. Tem o homem com o sobretudo estraçalhado, os sapatos envoltos em trapos, levando em um cabide uma camisa branca muito bem passada — ainda envolvida pelo plástico da lavanderia. Tem o homem de paletó de executivo, descalço e com um capacete de futebol americano na cabeça. Tem a mulher cujas roupas são todas cobertas, dos pés à cabeça, por broches da campanha presidencial. Tem o homem que anda com a cara enfiada nas mãos, chorando histericamente e dizendo repetidas vezes: "Não, não, não. Ele morreu. Ele não morreu. Não, não, não. Ele morreu. Ele não morreu".

Baudelaire: *Il me semble que je serais toujours bien là où je ne suis pas*. Em outras palavras: Parece-me que sempre estarei feliz no lugar onde não estou. Ou, mais curto e grosso: Onde quer que eu não esteja, é aí que estou de verdade. Ou ainda, pegando o touro a unha: Em qualquer lugar fora do mundo.

Era quase noite. Quinn fechou o caderno vermelho e pôs a caneta no bolso. Queria pensar um pouco mais sobre o que havia escrito, mas descobriu que não podia. O ar em volta estava suave, quase doce, como se já não pertencesse mais à cidade. Levantou-se do banco, esticou braços e pernas e caminhou até uma cabine telefônica, onde ligou de novo para Virginia Stillman. Depois foi jantar.

No restaurante, se deu conta de que havia tomado uma decisão. Sem que ele soubesse, a resposta já estava à mão, à sua espera, inteiramente formada em sua mente. O sinal de ocupado, ele agora compreendia, não fora algo arbitrário. Era um aviso, e lhe dizia que não podia ainda romper esse vínculo com o caso, mesmo que desejasse. Tentara entrar em contato com Virginia Stillman a fim de lhe dizer que estava farto, mas o destino não permitiu. Quinn se deteve para ponderar a respeito disso. Seria "destino" realmente a palavra que queria usar? Parecia uma opção grave e antiquada. No entanto, investigando a questão mais a fundo, constatou que era exatamente isso que queria dizer. Ou, se não exatamente, chegava mais perto do que qualquer outra palavra que conseguia imaginar. Destino, no sentido daquilo que era, ou do que, bem ou mal, foi. Era algo como o pronome "ele", que não aparece na frase "chove", ou "anoiteceu". Quinn nunca soubera a quem se referia o sujeito desses verbos. Uma condição geral das coisas, talvez; o estado de ser que constituía a base a partir da qual os fatos do mundo ocorriam. Quinn não conseguia ser mais claro do que isso. Mas talvez não estivesse mesmo buscando algo claro.

Era o destino, portanto. Não importa o que ele pensasse, por mais que desejasse algo diferente, nada havia que pudesse fazer. Respondera sim a uma proposta que lhe fizeram e agora se via impotente para desdizer aquele sim. Isso significava só uma coisa: tinha de ir até o final. Não podia haver duas respostas. Ou era isso ou era aquilo. E portanto era assim mesmo, gostasse ele ou não.

A questão de Auster era obviamente um engano. Talvez tenha existido no passado um detetive particular em Nova York com esse nome. O marido da enfermeira de Peter era um policial aposentado — portanto, não era jovem. No seu tempo, sem dúvida, existira um Auster com uma boa reputação, e o policial naturalmente pensou nele quando lhe pediram a indicação de um detetive. Procurou no catálogo, viu uma única pessoa com esse nome e supôs que fosse o homem certo. Depois deu o número de telefone para os Stillman. Nesse ponto, ocorreu o segundo engano. Houve uma barafunda nas linhas e de algum modo o seu telefone pegou uma linha cruzada com o telefone de Auster. Esse tipo de coisa acontece todo dia. E assim recebeu a ligação — que, no final da história, se destinava mesmo ao homem errado. Tudo fazia sentido.

Permanecia um problema. Se ele não conseguisse entrar em contato com Virginia Stillman — se, conforme acreditava, não *queriam* que ele entrasse em contato com ela — de que forma exatamente deveria agir? Seu trabalho era proteger Peter, garantir que ele não sofresse nenhum mal. Será que importava o que Virginia Stillman pensasse que ele estava fazendo, contanto que cumprisse a sua obrigação? Em termos ideais, um detetive em ação deveria manter contato com o seu cliente. Este sempre fora um dos princípios de Max Work. Mas seria mesmo necessário? Contanto que Quinn fizesse o seu trabalho, o que mais importava? Se houvesse algum mal-entendido, sem dúvida poderia ser esclarecido tão logo o caso estivesse encerrado.

Quinn podia agir, portanto, da forma que desejasse. Não tinha mais de telefonar para Virginia Stillman. Podia abandonar, de uma vez por todas, o sinal oracular de ocupado. De agora em diante, nada poderia detê-lo. Era impossível que Stillman chegasse perto de Peter sem que Quinn soubesse.

Quinn pagou sua conta, pôs um palito mentolado na boca e recomeçou a andar. Não precisava ir muito longe. No caminho, parou em um Citibank vinte e quatro horas e conferiu seu saldo no caixa automático. Havia trezentos e quarenta e nove dólares na sua conta. Sacou trezentos, pôs o dinheiro no bolso e continuou em direção à parte alta da cidade. Na rua 57, virou à esquerda e andou até a Park Avenue. Ali, dobrou à direita e continuou andando para o norte até a rua 69, onde virou para o quarteirão de Stillman. O prédio parecia igual ao que vira no primeiro dia. Olhou para cima para ver se havia luzes acesas no apartamento, mas não conseguiu lembrar quais eram as janelas. A rua se achava totalmente silenciosa. Nenhum carro passava, nenhuma pessoa. Quinn atravessou para o outro lado, achou um canto para si mesmo em um beco e se acomodou para passar a noite.

# 12

Passou-se um longo tempo. Exatamente quanto, é impossível dizer. Semanas, com certeza, mas talvez até meses. O relato desse período é mais vazio do que o autor gostaria. Mas as informações são escassas, e ele preferiu deixar passar em branco o que não podia ser confirmado de forma definitiva. Uma vez que esta história é baseada inteiramente em fatos, o autor sente a obrigação de não ultrapassar os limites do que pode ser comprovado, resistir a qualquer preço aos perigos da invenção. Mesmo o caderno vermelho, que até agora proporcionou um relato minucioso das experiências de Quinn, é suspeito. Não podemos dizer com segurança o que aconteceu com Quinn durante o período, pois é nesse ponto da história que ele começa a perder o domínio de si mesmo.

Permaneceu na maior parte do tempo ali no beco. Não era desconfortável, depois que ele se habituou, e tinha a vantagem de mantê-lo bem escondido. Dali, podia observar todo o movimento de entrada e saída do prédio de Stillman. Ninguém saía e ninguém entrava sem que ele visse quem era. No início, surpreendeu-o não ver nem Virginia nem Peter, mas havia um movimento constante de entregas em domicílio e, afinal, Quinn compreendeu que não era necessário para eles sair do prédio. Tudo podia ser trazido até sua casa. Foi aí que Quinn compreendeu que eles também estavam se escondendo, esperando dentro do apartamento que o caso chegasse ao fim.

Pouco a pouco, Quinn adaptou-se à sua nova vida. Havia uma série de problemas a serem encarados. Mas um por um ele conseguiu resolvê-los. Antes de tudo, houve a questão da comida. Como era necessário o máximo de vigilância, Quinn relutava em deixar seu posto por qualquer intervalo de tempo. Atormentava-o pensar que algo pudesse acontecer na sua ausência e fazia todo o esforço possível para minimizar os riscos. Lera em algum lugar que entre as 3h30 e as 4h30 da madrugada havia mais gente dormindo em suas camas do que em qualquer outro horário. Estatisticamente falando, havia mais chance de que nada acontecesse nesse horário e portanto Quinn escolheu-o como o momento de fazer suas compras. Na avenida Lexington, não muito longe, ao norte de onde estava, havia um mercado aberto a noite inteira e assim, toda madrugada, às três e meia, Quinn ia até lá a passos rápidos (pelo exercício e também a fim de poupar tempo) e comprava tudo de que precisava para as próximas vinte e quatro horas. Constatou que não era muita coisa — e, conforme se viu depois, à medida que o tempo corria, cada vez precisava de menos coisas. Pois Quinn aprendeu que comer não resolvia necessariamente o problema da comida. Uma refeição nada mais era do que uma frágil defesa contra o caráter inevitável da refeição seguinte. A comida em si mesma jamais solucionava a questão da comida; apenas adiava o momento em que a questão teria de ser formulada a sério. O maior perigo, portanto, residia em comer demais. Caso ingerisse mais do que devia, seu apetite para a próxima refeição cresceria e desse modo seria necessário mais comida para satisfazê-lo. Policiando a si mesmo com atenção e constância, Quinn gradualmente tornou-se capaz de inverter o processo. Sua ambição era comer o menos possível e assim afugentar a fome. No melhor dos mundos, ele conseguiria se aproximar do zero absoluto, mas não queria se mostrar exageradamente ambicioso nas atuais circunstâncias. Em vez disso, mantinha como um ideal em sua mente o jejum absoluto, um estado de perfeição ao qual podia aspirar mas jamais alcançar. Não queria morrer de inanição — e se lembrava disso todo dia —, queria apenas ficar livre para pensar nas coisas que realmente lhe diziam respeito. Por ora, isso significava manter o caso no centro dos seus pensamentos. Felizmente, isso coincidia com

*128*

a sua outra ambição mais importante: fazer os trezentos dólares durarem o máximo possível. Nem é preciso dizer que Quinn perdeu um bocado de peso durante esse período.

Seu segundo problema era o sono. Não podia ficar acordado o tempo todo e, no entanto, era isso o que a situação exigia. Também nesse caso foi forçado a fazer certas concessões. Assim como aconteceu em relação à comida, Quinn achou que podia se virar com menos do que estava acostumado. Em lugar das seis ou oito horas de sono com que se habituara, resolveu se limitar a três ou quatro horas. Ajustar-se a isso era difícil, mas muito mais difícil era o problema de como distribuir essas horas de modo a manter o máximo de vigilância. Estava claro que não podia dormir três ou quatro horas seguidas. Os riscos seriam simplesmente grandes demais. Teoricamente, o emprego mais eficaz do tempo seria dormir trinta segundos a cada cinco ou seis minutos. Isso reduziria a praticamente zero as chances de deixar de ver alguma coisa. Mas percebeu que era fisicamente impossível. Por outro lado, usando essa impossibilidade como uma espécie de modelo, tentou se adestrar em tirar uma série de cochilos rápidos, alternando, com a maior frequência possível, o dormir e o despertar. Foi uma luta longa, exigia disciplina e concentração, pois quanto mais a experiência demorava, mais esgotado se sentia. No início, tentou sequências de quarenta minutos, depois reduziu gradualmente para trinta minutos. No final, conseguiu ter cochilos de quinze minutos com um razoável sucesso. Seu esforço recebeu o auxílio de uma igreja dos arredores, cujos sinos tocavam de quinze em quinze minutos — uma batida em um quarto de hora, duas batidas em meia hora, três batidas em três quartos de hora e quatro batidas na hora redonda, seguidas pelo número de batidas correspondente à hora do dia. Quinn vivia no ritmo desse relógio e no final teve dificuldade em distingui-lo do próprio pulso. A partir da meia-noite, dava início à sua rotina, fechava os olhos e adormecia antes de o relógio terminar as doze badaladas. Quinze minutos depois acordava, na badalada dupla da meia hora, caía no sono e, na tríplice batida dos quarenta e cinco minutos, despertava novamente. Às três e meia, saía para comprar comida, voltava às quatro horas e aí dormia outra vez. Seus sonhos nesse período eram poucos. Quando de fato ocorriam, eram estranhos: rápidas visões do imediato — suas mãos, seus sapatos, a parede de tijolos ao seu lado. Não havia um único momento em que não estivesse morto de cansaço.

Seu terceiro problema era o abrigo, mas esse foi resolvido com mais facilidade do que os outros dois. Felizmente, o tempo permanecia quente e, como a primavera já ia se aproximando do verão, havia pouca chuva. De tempos em tempos caía uma chuvarada e, uma ou duas vezes, um temporal com raios e trovões, mas no conjunto não havia nada sério, e Quinn nunca deixava de se mostrar grato por sua boa sorte. No fundo do beco havia uma caçamba de metal para o lixo e, sempre que chovia de noite, Quinn se enfiava ali para se proteger. Lá dentro, o cheiro era opressivo e impregnava suas roupas durante muitos e muitos dias, mas Quinn preferia isso a ficar molhado, pois não queria correr o risco de pegar gripe e ficar doente. Felizmente, a tampa estava empenada e não encaixava com firmeza na borda da caçamba. No canto, tinha uma brecha de uns quinze ou vinte centímetros que formava uma espécie de respiradouro por onde Quinn podia respirar — apontando o nariz para a noite lá fora. De joelhos em cima do lixo e com o corpo recostado na parede da caçamba, descobriu que não se sentia nem um pouco desconfortável.

Nas noites claras, dormia embaixo da caçamba, acomodando a cabeça de tal modo que, no momento em que abria os olhos, podia ver a porta da frente do prédio de Stillman. Quanto a esvaziar a bexiga, em geral o fazia no canto mais fundo do beco, atrás da caçamba e de costas para a rua. Seus intestinos eram um outro problema, e para isso ele entrava na caçamba a fim de preservar sua privacidade. Havia também uma série de latas de lixo de plástico ao lado da caçamba, e nelas Quinn conseguia encontrar uma quantidade suficiente de jornal limpo para se limpar, entretanto certa vez, em uma emergência, Quinn se viu forçado a usar uma página do seu caderno vermelho. Quanto a fazer a barba e tomar banho, Quinn aprendeu a viver sem essas duas coisas.

Como foi capaz de se manter oculto durante todo esse período é um mistério. Mas parece que ninguém o descobriu ou chamou a atenção das autoridades para a sua presença. Sem dúvida aprendeu bem cedo o cronograma do recolhimento do lixo e tratava de ficar fora do beco quando vinham os lixeiros. Assim também com o funcionário do prédio que despejava o lixo toda noite na caçamba e nas latas. Por incrível que pareça, ninguém jamais notou a presença de Quinn. Era como se ele se tivesse dissolvido nos muros da cidade.

Os problemas domésticos e da vida material ocupavam uma certa porção de todos os dias. Na maior parte, porém, Quinn tinha o tempo a seu dispor. Como não queria que ninguém o visse, tinha de evitar outras pessoas o mais sistematicamente possível. Não podia olhar para elas, não podia falar com elas, não podia pensar a respeito delas. Quinn sempre pensara em si mesmo como um homem que gostava de ficar só. Nos últimos cinco anos, na verdade, ele procurara por isso ativamente. Mas só então, à medida que sua vida corria ali no beco, Quinn começou a entender a verdadeira natureza da solidão. Não tinha ninguém em quem se apoiar, a não ser em si mesmo. E entre todas as coisas que viria a descobrir nos dias que passou ali, essa era a única de que não tinha a menor dúvida: ele estava caindo. O que não entendia, contudo, era o seguinte: se estava caindo, como se podia esperar que estivesse também com o domínio da situação? Era possível estar ao mesmo tempo por cima e por baixo? Não parecia fazer sentido.

Passava muitas horas contemplando o céu. De seu posto no fundo do beco, espremido entre a caçamba e a parede, havia poucas coisas para ver além disso e, à medida que os dias passavam, começou a ter prazer com o mundo das alturas. Acima de tudo, via que o céu nunca estava parado. Mesmo em dias sem nuvens, quando o azul parecia estar em toda parte, havia diminutas e constantes mudanças, deslocamentos graduais, como se o céu se afinasse ou ganhasse espessura, a repentina brancura de aviões, pássaros e papéis que voavam. Nuvens complicavam o quadro, e Quinn passou muitas tardes estudando-as, tentando assimilar seus caminhos, vendo se não conseguia prever o que aconteceria com elas. Familiarizou-se com os cirros, os cúmulos, os estratos, os nimbos e todas as suas diversas combinações, vigiando cada uma delas em sua trajetória e observando como o céu se alteraria sob a sua influência. Nuvens, também, punham em questão o problema das cores e havia um largo espectro para olhar, abrangendo desde o preto até o branco, com uma infinidade de tons cinzentos intermediários. Todas essas coisas tinham de ser investigadas, medidas e decifradas. Acima de tudo isso, havia os tons pastel que se formavam toda vez que o sol e as nuvens interagiam em certas horas do dia. O espectro de variáveis era imenso, o resultado dependia das temperaturas dos diferentes níveis da atmosfera, dos tipos de nuvens presentes no céu e da posição onde o sol porventura estivesse naquele determinado momento. De tudo isso nasciam os vermelhos e os rosas de que Quinn tanto gostava, os púrpuras e os carmins, os alaranjados e os tons de lavanda, os dourados e as suaves tonalidades do cáqui. Nada durava muito tempo. As cores logo se dispersavam, fundindo-se com outras, se afastando ou se apagando quando chegava a noite. Quase sempre havia um vento para apressar esses acontecimentos. De onde se achava no beco, Quinn raramente podia senti-lo, mas ao ver seus efeitos nas nuvens, podia estimar sua intensidade e a natureza do ar que carregava. Um a um, todos os climas passavam acima da sua cabeça, do sol às tempestades, da treva ao esplendor. Havia as alvoradas e os crepúsculos para observar, as transformações do meio-dia, o anoitecer, as madrugadas. Mesmo em seu negror, o céu não ficava parado. Nuvens vagavam no escuro, a lua tinha sempre um formato diferente, o vento continuava a soprar. Às vezes uma estrela se instalava na faixa de céu de Quinn e, quando olhava para cima, se perguntava se ela ainda estaria mesmo lá ou não se teria incendiado muito tempo atrás.

Os dias, portanto, iam e vinham. Stillman não aparecia. O dinheiro de Quinn afinal acabou. Desde algum tempo ele vinha se fortalecendo para enfrentar aquele momento e, no final, poupava seus recursos com uma precisão obsessiva. Nenhum centavo era gasto sem primeiro avaliar a necessidade do que julgava precisar, sem primeiro medir as consequências, prós e contras. Mas nem mesmo a economia mais estrita do mundo poderia deter a marcha do inevitável.

Foi a certa altura em meados de agosto que Quinn descobriu que não resistiria mais. O autor confirmou essa data mediante uma pesquisa diligente. É possível, porém, que esse momento tenha ocorrido antes, no final de julho, ou um pouco mais tarde, no início de setembro, uma vez que todas as investigações desse tipo devem admitir uma certa margem de erro. Mas, ao que lhe foi dado saber, após ponderar cuidadosamente os indícios apurados e analisar todas as aparentes contradições, o autor situou os acontecimentos que se seguem no mês de agosto, em algum ponto entre os dias 12 e 25.

Quinn agora já não possuía quase nada — umas poucas moedas que mal completavam um dólar. Tinha certeza de que, durante sua ausência, havia chegado algum dinheiro para ele. Era uma simples questão de apanhar os cheques na sua caixa postal na agência do correio, levá-los ao banco e sacar. Se tudo corresse bem, poderia voltar para a rua 69 Leste em um intervalo de poucas horas. Nunca saberemos os tormentos que sofreu por ter de deixar o seu canto.

Não tinha dinheiro bastante para pegar o ônibus. Pela primeira vez em muitas semanas, começou a caminhar. Era esquisito estar de novo andando, passando direto de um lugar para o outro, movendo os braços para frente e para trás, sentindo a calçada embaixo das solas dos sapatos. E no entanto ali estava ele, caminhando para oeste pela rua 69, dobrando à direita na avenida Madison e começando a se dirigir para o norte. Suas pernas estavam fracas e tinha a sensação de que sua cabeça era feita de ar. Precisava parar a todo instante para tomar fôlego e, certa vez, prestes a cair, teve de se agarrar em um poste de luz. Descobriu que as coisas melhoravam se levantasse os pés o mínimo possível, cambaleando para a frente com passos lentos e deslizantes. Desse modo, conseguia conservar a energia para as esquinas, onde tinha de se equilibrar com cuidado antes e depois de cada passo ao descer e ao subir no meio-fio.

Na rua 84, hesitou um momento diante de uma loja. Havia um espelho na fachada e, pela primeira vez desde que começara sua vigília, Quinn viu a si mesmo. Não que tivesse medo de defrontar-se com a própria imagem. Simplesmente não havia acontecido. Estivera ocupado demais com seu trabalho para pensar em si mesmo e era como se a questão da sua aparência deixasse de existir. Agora, quando olhou para si mesmo no espelho da loja, não ficou nem chocado nem decepcionado. Não tinha emoção nenhuma a respeito de tudo isso, pois a verdade era que não reconhecia como ele mesmo a pessoa que via à sua frente. Pensou que havia captado no espelho a imagem de um desconhecido e, naquele primeiro momento, voltou-se bruscamente para ver quem era. Mas não havia ninguém perto dele. Em seguida, virou-se de novo para examinar o espelho com mais atenção. Traço por traço, estudou o rosto à sua frente e devagar começou a perceber que essa pessoa tinha certa semelhança com o homem que ele sempre pensara ser. Sim, era mais do que provável que aquele fosse Quinn. Mesmo então, porém, não ficou desconcertado. A transformação da sua aparência fora tão drástica que não podia deixar de se sentir fascinado por ela. Havia se transformado em um mendigo. Suas roupas estavam desbotadas, esfarrapadas, aviltadas pela imundície. Seu rosto estava coberto por uma espessa barba negra com ligeiras nódoas cinzentas. O cabelo estava comprido e emaranhado, amontoado em tufos atrás das orelhas e escorrendo em cachos até quase a altura dos ombros. Mais do que qualquer outra coisa, ele se lembrava de Robinson Crusoé, e se admirava com a rapidez dessas transformações. Tinha sido apenas uma questão de meses e, nesse intervalo, se transformara em outra pessoa. Tentou recordar-se de si mesmo tal como fora antes, mas achou difícil. Olhou para aquele novo Quinn e encolheu os ombros. Na verdade, não tinha mais importância. Havia sido uma coisa antes e agora era outra. Não era nem pior nem melhor. Era diferente, e isso era tudo.

Continuou na direção da parte alta da cidade, percorrendo vários quarteirões, depois dobrou à esquerda, atravessou a Quinta Avenida e caminhou junto ao muro do Central Park. Na rua 96, entrou no parque e sentiu-se feliz por estar em meio à grama e às árvores. O final do verão tinha esgotado boa parte do verdor e aqui e ali a terra surgia em manchas marrons, empoeiradas. Mas as árvores no alto ainda estavam cheias de folhas e em todo lugar havia um cintilar de luz e sombra que empolgava Quinn como algo lindo e milagroso. Era o final da manhã e o calor pesado da tarde se achava ainda a horas de distância.

No meio do parque, Quinn se viu dominado por uma necessidade premente de descansar. Não havia ruas ali, nenhum quarteirão para delimitar os estágios do seu percurso e de repente lhe pareceu que vinha andando fazia muitas horas. Olhando para o outro lado do parque, teve a impressão de que levaria mais um dia ou dois de marcha puxada para chegar lá. Prosseguiu por mais alguns minutos mas, enfim, suas pernas se renderam. Havia um carvalho não muito longe de onde ele estava e Quinn encaminhou-se para lá, cambaleando como um bêbado que avança aos tropeços para a sua cama, depois de passar a noite toda enchendo a cara. Usando o caderno vermelho como travesseiro, deitou-se em um montinho de grama no lado norte da árvore e pegou no sono. Era o primeiro sono ininterrupto que tinha em meses, e só acordou de novo quando já era de manhã.

Seu relógio de pulso indicava que eram nove e meia e ele se assustou ao pensar no tempo que tinha perdido. Quinn se levantou e se pôs a andar a passos largos para o oeste, surpreso por ver que seu vigor estava de volta, mas praguejando contra si mesmo pelas horas que gastara para isso. Nada poderia consolá-lo. O que quer que fizesse agora, teria sempre a sensação de que estava atrasado. Podia passar cem anos correndo e ainda assim só conseguiria chegar na hora em que as portas estivessem fechando.

Saiu do parque na rua 96 e continuou para oeste. Na esquina da avenida Columbus viu uma cabine telefônica, o que de repente o fez recordar Auster e o cheque de quinhentos dólares. Talvez pudesse poupar tempo pegando o dinheiro agora. Podia ir direto até Auster, pôr o dinheiro no bolso e evitar a viagem até a agência do correio e o banco. Mas Auster teria o dinheiro à mão? Se não tivesse, talvez eles pudessem combinar um encontro no banco de Auster.

Quinn entrou na cabine telefônica, vasculhou o bolso e pegou o dinheiro que sobrara: duas moedas de dez centavos, uma de vinte e cinco e oito moedinhas de um centavo. Discou para a telefonista a fim de pedir o número, recolheu os dez centavos de volta na caixinha de devolução, enfiou a moeda outra vez na fenda e discou. Auster atendeu no terceiro toque.

— É o Quinn — disse Quinn.

Ouviu um suspiro no outro lado.

— Onde diabos você se meteu? — Havia irritação na voz de Auster. — Liguei mil vezes para você.

— Andei ocupado. Trabalhando no caso.

— No caso?

— O caso. O caso Stillman. Lembra?

— Claro que lembro.

— É por isso que estou ligando. Queria pegar o dinheiro agora. Os quinhentos dólares.

— Que dinheiro?

— O cheque, lembra? O cheque que lhe dei. O cheque nominal para Paul Auster.

— Claro que lembro. Mas não há dinheiro nenhum. É por isso que venho tentando ligar para você.

— Você não tinha o direito de gastar — gritou Quinn, de repente descontrolado. — Esse dinheiro me pertencia.

— Não gastei nada. O cheque foi devolvido.

— Não acredito.

— Pode vir aqui e ver a carta do banco, se quiser. Está na minha mesa. O cheque não tinha fundos.

— Isso é um absurdo.

— Sim, é mesmo. Mas agora isso não tem mais importância nenhuma, não é?

— Claro que tem importância. Preciso do dinheiro para prosseguir no caso.

— Mas não existe mais caso nenhum. Acabou tudo.

— Do que está falando?

— Da mesma coisa que você. O caso Stillman.

— Mas que história é essa de "acabou tudo"? Ainda estou trabalhando nele.

— Não posso acreditar.

— Pare com todo esse ar de mistério. Não tenho a menor ideia do que você está falando.

— Não acredito que você não saiba. Mas onde é que tem andado? Não lê os jornais?

— Jornais? Caramba, diga logo o que foi. Não tenho tempo para ler jornais.

Houve um silêncio no outro lado e, por um momento, Quinn pensou que a conversa tinha terminado, achou que ele de repente tinha pegado no sono e acabara de acordar nesse instante para descobrir que o fone estava na sua mão.

— Stillman pulou da ponte do Brooklyn — disse Auster. — Suicidou-se dois meses e meio atrás.

— Está mentindo.

— A história saiu em todos os jornais. Pode conferir você mesmo.

Quinn não falou nada.

— Foi o seu Stillman — Auster prosseguiu. — O que era professor em Columbia. Disseram que ele morreu ainda no ar, antes mesmo de se chocar com a água.

— E Peter? O que houve com Peter?

— Não tenho ideia.

— Alguém sabe?

— Impossível dizer. Você vai ter de descobrir sozinho.

— Sim, acho que sim — disse Quinn.

Então, sem dar até logo para Auster, desligou o telefone. Pegou a outra moeda de dez centavos e usou-a para ligar para Virginia Stillman. Ainda sabia o número de cor.

Uma voz mecânica repetiu o número para ele e declarou que o telefone tinha sido desligado. Em seguida a voz repetiu a mensagem e depois a ligação caiu.


Quinn não conseguia saber ao certo como se sentia. Nesses primeiros momentos era como se não sentisse nada, como se tudo tivesse dado em nada. Resolveu pensar no assunto mais tarde. Haveria tempo para isso depois, refletiu. Por ora, a única coisa que parecia importar era ir para casa. Voltaria para o seu apartamento, pegaria suas roupas e ficaria deitado na banheira cheia de água quente. Depois daria uma olhada nas revistas novas, tocaria uns discos, faria uma pequena faxina na casa. Então talvez começasse a pensar no assunto.

Caminhou de volta para a rua 10. As chaves para a sua casa ainda estavam no bolso e, quando abriu o portão da rua e subiu os três andares até o seu apartamento, sentiu-se quase feliz. Mas aí entrou no apartamento, e foi o fim de sua alegria.

Tudo havia mudado. Parecia um lugar inteiramente diferente, e Quinn pensou ter entrado num apartamento errado. Voltou ao corredor e conferiu o número da porta. Não, não estava enganado. Era o seu apartamento; era a sua chave que abrira a porta. Voltou para dentro do apartamento e fez um levantamento da situação. A mobília fora arrumada de outro modo. Onde antes ficava uma mesa, estava agora uma poltrona. Onde antes havia um sofá, estava agora uma mesa. Havia quadros novos nas paredes, um tapete novo no chão. E a sua escrivaninha? Procurou mas não conseguiu encontrar. Examinou a mobília com mais atenção e viu que não era a dele. As coisas que estavam no apartamento na última vez em que ele estivera lá tinham sido removidas. Sua escrivaninha sumira, seus livros sumiram, os desenhos infantis do seu filho morto sumiram. Quinn passou da sala para o quarto. Sua cama tinha sumido, sua cômoda tinha sumido. Abriu a gaveta de cima da cômoda que estava ali. Roupas íntimas de mulher emboladas ao acaso: calcinhas, sutiãs, anáguas. Na gaveta seguinte havia suéteres de mulher. Quinn não foi além disso. Em uma mesa perto da cama havia uma fotografia emoldurada de um homem louro, jovem, de cara gorducha. Outra foto mostrava o mesmo rapaz sorrindo, de pé na neve com o braço em torno de uma moça sem graça. Ela também sorria. Atrás deles havia uma rampa de esqui, um homem com dois esquis no ombro e o céu azul do inverno.

Quinn voltou para a sala e sentou-se em uma cadeira. Viu num cinzeiro um cigarro fumado até a metade com mancha de batom na ponta. Acendeu-o e fumou. Em seguida, entrou na cozinha, abriu a geladeira e achou suco de laranja e um pão. Bebeu o suco, comeu três fatias de pão e voltou para a sala, onde se sentou de novo na poltrona. Quinze minutos depois, ouviu passos subindo a escada, um retinir de chaves do lado de fora da porta e então a moça da foto entrou no apartamento. Vestia uniforme branco de enfermeira e trazia nos braços uma sacola marrom do mercado. Quando viu Quinn, largou a sacola e gritou. Ou melhor, gritou primeiro e depois largou a sacola. Quinn nunca conseguiu saber direito. A sacola se rompeu quando bateu no chão e o leite escorreu aos borbotões, em uma trilha branca, rumo à borda do tapete.

Quinn se levantou, ergueu a mão em um gesto de paz e lhe disse para não se preocupar. Não ia machucá-la. A única coisa que desejava saber era por que ela estava morando no apartamento dele. Quinn pegou a chave no bolso e segurou-a no ar, como se quisesse dar uma prova de suas boas intenções. Levou um tempo para convencê-la, mas por fim o pânico cedeu.

Isso não queria dizer que ela começara a confiar nele, ou que estivesse menos assustada. Ela permanecia junto à porta aberta, pronta para correr para fora ao primeiro sinal de encrenca. Quinn manteve-se à distância, para não piorar ainda mais as coisas. Sua boca continuava a falar, explicando seguidas vezes que ela estava morando na casa dele. Estava claro que a mulher não acreditava em uma palavra do que ele dizia, mas escutava a fim de não o contrariar, sem dúvida na esperança de que ele acabaria se fartando de falar e depois iria embora.

— Estou morando aqui há um mês — disse ela. — É o meu apartamento. Assinei um contrato de um ano.

— Mas então por que tenho a chave? — Quinn perguntou pela sétima ou oitava vez. — Isso não convence você?

— Existem centenas de maneiras de você obter a minha chave.

— Não lhe disseram que tinha alguém morando aqui quando alugou o apartamento?

— Disseram que era um escritor. Mas ele desapareceu, não pagava o aluguel havia vários meses.

— Sou eu! — gritou Quinn. — Eu sou o escritor!

A moça fitou-o friamente dos pés à cabeça e riu.

— Um escritor? É a maior piada que já ouvi. Olhe só para você. Nunca vi uma imundície tão grande na vida.

— Tive algumas dificuldades nos últimos tempos — resmungou Quinn, à guisa de explicação. — Mas foi só temporário.

— De um jeito ou de outro, o senhorio me contou que ficou contente por se ver livre de você. Ele não gosta de inquilinos que não têm emprego. Usam demais o aquecimento interno e gastam mais depressa as instalações do apartamento.

— Sabe o que aconteceu com as minhas coisas?

— Que coisas?

— Meus livros. Minha mobília. Meus documentos.

— Não tenho a menor ideia. Na certa venderam o que podiam e jogaram o resto fora. Tudo estava vazio antes de eu me mudar para cá.

Quinn soltou um profundo suspiro. Havia chegado ao final de si mesmo. Podia senti-lo agora, como se uma grande verdade tivesse afinal nascido dentro dele. Nada sobrara.

— Você percebe o que isso significa? — perguntou Quinn.

— Francamente, não me importo — respondeu a moça. — É problema seu, não meu. Só quero que você saia daqui. Agora mesmo. Este é o meu apartamento e quero você fora daqui. Se não sair, vou chamar a polícia e mandar prendê-lo.

Já não importava mais. Podia ficar ali discutindo com a moça pelo resto do dia e mesmo assim não conseguiria ter de volta o seu apartamento. O apartamento se fora, ele mesmo se fora, tudo se fora. Gaguejou algo inaudível, se desculpou por tomar o tempo dela, deixou a moça para trás e saiu pela porta.

# 13

Como já não lhe importava mais o que acontecia, Quinn não ficou surpreso que o portão do prédio da rua 69 abrisse sem a chave. Tampouco ficou surpreso quando chegou ao nono andar, seguiu pelo corredor até o apartamento dos Stillman e viu que também essa porta estava aberta. Ficou ainda menos surpreso ao descobrir que o apartamento se encontrava vazio. O lugar estava completamente pelado e os aposentos nada continham. Cada um idêntico a todos os outros: um assoalho de madeira e quatro paredes brancas. Isso não provocou nenhuma impressão especial em Quinn. Estava exausto e a única coisa em que conseguia pensar era fechar os olhos.

Foi para um quarto nos fundos do apartamento, um espaço pequeno que não media mais do que três metros por um e oitenta. Tinha uma janela com tela de arame que dava para o poço de ventilação e, de todos os aposentos, parecia ser o mais escuro. Dentro desse quarto havia uma segunda porta, que levava para um cubículo sem janela que continha uma privada e uma pia. Quinn pôs o caderno vermelho no chão, tirou do bolso a caneta do surdo-mudo e jogou-a em cima do caderno. Em seguida, tirou o relógio de pulso e colocou-o no bolso. Depois disso, tirou toda a roupa, abriu a janela e atirou todas as peças, uma por uma, pelo vão de ventilação do edifício: primeiro o sapato direito, depois o sapato esquerdo; um pé de meia, depois o outro pé; a camisa, o paletó, a calça, a cueca. Não olhou para fora a fim de ver as roupas caindo, nem quis conferir onde elas tinham ido parar. Depois fechou a janela, deitou no meio do chão e adormeceu.

Estava escuro no quarto quando acordou. Quinn não conseguia ter certeza de quanto tempo havia passado — se era a noite daquele mesmo dia ou a noite do dia seguinte. Era mesmo possível, pensou ele, que nem sequer fosse noite. Talvez apenas estivesse escuro dentro do quarto, e do lado de fora, para além da janela, o sol brilhasse. Durante vários momentos ele refletiu se devia se levantar e ir até a janela para ver, mas depois resolveu que não tinha importância. Se agora não era noite, pensou, então a noite viria mais tarde. Isso era certo e, olhasse ou não pela janela, a resposta seria a mesma. Por outro lado, se fosse realmente noite aqui em Nova York, o sol estaria brilhando em alguma outra parte. Na China, por exemplo, era sem dúvida nenhuma o meio da tarde, e os plantadores de arroz enxugavam o suor da testa. Noite e dia não passavam de expressões relativas; não se referiam a uma condição absoluta. Em qualquer momento, eram sempre as duas coisas. A única razão pela qual não sabíamos disso era porque não podíamos estar ao mesmo tempo em dois lugares.

Quinn também pensava se devia se levantar e ir para outro quarto, mas aí se deu conta de que estava muito feliz onde se achava. Era confortável ali no local que escolhera e viu que gostava de ficar deitado de costas com os olhos abertos, olhando para o teto — ou para o que deveria ser o teto, caso conseguisse enxergá-lo. Só uma coisa faltava para ele, e era o céu. Compreendeu que sentia falta do céu sobre a cabeça, após tantos dias e noites passados ao ar livre. Mas agora estava abrigado e, qualquer que fosse o quarto escolhido para se alojar, o céu permaneceria oculto, inacessível até o ponto mais distante que seu olhar alcançava.

Pensou que ficaria ali até que isso não fosse mais possível. Tinha a água da pia para saciar sua sede e assim ganharia algum tempo. Em algum momento, sentiria fome e teria de comer. Mas já fazia tanto tempo que vinha se aprimorando em comer tão pouco, que sabia que essa hora ainda demoraria muitos dias para chegar. Resolveu não pensar no assunto até que fosse necessário. Não fazia o menor sentido, refletiu, preocupar-se com coisas sem importância.

*142*

Tentou pensar na vida que vivera antes de a história começar. Isso trouxe muitas dificuldades, pois lhe parecia muito remoto, agora. Lembrou-se dos livros que escrevera sob o nome de William Wilson. Era estranho, pensou, que tivesse feito isso, e agora se perguntava por que o fizera. Em seu coração, compreendeu que Max Work estava morto. Morrera em algum ponto entre um caso e outro, e Quinn não conseguia sentir pena por isso. Tudo agora parecia tão sem importância. Voltou o pensamento para a sua escrivaninha e para os milhares de palavras que escrevera ali. Voltou o pensamento para o homem que fora o seu agente e se deu conta de que não conseguia lembrar o seu nome. Tantas coisas agora estavam desaparecendo, era difícil seguir o rastro delas. Quinn pelejou para lembrar os nomes dos jogadores dos Mets, posição por posição, mas sua mente começava a perder o rumo. O meio de campo, lembrava, era Mookie Wilson, um jovem promissor cujo nome verdadeiro era William Wilson. Sem dúvida havia aí uma coisa interessante. Quinn perseguiu essa ideia por alguns momentos mas depois a abandonou. Os dois William Wilson anularam-se mutuamente, e foi tudo. Quinn deu adeus para eles em seu pensamento. Os Mets terminariam de novo em último lugar, e o mundo não ia acabar por causa disso.

Na vez seguinte em que acordou, o sol brilhava no quarto. Havia uma bandeja de comida ao seu lado no chão, os pratos fumegando com o que parecia ser uma refeição com rosbife. Quinn aceitou esse fato sem protestos. Não ficou nem surpreso nem perturbado por isso. Sim, disse para si mesmo, é perfeitamente possível que a comida tenha sido deixada ali para mim. Não tinha curiosidade em saber como ou por que isso havia acontecido. Não lhe ocorreu sequer sair do quarto para procurar a resposta no resto no apartamento. Em vez disso, examinou a comida na bandeja com mais atenção e viu que, além das duas grandes fatias de rosbife, havia sete batatinhas assadas, um prato de aspargos, um pãozinho fresco, uma salada, um jarro de vinho tinto, pedaços de queijo em forma de cunha e uma pera de sobremesa. Havia um guardanapo branco de linho e a prataria era da mais alta qualidade. Quinn comeu — metade da comida, o máximo que foi capaz.

Após a refeição, começou a escrever no caderno vermelho. Continuou a escrever até a escuridão voltar ao seu quarto. Havia uma pequena instalação de luz no meio do teto e um interruptor do lado da porta, mas a ideia de usá-lo não atraía Quinn. Pouco depois disso, pegou no sono de novo. Quando acordou, tinha sol no quarto e outra bandeja de comida ao seu lado, no chão. Comeu o que pôde e depois voltou a escrever no caderno vermelho.

A maior parte das anotações desse período tratava de questões marginais relativas ao caso Stillman. Quinn se perguntou, por exemplo, por que não se dera ao trabalho de procurar as notícias de jornal acerca da prisão de Stillman em 1969. Conjeturou se a chegada do homem à Lua naquele mesmo ano tinha algum tipo de ligação com o que acontecera. Perguntou a si mesmo por que acreditara em Auster quando ele disse que Stillman estava morto. Tentou pensar em ovos e usou expressões como "contar com o ovo na galinha", "fazer omelete sem quebrar os ovos", "pôr um ovo em pé", "galinha dos ovos de ouro". Imaginou o que teria acontecido se ele tivesse seguido o segundo Stillman em vez do primeiro. Perguntou-se por que são Cristóvão, o santo padroeiro das viagens, fora descanonizado pelo papa em 1969, na mesma época da viagem à Lua. Ponderou por que razão dom Quixote não se havia contentado simplesmente em escrever livros como aqueles que amava — em vez de viver ele mesmo as aventuras que os livros narravam. Quis saber por que seu nome tinha as mesmas iniciais de dom Quixote. Cogitou se a moça que foi morar no seu apartamento não era a mesma que ele tinha visto lendo o seu livro na Grand Central Station. Especulou se Virginia Stillman não haveria contratado um outro detetive particular depois que ele não conseguira mais entrar em contato com ela. Indagou a si mesmo por que motivo aceitara a palavra de Auster quando ele disse que o cheque não tinha fundos. Pensou em Peter Stillman e imaginou se o rapaz já havia dormido no quarto onde agora ele estava. Imaginou se o caso estaria mesmo encerrado ou se, de algum modo, ele ainda continuava trabalhando no assunto. Pensou como seria o mapa traçado por todos os passos que dera na vida e que palavra soletraria.

Quando escurecia, Quinn dormia e, quando clareava, ele comia e escrevia no caderno vermelho. Nunca conseguiu determinar quanto tempo transcorria durante cada período, pois não se preocupava em contar os dias ou as horas. Parecia-lhe, contudo, que a escuridão aos poucos começara a ganhar terreno sobre a luz, que enquanto no início houvera uma predominância da luz do sol, gradualmente a claridade vinha se tornando mais fraca e mais efêmera. A princípio, atribuiu isso à mudança de estação. O equinócio sem dúvida já havia passado e talvez o solstício estivesse se aproximando. Mas mesmo depois de chegar o inverno e ser teoricamente de esperar que o processo começasse a se inverter, Quinn observou que, apesar disso, os períodos de escuridão continuavam avançando sobre os períodos de luz. Tinha a impressão de que dispunha de cada vez menos tempo para comer e escrever no caderno vermelho. Por fim parecia que esses períodos haviam sido reduzidos a apenas alguns minutos. Certa vez, por exemplo, terminou de comer e descobriu que só teve tempo suficiente para redigir três frases no caderno vermelho. Na vez seguinte que houve luz, conseguiu escrever apenas duas frases. Começou a deixar as refeições de lado a fim de se dedicar ao caderno vermelho, comendo apenas quando sentia que não conseguia mais aguentar. Mas o tempo continuou a diminuir e logo Quinn só conseguia comer uma ou duas garfadas antes de escurecer completamente. Não pensava em ligar a luz elétrica pois esquecera, havia muito, que ela estava ali.

Esse período de escuridão crescente coincidiu com o esgotamento das páginas do caderno vermelho. Pouco a pouco, Quinn ia chegando ao final. A certa altura, compreendeu que quanto mais escrevia, mais cedo chegaria o momento em que não poderia escrever mais nada. Começou a pesar suas palavras com extremo cuidado, pelejando para se exprimir da maneira mais econômica e clara possível. Lamentou ter gastado tantas páginas no princípio do caderno vermelho e, de fato, arrependia-se até de ter se dado ao trabalho de escrever sobre o caso Stillman. Pois a história agora tinha ficado para trás, Quinn já não mais se importava em pensar a respeito dela. Fora uma ponte para um outro lugar em sua vida, e agora que já a havia atravessado, seu sentido se perdera. Quinn já não tinha o menor interesse em si mesmo. Escrevia sobre as estrelas, a Terra, suas esperanças para a humanidade. Tinha a sensação de que suas palavras se haviam separado dele, que agora faziam parte de um mundo autônomo, tão reais e específicas quanto uma pedra, um lago ou uma flor. Já não tinham mais nada a ver com ele. Quinn lembrou-se do instante do seu nascimento e de como fora puxado delicadamente do útero da mãe. Lembrou-se da infinita bondade do mundo e de todas as pessoas que amara. Nada mais importava agora senão a beleza de tudo isso. Queria continuar a escrever sobre essas coisas e sofria por saber que não seria possível. Contudo, tentou encarar com coragem o final do caderno vermelho. Perguntou-se se seria capaz de escrever sem caneta, se em vez disso poderia aprender a falar, enchendo a escuridão com sua voz, pronunciando as palavras no ar, nas paredes, na cidade, mesmo que a luz nunca mais voltasse.

A última frase do caderno vermelho diz: "O que vai acontecer quando não houver mais páginas no caderno vermelho?".


Nesse ponto a história se torna mais obscura. As informações acabam aí e os fatos que seguem essa última frase nunca serão conhecidos. Mesmo arriscar algum palpite seria tolice.

Voltei da minha viagem à África em fevereiro, poucas horas antes de uma nevasca cair sobre Nova York. Liguei para meu amigo Auster naquela noite e ele insistiu para que eu fosse vê-lo o mais depressa possível. Havia algo tão premente em sua voz que não ousei recusar, muito embora estivesse exausto.

Em seu apartamento, Auster me explicou o pouco que sabia acerca de Quinn e em seguida passou a explicar o estranho caso em que se envolvera por acidente. Ficara obcecado por aquilo, disse ele, e queria o meu conselho quanto ao que devia fazer. Após ouvi-lo, me irritei por Auster ter tratado Quinn com tamanha indiferença. Censurei-o por não ter participado mais ativamente dos fatos, por não ter feito alguma coisa para ajudar um homem que obviamente estava em apuros.

Auster deu a impressão de ter ficado abalado com minhas palavras. De fato, disse ele, foi por isso mesmo que me chamara. Vinha sentindo-se culpado e precisava desabafar. Disse que eu era a única pessoa em quem podia confiar.

Auster passara os últimos meses tentando encontrar alguma pista de Quinn, mas sem sucesso. Quinn não estava mais morando no seu apartamento, e todas as tentativas de localizar Virginia Stillman haviam fracassado. Foi então que sugeri darmos uma olhada no apartamento de Stillman. De algum modo, tive a intuição de que Quinn podia ter ido parar lá.

Vestimos nossos casacos, fomos para a rua e pegamos um táxi até a rua 69 Leste. A neve vinha caindo fazia uma hora e as pistas já estavam traiçoeiras. Não tivemos maiores dificuldades para entrar no edifício — nos esgueiramos pela porta ao lado de um dos inquilinos que estava justamente chegando em casa. Subimos e encontramos a porta do que fora em outros tempos o apartamento dos Stillman. Não estava trancada. Entramos com cuidado e descobrimos uma sucessão de aposentos completamente vazios. Em um quartinho nos fundos, impecavelmente limpo como todos os outros cômodos, o caderno vermelho jazia no chão. Auster pegou-o, folheou rapidamente e disse que era de Quinn. Em seguida me deu o caderno e disse que eu devia guardá-lo. A história toda o havia perturbado de tal modo que Auster tinha medo de ficar com o caderno. Falei que o guardaria até que ele estivesse em condições de ler, mas Auster balançou a cabeça e disse que nunca mais queria ver o caderno. Depois saímos e voltamos para a neve. A cidade agora estava completamente branca e a neve continuava a cair, como se nunca fosse parar.

Quanto a Quinn, é impossível dizer onde andará agora. Examinei o texto do caderno vermelho com a máxima atenção e qualquer inexatidão na história deve ser atribuída a mim. Havia momentos em que era difícil decifrar o texto, mas fiz o melhor que pude e me abstive de qualquer interpretação. O caderno vermelho, é claro, representa apenas metade da história, como qualquer leitor sensível logo compreenderá. Quanto a Auster, estou convencido de que agiu muito mal. Se nossa amizade terminou, a responsabilidade é toda dele. Quanto a mim, meus pensamentos permanecem com Quinn. Ele sempre estará comigo. E onde quer que tenha desaparecido, eu lhe desejo sorte.

*(1981-1982)*

# FANTASMAS

**QUEM É O HOMEM NA JANELA?**

*Paul Auster*

No princípio existe Blue. Depois vem White, e depois vem Black, e antes do começo existe Brown. Brown o instruiu, ensinou os macetes para ele e, quando Brown envelheceu, Blue assumiu. É assim que começa. O lugar é Nova York, o tempo é o presente, e nem um nem outro jamais vai mudar. Blue todo dia vai ao seu escritório e se senta à sua escrivaninha à espera de que alguma coisa aconteça. Durante um longo tempo, não faz nada e então um homem chamado White atravessa a porta e é assim que começa.

O caso parece bem simples. White quer que Blue siga um homem chamado Black e fique de olho nele o tempo que for necessário. Trabalhando para Brown, Blue muitas vezes era contratado para seguir pessoas e esse caso não parece nem um pouco diferente, talvez até mais fácil do que a maioria.

Blue precisa do trabalho e assim ouve White falar e não faz muitas perguntas. Supõe que se trate de uma questão conjugal e que White seja um marido ciumento. White não entra em detalhes. Quer um relatório semanal, diz ele, enviado para a caixa postal número tal, datilografado em duas vias em páginas de tanto de largura por tanto de altura. Toda semana será enviado um cheque para Blue pelo correio. Então White conta a Blue onde Black mora, qual a sua aparência e tudo o mais. Quando Blue pergunta a White quanto tempo acha que o caso vai durar, White responde que não sabe. Apenas continue a mandar os relatórios, diz ele, até receber novas instruções.

*151*

Para ser justo com Blue, ele acha tudo aquilo meio esquisito. Mas dizer que nessa altura ele tenha alguma desconfiança já seria ir longe demais. No entanto, é impossível para Blue deixar de reparar em certas coisas em relação a White. A barba preta, por exemplo, e as sobrancelhas demasiado cabeludas. E depois tem a pele, que parece excessivamente branca, como se estivesse coberta de pó de arroz. Blue não é nenhum amador na arte do disfarce e não tem a menor dificuldade de enxergar através dessa dissimulação. Brown foi seu professor, afinal de contas, e no seu tempo Brown era o melhor no ramo. Portanto Blue começa a pensar que estava enganado, que o caso nada tinha a ver com casamento. Mas não vai além disso, pois White ainda está falando com ele, e Blue deve se concentrar em acompanhar suas palavras.

Tudo foi preparado, diz White. Há um pequeno apartamento, do outro lado da rua, bem em frente ao apartamento de Black. Já o aluguei e você pode se mudar para lá hoje. O aluguel será pago até o caso ser encerrado.

Boa ideia, diz Blue, pegando a chave que White lhe oferece. Isso vai dar um descanso para as minhas pernas.

Exatamente, responde White, acariciando a barba.

E assim fica tudo acertado. Blue concorda em cuidar do caso e os dois fecham o trato com um aperto de mão. Para mostrar sua boa-fé, White dá até um adiantamento de dez notas de cinquenta dólares para Blue.

É assim que começa, portanto. O jovem Blue e um homem chamado White, que obviamente não é o homem que parece ser. Não importa, diz Blue para si mesmo, depois que White saiu. Tenho certeza de que ele tem lá suas razões. Além do mais, não é da minha conta. A única coisa com que tenho de me preocupar é fazer o meu trabalho.

É o dia 3 de fevereiro de 1947. Blue, é claro, nem imagina que o caso vai se prolongar durante anos. Mas o presente não é menos obscuro do que o passado e o seu mistério é equivalente a qualquer coisa que o futuro possa abrigar. Assim o mundo caminha: um passo de cada vez, uma palavra e depois a palavra seguinte. Há determinadas coisas que Blue, nessa altura, não pode saber de maneira alguma. Pois o conhecimento vem devagar e, quando vem, muitas vezes é a um grande custo pessoal.

White deixa o escritório e, um momento depois, Blue pega o telefone e liga para a futura senhora Blue. Vou trabalhar escondido, diz para sua namorada. Não se preocupe se eu não entrar em contato com você durante um tempo. Vou pensar em você o tempo todo.

Blue tira da estante uma pequena bolsa a tiracolo e põe nela o seu 38, um par de binóculos, um caderno e outras ferramentas do seu ramo de trabalho. Em seguida, arruma a escrivaninha, põe em ordem seus papéis e tranca o escritório. De lá, vai para o apartamento que White alugou para ele. O endereço não tem importância. Mas digamos que é em Brooklyn Heights, para não ficar muito vago. Umas ruas tranquilas, onde raramente passa alguém, não longe da ponte — talvez Orange Street. Nessa rua, em 1855, Walt Whitman montou os linotipos da primeira edição do seu *Folhas de relva*, e foi aqui que Henry Ward Beecher pregou contra a escravidão no púlpito da sua igreja de tijolos vermelhos. Isso é só para dar uma cor local.

É um apartamentinho conjugado no terceiro andar de um prédio de quatro pavimentos com fachada de arenito pardo. Blue fica feliz por ver que o apartamento está perfeitamente montado e, enquanto caminha em torno do aposento inspecionando a mobília, descobre que tudo ali é novo: a cama, a mesa, a poltrona, o tapete, a roupa de cama, os apetrechos da cozinha, tudo. Há um guarda-roupa completo pendurado no armário e Blue, curioso para saber se as roupas servem nele, as experimenta e vê que ficam muito bem. Não é o apartamento mais amplo em que já estive, diz para si mesmo, andando a passos lentos de um cômodo para o outro, mas até que é bem jeitoso, bem jeitoso.

Volta para fora do prédio, atravessa a rua e entra no edifício em frente. Na portaria, procura o nome de Black em uma das caixas de correspondência e o descobre: Black — terceiro andar. Até aí, tudo bem. Em seguida, volta para o seu apartamento e se atira ao trabalho.

Entreabrindo as cortinas da janela, olha para fora e vê Black sentado junto a uma mesa no seu apartamento do outro lado da rua. Até onde Blue consegue entender, Black parece estar escrevendo. Uma espiada através dos binóculos confirma que está de fato escrevendo. As lentes, porém, não são poderosas o bastante para alcançar o texto propriamente dito e, mesmo que fossem, Blue duvida que conseguisse ler as letras de cabeça para baixo. A única coisa de que tem certeza, portanto, é que Black está escrevendo em um caderno com uma caneta-tinteiro vermelha. Blue apanha o seu próprio caderno e escreve: 3 de fev., 3 da tarde. Black escrevendo na sua escrivaninha.

De vez em quando, Black interrompe o trabalho e volta os olhos para a janela. A certa altura, Blue tem a impressão de que Black está olhando direto para ele e se abaixa depressa. Mas, observando melhor, verifica que é apenas um olhar vazio, que exprime antes pensamento do que visão, um olhar que torna as coisas invisíveis, que não as deixa entrar. Black se levanta da cadeira de tempos em tempos e some num ponto oculto do quarto, um canto, Blue supõe, ou quem sabe o banheiro, mas nunca fica lá muito tempo, sempre volta logo para a escrivaninha. Isso continua por várias horas e Blue nada consegue descobrir com a sua vigilância. Às seis horas, escreve a segunda frase do seu caderno: Isso continua por várias horas.

Não é que Blue esteja entediado, mas na verdade ele se sente frustrado. Impossibilitado de ler o que Black escreveu, tudo até então permanece uma incógnita. Talvez seja um maluco, tramando mandar o mundo inteiro pelos ares, pensa Blue. Talvez o texto tenha a ver com a sua fórmula secreta. Mas Blue se sente imediatamente envergonhado por ter uma ideia tão infantil. É cedo demais para saber qualquer coisa, diz para si mesmo, e por ora resolve suspender seu julgamento.

Sua mente divaga, saltando de uma coisa para outra, e por fim se detém na futura senhora Blue. Planejavam sair esta noite, lembra ele, e se não fosse White ter aparecido no escritório hoje com esse novo caso, estaria com ela agora. Primeiro, o restaurante chinês na rua 39, onde teriam se atracado com os pauzinhos e segurado as mãos por baixo da mesa, depois o programa duplo no cinema Paramount. Por um instante, Blue tem em sua mente um nítido vislumbre do rosto dela (rindo com os olhos voltados para baixo, fingindo constrangimento) e percebe que preferia estar com ela a ficar sentado nesse apartamento minúsculo só Deus sabe até quando. Pensa em telefonar para ela a fim de bater um papo, hesita e então resolve não fazer isso. Não quer parecer fraco. Se a moça soubesse quanto Blue precisa dela, Blue começaria a perder terreno, e isso não seria bom. O homem deve sempre ser o mais forte.

Black agora esvaziou sua mesa e substituiu os apetrechos de escrita pelo jantar. Fica ali sentado mastigando lentamente, olhando pela janela com aquele seu jeito distraído. Ao ver a comida, Blue se dá conta de que está com fome e vasculha o armário da cozinha em busca de algo para comer. Prepara uma refeição com um ensopado de carne enlatado e encharca no molho um pão branco. Depois do jantar, Blue tem a esperança de que Black saia de casa e fica animado quando vê um repentino surto de atividade no apartamento de Black. Mas isso não dá em nada. Quinze minutos depois, Black se encontra sentado de novo na sua escrivaninha, dessa vez lendo um livro. Um abajur está aceso ao seu lado, e Blue tem uma visão mais clara do que antes do rosto de Black. Blue calcula que a idade de Black seja a mesma dele, um ou dois anos a mais ou a menos. Quer dizer, aí por volta dos trinta anos. Acha o rosto de Black bem simpático, sem nada que o distinga de mil outros rostos que a gente vê todo dia. Isso representa uma decepção para Blue, pois em segredo ele ainda deseja descobrir que Black é um louco. Blue olha através dos binóculos e lê o título do livro que Black está lendo. *Walden*, de Henry David Thoreau. Blue nunca ouviu falar do livro e anota o título cuidadosamente no seu caderno.

E as coisas ficam nisso pelo resto da noite, Black lendo e Blue olhando enquanto ele lê. À medida que o tempo passa, Blue vai se tornando cada vez mais desanimado. Não tem o hábito de ficar assim tanto tempo parado e, enquanto a escuridão vai se fechando sobre ele, aquilo tudo começa a lhe dar nos nervos. Blue gosta de ficar andando de um lado para o outro, fazendo coisas. Não sou do tipo Sherlock Holmes, dizia para Brown, toda vez que o patrão lhe dava um trabalho especialmente sedentário. Me dê alguma coisa em que eu possa cravar os dentes. Agora, quando ele mesmo é o seu patrão, é isso o que Blue arranja: um caso sem nada para fazer. Pois vigiar alguém que fica lendo e escrevendo é na verdade não fazer nada. O único jeito de Blue ter uma noção do que está ocorrendo é entrar na mente de Black, ver o que está pensando, e isso, está claro, é impossível. Pouco a pouco, portanto, Blue deixa que seu pensamento retorne aos velhos tempos. Pensa em Brown e em alguns casos em que os dois trabalharam juntos, saboreando a lembrança de seus triunfos. Houve o caso Redman, por exemplo, no qual os dois ficaram na cola do caixa de banco que tinha dado um desfalque de duzentos e cinquenta mil dólares. Para isso Blue se fez passar por um anotador de apostas e persuadiu Redman a fazer uma aposta com ele. O dinheiro foi identificado como parte das notas roubadas do banco e o homem teve o castigo que merecia. Melhor ainda foi o caso Gray. Fazia mais de um ano que Gray tinha sumido e a esposa já estava disposta a admitir que ele havia morrido. Blue procurou por todos os meios normais e deu com os burros na água. Então, um dia, quando estava prestes a sacramentar o seu relatório final, Blue deu de cara com Gray em um bar, a dois quarteirões de onde estava a esposa, já convencida de que ele nunca mais ia voltar. O nome de Gray agora era Green, mas apesar disso Blue reconheceu logo que era Gray, pois fazia três meses que andava o tempo todo com uma fotografia do sujeito e já conhecia seu rosto de cor. Logo se viu que era um caso de amnésia. Blue levou Gray de volta para a esposa e, embora não se lembrasse dela e continuasse a chamar a si mesmo de Green, Gray achou a mulher do seu agrado e dias depois lhe propôs casamento. Assim a senhora Gray virou a senhora Green, casou-se pela segunda vez com o mesmo homem e, embora Gray nunca se lembrasse do passado — e teimosamente se recusasse a admitir que tinha esquecido o que quer que fosse —, isso não parecia impedir que se sentisse confortável no presente. Se Gray havia sido engenheiro na sua vida anterior, como Green ele era agora barman no estabelecimento a dois quarteirões dali. Gostava de misturar as bebidas, disse ele, e conversar com as pessoas que entravam no bar, e não conseguia se imaginar fazendo outra coisa. Nasci para ser barman, declarou para Brown e Blue na festa de casamento, e quem eram eles para questionar o que um homem resolvia fazer com a própria vida?

Aqueles foram os bons e velhos tempos, Blue diz para si mesmo agora, enquanto vê Black apagar a luz no seu quarto do outro lado da rua. Casos cheios de reviravoltas esquisitas e coincidências gozadas. Bem, nem todo caso pode ser empolgante. A gente tem de pegar o bom junto com o ruim.

Blue, sempre otimista, acorda na manhã seguinte em um bom estado de espírito. Lá fora, a neve está caindo na rua tranquila e tudo ficou branco. Depois de ver Black tomar o café da manhã na mesa junto à janela e ler mais algumas páginas de *Walden*, Blue o vê retirar-se para o fundo do apartamento e depois voltar para a janela vestido com seu sobretudo. Passam alguns minutos das oito horas. Blue apanha o chapéu, o casaco, o cachecol e as botas, se enfia depressa nelas e desce ligeiro para a rua, menos de um minuto depois de Black. É uma manhã sem vento, tão parada que dá para ouvir a neve caindo nos ramos das árvores. Não tem ninguém na rua, e os sapatos de Black deixaram uma trilha perfeita na calçada branca. Blue segue as pegadas até dobrar a esquina e então vê Black andando devagar pela rua seguinte, como se estivesse desfrutando o clima. Nem de longe a atitude de um homem no ato de fugir, pensa Blue, e, em consonância, ele mesmo retarda os passos. Duas ruas adiante, Black entra em uma pequena mercearia, fica lá dez ou doze minutos e sai com dois sacos de papel marrom muito cheios e pesados. Sem perceber Blue, que está de pé junto a uma porta do outro lado da rua, começa a voltar pelo mesmo caminho em direção à Orange Street. Abastecendo-se para os dias de mau tempo, diz Blue consigo mesmo. Blue então resolve se arriscar a perder contato com Black e entra também na loja para fazer o mesmo. A menos que tudo aquilo seja um engodo, pensa ele, e Black esteja planejando livrar-se das compras e cair fora, é mais do que provável que esteja neste momento a caminho de casa. Portanto, Blue faz suas compras também, para na loja seguinte a fim de comprar um jornal e várias revistas e depois volta para o seu apartamento na Orange Street. Sem dúvida, Black já se encontra na sua escrivaninha ao lado da janela, escrevendo no mesmo caderno do dia anterior.

Em virtude da neve, a visibilidade é pequena e Blue tem dificuldade para decifrar o que se passa no apartamento de Black. Nem os binóculos ajudam grande coisa. O dia permanece escuro e, através da neve que cai sem parar, Black não parece mais do que uma sombra. Blue se resigna a uma longa espera e então se acomoda com seu jornal e suas revistas. É um leitor fiel de *True Detective* e tenta não perder nenhum número da revista mensal. Agora, com todo o tempo do mundo à sua disposição,

Blue lê de fio a pavio o número novo da revista, chegando até a fazer algumas pausas para ler os anúncios e as notas nas páginas finais. Espremido entre os contos mais importantes sobre policiais durões e agentes secretos, há um pequeno artigo que desperta a atenção de Blue e, mesmo depois que termina a leitura da revista, acha difícil parar de pensar no assunto. Vinte e cinco anos atrás, parece, em um bosque nos arredores da Filadélfia, acharam um garoto assassinado. Embora a polícia tenha começado a cuidar do caso imediatamente, nunca encontraram nenhuma pista. Não só não tinham suspeitos como também não conseguiram identificar o menino. Quem era, de onde tinha vindo, por que estava ali — todas essas perguntas ficaram sem resposta. Enfim, o caso foi arquivado e, não fosse o médico-legista designado para fazer a autópsia do garoto, o crime acabaria totalmente esquecido. Esse homem, cujo nome era Gold, ficou obcecado pelo assassinato. Antes de a criança ser enterrada, ele fez uma máscara mortuária do menino e, a partir de então, dedicou ao mistério todo o tempo de que dispunha. Após vinte anos, Gold chegou à idade de se aposentar, deixou o emprego e passou a consagrar todo o seu tempo ao caso. Mas as coisas não correram muito bem. Gold não fez nenhum progresso, não avançou um único passo no sentido da solução do crime. O artigo na revista *True Detective* conta que Gold hoje está oferecendo uma recompensa de dois mil dólares a qualquer pessoa que forneça informações sobre o menino. Inclui também uma fotografia granulada e retocada do homem segurando nas mãos a máscara mortuária. A expressão em seus olhos é tão assombrada e suplicante que Blue teve dificuldade em desviar os olhos do retrato. Gold agora está ficando velho e teme morrer antes de solucionar o caso. Blue ficou profundamente comovido com isso. Se fosse possível, adoraria largar tudo o que estava fazendo para tentar ajudar Gold. Não existem muitos homens assim, pensa ele. Se o menino fosse filho de Gold, aí então faria sentido: vingança, pura e simples, e qualquer um pode entender isso. Mas o garoto era totalmente desconhecido de Gold e portanto nada existe de pessoal no assunto, nenhum vestígio de uma motivação secreta. É essa ideia que comove tanto Blue. Gold se recusa a aceitar um mundo no qual o assassinato de uma criança pode permanecer impune, mesmo que o assassino já esteja morto,

*158*

e Gold está disposto a sacrificar a própria vida e felicidade para corrigir esse erro. Blue então pensa um pouco no menino, tentando imaginar o que de fato aconteceu, tentando sentir o que o menino teria sentido, e então lhe ocorre que o assassino pode ter sido um dos pais, de outro modo o desaparecimento do garoto teria sido comunicado à polícia. Isso só piora ainda mais as coisas, reflete Blue, e quando começa a sentir horror com essa ideia, entendendo agora plenamente o que Gold deve experimentar o tempo todo, se dá conta de que vinte e cinco anos atrás ele também era um menino e, se tivesse sobrevivido, o garoto teria hoje a mesma idade que Blue. Podia ter sido eu, pensa Blue. Eu podia ter sido aquele menino. Sem saber o que fazer, recorta a fotografia da revista e prega na parede acima da cama.

Assim se passam os primeiros dias. Blue vigia Black e quase nada acontece. Black escreve, lê, come, faz umas breves caminhadas pelos arredores, parece não notar que Blue está ali. Quanto a Blue, tenta não se preocupar. Supõe que Black esteja ganhando tempo, disfarçando, até que chegue a hora certa de agir. Como Blue é um só homem, sabe que não se espera dele uma vigilância incessante. Afinal, não se pode vigiar alguém vinte e quatro horas por dia. É preciso tempo para dormir, comer, lavar as roupas e tudo o mais. Se White quisesse que Black fosse vigiado o tempo todo, teria contratado dois ou três homens e não um só. Mas Blue é um só, e mais do que o possível ele não consegue fazer.

No entanto começa de fato a se preocupar, apesar do que diz para si mesmo. Pois se Black precisa ser vigiado, então deve ser vigiado todas as horas do dia. Qualquer coisa que não uma vigilância incessante seria o equivalente a vigilância nenhuma. Bastaria pouca coisa, raciocina Blue, para que o quadro todo se modificasse. Um único momento de desatenção — um olhar para o lado, uma pausa para coçar a cabeça, o mais ligeiro bocejo — e pronto, Black escapa e perpetra o ato abominável que vem planejando cometer. E todavia haverá necessariamente momentos assim, centenas e até milhares deles, todos os dias. Blue acha isso inquietante pois, por mais que revolva o problema em sua mente, não consegue se aproximar, por pouco que seja, da solução. Mas não é só isso que o inquieta.

*159*

Até agora, Blue não teve muita oportunidade de ficar parado, e essa nova ociosidade o deixa um pouco desorientado. Pela primeira vez na vida descobre-se abandonado a si mesmo, sem nada em que se segurar, nada para diferenciar um momento do outro. Nunca parou para pensar a respeito do seu mundo interior e, embora sempre soubesse que estava ali, permanecia como uma extensão desconhecida, inexplorada e portanto escura, mesmo para ele. Até onde sua memória consegue lembrar, Blue sempre se moveu rápido pela superfície das coisas, detendo a atenção nessas superfícies apenas com o intuito de percebê-las, captando uma e depois passando para a seguinte, e sempre teve prazer em experimentar o mundo dessa forma, pedindo das coisas apenas que estivessem ali. E até agora estiveram, nitidamente delineadas contra a luz do dia, revelando a ele com absoluta clareza o que vinham a ser todas elas, tão perfeitamente identificadas e inconfundíveis que Blue nunca teve de hesitar diante das coisas e olhar de novo. Agora, de uma hora para outra, como se o mundo tivesse fugido dele, sem nada para ver senão uma sombra chamada Black, Blue se descobre pensando em coisas que nunca lhe aconteceram antes, e isso também começa a inquietá-lo. Se pensar for uma palavra forte demais nessa altura dos acontecimentos, um termo ligeiramente mais modesto — especular, por exemplo — não passaria muito longe do alvo. Especular, do latim *speculatus*, que quer dizer espiar, observar, e se liga à palavra *speculum*, que quer dizer espelho. Pois, ao espiar Black do outro lado da rua, é como se Blue estivesse olhando para um espelho e, em vez de simplesmente contemplar outro homem, descobre que está também olhando para si mesmo. A velocidade da vida caiu de uma forma tão drástica que Blue agora consegue enxergar coisas que antes escapavam à sua atenção. A trajetória da luz que atravessa seu quarto todos os dias, por exemplo, e a maneira como a luz do sol, em certas horas, se reflete na neve e ilumina o canto mais fundo do teto do seu quarto. O bater do seu coração, o som da sua respiração, o piscar dos seus olhos — Blue agora tem consciência desses diminutos acontecimentos e, por mais que tente ignorá-los, eles persistem em sua mente como uma expressão absurda mil vezes repetida. Sabe que não pode ser verdade e mesmo assim, pouco a pouco, essa expressão parece que vai adquirindo um significado.

Sobre Black, sobre White, sobre o caso para o qual foi contratado, Blue agora começa a arriscar algumas teorias. Mais do que uma simples maneira de passar o tempo, Blue descobre que inventar histórias pode representar um prazer em si mesmo. Pensa que talvez White e Black sejam irmãos e que uma grande soma de dinheiro esteja em jogo — uma herança, por exemplo, ou o capital investido em uma sociedade. Talvez White queira provar que Black é incapaz, talvez queira interná-lo em uma clínica e controlar sozinho a fortuna da família. Mas Black é inteligente demais para cair nesse golpe e resolve ficar escondido, aguardando que as coisas esfriem. Outra teoria que Blue elaborou põe Black e White como rivais, ambos perseguindo o mesmo propósito — a solução de um problema científico, por exemplo —, e White quer Black vigiado a fim de ter certeza de que não está sendo passado para trás. Mas uma outra teoria afirma que White é um agente desertor do FBI ou de alguma organização de espionagem, talvez estrangeira, e resolveu por conta própria levar adiante uma investigação periférica, não necessariamente autorizada por seus superiores. Ao contratar Blue para fazer o serviço, ele pode manter em segredo a vigilância sobre Black e ao mesmo tempo continuar a desempenhar suas obrigações normais. Dia a dia, a lista dessas histórias cresce, com Blue às vezes voltando o pensamento para uma história antiga a fim de adicionar alguns floreados e detalhes e, em outras ocasiões, iniciando uma história nova. Tramas de assassinato, por exemplo, ou intrigas de sequestro em troca de resgates gigantescos. À proporção que os dias passam, Blue se dá conta de que não existe fim para as histórias que é capaz de engendrar. Pois Black não passa de uma espécie de vazio, um buraco na textura das coisas, e uma história preenche esse buraco tão bem quanto qualquer outra.

Blue, no entanto, não mede as palavras. Sabe que, mais do que qualquer outra coisa, gostaria de conhecer a história verdadeira. Mas sabe também que, nesse estágio inicial, a paciência é necessária. Aos pouquinhos, portanto, vai começando a abrir o seu caminho e, a cada dia que passa, Blue se descobre um pouco mais confortável na sua situação, um pouco mais resignado ao fato de que teria pela frente um longo tempo de espera.

Lamentavelmente, lembranças da futura senhora Blue de vez em quando perturbam sua crescente paz de espírito. Mais do que nunca, Blue sente saudades dela, porém de algum modo percebe também que as coisas nunca mais serão as mesmas. De onde vem essa sensação, ele não sabe dizer. Mas se, de um lado, Blue se sente razoavelmente satisfeito quando restringe seus pensamentos a Black, ao seu apartamento, ao caso em que está trabalhando, de outro lado, toda vez que a futura senhora Blue penetra em sua consciência, ele se vê dominado por uma espécie de pânico. Sem mais nem menos, sua calma vira aflição e ele tem a impressão de que está caindo em um lugar escuro e cavernoso, sem a menor esperança de poder encontrar o caminho de volta. Quase todo dia é tentado a pegar o telefone e ligar para ela, achando que talvez um momento de contato autêntico quebre aquele feitiço. Mas os dias passam e Blue não telefona. Isso também o inquieta, pois não consegue lembrar-se de nenhuma época da vida em que se sentisse tão relutante para fazer uma coisa que tão claramente desejava fazer. Estou mudando, diz para si mesmo. Pouco a pouco, não sou mais o mesmo. Essa interpretação o tranquiliza um pouco, pelo menos por um tempo, mas no final só serve para que ele se sinta mais estranho do que antes. Os dias passam e se torna difícil para Blue deixar de ver em seu pensamento imagens da futura senhora Blue, sobretudo à noite, e ali no escuro do seu quarto, deitado de costas com os olhos abertos, ele reconstitui o corpo dela peça por peça, começando pelos pés e tornozelos, galgando pelas pernas e coxas, escalando pela barriga na direção dos seios e depois vagando feliz na superfície macia, escorregando para as nádegas e em seguida subindo de novo pelas costas, por fim encontrando o pescoço e dando a volta para chegar ao rosto redondo e sorridente. O que será que ela anda fazendo agora, Blue às vezes se pergunta. E o que será que ela pensa de tudo isso? Mas Blue nunca consegue atinar com uma resposta satisfatória. Se é capaz de inventar uma infinidade de histórias para encaixar os fatos relacionados a Black, no que tange à futura senhora Blue tudo é silêncio, confusão, vazio.

Chega o dia em que deve escrever seu primeiro relatório. Blue é muito escolado em textos desse tipo e nunca teve nenhum problema com eles. Seu método consiste em se ater aos fatos manifestos, relatando os acontecimentos como se cada palavra etiquetasse com precisão a coisa mencionada, e não se perder em especulações. Para Blue, as palavras são transparentes, grandes janelas colocadas entre ele e o mundo, e até agora nunca impediram sua visão, nem sequer pareciam estar ali. Ah, existem ocasiões em que o vidro fica um pouquinho manchado e Blue precisa limpá-lo em um ponto ou outro mas, assim que encontra a palavra certa, tudo se esclarece. Relendo as anotações que fez anteriormente em seu caderno, passando os olhos por elas a fim de refrescar a memória e sublinhar observações oportunas, tenta moldar um todo coerente, descartando os períodos de marasmo e realçando os momentos principais. Em todo relatório que escrevera até então, a ação sobrepujava a interpretação. Por exemplo: o elemento caminhou do Columbus Circle até o Carnegie Hall. Nenhuma referência ao clima, nenhum comentário sobre o trânsito, nenhuma tentativa de adivinhar o que o elemento podia estar pensando. O relatório se restringe a fatos sabidos e verificáveis, e não tenta ultrapassar esse limite.

Confrontado com os fatos do caso Black, porém, Blue se dá conta do apuro em que se encontra. Existe o caderno, é claro, mas quando o folheia para ver o que escreveu, fica frustrado ao descobrir tamanha escassez de detalhes. É como se suas palavras, em vez de relatar os fatos e os assentar de forma palpável no mundo, os induzisse a desaparecer. Isso nunca havia acontecido com Blue. Ele olha para o outro lado da rua e vê Black sentado na sua escrivaninha como sempre. Black também está olhando pela janela naquele momento e de repente ocorre a Blue que não pode mais se fiar nos velhos procedimentos. Pistas, averiguações, a rotina de uma investigação — nada disso vai importar daqui para a frente. Mas então, quando tenta imaginar o que vai substituir essas coisas, não consegue chegar a lugar nenhum. Nesse ponto, Blue só consegue conjeturar aquilo que o caso não é. Dizer o que ele é, no entanto, se encontra totalmente fora do seu alcance.

Blue instala a máquina de escrever sobre a mesa e sai à caça de ideias, tentando concentrar-se em sua tarefa. Pensa que talvez um relato fiel da última semana devesse incluir as numerosas histórias que inventou para si mesmo a respeito de Black. Com tão pouca coisa para contar, essas incursões no terreno da fantasia dariam pelo menos um pouco do sabor do que havia acontecido. Mas Blue muda de ideia, percebendo que essas histórias na verdade nada têm a ver com Black. Afinal, isto não é a história da minha vida, diz ele. Tenho de escrever sobre ele, e não sobre mim mesmo.

Contudo aquilo ganha vulto, como uma tentação maligna, e Blue precisa lutar consigo mesmo durante um tempo antes de conseguir se desvencilhar da ideia. Retorna ao início e tenta reconstituir o caso inteiro, passo a passo. Resolvido a fazer exatamente o que se espera dele, Blue redige o relatório penosamente no velho estilo, aferrando-se a cada detalhe com tanto cuidado e com uma precisão tão exacerbada que se passam muitas horas antes que consiga terminar. Quando lê o resultado do seu trabalho, é forçado a admitir que tudo parece correto. Mas então por que se sente tão insatisfeito, tão incomodado com o que escreveu? Diz para si mesmo: o que aconteceu não é na verdade o que aconteceu. Pela primeira vez em sua larga experiência de redigir relatórios, Blue descobre que as palavras não funcionam necessariamente, é possível que elas obscureçam as coisas que estão tentando dizer. Blue olha em torno do quarto e fixa a atenção em vários objetos, um após o outro. Vê o abajur e diz para si mesmo: abajur. Vê a cama e diz para si mesmo: cama. Vê o caderno e diz para si mesmo: caderno. Não vai dar certo chamar o abajur de cama, pensa ele, ou a cama de abajur. Não, essas palavras vestem com perfeição as coisas que denominam e, no instante em que Blue as pronuncia, experimenta uma satisfação profunda, como se tivesse acabado de provar a existência do mundo. Em seguida, olha para o outro lado da rua e vê a janela de Black. Está escura, agora, e Black está dormindo. Este é o problema, diz Blue para si mesmo, tentando encontrar um pouco de coragem. Isto e nada mais. Ele está lá, mas é impossível vê-lo. E mesmo quando o vejo, é como se as luzes estivessem apagadas.

Põe um selo em um envelope com o seu relatório e vai para a rua, anda até a esquina e introduz a carta na caixa do correio. Posso não ser o cara mais esperto do mundo, diz para si mesmo, mas estou fazendo o melhor que posso, estou fazendo o melhor que posso.

Depois disso, a neve começa a derreter. Na manhã seguinte, o sol brilha com força, bandos de pardais gorjeiam nas árvores e Blue pode ouvir o agradável gotejar da água escorrendo pela beira do telhado, dos galhos, dos postes. A primavera, de repente, não parece muito distante. Mais algumas semanas, diz para si mesmo, e todas as manhãs serão como esta.

Black aproveita o clima favorável para andar mais longe do que anteriormente, e Blue vai atrás. Sente-se aliviado por estar de novo em movimento e, enquanto Black segue seu caminho, Blue torce para que o passeio não termine até que ele solte os músculos enrijecidos. Como se pode imaginar, Blue sempre foi um andarilho ardoroso, e sentir as pernas andando a passos largos através do ar da manhã o enche de felicidade. Enquanto caminham pelas ruas estreitas de Brooklyn Heights, Blue se anima ao ver que Black continua a se afastar mais e mais de sua casa. Mas então, de repente, a atitude de Black se modifica. Ele sobe a escada que leva à passarela de pedestres da ponte do Brooklyn e Blue mete na cabeça que Black planeja se atirar lá de cima. Essas coisas acontecem, diz para si mesmo. Um homem vai para o alto de uma ponte, dirige um último olhar para o mundo através do vento e das nuvens e depois pula na água, os ossos se partem com o choque, seu corpo se rompe em pedaços. Blue se sobressalta com a imagem, diz a si mesmo para ficar alerta. Se alguma coisa começar a acontecer, ele resolve, vai abandonar sua posição de espectador neutro e intervir. Pois não quer que Black morra — pelo menos, por enquanto.

Faz muitos anos que Blue não atravessa a pé a ponte do Brooklyn. A última vez foi com o pai, quando era menino, e a lembrança desse dia volta agora para ele. Pode ver a si mesmo segurando a mão do pai e caminhando ao seu lado, e enquanto escuta o trânsito correr pela pista de aço da ponte mais abaixo, consegue lembrar-se de ter dito ao pai que o barulho parecia o zumbido de um enorme enxame de abelhas. À esquerda fica a Estátua da Liberdade; à direita está Manhattan, os edifícios tão altos no sol da manhã que parecem irreais. Seu pai era fanático por fatos e contava a Blue as histórias de todos os monumentos e arranha-céus, longas ladainhas repletas de detalhes — os arquitetos, as datas, as intrigas políticas —, e contou que, em certa época, a ponte do Brooklyn era a estrutura mais alta da América. O pai nasceu no mesmo ano em que a ponte foi terminada e havia sempre esse vínculo na mente de Blue, como se a ponte de algum modo fosse um monumento para o seu pai. Blue gostava da história que ouviu naquele dia enquanto ele e o pai caminhavam de volta para casa pelas mesmas pranchas de madeira em que está caminhando agora, e por algum motivo nunca a esqueceu. A história de John Roebling, o arquiteto da ponte, que teve o pé esmagado entre as estacas do cais e uma balsa, dias depois de concluir o projeto da ponte, e morreu de gangrena em menos de três semanas. Ele podia ter escapado, disse o pai de Blue, mas o único tratamento que aceitou fazer foi a hidroterapia, que se revelou inútil, e Blue ficou admirado ao saber que um homem que dedicara a vida a construir pontes sobre largas extensões de água para que as pessoas não se molhassem pudesse acreditar que o único remédio verdadeiro consistia na imersão em água. Após a morte de John Roebling, seu filho Washington assumiu o posto de engenheiro-chefe, e essa era outra história curiosa. Washington Roebling tinha, na época, apenas trinta e um anos, sem nenhuma experiência em construções, exceto as pontes de madeira que desenhou durante a Guerra Civil, mas se revelou mais brilhante do que o pai. Porém, não muito tempo depois de ter início a construção da ponte do Brooklyn, ele ficou encurralado por um incêndio, durante várias horas, dentro de uma caixa pneumática submersa, de onde saiu com um caso grave da doença de descompressão, um distúrbio torturante no qual bolhas de nitrogênio se aglomeram na corrente sanguínea. Após quase morrer dessa crise, ficou inválido, incapaz de sair do apartamento de cobertura onde ele e a esposa moravam, em Brooklyn Heights. Washington Roebling permaneceu ali por vários anos, contemplando o progresso da ponte através de um telescópio, enviando a esposa até lá todas as manhãs com as suas instruções, desenhando minuciosos esquemas coloridos para os operários estrangeiros, que não falavam nada de inglês e só assim podiam entender o que deviam fazer em seguida, e o mais notável era que a ponte inteira estava literalmente na sua cabeça: cada parte dela fora memorizada, até a mais ínfima peça de aço ou de pedra e, embora Washington Roebling nunca tenha posto os pés na ponte, ela se encontrava totalmente presente dentro dele, como se ao fim de todos aqueles anos a ponte tivesse de algum modo crescido dentro do seu corpo.

Blue pensa nisso agora, enquanto atravessa o rio, vendo Black à sua frente, lembrando-se do seu pai e da sua infância, em Gravesend. Seu pai foi policial, depois detetive no distrito 77, e a vida teria sido boa, pensa Blue, se não fosse o caso Russo e a bala que atravessou o cérebro do seu pai em 1927. Vinte anos atrás, diz para si mesmo, de repente aterrado pelo tempo que passou, cogitando se existe um paraíso e, caso exista mesmo, se ele poderá ou não ver seu pai outra vez depois de morrer. Recorda uma história de uma das intermináveis revistas que leu nesta semana, uma nova publicação mensal chamada *Mais Estranho do que a Ficção*, e de algum modo essa história parece se ajustar a todos os demais pensamentos que lhe ocorreram. Em algum local dos Alpes franceses, lembra Blue, um homem desapareceu quando esquiava, vinte ou vinte e cinco anos atrás, tragado por uma avalanche, e seu corpo nunca mais foi encontrado. Seu filho, que era um menino na época, cresceu e se tornou também esquiador. Certo dia, no ano passado, ele foi esquiar não muito longe do local onde o pai desaparecera — embora o filho não soubesse disso. Graças aos diminutos e persistentes deslocamentos do gelo ao longo das décadas desde a morte do pai, o terreno agora se achava completamente diferente do que tinha sido. Sozinho lá no alto das montanhas, a quilômetros de qualquer outro ser humano, o filho de repente topou com um cadáver preso no gelo — um corpo, em perfeitas condições, como que mantido em um estado de suspensão temporária das funções vitais. O jovem, nem é preciso dizer, parou a fim de examinar aquilo e, quando se curvou e fitou o rosto do cadáver, teve a impressão nítida e apavorante de que estava olhando para si mesmo. Trêmulo de medo, conforme o texto assinala, observou o corpo com mais atenção, totalmente encerrado no gelo, como uma pessoa do outro lado de uma grossa vidraça, e reconheceu que era seu pai. O morto ainda era jovem, mais jovem até do que seu filho era agora, e havia nisso algo assustador, pensou Blue, havia algo tão estranho e terrível no fato de ser mais velho do que o próprio pai, que na verdade ele teve de conter as lágrimas enquanto lia o artigo da revista. Agora, quando vai se aproximando do final da ponte, os mesmos sentimentos retornam e Blue sente um desejo imenso de que seu pai pudesse estar ali, atravessando o rio e contando histórias para ele. Então, de repente, tomando consciência do que sua mente está fazendo, Blue se pergunta por que se tornou tão sentimental, por que todos esses pensamentos continuam a vir a ele, quando ao longo de tantos anos nunca lhe ocorreram. É tudo parte da mesma coisa, pensa Blue, constrangido consigo mesmo por estar assim. É o que acontece quando a gente não tem ninguém com quem conversar.

Chega ao final e vê que estava enganado em relação a Black. Não haverá suicídio nenhum hoje, nenhum pulo do alto da ponte, nenhum salto para o desconhecido. Pois lá vai o seu homem, satisfeito e imperturbável como ninguém, descendo a escada da passarela e seguindo pela rua que contorna a sede da prefeitura, depois se encaminhando para o norte pela Centre Street, passando pelo Palácio da Justiça e outros prédios municipais, sem afrouxar o passo uma única vez, indo em frente através de Chinatown e mais além. Essas deambulações duram várias horas e em nenhum momento Blue tem a sensação de que Black caminha para algum destino determinado. Parece antes estar exercitando os pulmões, andando pelo puro prazer de andar e, à medida que a excursão se prolonga, Blue confessa a si mesmo pela primeira vez que está adquirindo uma certa afeição por Black.

A certa altura, Black entra em uma livraria e Blue vai atrás dele. Lá, Black fica folheando livros durante meia hora mais ou menos, acumulando nesse meio-tempo uma pequena pilha de livros, e Blue, sem nada melhor para fazer, também fica folheando os volumes, o tempo todo tentando manter seu rosto oculto dos olhos de Black. Os relances que dirige para ele quando Black parece não estar olhando lhe dão a sensação de que já viu Black antes, mas não consegue lembrar onde. Tem alguma coisa nos olhos, diz para si mesmo, mas é o mais longe que consegue chegar, com medo de chamar a atenção para si, e sem ter certeza de não estar sonhando.

Um minuto depois, Blue esbarra com um exemplar de *Walden*, de Henry David Thoreau. Correndo as páginas nos dedos, fica surpreso ao descobrir que o nome do editor é Black: "Editado para o Clube dos Clássicos por Walter J. Black, Inc., Copyright 1942". Blue fica momentaneamente abalado por essa coincidência, imaginando que talvez haja nisso alguma mensagem para ele, o lampejo de um significado que pode ser importante. Mas aí, recobrando-se do choque, começa a achar que não. É um nome bastante comum, diz para si mesmo — além do mais, sabe muito bem que o nome de Black não é Walter. Mas quem sabe se trata de um parente, acrescenta ele, ou talvez até o pai. Ainda revolvendo essa ideia na cabeça, Blue resolve comprar o livro. Se não pode ler o que Black escreve, pelo menos pode ler o que ele lê. Não é grande coisa, diz para si mesmo, mas quem sabe não consiga ali alguma pista do que o sujeito anda planejando.

Até aí, tudo bem. Black paga seus livros, Blue paga seu livro, e a caminhada prossegue. Blue continua à espera de que surja algum padrão nos movimentos de Black, atento a qualquer indício que cruze seu caminho e o leve até o segredo de Black. Mas Blue é um homem honesto demais para se iludir e sabe que tudo o que aconteceu até agora não tem pé nem cabeça. Desta vez, isso não o deixa desanimado. Na verdade, quando observa mais fundo dentro de si mesmo, compreende que no geral se sente bastante revigorado por isso. Existe algo benigno em se encontrar na ignorância, descobre ele, algo emocionante em não saber o que vai acontecer em seguida. Mantém a gente alerta, pensa Blue, e não faz mal nenhum, faz? Desperto, atento e com as antenas ligadas, registrando tudo, pronto para o que der e vier.

Alguns momentos depois de ter esse pensamento, enfim se oferece a Blue um novo desdobramento, e o caso sofre sua primeira reviravolta. Black dobra uma esquina na parte intermediária da cidade, caminha até a metade do quarteirão, hesita um instante, como se procurasse um endereço, retorna alguns passos, avança outra vez e, vários segundos depois, entra em um restaurante. Blue vai atrás, sem pensar muito no que está fazendo, pois afinal é mesmo hora do almoço e as pessoas precisam comer, mas não lhe passa despercebido que a hesitação de Black parece indicar que nunca antes esteve ali, o que, por sua vez, pode significar que Black tem um encontro com alguém. Lá dentro está escuro, muito cheio, com um monte de gente aglomerada em torno do bar, na parte da frente, o som de muitas conversas e o retinir de talheres e pratos, ao fundo. Parece um lugar caro, pensa Blue, paredes com forração de madeira e toalhas de mesa brancas, e resolve fazer o pedido mais barato possível. Há mesas vazias, e Blue encara isso como um bom augúrio quando se vê sentado em um local com uma boa visão de Black, não ostensivamente perto, mas não tão distante a ponto de não conseguir enxergar o que ele está fazendo. Black acena de leve com a mão para pedir dois cardápios e, três ou quatro minutos depois, abre um sorriso quando uma mulher atravessa o salão, aproxima-se da mesa de Black e lhe dá um beijo no rosto antes de sentar-se. A mulher não é de se jogar fora, pensa Blue. Um pouquinho magra demais para o seu gosto, mas nada feia. Em seguida, pensa: agora é que vem a parte interessante.

Infelizmente, a mulher está de costas para Blue e assim ele não pode ver o rosto dela no decorrer da refeição. Ali sentado, comendo o seu bife à moda de Salisbury, Blue pensa que talvez o seu primeiro palpite fosse o certo, que afinal se trata mesmo de uma questão conjugal. Blue já está imaginando o tipo de coisa que vai escrever em seu próximo relatório e lhe dá prazer ponderar sobre as expressões que vai usar a fim de narrar o que está vendo agora. Com mais uma pessoa no caso, Blue sabe que é preciso tomar determinadas decisões. Por exemplo: deve se ater a Black ou dividir sua atenção com a mulher? Na certa isso poderia fazer as coisas andarem um pouco mais depressa, mas ao mesmo tempo podia significar que Black teria a oportunidade de escapar dele, talvez para sempre. Em outras palavras, será que o encontro com a mulher é uma cortina de fumaça ou é mesmo de verdade? Faz parte do caso ou não, é um fato essencial ou secundário? Blue reflete acerca dessas questões por um tempo e conclui que é cedo demais para saber. Sim, podia ser isso, diz consigo mesmo. Mas também podia ser o oposto.

Mais ou menos no meio da refeição, as coisas parecem dar uma guinada numa direção ruim. Blue detecta um olhar de grande tristeza no rosto de Black e, antes que perceba, a mulher parece estar chorando. Pelo menos é o que consegue deduzir em função da repentina mudança de postura do corpo dela: os ombros abaixados, a cabeça tombada para a frente, o rosto talvez coberto pelas mãos, o ligeiro estremecimento nas costas. Pode ser um ataque de riso, raciocina Blue, mas então por que Black se mostra tão infeliz? Parece que o chão de repente se abriu debaixo dos pés dele. Um instante depois, a mulher desvia o rosto de Black e Blue tem um relance do seu perfil: lágrimas, sem dúvida nenhuma, pensa ele enquanto a vê tocar de leve os olhos com um guardanapo e um borrão de rímel molhado brilha em seu rosto. Ela se levanta com um movimento abrupto e parte na direção do toalete das senhoras. De novo, Blue tem uma visão desimpedida de Black e, vendo aquela tristeza em seu rosto, aquela expressão de total abatimento, quase começa a ter pena dele. Black olha de relance na direção de Blue mas está claro que não vê coisa alguma, e então, um instante depois, afunda o rosto nas mãos. Blue tenta imaginar o que está acontecendo, mas é impossível saber. Parece que houve um rompimento entre os dois, pensa Blue, há a sensação de que alguma coisa terminou. Mas, apesar de tudo, pode ser só uma briga passageira.

A mulher volta para a mesa com o aspecto um pouco melhor e aí os dois ficam ali sentados por alguns minutos sem dizer nada, sem tocar na comida. Black suspira uma ou duas vezes, voltando o olhar para longe e enfim pede a conta. Blue faz o mesmo e depois segue os passos dos dois para fora do restaurante. Repara que Black tem a mão no cotovelo da mulher, mas pode ser apenas um reflexo, diz para si mesmo, e na certa não quer dizer nada. Caminham pela rua sem falar e, na esquina, Black chama um táxi. Abre a porta para a mulher e, antes que ela entre, toca seu rosto com muito carinho. Ela lhe dirige, em troca, um sorrisinho corajoso, no entanto ainda assim não dizem uma só palavra. Em seguida, ela se acomoda no banco de trás, Black fecha a porta e o táxi parte.

Black fica andando por alguns minutos, detendo-se um instante diante da vitrine de uma agência de viagens para examinar um cartaz das montanhas Brancas e depois também pega um táxi. Blue tem sorte de novo e consegue um outro táxi após alguns segundos. Diz ao motorista para seguir o táxi de Black e depois se recosta no banco enquanto os dois carros amarelos abrem caminho lentamente no meio do tráfego do centro da cidade, atravessam a ponte do Brooklyn e, por fim, chegam à Orange Street. Blue fica alarmado pelo preço da corrida e mentalmente dá uma bronca

*171*

em si mesmo por não ter, em vez disso, seguido a mulher. Devia ter adivinhado que Black ia para casa.

Seu estado de espírito se anima de forma considerável quando entra no seu prédio e descobre uma carta na caixa de correspondência. Só pode ser uma coisa, diz para si mesmo, e com efeito, enquanto sobe a escada e abre o envelope, lá está: o primeiro cheque, um vale postal no valor exato acertado com White. Todavia, acha um tanto desconcertante que o método de pagamento seja assim tão anônimo. Por que não um cheque nominal de White? Isso leva Blue a entreter-se com a ideia de que White é mesmo um agente desertor, preocupado em esconder suas pegadas e, portanto, precavendo-se para que não haja nenhum registro dos pagamentos. Então, tirando o chapéu e o sobretudo e se estirando na cama, Blue percebe que está um pouco frustrado por não encontrar nenhum comentário sobre o relatório. Levando em conta quanto se empenhou para que ficasse bem-feito, algumas palavras de estímulo seriam bem-vindas. O fato de que o dinheiro foi enviado significa que White não está insatisfeito. E no entanto o silêncio não é uma reação gratificante, a despeito do que possa significar. Mas se as coisas são assim, Blue diz para si mesmo, vou ter de me habituar, e pronto.

Os dias passam e mais uma vez as coisas se acomodam à rotina mais rasteira. Black escreve, lê, faz compras nos arredores, vai ao correio, de vez em quando dá uma caminhada. A mulher não reaparece e Black não faz nenhuma outra incursão até Manhattan. Blue se põe a pensar que qualquer dia desses vai receber uma carta avisando que o caso está encerrado. A mulher se foi, raciocina ele, e isso pode representar o final do caso. Mas nada disso acontece. O meticuloso relato de Blue sobre a cena do restaurante não provoca nenhuma reação especial da parte de White e, semana após semana, os cheques continuam a chegar na hora devida. Não tem nada a ver com amor, diz Blue para si mesmo. A mulher nunca representou nada de importante. Foi apenas um recurso para desviar sua atenção.

Nesse período inicial, o estado mental de Blue pode ser mais bem descrito como de ambivalência e conflito. Há momentos em que ele se sente em uma harmonia tão completa com Black, em uma consonância tão natural com o outro homem, que para prever o que Black fará, para saber quando vai ficar em seu apartamento e quando vai sair, basta apenas olhar para dentro de si mesmo. Dias inteiros se passam sem que ele sequer se dê ao trabalho de olhar pela janela ou seguir Black pela rua. De vez em quando, Blue até se permite fazer um passeio sozinho, sabendo com absoluta certeza que nesse período Black não vai arredar pé do seu posto. Como pode saber disso permanece um mistério para ele, mas o fato é que Blue nunca se engana e, quando lhe vem essa sensação, nenhuma dúvida ou hesitação o afeta. Por outro lado, nem todos os momentos são assim. Há ocasiões em que Blue se sente completamente distante de Black, apartado dele de uma forma tão inexorável e absoluta que começa a perder o sentido de quem seja. A solidão o envolve, o enclausura, e com ela vem o terror pior do que tudo o que ele já viu. Blue se admira que passe de modo tão repentino de um estado para o outro e, por um longo tempo, ele vai e volta de um extremo ao outro, sem saber qual é o falso e qual é o verdadeiro.

Após um período de dias especialmente ruins, passa a desejar alguma companhia. Senta-se e escreve uma carta minuciosa para Brown, sumariando o caso e pedindo seu conselho. Brown aposentou-se e foi morar na Flórida, onde passa a maior parte do tempo pescando, e Blue sabe que vai correr um bom tempo até receber a resposta. No entanto, um dia depois de enviar a carta, passa a esperar a resposta com uma ansiedade que logo cresce e se torna uma obsessão. Toda manhã, cerca de uma hora antes da chegada do correio, ele se planta na janela, vigiando a esquina por onde virá o carteiro, depositando todas as suas esperanças no que Brown vai dizer. O que espera dessa carta não é certo. Blue nem sequer formula a pergunta, mas sem dúvida deve ser algo portentoso, palavras luminosas e extraordinárias que o trarão de volta para o mundo dos vivos.

À proporção que os dias e as semanas vão passando sem nenhuma carta de Brown, a frustração de Blue adquire a forma de uma dor, um desespero irracional. Mas não é nada comparado com o que sente quando a carta enfim chega. Pois Brown nem sequer trata do assunto sobre o qual Blue escreveu. É bom ter notícias suas, começa a carta, e é bom saber que anda trabalhando tanto. Parece um caso interessante. Mas não posso dizer que tenha saudades dessas coisas. Aqui a vida para mim é muito boa: acordar cedo e pescar, passar um tempo com a mulher, ler um pouco, dormir ao sol, não ter nada de que reclamar. A única coisa que não entendo é por que não me mudei para cá mais cedo.

A carta prossegue nesse tom por várias páginas, nenhuma vez mencionando o motivo das aflições e tormentos de Blue. Ele se sente traído pelo homem que em outros tempos foi como um pai para ele e, quando termina a carta, sente-se vazio, seu estofo arrancado para fora. Estou sozinho, pensa ele, não há mais ninguém a quem eu possa pedir ajuda. Seguem-se várias horas de abatimento e autopiedade, enquanto Blue pensa uma ou duas vezes que seria melhor estar morto. Mas por fim consegue se desvencilhar da melancolia. Pois Blue tem, no geral, uma personalidade firme, menos afeito a pensamentos soturnos do que a maioria das pessoas e, se há momentos em que tem a sensação de que o mundo é um lugar sórdido, quem é que pode culpá-lo por isso? Quando chega a hora do jantar, ele já passou a encarar as coisas pelo ângulo positivo. Esse é talvez o seu maior talento: não que ele não se desespere, mas que nunca se desespere por muito tempo. Afinal de contas, isso pode até ser bom, diz para si mesmo. Pode ser melhor ficar sozinho do que ter de contar com uma outra pessoa. Blue reflete sobre isso um tempo e resolve que é preciso dizer algo a respeito. Já não é mais nenhum aprendiz. Não tem mais um mestre a observá-lo. Sou meu próprio mestre, diz para si mesmo. Sou o meu mestre e não tenho de prestar contas a ninguém senão a mim mesmo.

Motivado por essa nova abordagem da situação, descobre que enfim encontrou coragem para fazer contato com a futura senhora Blue. Mas quando pega o telefone e disca o número, não há resposta. Isso é uma decepção, contudo ele não se intimida. Vou tentar de novo em outra hora, diz ele. Em breve.

Os dias continuam a passar. Mais uma vez, Blue entra em sintonia com Black, talvez de uma forma ainda mais harmoniosa do que antes. Ao fazê-lo, descobre o paradoxo inerente à sua situação. Pois quanto mais ligado se sente a Black, menos acha necessário pensar sobre ele. Em outras palavras, quanto mais profundamente envolvido se torna, mais livre se encontra. O que o deixa atolado não é o envolvimento, e sim a separação. Pois apenas quando Black parece afastar-se de Blue é que lhe vem a necessidade de ir atrás dele, e isso toma tempo e trabalho, para não falar no esforço. Contudo, nessas horas em que se sente mais próximo de Black, Blue consegue começar a ter algo semelhante a uma vida independente. A princípio, não se mostra muito atrevido naquilo que se permite realizar, mas mesmo então considera isso uma espécie de vitória, quase um ato de bravura. Sair de casa, por exemplo, e andar para um lado e outro no seu quarteirão. Por pequeno que seja, esse gesto o enche de felicidade e, enquanto caminha para lá e para cá pela Orange Street no delicioso clima da primavera, sente-se feliz por estar vivo, de um modo que não experimenta há muitos anos. Numa das extremidades, há uma vista do rio, do porto, o horizonte de Manhattan, as pontes. Blue acha tudo isso lindo e, em certos dias, chega a permitir-se ficar sentado por vários minutos em um dos bancos e contemplar os barcos. Na outra direção fica a igreja, e às vezes Blue vai até o pequeno pátio gramado para sentar-se ali um tempo e observar a estátua de bronze de Henry Ward Beecher. Dois escravos seguram as pernas de Beecher, como se suplicassem sua ajuda para enfim libertá-los, e na parede de tijolos mais atrás há um relevo de porcelana com a figura de Abraham Lincoln. Blue não consegue deixar de se sentir inspirado por essas imagens e, toda vez que vem ao pátio da igreja, sua cabeça se enche de pensamentos nobres sobre a dignidade humana.

Pouco a pouco, se torna mais ousado em suas excursões para longe de Black. É 1947, o ano em que Jackie Robinson estoura no time dos Dodgers, e Blue acompanha seu progresso com atenção, recordando o pátio da igreja e sabendo que há mais coisas envolvidas do que simplesmente o jogo de beisebol. Em uma radiosa tarde de terça-feira, em maio, ele resolve fazer um passeio até Ebbets Field e, quando deixa Black para trás no seu apartamento na Orange Street, debruçado sobre a escrivaninha como sempre, com sua caneta e seus papéis, não sente o menor motivo para se preocupar, seguro de que tudo estará exatamente do mesmo jeito quando voltar. Pega o metrô, esbarra nos ombros da multidão, sente-se impelido a apreender o que está à sua volta com uma crescente atenção. Quando ocupa seu assento no campo de beisebol, fica admirado com o brilho con-

*175*

tundente das cores em volta: a grama verde, a poeira marrom, a bola branca, o céu azul no alto. Cada coisa se mostra distinta de todas as demais, totalmente separada e definida, e a simplicidade geométrica das linhas do campo deixa Blue impressionado com sua força. Ao ver o jogo, acha difícil desviar os olhos de Robinson, seduzido o tempo todo pelo negror do rosto do homem, e reflete que deve ser preciso coragem para fazer o que Robinson está fazendo, ficar sozinho desse jeito na frente de tantos desconhecidos, metade dos quais, sem dúvida, gostaria que ele estivesse morto. Enquanto a partida prossegue, Blue se vê aplaudindo tudo o que Robinson faz e, quando o negro ocupa uma base no terceiro período do jogo, Blue se põe de pé e, mais tarde, no sétimo período, quando Robinson faz um incrível ponto duplo no lado esquerdo, Blue chega a dar um tapa nas costas do homem a seu lado, de tanta alegria. Os Dodgers deixam a partida no nono período com uma bola rebatida para o alto, o que dá tempo para que o corredor faça o ponto antes que a bola seja apanhada, e enquanto Blue sai do estádio andando devagar no meio da multidão e toma a direção de casa, percebe que nem por uma vez Black passou pelo seu pensamento.

Mas jogos de beisebol são apenas o princípio. Em certas noites, quando fica claro que Black não vai mesmo a parte alguma, Blue escapole para um bar ali perto a fim de tomar uma ou duas cervejas, distraindo-se com as conversas que às vezes trava com o barman, cujo nome é Red e que tem uma estranha semelhança com Green, o barman do caso Gray, de tanto tempo atrás. Uma vagabunda chamada Violet volta e meia aparece ali e uma ou duas vezes Blue enche a cara o bastante para se deixar levar até o apartamento dela, logo depois da esquina. Sabe que Violet gosta dele pois nunca cobra pelo serviço, mas sabe também que não tem nada a ver com amor. Ela o chama de meu bem e suas carnes são muito macias e fartas, mas sempre que bebe um pouco mais começa a chorar, e aí Blue precisa consolá-la e, em segredo, fica pensando se aquilo tudo vale mesmo a pena. Sua culpa em relação à futura senhora Blue, no entanto, é reduzida, pois justifica essas sessões com Violet comparando-se a um soldado em guerra em um outro país. Todo homem precisa de um pouco de consolo, sobretudo quando seu dia de morrer pode ser amanhã. Além do mais, ele não é de ferro, diz para si mesmo.

No mais das vezes, porém, Blue passa ao largo do bar e segue até o cinema, a vários quarteirões dali. Agora, com o verão já chegando e o calor começando a pairar de forma desconfortável em seu quartinho, é refrescante poder sentar-se no cinema refrigerado e assistir ao filme em cartaz. Blue adora ir ao cinema, não só por causa das histórias que contam e das mulheres lindas que pode ver nos filmes, mas também por causa da escuridão no cinema, a maneira como os filmes na tela se parecem de algum modo com os pensamentos dentro da sua cabeça, toda vez que fecha os olhos. Sente-se mais ou menos indiferente em relação aos tipos de filme que vê, sejam comédias ou dramas, por exemplo, sejam coloridos ou em preto e branco, mas Blue tem uma certa queda por filmes de detetive, uma vez que existe uma ligação natural, e sempre se vê seduzido por essas histórias mais do que pelas outras. Nessa época, vê diversos filmes do gênero e gosta de todos: *A dama no lago, Anjo caído, Passagem sombria, Corpo e alma, O cavalo cor-de-rosa, Sem esperança* e muitos outros. Porém, para Blue, há um filme que sobressai a todos os demais, e gosta tanto dele que chega a voltar na noite seguinte para ver de novo.

Chama-se *Fuga do passado*, e o ator principal é Robert Mitchum, no papel de um ex-detetive particular que tenta recomeçar a vida sob nome falso em uma cidade pequena. Ele tem uma namorada, uma encantadora moça do interior chamada Ann, e cuida de um posto de gasolina com a ajuda de um rapaz surdo-mudo, chamado Jimmy, que é totalmente dedicado a ele. Mas o passado vem no encalço de Mitchum e não há nada que ele possa fazer. Anos atrás, fora contratado para vigiar Jane Greer, a amante do gângster Kirk Douglas, mas quando os dois se encontraram, acabaram apaixonando-se um pelo outro e fugiram para viver escondidos. As coisas se complicaram — dinheiro foi roubado, cometeu-se um assassinato — e, por fim, Mitchum caiu em si e resolveu abandonar Greer, compreendendo finalmente o grau de degeneração da moça. Agora Mitchum está sendo chantageado por Douglas e Greer para cometer um crime, o qual não passa de uma armação, pois quando ele se dá conta do que está acontecendo, entende que na verdade estão querendo incriminá-lo por um outro assassinato. Uma história complicada se desenrola, enquanto Mitchum tenta desesperadamente desvencilhar-se da armadilha. A certa altura, ele volta à cidade pequena onde mora, diz para Ann que é inocente e mais uma vez a convence do seu amor. Mas na verdade já é tarde demais, e Mitchum sabe disso. No final, consegue convencer Douglas a denunciar Greer pelo crime que ela cometeu, porém, na hora em que Greer entra no quarto, pega calmamente uma arma e mata Douglas. Diz a Mitchum que eles pertencem um ao outro e ele, fatalista até o último instante, dá a impressão de que está de acordo. Resolvem fugir juntos do país mas, quando Greer vai fazer as malas, Mitchum pega o telefone e liga para a polícia. Entram no carro e partem, mas logo encontram uma barreira policial na estrada. Greer, vendo que foi traída, apanha o revólver na bolsa e atira em Mitchum. A polícia então abre fogo contra o carro e Greer morre também. Após isso, há uma última cena — na manhã seguinte, de novo na pequena cidade de Bridgeport. Jimmy está sentado em um banco diante do posto de gasolina, Ann se aproxima e senta-se ao lado dele. Me diga uma coisa, Jimmy, diz ela, tem uma coisa que eu preciso saber: ele estava mesmo fugindo com ela ou não? O rapaz reflete um instante, tentando optar entre a verdade e a bondade. É mais importante preservar o bom nome do seu amigo ou poupar a moça? Tudo isso se passa em um instante. Fitando nos olhos da moça, ele faz que sim com a cabeça, como se quisesse dizer: sim, ele estava mesmo apaixonado por Greer. Ann dá uma palmadinha no braço de Jimmy e agradece, depois volta para seu antigo namorado, um policial caxias, nativo da cidade, que sempre desprezara Mitchum. Jimmy olha para o letreiro do posto de gasolina com o nome de Mitchum inscrito, faz uma pequena saudação de amizade e depois dá as costas e sai caminhando pela estrada. É o único que sabe a verdade e nunca vai contar nada a ninguém.

No decorrer dos dias seguintes, Blue repassa essa história muitas vezes em seu pensamento. É bom, conclui ele, que o filme termine com o rapaz surdo-mudo. O segredo está enterrado e Mitchum vai continuar como um intruso, mesmo na morte. Sua ambição era bem simples: tornar-se um cidadão normal em uma cidade americana normal, casar-se com uma moça da vizinhança,

*178*

levar uma vida sossegada. É estranho, Blue reflete, que o novo nome escolhido por Mitchum seja Jeff Bailey. É nitidamente semelhante ao nome de um personagem de outro filme que viu no ano anterior, em companhia da futura senhora Blue — George Bailey, representado por James Stewart, no filme intitulado *A felicidade não se compra*. Essa história se passava também em uma pequena cidade americana, mas do ponto de vista contrário: as frustrações de um homem que passa a vida inteira tentando fugir. Só que no fim ele entende que sua vida foi boa, que agiu sempre da forma correta. O Bailey de Mitchum, sem dúvida nenhuma, gostaria de ser o Bailey de Stewart. Mas no caso dele o nome é falso, um fruto da confusão dos seus desejos com a realidade. Seu nome verdadeiro é Markham — ou, conforme Blue o pronuncia para si mesmo, "*mark him*" —, e isso resume tudo. Ele foi marcado pelo passado e, uma vez que isso acontece, nada mais pode ser feito. Ocorre uma determinada coisa, pensa Blue, e a partir de então não para mais de acontecer. Nunca pode ser alterado, nunca pode ser de outro modo. Blue começa a sentir-se dominado por essa ideia, pois a encara como uma espécie de aviso, uma mensagem enviada de dentro dele mesmo e, por mais que tente empurrá-la para longe, o caráter sombrio desse pensamento não o larga.

Certa noite, então, Blue se volta por fim ao seu exemplar de *Walden*. Chegou a hora, diz para si mesmo, e se não fizer um esforço agora, sabe que nunca mais fará. Mas o livro não é nada fácil. Quando Blue começa a ler, tem a sensação de que está entrando em um mundo alienígena. Arrastando-se em pântanos e matagais, galgando áridas encostas cobertas de seixos e penhascos traiçoeiros, sente-se como um prisioneiro em uma marcha forçada e seu único pensamento é escapar. Fica entediado com as palavras de Thoreau e acha difícil se concentrar. Capítulos inteiros passam e, quando chega ao final deles, Blue percebe que não gravou nada. Por que alguém desejaria ir viver sozinho no mato? O que significa essa história de plantar feijão, não tomar café nem comer carne? Por que todas essas intermináveis descrições de aves? Blue pensou que ia encontrar uma história, ou pelo menos alguma coisa parecida com uma história, mas isso não passa de conversa fiada, uma lenga-lenga interminável a respeito de coisa nenhuma.

Seria injusto, porém, culpá-lo por isso. Blue nunca lia muita coisa, além de jornais e revistas, e um ou outro romance de aventura quando era menino. Sabe-se que até leitores experientes e sofisticados enfrentam dificuldades com *Walden* e mesmo uma pessoa como Emerson escreveu em seu diário que ler Thoreau o deixava nervoso e abatido. Em favor de Blue, é preciso reconhecer que ele não desiste. No dia seguinte recomeça a leitura e essa segunda rodada se revela um pouco menos espinhosa do que a primeira. No terceiro capítulo, topa com uma frase que, enfim, lhe diz alguma coisa — Devemos ler os livros de forma tão vagarosa e compenetrada quanto foram escritos — e de repente Blue compreende que o macete consiste em ir devagar, mais devagar do que jamais se moveu antes por entre as palavras. Isso o ajuda em certa medida e determinados trechos começam a ficar claros: aquela conversa sobre roupas, no início, a batalha entre as formigas vermelhas e as pretas, a argumentação contra o trabalho. Mas ainda acha a leitura penosa e, embora admita com relutância que Thoreau talvez não seja tão burro quanto ele pensava, Blue começa a ficar magoado com Black por obrigá-lo a sofrer essa tortura. O que ele não sabe é que, caso tivesse a paciência de ler o livro no estado de espírito que a obra requer do leitor, sua vida inteira começaria a mudar e, pouco a pouco, chegaria a uma compreensão completa da sua situação — ou seja, sobre Black, White, o caso e tudo o mais que lhe diz respeito. Mas as oportunidades perdidas fazem parte da vida tanto quanto as oportunidades aproveitadas, e uma história não pode se demorar no que poderia ter acontecido. Pondo o livro de lado com irritação, Blue veste o casaco (pois agora já é outono) e sai para tomar ar. Está longe de se dar conta de que isso é o início do fim. Pois algo está prestes a acontecer e, uma vez que aconteça, nada mais será o mesmo.

Vai até Manhattan, afastando-se de Black mais do que em qualquer outra ocasião, desafogando sua frustração por meio do movimento, na esperança de poder se acalmar fatigando o corpo. Caminha rumo ao norte, isolado em seus pensamentos, sem se dar ao trabalho de assimilar as coisas em redor. Na rua 26 Leste, o cadarço do sapato esquerdo se solta e, exatamente nesse instante, quando se abaixa para amarrar, apoiando-se em um joelho dobrado, o céu desaba em cima dele. Pois quem é que vê de relance naquele momento senão a futura senhora Blue? A mulher vem subindo a rua com os dois braços agarrados ao braço de um homem que Blue nunca viu, e ela sorri radiante, absorvida pelo que o homem lhe diz. Durante um certo tempo, Blue se sente tão desconcertado que não sabe se inclina a cabeça mais para baixo e esconde o rosto ou se levanta e cumprimenta a mulher que, agora ele percebe — com uma certeza tão repentina e inexorável quanto uma porta que bate —, nunca será sua esposa. No final, Blue não consegue nem uma coisa nem outra — primeiro afunda mais a cabeça, mas então, um segundo depois, descobre que quer que ela o veja e, quando constata que ela não vai vê-lo, por estar envolvida demais pela conversa do seu amigo, Blue se levanta na calçada de repente, quando o casal se encontra a menos de dois metros dele. É como se um espectro se tivesse materializado na frente da mulher, e a ex-futura senhora Blue deixa escapar um pequeno soluço, antes mesmo de ver quem é o tal espectro. Blue pronuncia o nome da mulher com uma voz que parece estranha mesmo para ele e a moça estaca, de repente, feito morta. O rosto registra o choque de ver Blue — e então, rapidamente, sua expressão se transforma em raiva.

Você! diz ela. Você!

Antes que Blue tenha a chance de falar uma palavra, a mulher se solta do braço do amigo e passa a golpear o peito de Blue com os punhos cerrados, gritando para ele, enlouquecida, acusando-o de mil crimes medonhos. Tudo o que Blue consegue fazer é repetir o nome dela sem parar, como se tentasse desesperadamente distinguir a mulher que ama da fera selvagem que agora o ataca. Sente-se completamente indefeso e, à proporção que a pancadaria continua, passa a acolher com boas-vindas cada novo murro, como o castigo justo pelo seu comportamento. Porém o outro homem sem demora dá um basta àquilo tudo e, embora Blue tenha a tentação de desferir um soco cruzado na cara dele, ainda se sente aturdido demais para reagir com rapidez e, antes que perceba, o homem já levou embora pela rua a chorosa ex-futura senhora Blue e já dobrou a esquina, e isso é o final da história.

Essa cena breve, tão inesperada e impressionante, deixa Blue transtornado. Quando recupera a tranquilidade e consegue voltar para casa, percebe que jogou fora sua vida. Não é culpa da mulher, diz para si mesmo, desejando culpá-la, mas sabendo que não pode fazer isso. Até onde ela sabia, Blue podia muito bem estar morto, e como ele poderia censurá-la simplesmente por querer continuar a viver? Blue sente lágrimas se formando nos olhos, porém, mais do que dor, sente raiva de si mesmo por ser tão idiota. Perdeu a maior chance que podia ter de ser feliz e, se o caso for mesmo este, não haveria engano em afirmar que, de fato, isso é o início do fim.

Blue volta para seu apartamento na Orange Street, deita-se na cama e tenta avaliar suas perspectivas. Por fim, vira o rosto para a parede e dá de cara com a fotografia de Gold, o médico-legista da Filadélfia. Pensa no triste vazio em torno do caso não resolvido, a criança estirada em seu túmulo sem nome nenhum e, quando observa a máscara mortuária do menino, começa a revolver uma ideia na cabeça. Talvez existam maneiras de se aproximar de Black, pensa Blue, maneiras que não impliquem deixar que ele o veja. Deus sabe que têm de existir. Movimentos que podem ser feitos, planos que podem ser postos em prática — talvez dois ou três ao mesmo tempo. Dane-se o resto, diz para si mesmo. Está na hora de virar a página.

Seu próximo relatório deve ser entregue depois de amanhã e assim Blue se volta para o trabalho agora, a fim de que o envie no prazo. Nos últimos meses, seus relatórios foram demasiado sucintos, não mais do que um parágrafo ou dois, fornecendo um mero esqueleto e nada mais, e desta vez ele não se afasta do mesmo padrão. Todavia, no final da página, insere um comentário obscuro como uma espécie de teste, na esperança de provocar, da parte de White, algo mais do que o silêncio: Black parece doente. Receio que esteja morrendo. Em seguida, sela o relatório, dizendo para si mesmo que isto é apenas o início.

Dois dias depois, Blue se dirige de manhã bem cedo para a agência do correio do Brooklyn, um grande prédio em forma de castelo que se avista da ponte de Manhattan. Todos os relatórios de Blue foram enviados para a caixa postal número mil e um e ele caminha até lá agora como se fosse por acaso, perambula perto da caixa postal e, sem disfarçar, espia lá dentro para ver se chegou o relatório. Chegou. Pelo menos tem uma carta lá dentro — um solitário envelope branco inclinado em um ângulo de quarenta e cinco graus dentro do estreito cubículo —, e Blue não tem motivo algum para desconfiar que seja outra carta que não a sua. Então começa uma lenta caminhada circular em torno da área, resolvido a permanecer por ali até que White, ou alguém a serviço de White, apareça, sempre de olhos fixos na enorme parede de caixas postais numeradas, cada caixa com um segredo de fechadura diferente, cada caixa contendo um segredo diferente. As pessoas vêm e vão, abrem e fecham as caixas, e Blue continua vagando em círculos, detendo-se de vez em quando ao acaso em algum ponto do salão e depois voltando a andar. Tudo lhe parece marrom, como se o outono lá fora tivesse penetrado no salão, e o lugar exala um agradável aroma de fumaça de charuto. Após várias horas, começa a ficar com fome, mas não se rende ao apelo do estômago, dizendo para si mesmo que é agora ou nunca e, portanto, não arreda pé de sua posição. Blue observa todo mundo que se aproxima das caixas postais, voltando a mira para qualquer um que percorra as vizinhanças da caixa mil e um, ciente de que, se não for White que vier pegar o relatório, pode ser qualquer pessoa — uma mulher idosa, uma criança, e por isso ele não pode confiar em ninguém. Contudo nenhuma dessas possibilidades dá em nada, pois a caixa postal permanece intacta o tempo todo e, embora Blue momentânea e sucessivamente invente uma história para cada candidato que se avizinhe, tentando imaginar como aquela pessoa pode estar ligada a White ou a Black, que papel ele ou ela pode ter no caso e assim por diante, termina obrigado a rechaçar um por um de sua mente, lançando-os de volta para o esquecimento de onde vieram.

Pouco depois do meio-dia, em um horário em que a agência do correio começa a ficar apinhada de gente — um afluxo de pessoas que vêm às pressas ao correio no intervalo do almoço para despachar cartas, comprar selos, resolver assuntos de uma natureza ou outra —, um homem com uma máscara no rosto atravessa a porta. Blue, a princípio, não repara nele, no meio de tanta gente que entra pela porta ao mesmo tempo, mas quando o homem se destaca da multidão e se encaminha para as caixas postais numeradas, Blue enfim repara na máscara — uma máscara do tipo que as crianças usam no Dia das Bruxas, feita de borracha e representando algum monstro medonho com feridas abertas na testa, globos oculares sanguinolentos e presas em lugar de dentes. O resto do homem é perfeitamente comum (sobretudo cinzento de tweed, cachecol vermelho em volta do pescoço) e Blue pressente neste primeiro instante que o homem atrás da máscara é White. Enquanto o sujeito continua a andar na direção do setor da caixa postal número mil e um, esse pressentimento se transforma em convicção. Ao mesmo tempo, Blue sente também que o homem na verdade não está ali, que muito embora saiba perfeitamente que o esteja vendo, é mais do que provável que Blue seja o único capaz de vê-lo. Quanto a isso, entretanto, Blue está enganado pois, enquanto o mascarado continua a percorrer o amplo piso de mármore, Blue vê um punhado de pessoas rindo e apontando para ele — mas, se isso é bom ou ruim, Blue não sabe dizer. O mascarado chega à caixa postal mil e um, gira o segredo para trás e para a frente e para trás outra vez, e abre a caixa. Assim que Blue constata de forma inequívoca que este é o seu homem, se põe a andar em sua direção, sem saber ao certo o que planeja fazer, mas no fundo da sua mente, sem dúvida nenhuma, existe a intenção de agarrá-lo e arrancar a máscara de seu rosto. O homem está muito alerta, porém, e assim que enfia o envelope no bolso e tranca a caixa postal, dirige um rápido olhar em torno do salão, vê Blue se aproximando e se põe a correr, disparando rumo à porta o mais depressa que pode. Blue corre atrás dele, na esperança de alcançá-lo pelas costas e agarrá-lo, mas acaba se embolando por um instante em um aglomerado de gente espremida na porta e, quando consegue enfim se desvencilhar, o mascarado já está descendo a escada de um pulo, aterrissa na calçada e sai correndo rua abaixo. Blue continua em seu encalço, sente até que está ganhando terreno, mas aí o homem chega à esquina, onde calha de um ônibus estar saindo do ponto, e então, de um salto, embarca na hora H, e Blue fica para trás a ver navios, ofegante, ali de pé feito um palhaço.

Dois dias depois, quando Blue recebe seu cheque pelo correio, chega afinal uma mensagem de White. Não se meta mais a engraçadinho, diz o recado e, embora não seja grande coisa, mesmo assim Blue se sente feliz por ter recebido o bilhete, feliz por ter rompido, enfim, o muro de silêncio de White. Todavia, não está claro para ele se a mensagem se refere ao último relatório ou ao incidente na agência do correio. Após refletir sobre o assunto por um tempo, resolve que não tem importância nenhuma. De um jeito ou de outro, a chave para o caso é agir. Precisa ir em frente, derrubando as coisas sempre que possível, um pouco aqui, um pouco ali, desbastando cada enigma que apareça até que a estrutura inteira comece, afinal, a se enfraquecer, e um dia toda aquela história podre caia por terra, de uma vez por todas.

No decorrer das semanas seguintes, Blue volta à agência de correio diversas vezes, na esperança de ver de novo White por ali. Mas isso não dá em nada. Ou o relatório já foi retirado da caixa postal quando ele chega, ou White simplesmente não aparece. O fato de aquele setor do correio ficar aberto vinte e quatro horas por dia deixa Blue com poucas opções. White agora está prevenido em relação a ele e não vai cometer o mesmo erro duas vezes. Basta esperar que Blue vá embora antes de se dirigir para a caixa postal e, a menos que Blue pretenda passar a vida inteira na agência do correio, não existe nenhuma maneira de apanhar White de surpresa outra vez.

A situação está muito mais complicada do que Blue jamais sonhou. Durante quase um ano, agora, ele vinha pensando em si mesmo como essencialmente livre. Bem ou mal, vinha fazendo o seu trabalho, olhando firme para a frente e vigiando Black, aguardando uma possível brecha, tentando não esmorecer, mas todo esse tempo não dedicou um único pensamento ao que podia estar acontecendo às suas costas. Agora, após o incidente com o mascarado e os obstáculos adicionais que daí decorreram, Blue não sabe mais o que pensar. Parece perfeitamente plausível que também esteja sendo observado, vigiado por outra pessoa do mesmo modo que ele tem vigiado Black. Se for esse o caso, então Blue nunca esteve livre. Desde o início, ele foi o homem intermediário, barrado pela frente e acuado pelas costas. Por estranho que pareça, esse pensamento o faz recordar algumas frases do livro *Walden* e Blue procura em seu caderno as expressões exatas, absolutamente seguro de que as anotou ali. Não estamos onde estamos, encontra ele, mas em uma posição falsa. Em virtude de uma debilidade em nossa natureza, conjeturamos uma hipótese, e nos entregamos a ela, e desse modo logo nos vemos mergulhados em duas hipóteses ao mesmo tempo, e se torna duplamente difícil escapar delas. Para Blue, isso faz sentido e, embora comece a sentir-se um pouco assustado, acha que talvez ainda não seja tarde demais para fazer alguma coisa a respeito.

O verdadeiro problema resume-se em identificar a natureza do problema propriamente dito. Para começar, quem representa a maior ameaça para ele, White ou Black? White manteve sua parte no trato: os cheques chegam na hora certa toda semana e voltar-se contra ele agora, Blue percebe, seria cuspir no prato em que comeu. E no entanto foi White quem desencadeou o caso todo — deixando Blue em um quarto vazio, por assim dizer, depois apagando a luz e trancando a porta. Desde então, Blue anda tateando no escuro, apalpando às cegas à cata do interruptor de luz, um prisioneiro do próprio caso em que trabalha. Está tudo muito bem, mas por que White faria uma coisa dessas? Quando Blue se defronta com essa pergunta, não consegue mais pensar. Seu cérebro para de funcionar, ele não consegue ir além desse ponto.

Vejamos Black, portanto. Até agora ele ocupou o caso inteiro, foi a causa aparente de todos os problemas de Blue. Mas se White na verdade está atrás de Blue e não de Black, talvez Black não tenha nada a ver com a questão, talvez não passe de um espectador inocente. Neste caso, é Black quem ocupa a posição que Blue supunha o tempo todo ser a dele, e Blue por sua vez assume o papel de Black. Isto até que faz sentido. Por outro lado, é também possível que Black, de algum modo, trabalhe em aliança com White e que, juntos, tenham conspirado para dar cabo de Blue.

Se é assim, o que estão fazendo com Blue? Nada de muito terrível, afinal — pelo menos, não em termos categóricos. Capturaram Blue em uma armadilha que consiste em não fazer nada, em ser tão inativo a ponto de reduzir sua vida a quase vida nenhuma. Sim, diz Blue para si mesmo, é assim que se sente: como se fosse absolutamente nada. Sente-se como um homem que foi condenado a ficar em um quarto lendo um livro pelo resto da vida. Isto é muito estranho — estar vivo apenas pela metade, na melhor das hipóteses, ver o mundo apenas através das palavras, viver apenas por intermédio da vida dos outros. Mas se o livro fosse interessante, talvez a coisa até não parecesse tão má assim. Ele seria colhido pela história, por assim dizer, e pouco a pouco acabaria esquecendo-se de si mesmo. No entanto esse livro não lhe oferece nada. Não tem nenhuma história, nenhuma intriga, nenhuma ação — nada senão um homem sozinho dentro de um quarto escrevendo um livro. É tudo o que há nele, entende Blue, e não deseja mais tomar parte disso. Mas como sair? Como sair do quarto que vem a ser o livro que vai continuar a ser escrito por todo o tempo que ele ficar no quarto?

Quanto a Black, o assim chamado escritor desse livro, Blue não pode mais confiar no que vê. Será possível que exista de fato um homem assim — que não faz nada, que apenas fica no seu apartamento e escreve? Blue o seguiu por toda parte, acompanhou seus passos até os pontos mais remotos, vigiou-o com tamanha atenção que seus olhos parecem estar fraquejando. Mesmo quando sai do apartamento, Black nunca vai a parte alguma, nunca faz muita coisa: umas comprinhas no mercado, corta o cabelo de vez em quando, dá um pulo no cinema e por aí afora. Mas sobretudo fica simplesmente vagando pelas ruas, contemplando trechos estranhos do ambiente, feixes de detalhes aleatórios, e mesmo isso acontece somente em surtos. Por um tempo, serão edifícios — estica o pescoço para dar uma olhada nos telhados, inspeciona os portões, corre as mãos lentamente nas fachadas. E depois, por uma ou duas semanas, serão as estátuas públicas, ou os barcos no rio, ou as placas na rua. Nada além disso, quase sem falar com ninguém e sem se encontrar com pessoa alguma, exceto aquele almoço com a mulher desfeita em lágrimas, que agora já faz tanto tempo. De certo modo, Blue sabe tudo o que há para saber a respeito de Black: que tipo de sabão ele compra, que jornais lê, que roupas veste, e anotou rigorosamente todas essas coisas em seu caderno. Apurou mil fatos diferentes, mas a única coisa que esses fatos lhe ensinaram é que não sabe nada. Pois persiste o fato de que nada disso é possível. Não é possível que exista um homem assim como Black.

Em consequência, Blue começa a desconfiar de que Black não passa de um engodo, mais um dos lacaios de White, pago semanalmente para ficar naquele apartamento e não fazer nada. Quem sabe toda aquela escrita seja só uma impostura — cada página do que ele escreve: uma lista de todos os nomes da lista telefônica, por exemplo, ou todas as palavras do dicionário em ordem alfabética, ou uma cópia manuscrita de *Walden*. Ou quem sabe nem mesmo existam palavras, mas apenas rabiscos absurdos, traços aleatórios feitos a caneta, uma montanha crescente de disparates e confusão. Isto, portanto, transformaria White no verdadeiro escritor — e Black seria apenas o seu dublê, uma simulação, um ator destituído de qualquer substância própria. Então, levando esse raciocínio às últimas consequências, vem o tempo em que Blue acredita que a única explicação lógica consiste em que Black não é só um homem, mas vários. Dois, três, quatro simulacros que representam o papel de Black, a serviço de White, todos cumprindo à risca o seu turno de trabalho e depois retornando para o conforto do lar e da família. Mas essa é uma ideia monstruosa demais para que Blue reflita sobre ela por muito tempo. Passam-se meses e, enfim, Blue diz para si mesmo em alto e bom som: não consigo mais respirar. Isto é o final. Estou morrendo.

É o meio do verão de 1948. Por fim, reunindo coragem para agir, Blue afunda a mão no seu baú de disfarces e vasculha em busca de uma outra identidade. Depois de rejeitar várias possibilidades, resolve-se por um homem idoso que pedia esmola nas esquinas do seu bairro quando Blue era garoto — um personagem tradicional do bairro, chamado Jimmy Rose — e enverga a indumentária da mendicância: roupas de lã esfarrapadas, sapatos amarrados com barbantes para que a sola não solte e fique batendo, uma bolsa de lona puída para guardar seus pertences e depois, por último, uma ondulante barba branca e cabelos brancos compridos. Esses detalhes finais lhe dão a aparência de um profeta do Velho Testamento. Blue, no papel de Jimmy Rose, é menos um indigente escrofuloso do que um bufão sábio, um santo da penúria, vivendo à margem da sociedade. Um pouquinho pirado, talvez, mas inofensivo: exala uma indiferença mansa em relação ao mundo à sua volta pois, como já aconteceu de tudo com ele, nada mais consegue perturbá-lo.

Blue se instala em um ponto conveniente do outro lado da rua, pega no bolso um caco de lente de aumento e começa a ler o amarfanhado jornal de ontem que resgatou em uma das latas de lixo dos arredores. Duas horas depois, Black aparece, descendo a escada da portaria do seu edifício e depois se volta na direção de Blue. Black não dá a menor atenção ao maltrapilho — perdido em seus pensamentos ou o ignorando de propósito — e assim, quando começa a se aproximar, Blue se dirige a ele com uma voz gentil.

O senhor tem um trocado para me dar?

Black para, examina a criatura desgrenhada que acabou de falar e, aos poucos, relaxa em um sorriso quando reconhece que não está em perigo. A seguir, mete a mão no bolso, pega uma moeda e coloca na mão de Blue.

Tome aqui, diz ele.

Deus o abençoe, agradece Blue.

Obrigado, responde Black, comovido pelas palavras do mendigo.

Nada tema, diz Blue. Deus abençoa a todos.

Com esta palavra tranquilizadora, Black se despede de Blue batendo de leve com o dedo no chapéu e vai embora.

Na tarde seguinte, de novo com as insígnias da indigência, Blue aguarda Black no mesmo local. Resolvido a conversar um pouco mais desta vez, agora que já ganhou a confiança de Black, Blue descobre que o problema não se encontra mais em suas mãos, pois o próprio Black demonstra uma forte vontade de esticar o assunto. A tarde já vai adiantada, ainda não anoiteceu mas não falta muito para isso, é a hora das lentas transformações do crepúsculo, hora de sombras e tijolos reluzentes. Após cumprimentar o mendigo com cordialidade e lhe dar outra moeda, Black hesita um instante, como se relutasse em tomar uma iniciativa fora do comum, e então diz:

Alguém já lhe disse que você parece muito com Walt Whitman?

Walt o quê? pergunta Blue, lembrando-se de representar o seu papel.

Walt Whitman. Um poeta famoso.

Não, diz Blue. Acho que não conheço.

Nem podia conhecer, responde Black. Já morreu faz muito tempo. Mas a semelhança é incrível.

Bem, sabe como é que o pessoal diz, comenta Blue. Todo homem tem o seu duplo em algum lugar do mundo. Não vejo por que o meu duplo não possa ser um homem morto.

O engraçado, continua Black, é que Walt Whitman trabalhou nesta mesma rua. Imprimiu o primeiro livro dele bem aqui, pertinho de onde estamos.

Não me diga, exclama Blue, balançando a cabeça com ar pensativo. Isso dá o que pensar, não é mesmo?

Existem histórias curiosas sobre Whitman, diz Black, acenando para que Blue se sente na amurada do edifício às suas costas, o que ele faz, e em seguida Black faz o mesmo, e de repente lá estão os dois juntos sob a claridade do verão, batendo papo à vontade feito dois velhos amigos.

Sim, diz Black, instalando-se confortavelmente na languidez do momento, um monte de histórias muito interessantes. Tem aquela sobre o cérebro de Whitman, por exemplo. A vida toda, Whitman acreditou na ciência da frenologia — você sabe como é, interpretar as protuberâncias do crânio. Era muito popular na época.

Acho que nunca ouvi falar disso, responde Blue.

Bem, não importa muito, diz Black. O principal é que Whitman estava interessado em cérebros e crânios — achava que podiam revelar tudo sobre o caráter de um homem. Pois bem, quando Whitman estava agonizante lá em Nova Jersey, uns cinquenta ou sessenta anos atrás, consentiu que fizessem uma autópsia nele, depois de morto.

Como pôde consentir alguma coisa depois de morto?

Ah, bem observado. Não me expressei direito. Ainda estava vivo quando consentiu. Ele queria que ficasse claro que não se importaria se abrissem seu corpo depois de morto. Pode-se dizer que foi seu último desejo.

As famosas últimas palavras.

Isso mesmo. Um monte de gente achava que ele era um gênio, você entende, e queria dar uma olhada no seu cérebro para descobrir se tinha alguma coisa especial. Assim, um dia depois da sua morte, um médico retirou o cérebro de Whitman — recortou-o para fora da cabeça — e enviou-o para a Sociedade Antropométrica Americana, a fim de ser pesado e medido.

Como uma couve-flor gigante, interrompe Blue.

Exatamente. Como um grande legume cinzento. Mas é aí que a história fica interessante. O cérebro chega ao laboratório e, na hora em que vão trabalhar nele, um dos assistentes o deixa cair no chão.

Ele arrebentou?

Claro que arrebentou. Um cérebro não é lá muito duro, você sabe. O troço espirrou para todo lado e acabou-se aí a história. O cérebro do maior poeta americano foi varrido do chão e jogado no lixo.

Blue, lembrando-se de reagir em conformidade com o seu personagem, emite uma série de risos ofegantes — uma boa imitação da alegria de um velho excêntrico. Black também ri e a essa altura a atmosfera se descontraiu a tal ponto que ninguém seria capaz de dizer que os dois não eram velhos camaradas.

Mas é triste pensar no pobre Walt estirado no seu túmulo, diz Black. Lá sozinho e sem cérebro.

Igualzinho àquele espantalho, comenta Blue.

Isso mesmo, responde Black. Igualzinho ao espantalho na Terra de Oz.

Após mais uma boa risada, Black prossegue: E tem também a história do dia em que Thoreau foi visitar Whitman. Essa também é boa.

Era um outro poeta?

Não exatamente. Mas também era um grande escritor. É o tal que vivia sozinho no meio do mato.

Ah, sim, exclama Blue, sem querer levar sua ignorância longe demais. Uma pessoa me falou sobre ele, uma vez. Gostava muito da natureza. É desse sujeito que você está falando?

Justamente, responde Black. Henry David Thoreau. Veio de Massachusetts por um breve tempo e fez uma visita a Whitman, no Brooklyn. Mas, um dia antes, veio até aqui, à Orange Street.

Tinha algum motivo especial?

A igreja de Plymouth. Queria ouvir o sermão de Henry Ward Beecher.

Um lugar bonito, diz Blue, pensando nas horas agradáveis que passara no pátio gramado. Eu também gosto de ir lá.

Muitos homens importantes foram lá, prossegue Black. Abraham Lincoln, Charles Dickens — todos eles desceram por esta rua e foram até a igreja.

Fantasmas.

Sim, existem fantasmas ao nosso redor.

E a história?

É muito simples, na verdade. Thoreau e Bronson Alcott, um amigo dele, chegaram à casa de Whitman na avenida Myrtle e a mãe de Walt levou-os até o quarto no sótão que ele dividia com o irmão retardado mental, Eddy. Tudo corria muito bem. Apertaram as mãos, trocaram cumprimentos e assim por diante. Mas aí, quando se sentaram para conversar sobre suas diferentes maneiras de ver a vida, Thoreau e Alcott notaram um penico cheio, bem no meio do chão. Walt, é claro, era um sujeito sem formalidades e não prestou a menor atenção a isso, mas os dois nativos da Nova Inglaterra acharam difícil continuar conversando com um monte de excrementos na sua frente. Portanto acabaram descendo para a sala e continuaram ali a sua conversa. É um detalhe secundário, eu sei. Mesmo assim, quando dois grandes escritores se encontram, a história está sendo escrita e é importante determinar todos os fatos com precisão. Esse penico, veja bem, de algum modo me faz lembrar o cérebro no chão. E quando a gente para para pensar no assunto, existe mesmo uma certa semelhança de forma. Quer dizer, as protuberâncias e circunvoluções. Há uma ligação nítida. Cérebro e vísceras, as entranhas de um homem. Sempre falamos em tentar penetrar em um escritor a fim de compreender melhor sua obra. Mas quando a gente consegue examinar melhor, vê que não tem muito que descobrir lá dentro — pelo menos, nada que seja diferente do que se encontra em qualquer pessoa.

Você parece saber um bocado sobre esse assunto, diz Blue, que começa a perder o fio da meada do raciocínio de Black.

É o meu passatempo, explica Black. Gosto de saber como vivem os escritores, sobretudo os escritores americanos. Me ajuda a entender as coisas.

Entendo, responde Blue, que na verdade não entende nada pois, a cada palavra de Black, descobre que está compreendendo cada vez menos.

Veja o caso de Hawthorne, diz Black. Um bom amigo de Thoreau e talvez o primeiro verdadeiro escritor que a América conheceu. Depois de se formar na faculdade, voltou para a casa da mãe em Salem, trancou-se no quarto e não saiu de lá por doze anos.

O que fazia lá dentro?

Escrevia histórias.

Só isso? Só ficava escrevendo?

Escrever é um trabalho solitário. Domina a vida da pessoa. Em certo sentido, um escritor não tem vida própria. Mesmo quando está em um lugar, na verdade não está ali.

Mais um fantasma.

Exatamente.

Parece misterioso.

E é mesmo. Mas Hawthorne escreveu contos excelentes, veja bem, e ainda os lemos hoje em dia, mais de cem anos depois. Em um de seus contos, um homem chamado Wakefield resolve pregar uma peça na esposa. Conta a ela que tem de partir em uma viagem de negócios por alguns dias, porém, em vez de deixar a cidade, dobra a esquina, aluga um quarto e simplesmente fica à espera para ver o que vai acontecer. Não consegue dizer ao certo por que está fazendo isso, mas mesmo assim leva seu plano adiante. Passam-se três ou quatro dias, só que ainda não se sente pronto para voltar para casa e, portanto, permanece no quarto alugado. Os dias viram semanas, as semanas viram meses. Certo dia, Wakefield desce caminhando pela sua velha rua e vê sua casa adornada com os sinais do luto. É o seu próprio funeral e sua esposa se tornou uma viúva solitária. Anos se passam. De vez em quando ele cruza o caminho da esposa na cidade e, uma vez, no meio de uma grande multidão, chega a resvalar no corpo dela. Mas a mulher não o reconhece. Mais anos se passam, mais de vinte anos, e pouco a pouco Wakefield se transformou em um velho. Em uma noite chuvosa de outono, enquanto dá uma caminhada pelas ruas vazias, topa por acaso com sua antiga casa e dá uma espiada pela janela. Tem um fogo quente e aconchegante ardendo na lareira e ele pensa consigo mesmo: como seria bom se eu estivesse lá dentro agora, sentado em uma dessas poltronas confortáveis, no meu lar, em vez de ficar aqui fora, debaixo de chuva. Portanto, sem pensar duas vezes, ele sobe a escada do portão da casa e bate na porta.

E aí?

É só. Aqui termina a história. A última coisa que vemos é a porta abrir e Wakefield entrar com um sorriso ardiloso no rosto.

E não ficamos sabendo o que ele diz para a mulher?

Não. Esse é o final. Nem uma só palavra. Mas ele voltou para casa, é o que sabemos, e até morrer foi um marido dedicado.

A essa altura, o céu começa a escurecer e a noite se aproxima ligeiro. Um último lampejo de rosa perdura no oeste mas é como se o dia já tivesse chegado ao fim. Black, pegando a deixa da escuridão, se levanta e estende a mão para Blue.

Foi um prazer conversar com você, diz ele. Nem percebi que estamos aqui há tanto tempo.

O prazer foi meu, responde Blue, aliviado por ver a conversa chegar ao fim, pois sabe que daqui a pouco sua barba vai se descolar, de tanto que suou com o calor do verão e com o nervosismo.

Meu nome é Black, diz Black, apertando a mão de Blue.

O meu é Jimmy, diz Blue. Jimmy Rose.

Vou lembrar esta nossa breve conversa por muito tempo, Jimmy, diz Black.

Eu também, responde Blue. Você me deu muitas ideias para pensar.

Deus o abençoe, Jimmy Rose, diz Black.

E Deus abençoe o senhor, conclui Blue.

E então, após um último aperto de mão, caminham para direções opostas, cada um em companhia dos próprios pensamentos.

Mais tarde, nessa noite, quando Blue volta ao seu apartamento, resolve que agora é melhor enterrar Jimmy Rose, livrar-se dele para sempre. O velho mendigo serviu ao seu propósito, mas não seria sensato ir além desse ponto.

Blue se sente feliz por ter travado um contato inicial com Black, mas o encontro não produziu o efeito desejado e, no fundo, ele se sente um tanto abalado com isso. Pois muito embora a conversa não tivesse nada a ver com o caso, Blue não consegue se furtar à sensação de que Black, na verdade, se referia a isso o tempo todo — falando por meio de charadas, por assim dizer, como se estivesse tentando revelar alguma coisa para Blue, mas sem se atrever a dizê-lo em voz alta. Sim, Black mostrou-se mais do que amigável, seus modos foram totalmente simpáticos, e mesmo assim Blue não consegue se livrar da ideia de que o sujeito estava o tempo todo lendo seus pensamentos. Se é assim, então Black é com certeza um dos conspiradores — pois por que outro motivo ficaria conversando com Blue daquele jeito? Não por solidão, sem dúvida nenhuma. Admitindo que Black não esteja fingindo tudo isso, a solidão é uma hipótese fora de questão. Tudo na vida dele até agora foi parte de um plano rigoroso para permanecer sozinho, e seria absurdo interpretar sua disposição de conversar com Blue como um esforço para escapar dos tormentos da solidão. Não a essa altura dos acontecimentos, não depois de mais de um ano evitando todo e qualquer contato com seres humanos. Se Black resolveu, por fim, romper com a sua rotina hermética, por que iria começar logo conversando com um velho indigente que encontrou por acaso na esquina da rua? Não, Black sabia que estava conversando com Blue. E, se sabia disso, sabe quem é Blue. Não tem escapatória, Blue diz para si mesmo: Black sabe de tudo.

Quando chega a hora de escrever o relatório seguinte, Blue é forçado a se defrontar com esse dilema. White nunca disse nada acerca de fazer contato com Black. Blue devia apenas vigiá-lo, nada mais, nada menos do que isso, e agora se pergunta se, a rigor, não violou as regras do seu acordo. Caso inclua a conversa em seu relatório, White pode protestar. Por outro lado, se não a incluir e Black estiver, de fato, trabalhando com White, imediatamente White vai ficar sabendo que Blue está mentindo. Blue rumina essa dúvida por um longo tempo mas, no final, não consegue, por pouco que seja, se aproximar de uma solução. De um jeito ou de outro, está ferrado, e sabe disso. No final resolve deixar o episódio de fora, mas só porque ainda alimenta uma escassa esperança de que está enganado e de que Black e White não agem em parceria. Porém esta última e pequenina chance para o otimismo logo termina dando em nada. Três dias depois de enviar o relatório expurgado, seu cheque semanal chega pelo correio e dentro do envelope vem também um bilhete que diz: Por que você mente? E aí Blue tem uma prova, sem nenhuma sombra de dúvida. Deste momento em diante, Blue vive com a consciência de que está afundando.

Na noite seguinte, vai atrás de Black até Manhattan, de metrô, vestido em roupas normais, já sem a sensação de que é obrigado a esconder o que quer que seja. Black salta na Times Square e perambula por um tempo entre as luzes brilhantes, o barulho, a multidão que passa em ondas para um lado e outro. Blue, vigiando-o como se sua vida dependesse disso, nunca se encontra a menos de três ou quatro passos dele. Às nove horas, Black entra no saguão do Hotel Algonquin e Blue vai atrás. Há uma multidão fervilhando ali dentro e as mesas são poucas, portanto, quando Black se senta em um canto afastado que acabou de ficar livre, parece perfeitamente natural para Blue aproximar-se e educadamente perguntar se pode se juntar a ele. Black não faz objeção e responde com um indiferente dar de ombros, indicando que Blue pode ocupar a cadeira à sua frente. Durante vários minutos, nada dizem um para o outro, esperando que venha um garçom anotar os pedidos, e nesse meio-tempo observam as mulheres em seus vestidos de verão, inalando os variados perfumes que esvoaçam no ar atrás delas, e Blue não sente a menor pressa para entrar no assunto, satisfeito em ganhar tempo e deixar que as coisas sigam o seu rumo sozinhas. Quando o garçom, enfim, aparece para atendê-los, Black pede um uísque Black and White com gelo e Blue não consegue deixar de ver nisso uma mensagem secreta, indicando que a diversão vai começar, ao mesmo tempo em que se admira com a desfaçatez de Black, o seu descaramento, a sua obsessão vulgar. Por uma questão de simetria, Blue pede a mesma bebida. Quando diz isso ao garçom, fita Black nos olhos, mas Black nada deixa transparecer, devolvendo o olhar de Blue com um vazio total, olhos mortos que parecem dizer que não há nada atrás deles e que, por mais que Blue olhe, nunca vai descobrir coisa alguma.

O gambito, entretanto, quebra o gelo e os dois começam a debater os méritos dos vários tipos de uísque. De forma bastante plausível, uma coisa leva à outra e, enquanto estão ali conversando sobre os inconvenientes do verão em Nova York, a decoração do hotel, os índios algonquinos que viviam na cidade quando tudo era floresta e campo, Blue vai lentamente elaborando o personagem que deseja representar naquela noite, um expansivo fanfarrão chamado Snow, vendedor de seguros de vida, de Kenosha, Wisconsin. Faça-se de bobo, diz Blue para si mesmo, pois ele sabe que não faria sentido nenhum revelar quem é na verdade, muito embora saiba que Black sabe. É um jogo de esconde-esconde, diz ele, esconde-esconde até o final.

Terminam o primeiro drinque e pedem outra rodada, logo seguida por outra e, enquanto Blue fala, passando das tabelas atuariais às expectativas de vida para homens em diferentes profissões, Black faz um comentário que desvia a conversa para outra direção.

Acho que não devo estar muito bem colocado na sua lista, diz ele.

Ah, é? exclama Blue, sem a menor ideia do que esperar. Que tipo de trabalho você faz?

Sou detetive particular, diz Black, sem titubear, frio e concentrado, e por um momento Blue sente-se tentado a atirar sua bebida na cara de Black, em uma irritação tão grande que sente o sangue ferver.

Mas não me diga! exclama Blue, se recuperando bem depressa e conseguindo simular uma surpresa apalermada. Um detetive particular. Imagine só! Em carne e osso. Pense só no que minha mulher vai dizer quando eu contar para ela. Eu, em Nova York, bebendo em companhia de um detetive particular. Ela nunca vai acreditar.

O que estou tentando dizer, insiste Black de forma um tanto abrupta, é que não imagino que minha expectativa de vida seja muito grande. Pelo menos, não de acordo com as suas estatísticas.

Provavelmente não, Blue admite com voz animada. Mas pense só como é emocionante! Sabe, há coisas mais importantes na vida do que viver muito tempo. Metade dos homens na América daria dez anos da sua aposentadoria para viver do jeito que você vive. Desvendando casos, ganhando a vida com a sua perspicácia, seduzindo mulheres, enchendo os bandidos de chumbo — puxa, deve ser formidável.

Tudo isso é fantasia, responde Black. O trabalho do detetive de verdade é um bocado chato.

Bem, todo serviço tem lá suas rotinas, prossegue Blue. Mas, no seu caso, pelo menos você sabe que toda a trabalheira vai acabar levando a alguma coisa fora do comum.

Às vezes sim, às vezes não. Na maior parte do tempo, porém, não. Veja por exemplo o caso em que estou trabalhando agora. Já estou metido nisso há mais de um ano e nada no mundo podia ser mais chato. Ando tão entediado que às vezes chego a achar que estou ficando maluco.

Como assim?

Bem, imagine você mesmo. Meu serviço consiste em vigiar uma determinada pessoa, ninguém importante, até onde pude apurar, e enviar um relatório sobre ela toda semana. Só isso. Vigiar o tal cara e escrever sobre o que vi. Absolutamente nada além disso.

E o que há de tão horrível?

Ele não faz nada, essa é a questão. Fica sentado no apartamento o dia inteiro e escreve. É de deixar qualquer um doido.

Quem sabe ele não está despistando você? Sabe como é, enrolando, à espera de que você pegue no sono para depois entrar em ação.

Foi o que pensei no início. Mas agora tenho certeza de que não vai acontecer nada — nunca mais. Posso sentir isso nos meus ossos.

Isso é muito ruim, diz Blue, com pena dele. Talvez fosse melhor renunciar ao caso.

Ando pensando nisso. Ando pensando também em abandonar a profissão de uma vez e tentar outra coisa. Algum outro tipo de trabalho. Vender seguros, quem sabe, ou entrar num circo e sair viajando por aí.

Nunca imaginei que pudesse ser tão ruim assim, diz Blue, balançando a cabeça. Mas, me diga uma coisa, por que não está vigiando o tal homem agora? Não devia ficar de olho nele?

É exatamente esta a questão, responde Black. Eu já nem preciso mais me preocupar. Tenho observado o sujeito há tanto tempo que o conheço melhor do que a mim mesmo. Tudo o que preciso fazer é pensar nele, e aí já sei o que está fazendo, sei onde está, sei tudo. A coisa chegou a um ponto que posso vigiá-lo até de olhos fechados.

Sabe onde ele está agora?

Em casa. Como sempre. Sentado no apartamento, escrevendo.

Sobre o que ele escreve?

Não tenho certeza, mas faço uma ideia bem razoável. Acho que escreve sobre si mesmo. A história da vida dele. É a única resposta possível. Nada, a não ser isso, pode fazer sentido.

Então por que todo esse mistério?

Não sei, retruca Black, e pela primeira vez sua voz trai alguma emoção, que aflora muito ligeiramente em suas palavras.

Tudo, então, se resume a uma pergunta, não é? diz Blue, agora deixando de lado tudo a respeito de Snow e olhando direto nos olhos de Black. Ele sabe que você o vigia, ou não sabe?

Black vira o rosto, incapaz de continuar fitando Blue e, com uma voz repentinamente trêmula, diz: É claro que sabe. Este é o xis da questão, não é? Ele tem de saber, senão nada faz sentido.

Por quê?

Porque ele precisa de mim, explica Black, ainda olhando para o lado. Precisa de meus olhos olhando para ele. Precisa que eu prove que ele está vivo.

Blue vê uma lágrima descer pela face de Black mas, antes que possa dizer qualquer coisa, antes que possa tirar partido da sua vantagem, Black se levanta às pressas e pede desculpas, dizendo que precisa dar um telefonema. Blue espera em sua cadeira durante dez ou quinze minutos, mas sabe que está perdendo tempo. Black não vai voltar. A conversa terminou e, por mais que fique ali, nada mais vai acontecer esta noite.

Blue paga as bebidas e depois toma o caminho de volta para o Brooklyn. Quando entra na Orange Street, ergue os olhos para a janela de Black e vê que tudo está escuro. Não importa, diz Blue, ele vai voltar daqui a pouco. Ainda não chegamos ao final. A festa está só começando. Espere só até abrirem o champanhe, aí é que a coisa vai pegar fogo.

Uma vez em casa, Blue caminha para um lado e outro, tentando calcular seu próximo passo. Parece-lhe que afinal Black cometeu um erro, mas ainda não tem plena certeza. Pois, apesar dos indícios, Blue não consegue se desvencilhar da sensação de que tudo foi feito de forma deliberada e de que agora Black passou a atrair sua atenção, está jogando uma isca, por assim dizer, impelindo-o rumo ao objetivo que tem em mente, seja ele qual for.

Contudo, bem ou mal, Blue tomou uma direção e, pela primeira vez desde que o caso começou, não está mais parado no mesmo lugar. Em geral, Blue comemoraria esse pequeno triunfo, mas acontece que não se sente disposto a dar tapinhas nas próprias costas esta noite. Mais do que qualquer outra coisa, sente-se triste, sente que seu entusiasmo se exauriu, sente-se frustrado com o mundo. De alguma maneira, os fatos, por fim, o abateram e ele descobre como é difícil não tomar isso como algo pessoal, pois sabe muito bem que, como quer que se encare o caso, ele mesmo também é uma parte do problema. Em seguida, anda até a janela, olha para o outro lado da rua e vê que as luzes agora estão acesas no apartamento de Black.

Deita-se de costas na cama e pensa: Adeus, senhor White. Você nunca existiu de verdade, não é? Nunca existiu esse homem chamado White. E depois: Pobre Black. Pobre coitado. Pobre e desgraçado zé-ninguém. E depois, à proporção que os olhos ficam pesados e o sono começa a arrastá-lo, Blue reflete sobre como é estranho que tudo tenha sua cor própria. Tudo o que vemos, tudo o que tocamos — tudo no mundo tem sua cor própria. Lutando para ficar acordado um pouco mais de tempo, Blue começa a fazer uma lista. Vejamos o azul, por exemplo, diz ele. Existe o azulão, o gaio azul, a garça azul. E existe a centáurea e a pervinca. Existe o meio-dia sobre Nova York. Existem as bagas do vacínio e do mirtilo, além do oceano Pacífico. Existe o azul-piscina, o sangue azul e a fita azul da Ordem da Jarreteira. Há uma voz que canta o blues. Existe o uniforme de polícia do meu pai. Existe o loto-azul e o azul anil. Existem os meus olhos e o meu nome. Ele se detém, de repente, sem conseguir encontrar mais nada azul, e então passa para o branco. Existem as gaivotas, diz ele, as andorinhas-do-mar, as cegonhas e as cacatuas. Existem as paredes deste quarto e o lençol da minha cama. Existem os lírios do campo, os cravos e as pétalas das margaridas. Existe a bandeira da paz e o luto na China. Existe o leite materno e o sêmen. Existem os meus dentes. Existe o branco dos meus olhos. Existe a savelha, o pinheiro branco e os cupins. Existe a casa do presidente e a roupa do médico. Existem mentiras brancas e cheques em branco. Em seguida, sem titubear, ele passa para o preto, começando com a lista negra, o mercado negro e a ovelha negra. Existe a noite sobre

Nova York, diz ele. Existe o futuro negro. Existem os corvos e as uvas pretas, os blecautes e a mancha negra, a Terça-Feira Negra e a Peste Negra. Existe a magia negra. Existe o meu cabelo. Existe a tinta que sai de uma caneta. Existe o mundo que um cego vê. Então, por fim, cansando-se desse jogo, Blue começa a divagar, dizendo para si mesmo que isso não tem fim. Pega no sono, sonha com coisas que aconteceram muito tempo atrás e então, no meio da noite, acorda de repente e começa a andar pelo quarto outra vez, pensando no que fazer.

Chega a manhã e Blue passa a se ocupar com outro disfarce. Desta vez, o vendedor de escovas Fuller, um truque que já usou antes e, durante as duas horas seguintes, Blue se empenha com toda a paciência em conferir a si mesmo uma careca, um bigode e rugas em torno dos olhos e da boca, sentado diante do pequeno espelho como um velho ator de vaudeville em uma excursão. Pouco depois das onze horas, Blue pega sua caixa de escovas e atravessa a rua até o edifício de Black. Abrir a fechadura da portaria é brincadeira de criança para Blue, uma questão de segundos, e, quando entra no vestíbulo, não consegue evitar uma sensação semelhante à antiga emoção. Nada de violência, diz Blue para si mesmo, quando começa a subir a escada até o andar de Black. Esta visita é apenas para dar uma olhada lá dentro, mapear o apartamento a fim de ter uma referência futura. Todavia, existe uma excitação que Blue não consegue suprimir. Pois é mais do que simplesmente ver o apartamento, ele sabe disso — é a ideia de estar ali dentro, de pé entre aquelas quatro paredes, respirar o mesmo ar de Black. De agora em diante, pensa ele, tudo o que acontece vai afetar tudo o mais. A porta vai se abrir e, depois disso, Black estará para sempre dentro dele.

Bate, a porta abre e, de repente, não existe mais distância, a coisa e a ideia da coisa são uma só e a mesma coisa. Então, é Black que se acha ali de pé, na porta aberta, com a caneta-tinteiro sem tampa na mão direita, como se tivesse sido interrompido em meio ao seu trabalho e, no entanto, com uma expressão nos olhos que diz a Blue que já estava à sua espera, conformado à dura realidade, mas aparentemente já não se importando mais com isso.

Blue dispara sua conversa fiada sobre as escovas, apontando para a caixa, pedindo desculpas, pedindo para ser aceito, tudo de um só fôlego, com aquele papaguear ligeiro do vendedor, que já representou mil vezes antes. Tranquilamente, Black deixa Blue entrar, dizendo que talvez estivesse interessado em uma escova de dentes e, enquanto Blue atravessa o limiar da porta, não para de tagarelar sobre escovas de cabelo e escovas de roupa, qualquer coisa que mantenha o fluxo das palavras pois, desse modo, pode deixar o resto de si mesmo livre para examinar o apartamento, observar o observável, pensar, ao mesmo tempo que distrai a atenção de Black do seu verdadeiro propósito.

O quarto é bem parecido com o que ele imaginou, embora talvez ainda mais austero. Nada nas paredes, por exemplo, o que o deixa um pouco surpreso, uma vez que sempre pensou que haveria um ou dois quadros, uma imagem de algum tipo só para quebrar a monotonia, uma cena de natureza, quem sabe, ou o retrato de alguém que Black amou tempos atrás. Blue sempre teve curiosidade em saber como seria o quadro, supondo que constituiria uma pista importante, mas agora que vê que não há nada, entende que é isso o que devia ter esperado o tempo todo. A não ser por isso, há pouquíssima coisa para contradizer suas ideias iniciais. É a mesma cela de monge que viu em seu pensamento: a cama pequena e muito bem-arrumada no canto, a quitinete no outro lado, tudo de uma limpeza irrepreensível, nem uma migalha à vista. E, no meio do apartamento, voltada para a janela, a mesa de madeira com uma única cadeira de madeira com espaldar reto. Lápis, canetas, máquina de escrever. Um escritório, uma mesinha de cabeceira, um abajur. Uma estante de livros na parede norte, mas com somente um punhado de volumes: *Walden*, *Folhas de relva*, *Twice-Told Tales* e alguns outros. Sem telefone, sem rádio, sem revistas. Sobre a mesa, amontoadas nas beiradas, pilhas de papel: umas folhas em branco, outras escritas, outras datilografadas, outras manuscritas. Centenas de páginas, talvez milhares. Mas não se pode chamar isso de vida, pensa Blue. Na verdade, não se pode chamar isso de coisa alguma. Trata-se de uma terra de ninguém, o lugar a que se chega no fim do mundo.

Dão uma olhada nas escovas de dentes e Black, por fim, escolhe uma vermelha. A partir daí, começam a examinar as várias escovas de roupa, enquanto Blue faz demonstrações no próprio terno. Para um homem tão elegante quanto o senhor, diz Blue, creio que uma dessas há de ser indispensável. Mas Black responde que viveu muito bem até ali sem escovas de roupa. Por outro lado, talvez Black gostasse de examinar as escovas de cabelo, e assim os dois passam em revista as opções possíveis na caixa de amostras, comentando os diferentes tamanhos e formatos, os diferentes tipos de cerdas e assim por diante. Blue, está claro, já terminou o que veio de fato fazer ali, contudo mesmo assim prossegue com sua encenação, disposto a fazer tudo direito, mesmo que já não tenha mais importância nenhuma. Porém, quando Black já pagou as escovas e Blue está reembalando sua caixa para ir embora, não consegue resistir a fazer um pequeno comentário. Você parece ser escritor, diz Blue, apontando para a mesa, e Black diz que sim, é verdade, é mesmo escritor.

Parece ser um livro grande, prossegue Blue.

Sim, responde Black. Estou trabalhando nele há vários anos.

Já está terminando?

Estou chegando lá, explica Black, pensativo. Mas às vezes é difícil saber onde a gente está. Acho que estou quase acabando, mas aí percebo que deixei passar algo importante, e então tenho de voltar ao começo outra vez. Mas, sim, sonho em terminá-lo um dia. Um dia, em breve, talvez.

Espero que eu possa ler o seu livro, diz Blue.

Tudo é possível, responde Black. Antes de mais nada, no entanto, preciso terminá-lo. Há dias em que nem sei se vou viver o bastante.

Bem, a gente nunca sabe, não é? diz Blue, balançando a cabeça com ar filosófico. Um dia estamos vivos, no dia seguinte estamos mortos. Acontece a todos nós.

É a pura verdade, diz Black. Acontece a todos nós.

Agora, estão ambos de pé junto à porta e alguma coisa em Blue deseja continuar a fazer afirmações fúteis desse tipo. Representar o papel do bufão é divertido, ele entende, mas ao mesmo tempo há um forte desejo de fazer Black de bobo, provar que nada lhe escapou — pois, bem lá no fundo, Blue quer que Black saiba que Blue é tão esperto quanto ele, que sua astúcia não deixa nada a desejar em relação à de Black. Mas Blue consegue conter o impulso e ficar de boca fechada, balançando a cabeça de forma educada, em agradecimento pelas vendas, e depois vai embora.

Este é o final de Fuller, o vendedor de escovas, e menos de uma hora depois Fuller é despejado na mesma bolsa que contém os restos mortais de Jimmy Rose. Blue sabe que não há mais necessidade de usar disfarces. O próximo passo é inevitável e a única coisa que importa agora é escolher o momento certo.

Mas três noites depois, quando afinal surge sua oportunidade, Blue se dá conta de que está com medo. Black sai de casa às nove horas, caminha rua abaixo e desaparece ao dobrar a esquina. Embora Blue saiba que isso é um sinal evidente, que Black está praticamente implorando que Blue venha atrás dele, pressente também que pode ser um ardil, e agora, no último momento possível, quando apenas um segundo antes estava cheio de confiança, quase transbordando com a sensação do próprio poder, Blue afunda em um desconhecido tormento de insegurança. Por que deveria, de uma hora para outra, passar a confiar em Black? Que razão no mundo poderia haver para ele pensar que os dois estavam trabalhando agora do mesmo lado? Como foi que isso aconteceu, e por que ele se vê de novo, e de forma tão obsequiosa, sob o domínio de Black? Então, sem mais nem menos, Blue passa a refletir sobre outra possibilidade. E se ele simplesmente fosse embora? E se ele levantasse, atravessasse a porta e deixasse para trás essa história toda? Blue pondera essa ideia por um tempo, pondo-a à prova em sua mente e, pouco a pouco, começa a tremer, dominado pelo terror e pela felicidade, como um escravo tropeçando na visão da própria liberdade. Imagina-se em algum outro lugar, longe dali, andando pela floresta com um machado apoiado sobre o ombro. Sozinho e livre, afinal em pleno domínio de si mesmo. Iria reconstruir sua vida de ponta a ponta, um exilado, um pioneiro, um peregrino no novo mundo. Mas isso é o mais longe que ele vai. Pois tão logo começa a caminhar por essa floresta no fim do mundo, sente que Black também está ali, escondido atrás de alguma árvore, invisível, à espreita, no meio de uma moita densa, à espera de que Blue se deite e feche os olhos para, com um movimento furtivo, pular sobre ele e cortar sua garganta. Isso não acaba nunca, pensa Blue. Se não cuidar de Black agora, essa história nunca mais vai ter fim. É isso que os antigos chamavam de destino e todos os heróis devem submeter-se a ele. Não há escolha e, se existe algo a ser feito, é apenas aquilo mesmo que não deixa outra escolha. Mas Blue detesta admitir esse fato. Luta contra ele, rejeita, se angustia. Mas tudo isso é só porque Blue já sabe, e lutar contra o fato já significa aceitá-lo, querer dizer não significa já ter dito sim. Desse modo, aos poucos, Blue acaba se dobrando, enfim se rendendo à necessidade da coisa a fazer. Mas isso não significa que ele não tenha medo. A partir desse momento, só há uma palavra que define Blue, e essa palavra é medo.

Desperdiçou um tempo precioso e agora precisa sair correndo pela rua, torcendo para que não seja tarde demais. Black não vai ficar fora de casa para sempre e quem sabe não está espreitando logo ali depois da esquina, aguardando a hora de dar o bote? Blue sobe às pressas os degraus da portaria do edifício de Black, se atrapalha com a fechadura da portaria, o tempo todo olhando para trás, por sobre o ombro, e depois sobe a escada até o andar de Black. A segunda fechadura lhe dá mais trabalho do que a primeira, embora teoricamente devesse ser mais simples de abrir, um serviço fácil até mesmo para o iniciante mais inexperiente. Essa falta de jeito alerta Blue de que ele está perdendo o controle, de que está deixando as circunstâncias o dominarem; mas mesmo que Blue saiba disso, há pouco que possa fazer, exceto deixar o barco correr e torcer para que suas mãos parem de tremer. Mas tudo vai de mal a pior e, assim que Blue entra no apartamento de Black, sente tudo escurecer por dentro dele, como se a noite estivesse pressionando através dos seus poros, pesando sobre ele com uma carga colossal e, ao mesmo tempo, sua cabeça parece estar crescendo, enchendo-se de ar, como se estivesse em via de se desprender do corpo e sair flutuando para longe. Blue dá mais um passo para dentro do apartamento e depois cai inconsciente, desabando no chão feito um morto.

Seu relógio de pulso para com a queda e, quando volta a si, Blue não sabe quanto tempo esteve desmaiado. Tonto a princípio, vai recuperando a consciência com a sensação de ter estado ali antes, talvez muito tempo atrás e, quando vê a cortina ondulando na janela aberta e as sombras se mexendo no teto de um jeito estranho, pensa que está deitado na cama, na sua casa, quando era menino, sem conseguir dormir, nas noites quentes de verão, e imagina que, se escutar com bastante atenção, conseguirá ouvir as vozes da mãe e do pai conversando tranquilos no quarto ao lado. Mas isso dura só um instante. Ele começa a sentir a dor na cabeça, constata a sensação de náusea na barriga e então, enfim compreendendo onde está, livra-se do pânico que o tomou de assalto no momento em que entrou no apartamento. Levanta-se claudicante, tropeçando uma ou duas vezes e diz para si mesmo que não pode ficar ali, precisa ir embora, sim, imediatamente. Segura a maçaneta da porta mas aí, lembrando-se de repente do motivo por que está ali, agarra no bolso a lanterna e a acende, dirigindo o foco pelo apartamento em movimentos espasmódicos até que a luz bate por acaso em uma pilha de folhas de papel cuidadosamente arrumadas na beirada da escrivaninha de Black. Sem pensar duas vezes, Blue agarra as folhas com sua mão livre, dizendo para si mesmo que não importa, isto será um ponto de partida, e a seguir sai pela porta.

De volta ao seu apartamento do outro lado da rua, Blue se serve de um copo de conhaque, senta-se na cama e diz a si mesmo para ficar calmo. Bebe o conhaque a goles pequenos e depois serve mais um copo. À medida que o pânico começa a recuar, Blue se vê às voltas com um sentimento de vergonha. Estraguei tudo, diz Blue para si mesmo, e é o mínimo que se pode dizer. Pela primeira vez na vida, Blue não se mostrou à altura da situação, e isto foi um choque para ele — ver-se como um fracasso, compreender que no fundo era um covarde.

Apanha as folhas de papel que roubou, na esperança de se desviar desses pensamentos. Mas isso só serve para trazer de volta o problema pois, tão logo começa a ler, vê que não são outra coisa senão os seus próprios relatórios. Ali estão eles, um após o outro, os informes semanais, tudo muito bem explicado, preto no branco, significando nada, dizendo nada, tão distantes da verdade do caso quanto seria o mero silêncio. Blue solta um gemido quando os vê, sentindo-se afundar dentro de si mesmo, e então, em face do que descobre ali, começa a rir, a princípio de leve, mas com um vigor crescente, cada vez mais alto, até que engasga sem fôlego, quase sufocando de tanto rir, como se tentasse aniquilar a si mesmo de uma vez por todas. Segurando as folhas de papel com firmeza na mão, atira-as em direção ao teto e observa a pilha romper-se no ar, espalhar-se e cair flutuando até o chão, uma página infeliz de cada vez.

Não é certo que Blue algum dia se recupere efetivamente dos acontecimentos desta noite. E, mesmo que consiga, deve ser sublinhado que se passam vários dias antes que ele retorne a um estado semelhante ao que era. Nesse período, não faz a barba, não muda de roupa, nem sequer cogita em deixar seu apartamento. Quando chega o dia de escrever o relatório seguinte, Blue não se dá ao trabalho. Agora está tudo acabado, diz para si mesmo, chutando no chão um dos velhos relatórios, e que eu vá para o inferno se algum dia escrever essas coisas de novo.

Na maior parte do tempo, ou fica deitado na cama, ou anda para um lado e outro no seu apartamento. Olha as diversas fotos que pregou nas paredes desde que o caso começou, examinando uma por uma, refletindo sobre a imagem o mais que pode, e depois passando para a seguinte. Há o médico-legista da Filadélfia, Gold, com a máscara mortuária do menino. Há uma montanha coberta de neve e, no canto superior direito da fotografia, um retratinho do esquiador francês, seu rosto encerrado em um quadrinho. Há a ponte do Brooklyn e, ao lado dela, os dois Roebling, pai e filho. Há o pai de Blue, vestido com seu uniforme de polícia e recebendo uma medalha do prefeito de Nova York, Jimmy Walker. Mais uma vez, há o pai de Blue, dessa vez com roupas civis, de pé com o braço em torno da mãe de Blue, pouco depois de seu casamento, os dois sorrindo jubilosos diante da câmera. Há uma foto de Brown com o braço em torno de Blue, tirada diante do seu escritório no dia em que Blue se tornou sócio da firma. Abaixo dela, um instantâneo de Jackie Robinson escorregando para a segunda base. Ao lado, uma foto de Walt Whitman. E por fim, logo à esquerda do poeta, uma fotografia de Robert Mitchum em uma cena de um filme, recortada de uma revista de fãs de cinema: a arma na mão, com a cara mais durona que o mundo já viu. Não há nenhuma foto da ex-futura senhora Blue mas, toda vez que Blue passa em revista sua pequena galeria, se detém diante de um determinado ponto vazio da parede e finge que ela também está ali.

Durante vários dias, Blue não se dá ao trabalho de olhar pela janela. Ele se encerrou de tal maneira nos próprios pensamentos que Black já não parece mais estar ali. O drama se resume apenas a Blue e, se Black constitui de alguma forma a causa de tudo isso, é como se ele já tivesse desempenhado o seu papel, já tivesse dito as últimas falas do seu personagem e se retirado de cena. Pois Blue, a essa altura, não consegue mais admitir a existência de Black e, por conseguinte, a rejeita. Após entrar no apartamento de Black e permanecer lá sozinho, após ficar, por assim dizer, no santuário da solidão de Black, Blue não consegue mais reagir à escuridão daquele momento, senão substituindo-a por sua própria solidão. Entrar em Black, portanto, foi o equivalente a entrar em si mesmo e, uma vez dentro de si mesmo, Blue não consegue mais conceber a ideia de estar em qualquer outro lugar. Mas este é precisamente o local onde Black se encontra, muito embora Blue não saiba disso.

Certa tarde, no entanto, como que por um acaso, Blue se aproxima da janela um pouco mais do que fez por muitos dias, calha de parar diante dela um momento e então, como se fosse uma homenagem aos velhos tempos, abre a cortina e olha para fora. A primeira coisa que vê é Black — não no quarto dele, mas sentado na escadinha da portaria do seu edifício, do outro lado da rua, olhando para a janela de Blue. Então, ele chegou ao ponto final? Blue se pergunta. Será que isso quer dizer que tudo acabou?

Blue apanha seus binóculos nos fundos do apartamento e volta para a janela. Focalizando as lentes em Black, examina o rosto do homem durante vários minutos, primeiro um traço, depois outro, os olhos, os lábios, o nariz e assim por diante, desmembrando o rosto e em seguida reunindo de novo os pedaços. Fica comovido com a profundidade da tristeza de Black, como seus olhos voltados para ele parecem destituídos de toda e qualquer esperança e, a despeito de si mesmo, apanhado de surpresa por essa imagem, Blue sente a compaixão crescendo nele, um surto de piedade por aquela figura desolada do outro lado da rua. Gostaria, porém, que não fosse assim, gostaria que tivesse a coragem de carregar seu revólver, mirar em Black e disparar uma bala no meio da cabeça dele. Black nunca ia saber o que o atingira, pensa Blue, estaria no céu antes de o corpo bater no chão. Mas assim que representa na mente essa breve cena, Blue passa a repelir a imagem. Não, entende ele, não é isso o que deseja, de forma nenhuma. Mas se não é isso, então — o quê? Ainda lutando contra o surto de sentimentos piedosos, dizendo para si mesmo que deseja ficar sozinho, que tudo o que quer é paz e sossego, aos poucos desperta para o fato de que está ali há vários minutos, se perguntando se não existe uma maneira de ajudar Black, se não seria possível para ele oferecer-lhe a mão amiga. Isto sem dúvida iria inverter as posições, raciocina Blue, colocaria a situação toda de cabeça para baixo. Mas por que não? Por que não agir de forma inesperada? Bater na porta, apagar do papel a história toda — não é tão absurdo assim. De mais a mais, a vontade de lutar foi completamente extirpada de Blue. Ele não tem mais ânimo para isso. E, ao que tudo indica, nem Black, tampouco. Olhe só para ele, diz Blue para si mesmo. É a criatura mais triste do mundo. E então, no instante em que diz essas palavras, compreende que está também falando de si mesmo.

Muito depois de Black deixar a escadinha da portaria, no entanto, dando as costas e voltando para dentro do edifício, Blue continua olhando para o local vazio. Uma hora ou duas antes de anoitecer, enfim Blue se afasta da janela, vê a desordem em que deixou seu apartamento decair e consome a hora seguinte arrumando as coisas — lavando os pratos, fazendo a cama, pondo as roupas para lavar, retirando do chão as folhas dos antigos relatórios. A seguir, entra no banheiro, toma um demorado banho de chuveiro, faz a barba e veste roupas limpas, escolhendo seu melhor terno azul para a ocasião. Tudo agora está diferente para ele, de súbito, inexoravelmente diferente. Não há mais temor, não há mais tremor. Nada senão uma certeza tranquila, uma sensação de justiça em relação àquilo que está prestes a fazer.

Pouco depois de anoitecer, ajeita a gravata uma última vez diante do espelho e depois sai do apartamento, vai para fora, atravessa a rua e entra no edifício de Black. Sabe que Black está lá, pois um pequeno abajur se encontra aceso no apartamento e, enquanto sobe a escada, tenta imaginar a expressão que o rosto de Black vai tomar quando Blue lhe disser o que tem em mente. Bate duas vezes na porta, muito educadamente, e então ouve a voz de Black lá dentro: A porta está aberta. Pode entrar.

É difícil dizer exatamente o que Blue esperava encontrar — mas, seja o que for, não era isso, não o que surge à sua frente no instante em que entra no apartamento. Black está ali, sentado na cama, e de novo com a máscara, a mesma que Blue viu no homem na agência do correio, e na mão direita segura um revólver, um 38, o suficiente para abrir um homem ao meio a essa distância, e aponta direto para Blue. Blue para espantado, sem dizer nada. Quem mandou baixar a guarda, pensa ele. Quem mandou querer inverter as posições.

Sente-se na cadeira, Blue, diz Black, acenando com o revólver para a cadeira de madeira junto à escrivaninha. Blue não tem escolha e portanto se senta — agora diante de Black, mas longe demais para dar um bote em cima dele, em uma posição muito desvantajosa para fazer qualquer coisa em relação ao revólver.

Estava à sua espera, diz Black. Fico contente por ter vindo, afinal.

Dá para imaginar, responde Blue.

Está surpreso?

Na verdade, não. Pelo menos, não com você. Comigo mesmo, pode ser — mas só porque sou muito burro. Veja só, vim aqui esta noite por amizade.

Mas é claro que sim, diz Black, com uma voz ligeiramente debochada. É claro que somos amigos. Temos sido amigos desde o início, não é mesmo? Amigos do peito.

Se é assim que você trata seus amigos, diz Blue, então que sorte não ser um dos seus inimigos.

Muito engraçado.

Pois é, sou do tipo engraçado e original. Pode sempre contar com boas risadas quando estou por perto.

E a máscara — não vai me perguntar sobre a máscara?

Não vejo por quê. Se você quer usar esse troço, não é da minha conta.

Mas você tem de olhar para ela, não é?

Por que fazer perguntas quando já sabe a resposta?

É grotesco, não é?

É claro que é grotesco.

E dá medo de olhar.

Sim, dá muito medo.

Ótimo. Gosto de você, Blue. Sempre soube que você era a pessoa certa para mim. Um homem perfeito para os meus propósitos.

Se você parasse de sacudir esse revólver para lá e para cá, talvez eu começasse a sentir o mesmo em relação a você.

Desculpe. Não posso fazer isso. Agora é tarde demais.

Como assim?

Não preciso mais de você, Blue.

Talvez não seja tão fácil assim se livrar de mim, sabe como é. Você me meteu nesta história e agora está preso a mim.

Não, Blue, está enganado. Agora tudo terminou.

Deixe de conversa mole.

Acabou-se. Chegamos ao ponto final. Não há mais nada a fazer.

Desde quando?

Desde agora. Desde este momento.

Você está louco.

Não, Blue. Mais do que qualquer outra coisa, estou lúcido, perfeitamente lúcido. Isso me deixou esgotado e agora não sobrou mais nada. Mas você sabe disso, Blue, sabe melhor do que qualquer pessoa.

Então por que você não puxa logo o gatilho?

Quando eu estiver pronto, vou puxar.

E depois sair daqui tranquilamente, deixando meu corpo estirado no chão? Essa eu quero ver.

Ah, não, Blue. Você não está entendendo. Vamos ser nós dois juntos, como sempre foi.

Mas você está esquecendo uma coisa, não é?

Esquecendo o quê?

Você deveria me explicar a história. Não é assim que deve terminar? Você me conta a história verdadeira e depois nos despedimos.

Você já sabe qual é a história, Blue. Não entendeu isso? Você já sabe a história toda, de cor e salteado.

Mas então por que você se deu a todo esse trabalho?

Não faça perguntas idiotas.

E eu — por que eu estava lá, afinal de contas? Para criar um interlúdio cômico?

Não, Blue. Precisei de você desde o princípio. Se não fosse você, eu não conseguiria fazê-lo.

Precisou de mim para quê?

Para eu ter sempre em mente aquilo que era minha obrigação fazer. Toda hora que eu virava a cabeça, lá estava você, me vigiando, me seguindo, sempre à vista, me perfurando com seus olhos.

Para mim, você era o mundo inteiro, Blue, e transformei você na minha morte. Você é aquilo que nunca muda, aquilo que vira as coisas todas pelo avesso.

E agora não sobrou mais nada. Você escreveu seu bilhete de suicida e isso é o final de tudo.

Exatamente.

Você é um idiota. Um idiota miserável e desgraçado.

Sei disso. Mas todo mundo sabe. E você por acaso vai ficar aí sentado e me dizer que é mais esperto do que eu? Pelo menos sei o que estou fazendo. Tinha o meu trabalho para fazer e o fiz direito. Mas você vive sem rumo, Blue. Está perdido desde o primeiro dia.

Então, por que não puxa logo o gatilho, seu sacana? exclama Blue, levantando-se de repente e batendo com o punho cerrado no peito, enfurecido, desafiando Black a matá-lo. Por que não atira em mim agora e dá cabo disso de uma vez?

Blue, então, dá um passo em direção a Black e, como nenhuma bala é disparada, dá outro passo, e depois outro, berrando para que o mascarado atire, sem mais se importar se vai viver ou morrer. Em um instante, Blue se encontra bem diante de Black. Sem hesitar, arrebata o revólver da mão de Black, agarra-o pelo colarinho e o empurra aos seus pés. Black tenta resistir, tenta lutar contra Blue, mas ele é forte demais para Black, ainda mais enlouquecido de raiva como está, parece ter se transformado em outra pessoa e, quando os primeiros socos começam a descer sobre o rosto de Black e atingem a virilha e a barriga, o homem não consegue fazer nada e, pouco depois, cai desacordado no chão. Mas isso não impede que Blue continue a atacá-lo, golpeando o inconsciente Black com chutes, levantando-o e batendo com a cabeça no chão, martelando o corpo com uma série de murros. Por fim, quando a fúria de Blue começa a declinar e ele percebe o que fez, não consegue saber ao certo se Black está vivo ou morto. Tira a máscara do rosto de Black e encosta a orelha em sua boca, tentando escutar a respiração de Black. Parece haver alguma coisa, porém não sabe dizer se o ruído vem de Black ou dele mesmo. Se agora está vivo, pensa Blue, não vai durar muito. E se está morto, azar.

Blue se levanta, seu terno em frangalhos, e começa a juntar as páginas do manuscrito de Black sobre a escrivaninha. Isso leva vários minutos. Quando está com todas as folhas juntas, apaga o abajur no canto e sai do apartamento, sem se dar ao trabalho de dar uma última olhada em Black.

Passa da meia-noite quando Blue volta ao seu apartamento do outro lado da rua. Põe o manuscrito sobre a mesa, entra no banheiro e lava o sangue das mãos. Então troca de roupa, serve-se de um copo de uísque e senta à mesa com o livro de Black à sua frente. O tempo é curto. Eles vão chegar a qualquer momento e aí Blue vai comer o pão que o diabo amassou. Mesmo assim, não deixa que isso interfira com a tarefa em andamento.

Lê a história de um só fôlego, palavra por palavra, do princípio ao fim. Quando termina, está amanhecendo e o quarto começou a ficar claro. Ouve pássaros cantarem, ouve passos descendo a rua, ouve os carros atravessando a ponte do Brooklyn. Black tinha razão, Blue diz para si mesmo. Eu já conhecia a história toda de cor e salteado.

Mas a história ainda não terminou. Há ainda o instante final e este não virá antes que Blue deixe o apartamento. O mundo é assim: nem um instante a mais, nem um instante a menos. Quando Blue se levanta da cadeira, põe o chapéu na cabeça e caminha através da porta, esse será o final de tudo.

Para onde vai depois, não importa. Pois devemos ter em mente que tudo isso ocorreu mais de trinta anos atrás, no tempo da nossa infância. Portanto, tudo é possível. Pessoalmente, prefiro imaginar que Blue foi para longe, embarcando em um trem naquela mesma manhã e seguindo para o oeste a fim de começar uma vida nova. É até possível que a América não seja o ponto final de sua viagem. Em meus sonhos secretos, gosto de imaginar Blue comprando uma passagem em um navio e viajando para a China. Pois então, que seja a China, e vamos deixar as coisas nesse pé. Pois agora é o momento em que Blue se levanta da cadeira, põe o chapéu na cabeça e cruza a porta. E, deste momento em diante, nada mais sabemos.

(*1983*)

# O QUARTO FECHADO

"E a morte...
acontece com todos nós,
todos os dias."

*Paul Auster*

# 1

Parece-me agora que Fanshawe sempre existiu. Ele é o ponto onde tudo começa para mim e, sem ele, dificilmente eu saberia quem sou. Conhecemo-nos antes que fôssemos capazes de falar, bebês que engatinhavam na grama, de fraldas e, quando tínhamos sete anos, furamos a ponta do dedo com um alfinete e nos tornamos irmãos de sangue para o resto da vida. Agora, toda vez que penso na minha infância, vejo Fanshawe. Era ele quem estava sempre comigo, quem compartilhava meus pensamentos, quem eu via sempre que olhava à minha volta.

Mas isso foi muito tempo atrás. Crescemos, partimos para lugares diferentes, nos separamos. Nada disso é muito estranho, eu creio. Nossas vidas nos levam por rumos que não podemos controlar e quase nada permanece conosco. Essas coisas morrem quando nós morremos, e a morte é algo que acontece com todos nós, todos os dias.

Sete anos antes deste mês de novembro, recebi uma carta de uma mulher chamada Sophie Fanshawe. "O senhor não me conhece", começava a carta, "e peço desculpas por escrever para o senhor dessa maneira repentina. Mas aconteceram certas coisas e, nas circunstâncias, não tenho muita escolha." Ocorre que ela era a esposa de Fanshawe. Sabia que eu havia crescido em companhia do seu marido e sabia também que eu morava em Nova York, pois lera vários artigos que eu publicara em revistas.

A explicação veio no segundo parágrafo, de forma um tanto seca, sem nenhum preâmbulo. Fanshawe desaparecera, escrevia ela, e havia mais de seis meses que ela não o via. Não recebera uma só palavra dele durante todo esse tempo, nem a menor pista de onde pudesse estar. A polícia não havia encontrado nenhum vestígio dele, e o detetive particular que contratara para procurar o marido voltara de mãos abanando. Nada era certo, mas os fatos pareciam falar por si sós: Fanshawe provavelmente estava morto; era inútil imaginar que fosse voltar. Em vista disso tudo, havia algo importante que ela precisava discutir comigo e perguntava se eu estaria disposto a encontrá-la.

Essa carta provocou em mim uma série de pequenos choques. Havia informações demais para absorver de uma só vez; forças demais me puxavam em diferentes direções. Sem mais nem menos, Fanshawe tinha reaparecido na minha vida. Mas tão logo foi mencionado seu nome, ele se evaporou outra vez. Estava casado, tinha morado em Nova York — e eu não sabia mais nada a respeito dele. De forma egoísta, senti-me magoado por ele não se ter dado ao trabalho de entrar em contato comigo. Um telefonema, um cartão-postal, uma ida ao bar para relembrar os velhos tempos — não seria difícil de combinar. Mas o erro também era meu. Sabia onde morava a mãe de Fanshawe e, se quisesse encontrá-lo, eu poderia facilmente ter perguntado a ela. O fato é que eu tinha deixado Fanshawe para lá. A vida dele havia cessado no instante em que tomamos caminhos diferentes e agora, para mim, Fanshawe pertencia ao passado, não ao presente. Era um fantasma que eu carregava comigo para um lado e outro, um mito pré-histórico, algo que já não era mais real. Tentei recordar a última vez que o tinha visto, mas nada parecia claro. Minha mente divagou durante vários minutos e então se deteve de repente, fixando-se no dia em que o pai dele morreu. Estávamos na escola secundária e não podíamos ter mais de dezessete anos.

Liguei para Sophie Fanshawe e disse que ficaria feliz em encontrá-la a qualquer hora que fosse conveniente. Resolvemos marcar para o dia seguinte, e ela me pareceu agradecida, muito embora eu houvesse explicado que não tinha a menor notícia de Fanshawe nem a mínima ideia de onde pudesse estar.

Ela morava em um prédio de tijolos vermelhos em Chelsea, um velho edifício sem elevador, com uma escada sombria e tinta descascada nas paredes. Subi os cinco andares até o apartamento dela, acompanhado pelo barulho de aparelhos de rádio, bate-bocas e descargas de privada que vinha dos apartamentos por que passava enquanto subia, parei um instante para recobrar o fôlego e bati na porta. Um olho me espiou através do olho mágico, houve um estalido do ferrolho ao ser destravado e depois Sophie Fanshawe estava de pé à minha frente, segurando no braço esquerdo um bebê pequeno. Enquanto sorria para mim e me convidava a entrar, o bebê puxou seu comprido cabelo castanho. Ela se esquivou do ataque com delicadeza, tomou a criança com as duas mãos e virou o menino de frente para mim. Aquele era Ben, disse ela, filho de Fanshawe, nascido apenas três meses e meio atrás. Fingi admirar o bebê, que agitava os braços e babava uma saliva esbranquiçada pelo queixo, mas eu estava bem mais interessado na mãe. Fanshawe tivera sorte. A mulher era linda, de olhos negros e inteligentes, quase ferozes em sua firmeza. Magra, de altura não mais do que mediana, e com algo de vagaroso em sua atitude, algo que a tornava sensual e alerta, como se contemplasse o mundo do centro de uma profunda vigilância interior. Homem nenhum deixaria aquela mulher por livre e espontânea vontade — ainda mais prestes a ter um filho seu. Isso, para mim, era líquido e certo. Antes até de eu entrar no apartamento, já sabia que Fanshawe devia estar morto.

Era um apartamento pequeno, com os quatro aposentos dispostos em linha reta, parcamente mobiliados, com um cômodo reservado para os livros e uma escrivaninha, outro que servia de sala de estar e os dois restantes para dormir. O lugar estava bem-arrumado, deteriorado em alguns pontos, mas no conjunto nem um pouco desconfortável. No mínimo, demonstrava que Fanshawe não havia gastado seu tempo em ganhar dinheiro. Mas não era eu que ia torcer o nariz para a pobreza. Meu próprio apartamento era ainda mais apertado e escuro do que aquele, e eu sabia o que era lutar todo mês para pagar em dia o aluguel.

Sophie Fanshawe me ofereceu uma cadeira para sentar, me serviu uma xícara de café e depois sentou-se no sofá azul esfarrapado. Com o bebê no colo, contou-me a história do sumiço de Fanshawe.

Os dois se conheceram em Nova York três anos atrás. No intervalo de um mês, tinham ido morar juntos e, menos de um ano depois, estavam casados. Fanshawe não era um homem fácil de conviver, disse ela, mas Sophie o amava e nunca houve nada no comportamento dele que indicasse que não a amava também. Foram felizes juntos; ele aguardava com ansiedade o nascimento do bebê; não havia nenhuma animosidade entre os dois. Certo dia, em abril, Fanshawe lhe disse que ia à tarde a Nova Jersey ver a mãe, e depois não voltou. Quando Sophie ligou para a sogra, tarde da noite, soube que Fanshawe não fizera a visita. Nada parecido acontecera antes entre os dois, mas Sophie resolveu esperar. Não queria ser igual a uma dessas esposas que entram em pânico toda vez que o marido não aparece na hora marcada, e sabia que Fanshawe, mais do que a maioria dos homens, precisava de espaço para respirar. Resolveu até não lhe fazer perguntas quando ele voltasse para casa. Mas uma semana se passou, e depois outra semana, e por fim Sophie procurou a polícia. Conforme ela já esperava, não deram muita bola para o seu problema. A menos que existisse o indício de um crime, poderiam fazer muito pouca coisa. Afinal de contas, maridos abandonavam as esposas todos os dias, e a maioria deles não queria ser encontrada. A polícia fez algumas investigações de rotina, que não deram em nada, e depois sugeriu que ela contratasse um detetive particular. Com a ajuda de sua sogra, que se ofereceu para pagar as despesas, contratou os serviços de um homem chamado Quinn. Quinn trabalhou com tenacidade no caso durante cinco ou seis semanas mas, no final, desistiu, para que ela não gastasse seu dinheiro inutilmente. Disse a Sophie que Fanshawe provavelmente ainda estava no país, mas não podia garantir se estava vivo ou morto. Quinn não era nenhum charlatão. Sophie achou-o humano, um homem que queria sinceramente ajudar e, quando ele a procurou naquele último dia, Sophie compreendeu que era impossível contestar seu veredicto. Não havia nada a ser feito. Se Fanshawe houvesse resolvido deixá-la, não teria ido embora furtivamente sem dizer uma palavra. Não era de seu feitio esquivar-se da verdade, recuar em face de confrontos desagradáveis. Seu desaparecimento, portanto, podia significar uma única coisa: que algum mal terrível lhe acontecera.

Todavia, Sophie continuou com a esperança de que algo iria ocorrer. Tinha lido sobre casos de amnésia e, por um tempo, isso dominou seu pensamento como uma possibilidade desesperada: a imagem de Fanshawe cambaleando sem rumo, sem saber quem era, espoliado da sua vida mas mesmo assim vivo, quem sabe a ponto de voltar a si a qualquer momento. Passaram-se mais algumas semanas e então começou a se aproximar o final da gravidez. O bebê nasceria em menos de um mês — o que significava que poderia chegar a qualquer instante — e pouco a pouco a criança que ia nascer passou a ocupar todos os pensamentos de Sophie, como se não houvesse mais espaço dentro dela para Fanshawe. Foram estas as palavras que Sophie usou para descrever a sensação — não havia espaço dentro dela —, e em seguida declarou que isso provavelmente significava que, apesar de tudo, estava com raiva de Fanshawe, com raiva por tê-la abandonado, muito embora não fosse culpa dele. Essa afirmação me chocou por sua honestidade brutal. Eu nunca ouvira alguém falar sobre sentimentos íntimos dessa forma — de modo tão implacável, com tamanho descaso pelo sentimentalismo convencional — e enquanto escrevo isto agora, me dou conta de que já naquele primeiro dia eu havia escorregado para dentro de um buraco aberto na terra, eu estava caindo em um lugar onde nunca tinha estado.

Certa manhã, continuou Sophie, ela acordou após uma noite maldormida e compreendeu que Fanshawe nunca mais voltaria. Foi uma verdade repentina, definitiva, que nunca mais seria posta em questão. Então ela chorou, e continuou a chorar durante uma semana, lamentando Fanshawe como se tivesse morrido. Quando as lágrimas cessaram, porém, ela se descobriu livre de remorsos. Fanshawe, concluiu Sophie, lhe fora dado por um determinado número de anos, e pronto. Agora tinha a criança para cuidar e, a rigor, nada mais importava. Ela sabia que isso soava um tanto pomposo — mas a verdade é que continuava a viver sentindo as coisas dessa maneira, e era isso que tornava a vida possível para ela.

Fiz uma série de perguntas, e Sophie respondeu a todas de forma serena, ponderada, como se fizesse um esforço para não tingir as respostas com suas próprias emoções. Como tinham vivido, por exemplo, e em que Fanshawe havia trabalhado, e o que acontecera com ele ao longo dos anos, desde quando o vi pela última vez. O bebê começou a se inquietar no sofá e, sem interromper a conversa, Sophie abriu a blusa e lhe deu de mamar, primeiro em um peito e depois no outro.

Ela não podia ter certeza de nada anterior ao seu primeiro encontro com Fanshawe, disse Sophie. Sabia que ele tinha abandonado a faculdade após os dois primeiros anos, conseguira uma dispensa do Exército e acabou indo trabalhar em um navio durante algum tempo. Um petroleiro, pensava ela, ou talvez um cargueiro. Depois disso, morou na França durante vários anos — primeiro em Paris, depois como vigia de uma fazenda no Sul. Mas tudo isso era bastante vago para Sophie, pois Fanshawe nunca conversava muito sobre o passado. Quando se conheceram, ele estava na América não fazia mais de oito ou dez meses. Literalmente, trombaram um no outro — os dois de pé na porta de uma livraria em Manhattan em uma tarde chuvosa de sábado, olhando pela vitrine e esperando a chuva passar. Isso foi o princípio e, desse dia até o dia em que Fanshawe desapareceu, estiveram juntos quase o tempo todo.

Fanshawe nunca teve um emprego fixo, disse ela, nada que se pudesse chamar de uma profissão de verdade. Dinheiro não significava grande coisa para ele, e Fanshawe tentava pensar o mínimo possível no assunto. Antes de conhecer Sophie, fizera todo tipo de coisa — além daquele bico na Marinha Mercante, trabalhou em um armazém, deu aula particular, foi *ghost writer*, garçom, pintor de apartamentos, carregou móveis para uma empresa de mudanças — mas todos os empregos eram temporários e, tão logo ganhasse o bastante para se sustentar durante alguns meses, pedia demissão. Quando ele e Sophie começaram a viver juntos, Fanshawe não estava trabalhando em coisa nenhuma. Sophie tinha um emprego como professora de música em uma escola particular e seu salário dava para sustentar os dois. Precisavam tomar cuidado, é claro, mas havia sempre comida na mesa e nenhum dos dois reclamava de nada.

Não a interrompi. Parecia claro para mim que aquele inventário era apenas um princípio, detalhes a serem ordenados antes de entrar no que de fato interessa. O que quer que Fanshawe tivesse feito com sua vida tinha pouca ligação com aquela lista de empregos bizarros. Entendi isso logo de saída, antes de qualquer outra coisa ser dita. Não estávamos falando de uma pessoa qualquer, afinal de contas. Tratava-se de Fanshawe, e o passado não era tão remoto que eu não conseguisse lembrar quem era ele.

Sophie sorriu quando viu que eu estava um passo à sua frente, que eu já previa o que viria a seguir. Acho que ela já esperava que eu soubesse e aquilo veio simplesmente confirmar a sua expectativa, apagando toda e qualquer dúvida que ela pudesse ter tido quando me pediu para vir vê-la. Eu já sabia, sem que Sophie precisasse me contar, e isso me dava o direito de estar ali, de estar ouvindo o que Sophie tinha a dizer.

— Ele continuou a escrever? — perguntei. — Virou um escritor, não foi?

Sophie fez que sim com a cabeça. Era exatamente isso. Ou, pelo menos, uma parte. O que me intrigava era por que eu nunca tivera nenhuma notícia de Fanshawe. Se era um escritor, com certeza eu teria topado com o nome dele em algum lugar. Fazia parte do meu trabalho saber dessas coisas e parecia improvável que justamente Fanshawe, entre tanta gente, tivesse escapado à minha atenção. Eu me perguntava se ele não teria conseguido arranjar um editor para sua obra. Era a única pergunta que parecia lógica.

Não, respondeu Sophie, era mais complicado do que isso. Ele nunca tentara ser publicado. No início, quando muito jovem, Fanshawe era tímido demais para enviar qualquer coisa para os outros lerem, sempre com a sensação de que sua obra não era boa o bastante. Porém, mesmo depois, quando sua confiança havia crescido, descobriu que preferia se manter oculto. Acabaria se distraindo do que realmente interessava caso começasse a procurar um editor, Fanshawe explicou a ela, e na hora de optar entre uma coisa ou outra, ele acabava preferindo dedicar-se à obra em si. Sophie ficava preocupada com essa indiferença mas, toda vez que insistia com o marido a respeito do assunto, Fanshawe respondia encolhendo os ombros: não há nenhuma razão para ter pressa, mais cedo ou mais tarde ele cuidaria disso.

Uma ou duas vezes, ela até pensou em cuidar do assunto por conta própria e contrabandear um manuscrito para as mãos de um editor, mas nunca chegou a fazê-lo. Havia certas regras no casamento que não podiam ser quebradas e, por mais que a atitude do marido estivesse equivocada, Sophie tinha pouca escolha a não ser aceitar a decisão dele. Havia uma grande quantidade de escritos, disse Sophie, e ela ficava maluca só de pensar naquilo tudo guardado ali dentro do armário, mas Fanshawe merecia a sua lealdade e ela fazia todo o possível para não dizer nada.

Certo dia, uns dois ou três meses antes de desaparecer, Fanshawe deu a ela sinais de uma atitude menos intransigente. Prometeu para Sophie que faria alguma coisa a respeito no prazo de um ano e, para provar que estava falando sério, disse à esposa que se, por alguma razão, ele não cumprisse sua promessa, ela deveria entregar todos os seus manuscritos para mim e deixá-los aos meus cuidados. Eu seria o guardião da sua obra, disse ele, e caberia a mim resolver o seu destino. Caso eu achasse que valia a pena publicar, Fanshawe se submeteria ao meu julgamento. Além disso, continuou Fanshawe, se alguma coisa acontecesse com ele nesse meio-tempo, Sophie deveria me entregar os manuscritos de uma vez por todas e deixar as negociações por minha conta, ficando estabelecido que eu receberia vinte e cinco por cento de qualquer eventual pagamento pela edição da obra. Caso eu achasse, entretanto, que seus escritos não eram dignos de publicação, eu deveria devolver os manuscritos para Sophie e ela os destruiria, até a última página.

Essas declarações deixaram Sophie espantada, disse ela, e quase riu de Fanshawe por se mostrar tão solene em relação ao assunto. A cena toda destoava do estilo habitual de Fanshawe, e ela se perguntou se isso não estaria relacionado ao fato de ter acabado de ficar grávida. Talvez a ideia da paternidade tivesse impregnado o marido com uma nova sensação de responsabilidade; talvez ele estivesse tão resolvido a demonstrar suas boas intenções que tenha exagerado o caso todo. Qualquer que fosse o motivo, Sophie sentiu-se contente por ele ter mudado de atitude. À medida que a gravidez avançava, ela passou a ter sonhos secretos com o sucesso de Fanshawe, na esperança de poder sair do seu emprego e criar seu filho sem apertos financeiros. Tudo acabou dando errado, é claro, e a obra de Fanshawe logo foi esquecida, perdida no tumulto que se seguiu ao seu desaparecimento. Mais tarde, quando a poeira começou a baixar, Sophie relutou em seguir as instruções do marido — com medo de trazer má sorte e pôr uma pá de cal em suas chances de voltar a ver Fanshawe outra vez. Mas no final ela acabou cedendo, ciente de que a vontade do marido devia ser respeitada. Era por isso que escrevera para mim. Era por isso que eu estava sentado agora ao lado dela.

De minha parte, não sabia como reagir. A proposta tinha me apanhado desprevenido e, por um ou dois minutos, apenas fiquei ali calado, me debatendo com a enorme carga que fora atirada sobre mim. Até onde eu sabia, não existia nenhuma razão no mundo para Fanshawe ter escolhido a mim para aquela tarefa. Fazia mais de dez anos que eu não o via e fiquei quase surpreso em saber que ele ainda lembrava quem eu era. Como eu poderia esperar que me coubesse uma responsabilidade desse tamanho — julgar um homem e decidir se sua vida fora em vão? Sophie tentou me explicar. Fanshawe não havia entrado em contato comigo, disse ela, mas falava a meu respeito com frequência e, toda vez que meu nome era citado, eu era descrito como o seu melhor amigo — o único amigo que ele jamais tivera. Fanshawe também cuidara de se manter em dia sobre o meu trabalho, sempre comprando as revistas em que meus artigos eram publicados e às vezes até lendo os textos em voz alta para Sophie. Ele admirava o que eu escrevia, disse ela; orgulhava-se de mim e sentia que eu tinha capacidade de fazer alguma coisa importante.

Todos esses elogios me deixaram constrangido. Havia tanta convicção na voz de Sophie que eu, de algum modo, tinha a impressão de que Fanshawe estava falando por intermédio dela, dizendo-me essas coisas com seus próprios lábios. Admito que fiquei lisonjeado e, sem dúvida, esse era um sentimento natural nas circunstâncias. Eu vivia, então, uma fase difícil, e a verdade é que eu não tinha essa opinião tão favorável a respeito de mim mesmo. Escrevera um monte de artigos, de fato, mas não encarava isso como um motivo para festejar, nem me orgulhava especialmente deles. Para mim, não passavam de um punhado de textos feitos sob encomenda. Eu começara com grandes esperanças, achava que me tornaria um romancista, pensava que no final conseguiria escrever alguma coisa que comoveria as pessoas e seria importante em suas vidas. Mas o tempo foi passando e pouco a pouco me dei conta de que isso nunca iria acontecer. Eu não tinha um livro como esse dentro de mim e, a certa altura, disse a mim mesmo para renunciar aos meus sonhos. De um jeito ou de outro, era mais simples continuar a escrever artigos. Trabalhando duro,

*225*

passando com decisão de um artigo para o artigo seguinte, eu conseguia mais ou menos ganhar a vida — e, qualquer que fosse o valor do meu trabalho, eu tinha a satisfação de ver meu nome impresso de forma quase regular. Eu compreendia que as coisas poderiam ser muito mais frustrantes do que eram. Não tinha mais de trinta anos e já contava com algo semelhante a uma reputação. Começara com resenhas de poesia e romances e agora podia escrever sobre quase tudo e fazer um trabalho respeitável. Filmes, peças, exposições de arte, concertos, livros e até partidas de beisebol — era só me pedirem que eu escrevia. Esse mundo me encarava como um jovem brilhante, um novo crítico em ascensão mas, dentro de mim mesmo, eu me sentia velho, já esgotado. O que eu tinha feito até então constituía uma mera fração de coisa nenhuma. Era pura poeira, e o vento mais leve levaria tudo embora.

O elogio de Fanshawe, por essa razão, despertou em mim sentimentos confusos. De um lado, eu sabia que ele estava errado. De outro (e é aí que a coisa fica embrulhada), eu desejava acreditar que ele tinha razão. Pensei: será possível que fui severo demais comigo mesmo? E no mesmo instante em que me pus a pensar assim, eu já estava perdido. Mas quem deixaria de se agarrar à oportunidade de se redimir — que homem é forte o bastante para recusar a possibilidade de uma esperança? Faiscou em mim a ideia de que um dia eu ressuscitaria aos meus próprios olhos e experimentei, em relação a Fanshawe, um repentino surto de amizade através dos anos, através de todo o silêncio dos anos que nos separaram um do outro.

Foi assim que aconteceu. Sucumbi à lisonja de um homem que já nem sequer existia e, naquele momento de fraqueza, respondi que sim. Ficarei feliz de ler sua obra, falei, e fazer tudo o que puder para ajudar. Sophie sorriu ao ouvir isso — se foi por alegria ou por decepção, eu nunca saberei dizer — e então se levantou do sofá e levou o bebê para o aposento ao lado. Parou diante de um alto guarda-louça feito de carvalho, destrancou a porta e deixou que girasse nas dobradiças. Aí está, disse ela. Havia caixas, fichários, pastas e cadernos abarrotando as prateleiras — mais material do que eu julgara possível. Lembro-me ter rido com certo embaraço e ter feito alguma piadinha sem graça. Em seguida, em um clima puramente profissional, discutimos acerca da melhor maneira de transportar os manuscritos para minha casa, enfim optando por duas malas grandes. Levou quase uma hora mas, no final, conseguimos espremer tudo ali dentro. É claro, falei, vou levar um certo tempo para passar os olhos em todo esse material. Sophie disse para eu não me preocupar e então pediu desculpas por me incumbir de uma tarefa tão pesada. Respondi que eu entendia a situação, que não havia como deixar de cumprir o desejo de Fanshawe. Tudo foi muito dramático e, ao mesmo tempo, horrível, quase cômico. A linda Sophie pôs delicadamente o bebê no chão, me deu um grande abraço de agradecimento e depois nos beijamos no rosto. Por um instante, pensei que ela fosse chorar, mas o momento passou e não houve lágrima alguma. Então arrastei as duas malas lentamente escada abaixo, até a rua. Juntas, eram tão pesadas quanto um homem.

## 2

A verdade está longe de ser tão simples como eu gostaria.

Que eu adorava Fanshawe, que ele foi meu melhor amigo, que eu o conhecia melhor do que qualquer pessoa — isso são fatos e nada que eu diga pode diminuir sua importância. Mas trata-se apenas de um ponto de partida e, em minha luta para recordar as coisas tal como eram na realidade, vejo agora que eu também evitei Fanshawe, que uma parte de mim sempre resistiu a ele. Sobretudo quando crescemos, não creio que eu sempre me sentisse confortável em sua presença. Se inveja for uma palavra muito forte para o que estou tentando exprimir, o chamarei de desconfiança, o sentimento secreto de que Fanshawe era uma pessoa melhor do que eu. Tudo isso era desconhecido para mim, na época, e nunca houve nada de especial que pudesse apontar. Entretanto persistia a sensação de que havia nele mais bondade inata do que nos outros, de que um fogo inextinguível o mantinha vivo, de que Fanshawe era mais genuinamente ele mesmo do que eu jamais poderia ser.

Já no início, sua influência se mostrava bem saliente. Isso chegava até as coisas mais insignificantes. Caso Fanshawe usasse a fivela do cinto no lado da calça, eu mudaria meu cinto para a mesma posição. Se Fanshawe viesse para o playground calçando tênis preto, na próxima vez que minha mãe me levasse à sapataria, eu ia pedir um tênis preto. Se Fanshawe trouxesse consigo da escola um exemplar de *Robinson Crusoé*, eu começaria a ler *Robinson Crusoé* naquela mesma noite, em casa. Eu não era o único que se comportava dessa forma, mas era talvez o mais devotado, aquele que se rendia com mais satisfação ao poder que ele exercia sobre nós. Fanshawe mesmo não tinha noção desse poder e, sem dúvida nenhuma, era esse o motivo pelo qual continuava a exercê-lo. Ele era indiferente à atenção que recebia, tratando de cuidar da própria vida com toda a calma, nunca usando sua influência para manipular os outros. Não fazia as brincadeiras de mau gosto que o resto de nós praticávamos; não fazia gracinhas maldosas; não se metia em encrencas com os professores. Mas ninguém usava isso contra ele. Fanshawe se mantinha à parte de nós e, no entanto, era quem nos conservava unidos, quem nós procurávamos para arbitrar nossas desavenças, com quem nós contávamos para agir com justiça e pôr fim às nossas brigas mesquinhas. Havia nele algo tão sedutor que sempre queríamos tê-lo ao nosso lado, como se pudéssemos viver dentro da sua esfera e ser tocados por aquilo que ele era. Fanshawe estava sempre ali diante de nós mas ao mesmo tempo era inacessível. A gente sentia que havia nele um cerne secreto que nunca poderia ser penetrado, um misterioso núcleo de recolhimento. Imitá-lo representava, de alguma forma, participar desse mistério, mas significava também compreender que nunca seria possível conhecê-lo de verdade.

Estou falando do início de nossa infância — do tempo em que tínhamos cinco, seis, sete anos. Boa parte disso agora está sepultada e sei muito bem que mesmo as recordações podem ser falsas. Contudo não creio que esteja enganado quando digo que conservei dentro de mim a aura daquela época e, uma vez que consigo sentir hoje o mesmo que sentia na ocasião, duvido que esses sentimentos possam estar mentindo. O que quer que Fanshawe tenha por fim se tornado, minha sensação é de que tudo começou para ele já naquela época. Fanshawe formou-se muito depressa, já era uma presença nitidamente delineada na ocasião em que entramos na escola. Fanshawe era visível, ao passo que o resto de nós éramos criaturas sem forma, imersas nas convulsões de um tumulto constante, debatendo-se às cegas a fim de passar de um minuto para o minuto seguinte. Não quero dizer que ele tenha crescido depressa — nunca aparentou ser mais velho do que era — mas sim que já era ele mesmo ainda antes de crescer. Por uma ou outra razão, Fanshawe nunca se deixou subjugar pelos mesmos acessos de revolta que dominavam o resto de nós. Seus dramas eram de uma ordem distinta — mais interiores, com toda a certeza mais violentos — mas sem a menor sombra das mudanças abruptas que pareciam assinalar a vida de todo mundo.

Um incidente me parece especialmente nítido na memória. Trata-se de uma festa de aniversário para a qual eu e Fanshawe fomos convidados, na primeira ou segunda série, o que significa que ocorreu no início do período sobre o qual sou capaz de falar com alguma precisão. Era uma tarde de sábado, na primavera, e caminhávamos para a festa em companhia de um outro menino, um amigo nosso chamado Dennis Walden. Dennis levava uma vida muito mais dura do que nós: tinha a mãe alcoólatra, o pai esgotado de tanto trabalhar, incontáveis irmãos e irmãs. Eu fora à casa dele duas ou três vezes — uma casa grande, escura e arruinada — e me lembro de ter ficado com medo da sua mãe, que me fez pensar em uma bruxa de contos de fadas. Ela passava o dia inteiro atrás da porta fechada do quarto, sempre de roupão, o rosto pálido era um pesadelo de rugas e de vez em quando enfiava a cabeça através da porta entreaberta para berrar alguma coisa com os filhos. No dia da festa, Fanshawe e eu estávamos devidamente munidos de presentes para dar ao menino que fazia anos, todos embrulhados em papel colorido e atados com fita. Dennis, porém, nada tinha e sentia-se mal por isso. Lembro que tentei consolar Dennis com uma ou duas frases ocas: não tinha importância, ninguém ligava para essas coisas, no meio da confusão ninguém ia perceber nada. Mas Dennis dava muita importância e foi isso que Fanshawe imediatamente percebeu. Sem qualquer explicação, voltou-se para Dennis e lhe entregou seu presente. Tome, disse ele, fique com este aqui — vou dizer que esqueci o meu em casa. Minha primeira reação foi pensar que Dennis ia ficar magoado com o gesto, que se sentiria ofendido com a piedade de Fanshawe. Mas estava enganado. Ele hesitou um instante, tentando assimilar essa repentina guinada na sua sorte, e depois fez que sim com a cabeça, como se reconhecesse o bom senso daquilo que Fanshawe tinha feito. Tratava-se menos de um ato de caridade do que de um ato de justiça e, por essa razão, Dennis podia aceitá-lo sem se humilhar. Uma coisa se havia transformado em outra. Era um passe de mágica, uma mistura de um improviso com algo feito com absoluta convicção, e duvido que qualquer outra pessoa exceto Fanshawe fosse capaz de executá-lo.

Depois da festa, voltei com Fanshawe para a casa dele. Sua mãe estava lá, sentada na cozinha, e nos perguntou sobre a festa e se o aniversariante tinha gostado do presente que ela havia comprado para ele. Antes que Fanshawe pudesse dizer qualquer coisa, revelei afobado a história do que ele fizera. Não tinha intenção de deixá-lo encrencado, mas era impossível para mim guardar segredo. O gesto de Fanshawe desvendou para mim todo um mundo novo: a maneira pela qual se podia penetrar nos sentimentos de outra pessoa e assumi-los de forma tão completa que nossos próprios sentimentos já não importavam mais. Foi o primeiro ato genuinamente moral que presenciei e não havia, no momento, nenhum outro assunto de que valesse a pena falar. A mãe de Fanshawe, no entanto, não se mostrou tão entusiasmada assim. Pois é, disse ela, foi uma coisa boa e generosa que ele tinha feito, mas também era errado. O presente custara dinheiro e, ao dá-lo para outra pessoa, Fanshawe de certo modo havia roubado dela esse dinheiro. Além do mais, Fanshawe se comportara de maneira indelicada ao ir à festa sem presente — o que repercutia mal para ela, pois a mãe era a responsável pelas ações do filho. Fanshawe ouviu com atenção as palavras da mãe e não disse uma palavra. Depois que a mãe terminou, ele ainda ficou sem falar e então ela perguntou se ele tinha entendido. Sim, disse ele, havia entendido. O assunto, provavelmente, teria terminado ali mesmo, mas então, após um pequeno intervalo, Fanshawe declarou que ainda pensava estar certo. Não lhe importava como a mãe se sentisse: voltaria a agir da mesma forma da próxima vez. A esse pequeno rompante seguiu-se uma cena mais forte. A senhora Fanshawe ficou zangada com a impertinência do filho, mas Fanshawe fez pé firme, recusou-se a ceder terreno sob o bombardeio das reprimendas da mãe. No final, ele recebeu ordens de ir para o quarto e eu, de ir embora. Fiquei aterrado com a injustiça de sua mãe mas, quando tentei falar em defesa dele, Fanshawe acenou para que eu me calasse. Em lugar de protestar, aceitou seu castigo em silêncio e sumiu para dentro do quarto.

O episódio inteiro era puro Fanshawe: o ato espontâneo de bondade, a inflexível convicção do que havia feito e a submissão muda, quase passiva, às suas consequências. Por mais notável que fosse o seu comportamento, sempre se tinha a impressão de que Fanshawe estava desvinculado dele. Mais do que qualquer outra coisa, era essa característica que às vezes me fazia ter medo dele. Eu me mantinha tão próximo de Fanshawe, o admirava com tamanha intensidade, desejava de forma tão desesperada me equiparar a ele — e então, de repente, vinha o momento em que eu percebia que Fanshawe era um estranho para mim, que o jeito como ele vivia dentro de si mesmo jamais poderia corresponder ao modo como eu precisava viver. Eu queria muitas coisas, tinha desejos demais, vivia demasiadamente submisso ao jugo do imediato para conseguir ao menos chegar perto dessa indiferença. Eu me importava muito em me sair bem, impressionar as pessoas com os sinais ocos da minha ambição: boas notas, destaque nos esportes na universidade, prêmios por qualquer coisa que estivesse em julgamento a cada semana. Fanshawe se mantinha alheio a tudo isso, sossegado no seu canto, sem prestar atenção. Se ele se destacava, era sempre sem querer, sem fazer nenhum esforço para isso, nenhum empenho, sem nenhum interesse naquilo que tinha feito. Essa atitude podia ter um efeito perturbador, e levei muito tempo para entender que o que era bom para Fanshawe não era necessariamente bom para mim.

Não quero exagerar, no entanto. Se Fanshawe e eu, no final, tínhamos nossas diferenças, o que mais recordo de nossa infância é o ardor da nossa amizade. Morávamos em casas vizinhas, nossos quintais sem cercas se fundiam em um contínuo terreno de grama, cascalho e poeira, como se pertencêssemos à mesma residência. Nossas mães eram amigas íntimas, nossos pais eram parceiros nos jogos de tênis, nem eu nem ele tínhamos irmãos: condições ideais, portanto, sem nada para se interpor entre nós. Nascemos com menos de uma semana de diferença e passamos juntos no quintal nossa fase de bebê, explorando o gramado de gatinhas, arrancando flores, nos colocando de pé e arriscando os primeiros passos no mesmo dia. (Existem fotos que documentam isso.) Mais tarde, aprendemos juntos, no quintal, a jogar beisebol e futebol americano. Construímos nossas fortalezas, brincávamos, inventávamos nossos mundos no quintal e, mais tarde ainda, perambulamos juntos pela cidade, as longas tardes em nossas bicicletas, as conversas intermináveis. Para mim seria impossível, eu creio, conhecer alguém tão bem quanto conhecia Fanshawe, na época. Minha mãe lembra que éramos tão ligados um ao outro que, certa vez, aos seis anos, lhe perguntamos se homem podia se casar com homem. Queríamos viver juntos quando crescêssemos, e quem vivia assim, a não ser pessoas casadas? Fanshawe ia ser astrônomo e eu veterinário. Imaginávamos uma casa grande, no interior — um lugar onde o céu fosse escuro o bastante de noite para se enxergar todas as estrelas e onde não faltassem animais de que tratar.

Retrospectivamente, acho natural Fanshawe ter se tornado escritor. A severidade da sua introspecção parecia quase impor isso. Mesmo na escola primária, ele já redigia pequenas histórias e duvido que, após os dez ou onze anos, ele jamais tenha pensado em si mesmo senão como um escritor. No início, é claro, não parecia significar muita coisa. Poe e Stevenson eram os seus modelos e o resultado disso era a habitual impostura infantil. "Certa noite, no ano do Senhor de mil setecentos e cinquenta e um, eu caminhava em meio a uma mortífera nevasca rumo à casa de meus antepassados, quando de repente deparei com uma figura espectral, na neve." Esse tipo de coisa, repleta de expressões bombásticas e reviravoltas exorbitantes. Na sexta série, Fanshawe escreveu um curto romance policial de cerca de cinquenta páginas e a professora permitiu que ele o lesse para a turma em capítulos de dez minutos diários, no final da aula. Tínhamos orgulho de Fanshawe e ficávamos surpresos com sua maneira dramática de ler, representando o papel dos personagens. A história me escapa, agora, mas lembro que era incrivelmente complexa, baseando seu desfecho em algo como a confusão entre as identidades de dois pares de gêmeos.

Fanshawe, contudo, não era um menino que vivia enterrado nos livros. Era bom demais nos esportes para viver assim, uma figura importante demais entre nós para viver retraído em si mesmo. No decorrer daqueles primeiros anos, tinha-se a impressão de que não havia nada que Fanshawe não fizesse bem, nada que ele não fizesse melhor do que qualquer outro. Era o melhor jogador de beisebol, o melhor aluno, o menino mais bonito de todos. Qualquer uma dessas coisas teria bastado para lhe dar uma posição especial — mas somadas elas o faziam parecer heroico, um garoto abençoado pelos deuses. Por mais extraordinário que fosse, porém, continuava a ser um de nós. Fanshawe não era um gênio, uma criança-prodígio; não possuía nenhum dom milagroso capaz de destacá-lo das crianças da sua idade. Era um menino perfeitamente normal — porém ainda mais normal e perfeito, se isso é possível, mais em harmonia consigo mesmo, uma criança mais idealmente normal do que qualquer um de nós.

No fundo, o Fanshawe que conheci não era uma pessoa corajosa. Entretanto, havia vezes em que ele me desconcertava com a sua disposição de mergulhar de cabeça em situações perigosas. Por trás de toda a serenidade na superfície, parecia existir uma grande escuridão: um impulso para se pôr à prova, correr riscos, frequentar o limite das coisas. Quando menino, ele adorava brincar em construções, escalar escadas de mão e andaimes, equilibrar-se em tábuas acima de um abismo de máquinas, sacos de areia e lama. Eu vagava indeciso nos fundos enquanto Fanshawe executava essas proezas, suplicando em segredo para que ele parasse, mas sem nunca dizer nada — com vontade de ir embora, mas com medo de que, assim, ele fosse acabar caindo. À medida que o tempo passava, esses impulsos se tornaram mais articulados. Fanshawe me falava sobre a importância de "sentir o gosto da vida". Tornar as coisas difíceis para si mesmo, dizia ele, procurando o desconhecido — era isso que ele queria, e cada vez mais, à proporção que crescia. Certa vez, quando tínhamos uns quinze anos, Fanshawe me convenceu a passar o final de semana com ele em Nova York — vagando pelas ruas, dormindo em um banco na antiga Penn Station, conversando com vagabundos, vendo quanto tempo conseguiríamos aguentar sem comer. Lembro-me de ter ficado bêbado às sete horas da manhã de um domingo no Central Park e vomitar na grama toda. Para Fanshawe, isso era uma questão essencial — mais um passo no sentido de se pôr à prova — mas para mim não passava de uma coisa sórdida, um desvio deplorável para algo que não tinha nada a ver comigo. Entretanto continuei amigo dele, uma testemunha perplexa, compartilhando a busca mas sem tomar, em absoluto, parte dela, um Sancho Pança adolescente montado em meu burrinho, observando meu amigo travar uma batalha consigo mesmo.

Um ou dois meses depois do nosso final de semana no meio dos vagabundos, Fanshawe me levou a um bordel em Nova York (um amigo dele combinou a visita) e foi ali que perdemos a virgindade. Recordo um pequeno apartamento de arenito pardo no alto West Side, perto do rio — uma quitinete e um quarto escuro, com uma cortina rala entre os dois aposentos. Havia duas mulheres negras ali, uma gorda e velha, a outra jovem e bonita. Como nenhum de nós queria a mais velha, tínhamos de resolver quem ia na frente. Se não me falha a memória, fomos até o corredor de serviço e disputamos no cara ou coroa. Fanshawe venceu, é claro, e dois minutos depois me vi sentado na pequena cozinha com a senhora gorducha. Ela me chamava de fofinho, tentando me convencer a todo instante de que ainda dava para o gasto, no caso de eu mudar de ideia. Eu estava nervoso demais para fazer qualquer outra coisa senão balançar a cabeça e assim limitei-me a ficar ali sentado, ouvindo a respiração forte e acelerada de Fanshawe do outro lado da cortina. Eu só conseguia pensar em uma coisa: que meu pau estava prestes a entrar no mesmo lugar em que Fanshawe estava agora. Aí chegou minha vez e até hoje não tenho a menor ideia do nome da moça. Foi a primeira mulher que vi nua em pelo e ela se mostrou tão à vontade e simpática em relação à sua nudez que as coisas até que poderiam ter corrido bem comigo, não fosse o fato de eu ter me distraído com os sapatos de Fanshawe — visíveis no vão entre a cortina e o assoalho, brilhando sob a luz da cozinha, como se estivessem destacados do resto do corpo. A moça era gentil e fez todo o possível para me ajudar, mas foi uma longa batalha e mesmo no final não senti nenhum prazer verdadeiro. Mais tarde, quando eu e Fanshawe caminhávamos sob a luz do crepúsculo, eu não tinha grande coisa a dizer para mim mesmo. Fanshawe, porém, parecia bastante satisfeito, como se de algum modo a experiência tivesse confirmado sua teoria sobre sentir o gostô da vida. Compreendi então que Fanshawe era muito mais ávido do que eu jamais seria.

Levávamos uma vida protegida, lá no subúrbio. Nova York ficava a apenas trinta e dois quilômetros, mas poderia muito bem ser a China, aos olhos do nosso pequeno mundo de gramados e

*235*

casas de madeira. Quando tinha treze ou catorze anos, Fanshawe tornou-se uma espécie de exilado em seu próprio país, cumprindo com obediência suas obrigações, mas alheio ao que o circundava, desdenhoso da vida que era forçado a viver. Não se mostrava uma pessoa difícil ou exteriormente rebelde, apenas se retraiu. Após ter chamado tanta atenção quando criança, sempre se colocando no centro exato das coisas, Fanshawe quase desapareceu na época em que entramos na escola secundária, abandonando os refletores em troca de uma obstinada marginalidade. Eu sabia que ele estava escrevendo a sério nessa altura (embora, com dezesseis anos, tivesse parado de mostrar sua obra para quem quer que fosse), mas vejo nisso antes um sintoma do que uma causa. Em nosso segundo ano, por exemplo, Fanshawe foi o único da turma a entrar no time titular de beisebol da escola. Jogou esplendidamente durante várias semanas, e então, sem nenhum motivo aparente, largou o time. Recordo ter ouvido Fanshawe narrar para mim o incidente, um dia depois de acontecer: foi até o escritório do treinador depois do treino e lhe devolveu seu uniforme. O treinador tinha acabado de tomar banho e, quando Fanshawe entrou, o homem estava de pé, junto à escrivaninha, totalmente nu, um charuto na boca e um boné de beisebol na cabeça. Fanshawe se empolgou ao fazer a descrição, enfatizou o absurdo da cena, adornou-a com detalhes sobre o corpo balofo e atarracado do treinador, a luz na saleta, a poça de água no chão de cimento cinza — mas não passava disso, uma descrição, uma cadeia de palavras divorciadas de qualquer coisa que pudesse dizer respeito a ele mesmo. Fiquei decepcionado por Fanshawe ter saído do time, mas ele nunca me explicou de fato o que tinha feito, exceto dizer que achava o beisebol uma chatice.

Como ocorre com muita gente talentosa, chegou um momento em que Fanshawe não se sentiu mais satisfeito em fazer o que era fácil para ele. Havendo dominado tudo o que se exigia dele em uma idade ainda precoce, era provavelmente natural que começasse a procurar desafios em outro lugar. Tendo em vista as limitações da sua vida como aluno de uma escola secundária em uma cidade pequena, o fato de encontrar esse outro lugar dentro de si mesmo não é surpreendente nem incomum. Mas a questão não se limitava a isso, eu creio. Por essa época, na família de Fanshawe, aconteceram coisas que sem dúvida nenhuma foram importantes, e seria equivocado não tocar no assunto. Se tiveram uma importância decisiva, essa é uma outra questão, mas tendo a acreditar que tudo acaba pesando. No final, todas as vidas não passam de uma soma de fatos contingentes, uma crônica de interseções fortuitas, lances de sorte, casualidades que nada revelam senão sua própria falta de propósito.

Quando Fanshawe tinha dezesseis anos, descobriu-se que seu pai estava com câncer. Durante um ano e meio, ele viu o pai morrer e, no decorrer desse tempo, a família se desagregou lentamente. A mãe de Fanshawe foi, talvez, quem mais sofreu. Mantendo estoicamente as aparências, resolvendo as questões das consultas médicas, dos acertos financeiros e tentando cuidar direito da casa, ela oscilava de modo espasmódico entre um grande otimismo quanto às chances de recuperação do marido e uma espécie de desespero paralisante. Segundo Fanshawe, sua mãe nunca conseguiu admitir o fato inevitável que, o tempo todo, a olhava cara a cara. Ela sabia o que ia acontecer mas não possuía a força para admitir que sabia e, à medida que o tempo corria, passou a viver como se estivesse prendendo a respiração. Seu comportamento tornou-se cada vez mais excêntrico: virar a noite com frenéticas faxinas na casa, um pavor de ficar em casa sozinha (combinado com repentinas e inexplicáveis ausências), e toda uma série de achaques inventados (alergias, pressão alta, acessos de tonteira). Perto do fim, ela começou a se interessar por diversas teorias bizarras — astrologia, fenômenos psíquicos, vagas ideias espiritualistas acerca da alma — até se tornar impossível conversar com ela sem acabar derrotado pelo cansaço e ter de ouvir em silêncio enquanto ela discorria sobre a corrupção do corpo humano.

As relações entre Fanshawe e a mãe se tornaram tensas. Ela se apegava ao filho em busca de apoio, agindo como se o sofrimento da família afetasse apenas a ela. Fanshawe tinha de ser o pilar da casa; precisava não só cuidar de si mesmo, como também assumir a responsabilidade pela irmã, que tinha apenas doze anos na época. Mas isso acarretava um outro conjunto de problemas — pois Ellen era uma menina instável, problemática e, no vácuo paterno que se seguiu à doença, ela passou a solicitar Fanshawe por todo e qualquer motivo. Ele se transformou no seu pai, na sua mãe, no seu baluarte de sabedoria e consolo. Fanshawe compreendeu quanto era doentia a dependência da irmã em relação a ele, mas pouco podia fazer a respeito disso sem magoá-la de uma forma irreparável. Recordo como minha própria mãe falava sobre a "pobre Jane" (a senhora Fanshawe) e como tudo aquilo era terrível para a "criança". Mas eu sabia que, de certo modo, era Fanshawe quem mais sofria. Apenas ele não permitia que os outros notassem.

Quanto ao pai de Fanshawe, pouco posso dizer com qualquer grau de certeza. Para mim, era uma nulidade, um homem calado, de uma benevolência distraída, e nunca cheguei a conhecê-lo direito. Enquanto meu pai costumava andar sempre por perto, sobretudo nos finais de semana, o pai de Fanshawe raramente se deixava ver. Era um advogado de algum destaque e, a certa altura, tivera ambições políticas — mas terminaram em uma série de decepções. Costumava trabalhar até tarde, chegava de carro às oito ou nove horas da noite e muitas vezes passava o sábado e parte do domingo no seu escritório. Duvido que ele soubesse como lidar com seu filho, uma vez que parecia um homem com pouca sensibilidade em relação a crianças, alguém que se esquecera totalmente de um dia ter sido também criança. O senhor Fanshawe era tão absolutamente adulto, vivia tão completamente imerso em assuntos graves e adultos que imagino como devia ser difícil para ele não pensar em nós como criaturas de um outro planeta.

Ainda não tinha cinquenta anos quando morreu. Nos últimos seis meses de vida, depois que os médicos abandonaram qualquer esperança de salvá-lo, ficava deitado no quarto de hóspedes da residência dos Fanshawe, contemplando o jardim através da janela, de vez em quando lendo algum livro, tomando seus analgésicos, cochilando. Fanshawe, então, passava a maior parte do tempo livre em sua companhia e, embora eu possa apenas conjeturar o que acontecia, presumo que a situação entre os dois tenha mudado. Pelo menos, sei com que empenho ele tentou, muitas vezes deixando até de ir à escola a fim de ficar com o pai, na ânsia de tornar-se indispensável, cuidando dele com um zelo incansável. Foi uma prova dura para Fanshawe, talvez até dura demais, e, embora desse a impressão de estar suportando bem, valendo-se da bravura que só é possível para os muito jovens, às vezes eu me pergunto se Fanshawe na verdade conseguiu algum dia superar essa experiência.

Só há mais uma coisa que eu gostaria de mencionar aqui. No final desse período — bem no final, quando ninguém esperava que o pai de Fanshawe durasse mais do que alguns dias — Fanshawe e eu fomos dar uma volta de carro depois do colégio. Era fevereiro e, poucos minutos depois de darmos início ao passeio, começou a cair uma neve fraca. Rodávamos sem rumo, dando voltas por cidadezinhas dos arredores, prestando pouca atenção ao lugar onde estávamos. A quinze ou vinte quilômetros de casa, topamos com um cemitério; o portão por acaso estava aberto e, sem nenhum motivo especial, resolvemos entrar. Após um tempo, paramos o carro e começamos a vagar a pé. Líamos as inscrições nas lápides, conjeturávamos como podia ter sido cada uma daquelas vidas, ficamos calados, caminhamos mais um tempo, conversamos, nos calamos outra vez. Nessa altura, a neve caía mais pesada e o chão ia se tornando branco. Em um determinado ponto no meio do cemitério, havia um túmulo recém-cavado e Fanshawe disse que queria ver como era no fundo. Dei a ele minha mão e segurei com força enquanto Fanshawe descia para dentro da cova. Quando seu pé tocou o fundo, ergueu os olhos para mim com um meio-sorriso e aí deitou-se de costas, como se fingisse estar morto. A cena ainda está bem nítida em minha mente: eu olhando para Fanshawe, lá embaixo, enquanto ele olhava para o céu, seus olhos piscando furiosamente enquanto a neve caía em seu rosto.

Por alguma misteriosa cadeia de pensamentos, aquilo me fez lembrar de quando éramos bem pequenos — com não mais do que quatro ou cinco anos. Os pais de Fanshawe tinham comprado um novo utensílio doméstico, talvez um televisor, e, durante vários meses, Fanshawe conservou a caixa de papelão no seu quarto. Ele sempre fora generoso quando se tratava de compartilhar seus brinquedos, mas aquela caixa estava fora dos meus limites e Fanshawe nunca me deixou entrar nela. Era o seu lugar secreto, disse-me ele e, quando sentava lá dentro e a fechava sobre si mesmo, podia partir para onde bem entendesse, podia estar em qualquer lugar que desejasse. Mas se outra pessoa entrasse na caixa, essa magia se perderia para sempre. Acreditei na história e não insisti para que mudasse de opinião, embora isso quase partisse meu coração. Nós brincávamos no seu quarto, arrumando em silêncio fileiras de soldados ou fazendo desenhos, e aí, sem mais nem menos, Fanshawe declarava que ia entrar na sua caixa. Eu tentava continuar o que vinha fazendo, mas não adiantava. Nada me interessava tanto quanto o que estava acontecendo com Fanshawe dentro da caixa e eu passava aqueles minutos tentando desesperadamente imaginar as aventuras que ele estaria vivendo. Mas eu nunca soube quais eram essas aventuras, pois também contrariava as regras de Fanshawe conversar sobre o assunto depois de sair da caixa.

Algo parecido estava ocorrendo agora, naquele túmulo aberto sob a neve. Fanshawe se achava sozinho lá embaixo, pensando suas coisas, vivendo sozinho o curso desses momentos e, embora eu estivesse presente, o fato me era totalmente vedado, como se eu não estivesse ali, na realidade. Entendo que aquele era o jeito de Fanshawe imaginar a morte do pai. De novo, era uma mera questão de acaso: o túmulo aberto estava ali e Fanshawe teve a impressão de que a sepultura chamava por ele. As histórias só ocorrem com aqueles que são capazes de contá-las, disse alguém certa vez. Do mesmo modo, quem sabe, as experiências só se apresentam àqueles que são capazes de vivê-las. Mas esta é uma questão difícil e não posso ter certeza de nada em relação ao assunto. Fiquei ali de pé à espera de que Fanshawe saísse da cova, tentando imaginar o que ele estaria pensando, por um breve momento tentando ver o que ele estaria vendo. Então voltei a cabeça para cima, para o céu de inverno que escurecia — e tudo era um caos de neve desabando em cima de mim.

Quando retomamos o caminho de volta para o carro, o sol já se pusera. Andávamos com passos trôpegos pelo cemitério, sem falar nada um para o outro. Haviam caído vários centímetros de neve, e continuava a cair, cada vez mais pesada, como se nunca mais fosse parar. Chegamos ao carro, entramos e aí, contra todas as nossas expectativas, não conseguimos sair do lugar. Os pneus de trás estavam atolados em uma vala rasa e nada que fizéssemos resolvia o problema. Empurramos o carro, sacudimos, e ainda assim os pneus giravam com aquele barulho horrível e inútil. Passou meia hora e então desistimos, resolvendo com relutância abandonar o carro. Fomos pedir carona embaixo da nevasca a fim de voltar para casa e passaram mais duas horas antes que, por fim, conseguíssemos chegar. Só então soubemos que o pai de Fanshawe tinha morrido no meio da tarde.

# 3

Passaram-se vários dias antes de eu tomar coragem para abrir as malas. Concluí o artigo que estava escrevendo, fui ao cinema, aceitei convites que normalmente teria recusado. Mas essas táticas não me enganavam. Muita coisa dependia da minha resposta, e a possibilidade de ficar decepcionado era um fato que eu não queria encarar. Não havia, em minha mente, nenhuma diferença entre dar a ordem para destruir a obra de Fanshawe e matá-lo com minhas próprias mãos. Eu recebera o poder de aniquilar, de roubar um cadáver do túmulo e fazê-lo em pedaços. Tratava-se de uma posição intolerável, e eu não queria para mim nem uma fração dela. Enquanto deixasse as malas intactas, minha consciência seria poupada. Por outro lado, eu fizera uma promessa e sabia que não poderia adiar aquilo para sempre. Foi justamente nessa altura (quando tomava coragem, me preparando para pôr mãos à obra) que um novo horror se apoderou de mim. Se eu não desejava que a obra de Fanshawe fosse ruim, descobri, tampouco desejava que fosse boa. Esse é um sentimento, para mim, difícil de explicar. Antigas rivalidades, sem dúvida, tinham algo a ver com o caso, um desejo de não ser humilhado pelo talento de Fanshawe — mas existia também a sensação de estar sendo empurrado para uma armadilha. Eu dera minha palavra. Assim que abrisse as malas, me tornaria o porta-voz de Fanshawe — e, gostando ou não, continuaria a falar em seu nome. Ambas as possibilidades me assustavam. Decretar uma sentença de morte já era bastante terrível, mas trabalhar para um homem morto não parecia nem um pouco melhor. Durante vários dias, fiquei indo e vindo entre esses dois temores, incapaz de resolver qual o pior. No final, é claro, abri as malas. Mas nessa altura o assunto provavelmente já tinha menos a ver com Fanshawe do que com Sophie. Eu queria vê-la de novo e, quanto antes começasse a trabalhar, mais cedo teria um motivo para telefonar para ela.

Não pretendo, aqui, entrar em detalhes. Hoje, todo mundo sabe como é a obra de Fanshawe. Foi lida e discutida, saíram artigos e estudos, tornou-se um patrimônio público. Se há algo a ser dito, é que não levei mais do que uma ou duas horas para entender que meus sentimentos não tinham a menor importância no caso. Dar valor às palavras, ter um compromisso com o que está escrito, acreditar no poder dos livros — isso sobrepuja todo o resto e, ao seu lado, a vida de qualquer pessoa se torna muito pequena. Não digo isso a fim de cumprimentar a mim mesmo ou mostrar meus atos sob uma luz mais benévola. Fui o primeiro, mas afora isso nada vejo que me destaque em relação a qualquer pessoa. Caso a obra de Fanshawe fosse inferior ao que é, meu papel teria sido diferente — mais importante, talvez, mais crucial para o desfecho da história. Mas do jeito que aconteceu, não fui mais do que um instrumento invisível. Algo havia ocorrido e, mesmo que eu negasse, mesmo que fingisse não ter aberto as malas, acabaria ocorrendo do mesmo jeito, derrubando todos os obstáculos que surgissem em seu caminho, movendo-se com um impulso próprio.

Levei uma semana para digerir e organizar o material, separar as obras concluídas dos rascunhos, reunir os manuscritos em uma ordem mais ou menos cronológica. O texto mais antigo era um poema, com data de 1963 (quando Fanshawe tinha dezesseis anos), e o último era de 1976 (apenas um mês antes de ele desaparecer). No todo, havia mais de cem poemas, três romances (dois curtos e um longo), e cinco peças de um ato — bem como treze cadernos, que continham uma série de obras abortadas, esboços, anotações, comentários sobre livros que Fanshawe estava lendo e ideias para projetos futuros. Não havia cartas, diários, nenhum relance da vida particular de Fanshawe. Mas isso era algo que eu já esperava. Um homem não passa a vida se escondendo do mundo sem tomar também todo o cuidado de apagar suas pegadas.

*243*

Entretanto calculei que em algum lugar no meio de tantos papéis devia haver alguma referência a mim — nem que fosse uma carta com instruções ou uma anotação em um caderno me nomeando como seu testamenteiro literário. Mas não havia nada. Fanshawe deixara tudo por minha conta.

Telefonei para Sophie e combinei jantar com ela na noite seguinte. Como sugeri um restaurante francês da moda (muito mais caro do que meu orçamento suportava), acho que ela já adivinhara qual seria minha resposta quanto à obra de Fanshawe. Mas afora essa sugestão de uma comemoração, falei o mínimo que pude. Queria que tudo corresse no seu ritmo normal — sem movimentos abruptos, sem gestos prematuros. Eu já estava seguro em relação à obra de Fanshawe, mas temia ir depressa demais com Sophie. Muitas coisas dependiam do meu modo de agir, muitas coisas poderiam ser destruídas caso eu cometesse uma asneira logo de saída. Sophie e eu estávamos ligados um ao outro, agora, soubesse ela ou não — no mínimo como sócios na publicação da obra de Fanshawe. Mas eu queria mais do que isso e desejava que Sophie o quisesse também. Lutando contra minha ansiedade, forcei-me a ter cautela, ordenei a mim mesmo que pensasse duas vezes antes de agir.

Ela usava um vestido preto, de seda, pequeninos brincos de prata e tinha prendido o cabelo para trás a fim de deixar à mostra o talhe do pescoço. Quando entrou no restaurante e me viu sentado no bar, me dirigiu um sorriso afetuoso, cúmplice, como se me estivesse dizendo que sabia quanto era bonita, mas ao mesmo tempo aludindo à estranheza da situação — deleitando-se com isso, de certo modo, nitidamente atenta às implicações singulares da ocasião. Falei que ela estava deslumbrante e Sophie respondeu de modo quase jocoso que era a primeira noite que saía desde o nascimento de Ben — e que por isso quis "parecer diferente". Em seguida, concentrei-me nos nossos negócios, tentando me controlar. Quando fomos levados para a nossa mesa e acomodados em nossas cadeiras (toalha de mesa branca, prataria pesada, uma tulipa vermelha em uma jarra esguia colocada entre nós), respondi ao seu segundo sorriso falando a respeito de Fanshawe.

Ela não se mostrou surpresa com nada do que eu disse. Para Sophie, o assunto não representava novidade nenhuma, um fato que ela já havia assimilado de todo, e aquilo que eu lhe dizia vinha apenas confirmar o que, para ela, já era sabido desde muito tempo. Por estranho que pareça, o assunto não pareceu empolgá-la. Havia em sua atitude uma frieza que me confundia e, durante vários minutos, me senti desorientado. Depois, lentamente, comecei a compreender que seus sentimentos não eram muito distintos dos meus. Fanshawe tinha desaparecido da sua vida, e eu percebia que Sophie devia ter bons motivos para sentir-se magoada com o fardo que fora jogado em seus ombros. Ao publicar a obra de Fanshawe, ao dedicar-se a um homem que já não existia mais, Sophie seria obrigada a viver no passado e qualquer futuro que ela quisesse construir para si mesma acabaria envenenado pelo papel que tinha de desempenhar: a viúva oficial, a musa do escritor morto, a linda heroína de uma história trágica. Ninguém deseja fazer parte de uma ficção, muito menos se essa ficção for real. Sophie tinha apenas vinte e seis anos. Era jovem demais para viver por intermédio de outra pessoa, inteligente demais para não querer uma vida que pertencesse totalmente a ela mesma. O fato de ter amado Fanshawe não era o problema. Fanshawe estava morto e já era tempo de Sophie deixá-lo para trás.

Nada disso era dito de forma tão explícita. Mas os sentimentos existiam e seria absurdo ignorá-los. Levando em conta minhas próprias reservas em relação ao caso, era esquisito que logo eu tivesse sido o escolhido para conduzir a tocha, mas entendi que se eu não assumisse o comando da missão e a levasse a efeito, a tarefa nunca seria executada.

— Você não precisa se envolver, na verdade — falei. — Teremos de conversar, é óbvio, mas isso não deve tomar muito do seu tempo. Se estiver disposta a deixar as decisões por minha conta, não creio que as coisas venham a correr muito mal.

— É claro que vou deixar tudo na sua mão — disse ela. — Não sei nem como começar a resolver essas coisas. Se tentasse cuidar do assunto eu mesma, acabaria toda enrolada em cinco minutos.

— O importante é saber que estamos os dois do mesmo lado — falei. — No fim, creio que a questão se resume em saber se você pode ou não confiar em mim.

— Confio em você — respondeu Sophie.

— Não lhe dei nenhum motivo para isso — comentei. — Pelo menos, até agora.

— Sei disso. Mas confio em você mesmo assim.

— Por nada?

— Sim. Por nada.

Sophie sorriu para mim de novo e, durante o resto do jantar, nada mais dissemos sobre a obra de Fanshawe. Eu havia planejado discuti-la em minúcia — por onde seria melhor começar, o que poderia despertar o interesse dos editores, quem devíamos procurar e assim por diante — mas isso já não parecia mais importar. Sophie estava muito satisfeita em não ter de pensar no assunto e agora que eu a tranquilizara garantindo que ela não teria mesmo de se preocupar com nada, seu bom humor ia voltando gradualmente. Após tantos meses difíceis, ela por fim tinha uma oportunidade de esquecer um pouco aquela história e eu podia ver muito bem como estava decidida a desfrutar os prazeres mais elementares daquela ocasião: o restaurante, a comida, o riso das pessoas em volta, o fato de estar ali e não em outra parte. Sophie queria se deleitar com tudo isso e quem era eu para não lhe dar apoio?

Eu estava em boa forma naquela noite. Sophie me estimulou e não demorei muito para me soltar. Contei piadas, narrei histórias, executei pequenos truques com os talheres de prata. A mulher era tão linda que eu tinha dificuldade de desviar os olhos dela. Queria vê-la rir, ver como o seu rosto reagia ao que eu estava dizendo, ver seus olhos, examinar seus gestos. Deus sabe os absurdos que inventei, mas fiz o melhor que pude para disfarçar, para enterrar meus motivos verdadeiros embaixo daquele ímpeto de charme. Essa foi a parte difícil. Sabia que Sophie era solitária, que desejava o conforto de um corpo quente ao seu lado — mas o que eu pretendia não era só uma trepadinha ligeira e, caso me movesse depressa demais, na certa tudo acabaria dando nisso e mais nada. Nessa fase inicial, Fanshawe ainda estava ali ao nosso lado, o vínculo tácito, a força invisível que nos unira. Levaria certo tempo antes de ele desaparecer, e me vi disposto a esperar até que isso acontecesse.

*246*

Tudo isso produziu uma tensão estranha. À medida que a noite avançava, os comentários mais fortuitos se tingiam de matizes eróticos. As palavras já não eram simplesmente palavras, mas um curioso código de silêncios, um modo de falar que girava continuamente em torno da coisa que estava sendo dita. Contanto que evitássemos o assunto verdadeiro, o feitiço não seria quebrado. Ambos deslizamos naturalmente para essa espécie de conversa alegre, cheia de gracejos, cujo efeito se tornou ainda mais poderoso porque nem eu nem ela renunciávamos a falar por meio de charadas. Sabíamos o que estávamos fazendo, mas ao mesmo tempo fingíamos não saber. Assim começou meu namoro com Sophie — devagar, com decoro, fortalecendo-se com elementos microscópicos.

Após o jantar, caminhamos durante uns vinte minutos, mais ou menos, na escuridão do final de novembro, depois terminamos a noite com drinques em um bar no centro da cidade. Eu fumava um cigarro depois do outro, mas esse era o único indício da minha agitação. Sophie falou por um tempo sobre sua família em Minnesota, suas três irmãs mais novas, sua chegada a Nova York oito anos atrás, sua música, suas aulas, seu plano de voltar às aulas no outono seguinte — mas nessa altura estávamos tão firmemente entrincheirados em nosso tom jocoso que qualquer comentário se tornava um pretexto para um riso a mais. Isso teria continuado indefinidamente, mas era preciso pensar na baby-sitter e, desse modo, interrompemos enfim nosso encontro por volta da meia-noite. Levei-a até a porta do seu apartamento e fiz meu último grande esforço da noite.

— Obrigado, senhor doutor — disse Sophie. — A cirurgia foi um sucesso.

— Meus pacientes sempre sobrevivem — respondi. — É o gás hilariante. Eu apenas abro a válvula e, pouco a pouco, eles se sentem melhor.

— Esse gás pode criar dependência.

— Este é o problema. Os pacientes voltam o tempo todo para repetir a dose, às vezes são duas ou três operações por semana. Como você acha que comprei meu apartamento na Park Avenue e minha casa de veraneio na França?

— Então existe uma motivação secreta.

— De forma alguma. Sou movido pela ganância.

— Sua clientela deve ser impressionante.

— Era. Mas agora estou mais ou menos aposentado. Hoje em dia me limitei a uma única paciente, e nem tenho certeza se ela vai voltar.

— Vai voltar sim — disse Sophie, com o sorriso mais tímido e mais radiante que eu já tinha visto. — Pode ter certeza.

— É bom ouvir isso — respondi. — Vou mandar minha secretária ligar para ela um dia desses para marcar outro encontro.

— Quanto antes melhor. Com esses tratamentos prolongados, a gente não pode desperdiçar nenhum momento.

— Ótimo conselho. Vou me lembrar de pedir um novo suprimento de gás hilariante.

— Faça isso, doutor. Acho que estou mesmo precisando.

Sorrimos de novo um para o outro e então a envolvi em um grande abraço de urso, lhe dei um beijo rápido nos lábios e desci a escada o mais depressa que pude.

Fui direto para casa, compreendi que ir para a cama estava fora de questão e aí passei duas horas em frente da televisão, vendo um filme sobre Marco Polo. Enfim, capotei por volta das quatro horas, no meio de uma reprise de *Twilight Zone*.


Meu primeiro passo foi entrar em contato com Stuart Green, gerente editorial de uma grande editora. Eu não o conhecia muito bem, mas tínhamos crescido na mesma cidade e seu irmão caçula, Roger, frequentara a escola comigo e Fanshawe. Achei que Stuart se lembraria de Fanshawe e esse me pareceu um bom ponto de partida. Eu havia topado com Stuart em algumas festas ao longo dos anos, talvez três ou quatro vezes, e ele sempre se mostrara simpático, conversava sobre os bons tempos (como ele os chamava) e sempre prometia mandar um abraço meu para Roger na próxima vez que o visse. Eu não tinha a menor ideia do que esperar de Stuart, mas ele me pareceu bastante contente quando soube que era eu ao telefone. Marcamos um encontro no seu escritório em uma tarde daquela mesma semana.

Stuart levou alguns instantes para reconhecer o nome Fanshawe. Parecia familiar, disse ele, mas não sabia de onde. Avivei um pouco sua memória, mencionei Roger e seus amigos e aí, de repente, ele lembrou.

— Sim, é claro — disse ele. — Fanshawe. O menino-prodígio. Roger vivia dizendo que Fanshawe ainda ia ser presidente da República.

É ele mesmo, respondi, e depois lhe contei a história.

Stuart era um sujeito muito empertigado, o tipo do ex-aluno de Harvard que usava gravata-borboleta, paletó de tweed e, embora no fundo fosse pouco mais do que um empregado submisso ao patrão, no mundo editorial representava aquilo que se tomava por um intelectual. Tinha se dado bem na carreira, até então — um editor sênior, com trinta e poucos anos, um jovem profissional íntegro e responsável —, e não havia a menor dúvida de que estava em ascensão. Digo tudo isso apenas para deixar claro que ele não era uma pessoa capaz de se mostrar automaticamente impressionada pelo tipo de história que eu estava contando. Havia nele muito pouca fantasia, muito pouca coisa que não fosse cautela e frieza profissional — mas pude sentir que estava interessado e, à medida que continuei a falar, Stuart chegou a parecer até mesmo empolgado.

Ele nada tinha a perder, é claro. Se a obra de Fanshawe não lhe agradasse, seria muito fácil devolvê-la. Recusas constituíam a espinha dorsal do seu trabalho, e Stuart não teria de pensar duas vezes para dizer não. Por outro lado, se Fanshawe fosse o escritor que eu dizia ser, publicá-lo apenas reforçaria a reputação de Stuart. Ele compartilharia a glória de ter descoberto um gênio americano desconhecido e poderia viver à sombra dessa façanha por vários anos.

Entreguei-lhe o manuscrito do romance mais extenso de Fanshawe. No final, disse eu, teria de ser tudo ou nada — os poemas, as peças, os dois outros romances —, mas aquela constituía a obra principal de Fanshawe e era muito natural que viesse a público primeiro. Eu me referia a *Neverland*, é claro. Stuart disse que gostava do título, porém quando me pediu para contar a história preferi não fazê-lo, respondi que seria melhor ele descobrir sozinho. Em resposta, Stuart ergueu uma sobrancelha (na certa, um trejeito que adquirira durante o ano que passou em Oxford), como se quisesse sugerir que eu não devia brincar com ele. Quanto a mim, não estava brincando de modo algum. Ocorre apenas que eu não desejava coagi-lo. O livro podia resolver a questão por si só e eu não via nenhum motivo para negar a Stuart o prazer de entrar no romance desarmado: sem mapa, sem bússola, sem ninguém para levá-lo pela mão.

Ele demorou três semanas para me procurar outra vez. As novidades não eram boas nem más, mas o quadro parecia promissor. Havia provavelmente apoio bastante entre os editores para publicar o livro, disse Stuart, mas antes que tomassem uma decisão definitiva queriam dar uma olhada no resto do material. Eu já esperava por isso — uma certa prudência, saber melhor em que terreno estão pisando — e respondi que voltaria para deixar os manuscritos na tarde seguinte.

— É um livro estranho — disse ele, apontando para a cópia de *Neverland* sobre a sua mesa. — Nem de longe o romance típico, você entende. Não se parece com coisa alguma. Ainda não sabemos ao certo se vamos publicar mas, se publicarmos, vai representar um tremendo risco.

— Eu sei — respondi. — Mas é justamente isso que torna a coisa interessante.

— A grande lástima é que Fanshawe não esteja mais aqui. Eu adoraria poder trabalhar com ele. Há coisas no livro que deviam ser modificadas, a meu ver, certas passagens deviam ser cortadas. Deixaria o livro ainda mais forte.

— Isto é só arrogância de editor — retruquei. — É difícil para você ver um manuscrito e não querer logo atacá-lo com um lápis vermelho. Na verdade, acho que as partes a que você, hoje, faz objeção vão parecer para você mesmo, no futuro, perfeitamente adequadas, e aí vai se sentir feliz por não ter podido tocar em nada.

— O tempo é que vai dizer — respondeu Stuart, pouco propenso a me conceder a razão. — Mas não há a menor dúvida — prosseguiu —, a menor dúvida de que o homem sabia mesmo escrever muito bem. Li o livro há mais de duas semanas e desde então ele não me sai da cabeça. Não consigo tirá-lo do pensamento. Toda hora ele volta à minha mente e sempre nos momentos mais estranhos. Saindo do chuveiro, caminhando pela rua, me arrastando para a cama, à noite, sempre que não estou pensando conscientemente em alguma coisa. Isso não acontece com muita frequência, você sabe. A gente lê tantos livros neste trabalho que todos tendem a se embaralhar. Mas o romance de Fanshawe se destaca do resto. Há nele algo poderoso, e o mais esquisito é que nem imagino o que seja.

— Esta possivelmente constitui a verdadeira prova — comentei. — A mesma coisa aconteceu comigo. O livro se engancha em algum ponto do cérebro e a gente não consegue se desvencilhar dele.

— E quanto ao resto do material?

— É a mesma coisa — afirmei. — A gente não consegue mais tirar da cabeça.

Stuart balançou a cabeça e, pela primeira vez, vi que estava sinceramente impressionado. Durou apenas um instante, mas nesse instante sua arrogância e sua pose de repente desapareceram, e quase me vi disposto a gostar dele.

— Acho que podemos estar à beira de uma coisa importante — disse ele. — Se o que você diz é verdade, acho que talvez estejamos à beira de um grande acontecimento.

Estávamos mesmo e, do modo como as coisas correram, talvez mais ainda do que Stuart imaginava. *Neverland* foi aceito mais adiante naquele mesmo mês, com uma opção para publicar também os demais livros. Minha quarta parte do adiantamento foi o bastante para me sustentar durante um tempo e eu a usei para preparar uma edição dos poemas. Também procurei vários diretores teatrais para saber se estariam interessados em encenar as peças. Enfim, isso também acabou acontecendo e ficou acertada uma montagem das três peças de um ato em um pequeno teatro do centro da cidade — para estrear seis semanas após a publicação de *Neverland*. Nesse meio-tempo, convenci o editor de uma das principais revistas, para a qual eu escrevia de vez em quando, a me deixar redigir um artigo sobre Fanshawe. Acabou saindo uma matéria bem comprida, bastante fora do comum e, naquela altura, senti que se tratava de um dos melhores textos que eu já havia escrito. O artigo foi programado para sair dois meses antes da publicação de *Neverland* — e de repente parecia que tudo estava acontecendo ao mesmo tempo.

Admito que fui levado de roldão no meio de tudo isso. Cada coisa conduzia a outra e, antes que eu me desse conta, uma pequena indústria tinha começado a funcionar. Foi uma espécie de delírio, eu acho. Senti-me como um engenheiro, apertando botões e puxando alavancas, passando às pressas de um compartimento de válvulas para uma caixa de circuitos elétricos, fazendo um ajuste aqui, imaginando um aperfeiçoamento ali, escutando com atenção o ronco, o chiado e os estalos das máquinas, esquecido de tudo, a não ser do estrondo provocado por aquela criação da minha mente. Eu era o cientista louco que inventara a grande máquina de iludir e, quanto mais fumaça expelia, quanto mais barulho fazia, mais feliz eu ficava.

Talvez isso fosse inevitável; talvez eu precisasse ser um pouco doido a fim de dar o pontapé inicial. Tendo em vista a tensão do meu esforço em me conformar ao projeto, provavelmente era necessário para mim equiparar o sucesso de Fanshawe ao meu próprio êxito. Eu havia topado com uma causa para lutar, uma coisa que me justificava e me fazia sentir importante, e quanto mais eu abrisse mão de minhas ambições em benefício de Fanshawe, mais vivamente eu me destacava aos meus próprios olhos. Isso não é uma desculpa; é apenas um relato do que aconteceu. Hoje, olhando com mais atenção, algo me diz que na verdade eu estava querendo arrumar confusão, mas na época eu não tinha a menor ideia disso. E o mais importante é que, mesmo se soubesse, duvido que teria feito alguma diferença.

Subjacente a tudo, havia o desejo de permanecer ligado a Sophie. À medida que o tempo corria, tornou-se perfeitamente natural para mim encontrá-la duas ou três vezes por semana, almoçar com ela, dar uma volta a pé, de tarde, com Sophie e Ben, pelos arredores. Apresentei-a a Stuart Green, convidei-a para conhecer o diretor teatral, escolhi para Sophie um advogado para lidar com os contratos e outras questões legais. Sophie não se perturbou com nada, tratando esses encontros antes como acontecimentos sociais do que como reuniões de negócios, deixando claro para quem encontrássemos que eu é que tomava conta de tudo. Percebi que estava resolvida a não se sentir em dívida com Fanshawe, que, não importa o que acontecesse, continuaria a se manter distante do assunto. O dinheiro a deixava contente, é claro, mas na verdade ela nunca o ligava à obra de Fanshawe. Era um presente inverossímil, um bilhete de loteria premiado que havia caído do céu e nada mais que isso. Sophie compreendeu a natureza daquele furacão desde o início. Entendeu o absurdo essencial da situação e, como não havia nela nenhuma ganância, nenhum impulso para insistir em benefícios maiores para ela mesma, Sophie manteve a cabeça no lugar.

Dei duro para conquistar Sophie. Sem dúvida, meus motivos eram transparentes, mas talvez tenha sido melhor assim. Sophie sabia que eu estava apaixonado por ela, e o fato de não a assediar, de não a obrigar a declarar seus sentimentos com relação a mim, com certeza contribuiu, mais do que qualquer outra coisa, para convencê-la de minha seriedade. No entanto, eu não podia esperar para sempre. A discrição tem a sua importância mas, em quantidade excessiva, pode ser fatal. Veio o momento em que pude sentir que não estávamos mais simplesmente travando um embate de palavras, a situação entre nós já se havia definido. Quando reflito, agora, sobre esse momento, sou tentado a empregar o idioma tradicional do amor. Tenho vontade de falar por meio de metáforas de calor, ardor, muralhas se derretendo em face de paixões irresistíveis. Estou ciente de como essas expressões podem parecer pomposas, mas no final acho que são exatas. Tudo para mim havia mudado e palavras que antes eu jamais havia compreendido passaram, de uma hora para outra, a fazer sentido. Isso veio como uma revelação e, quando afinal tive tempo para assimilar o fato, me perguntei como conseguira viver tantos anos sem ter aprendido uma coisa tão simples. Estou falando menos de desejo do que de conhecimento, a descoberta de que duas pessoas, por meio do desejo, podem criar algo mais poderoso do que cada uma delas poderia criar isoladamente. Esse conhecimento me modificou, eu acho, e a rigor me fez sentir mais humano. Ao pertencer a Sophie, passei a sentir como se eu pertencesse também a todo mundo. Meu verdadeiro lugar no mundo, vim a descobrir, estava em algum ponto para além de mim mesmo e, ainda que esse lugar ficasse dentro de mim, era também impossível de se localizar. Tratava-se do minúsculo fosso que separa o eu do não eu e, pela primeira vez na vida, eu via esse lugar perdido como o centro exato do mundo.

Aconteceu de ser o dia do meu aniversário de trinta anos. Já conhecia Sophie havia uns três meses, a essa altura, e ela insistiu em sair à noite para comemorar. No início, relutei, pois nunca dera muita importância para aniversários, mas o sentido de oportunidade de Sophie acabou me derrotando. Comprou para mim uma edição cara, ilustrada, de *Moby Dick*, me levou para jantar em um bom restaurante e depois me acompanhou a uma apresentação da ópera *Boris Godunov*, no Met. Dessa vez, me deixei levar, sem fazer força para descobrir o que poderia estar por trás da minha felicidade, sem tentar me antecipar a mim mesmo ou despistar meus sentimentos. Talvez eu começasse a sentir em Sophie uma nova audácia; talvez ela estivesse deixando claro para mim que havia resolvido tudo por conta própria, que era tarde demais para qualquer um de nós recuar. Seja lá o que fosse, aquela foi a noite em que tudo mudou, em que já não havia mais dúvida sobre o que íamos fazer. Voltamos para o apartamento dela às onze e meia, Sophie pagou a sonolenta baby-sitter e fomos na ponta dos pés ao quarto de Ben e ficamos ali de pé, um tempo, olhando o menino dormir, no berço. Lembro claramente que nenhum de nós disse nada, o único som que eu ouvia era o tênue gargarejo da respiração de Ben. Debruçamo-nos sobre a grade do berço e observamos a forma do seu corpo miúdo — deitado de bruços, as pernas encolhidas embaixo do corpo, a bunda voltada para cima, dois ou três dedos enfiados na boca. Pareceu passar um longo tempo mas duvido que tenha durado mais do que um ou dois minutos. Então, sem aviso, eu e ela nos levantamos, viramos um para o outro e começamos a nos beijar. Depois, é difícil para mim dizer o que aconteceu. Essas coisas têm pouco a ver com palavras, tão pouco, na verdade, que parece quase inútil tentar expressá-las. Quando muito, diria que estávamos caindo um dentro do outro, que estávamos caindo tão depressa e tão fundo que nada conseguiria nos deter. De novo, tropeço na metáfora. Mas talvez isso não interesse. Pois conseguir falar ou não a respeito do assunto não vai alterar a verdade do que aconteceu. O fato é que nunca houve um beijo como aquele e, em toda minha vida, duvido que possa voltar a ocorrer outro igual.

# 4

Passei aquela noite na cama de Sophie e, daí em diante, foi impossível deixá-la. Eu voltava ao meu apartamento durante o dia para trabalhar mas toda noite ia para a casa de Sophie. Tornei-me parte de sua vida doméstica — fazia compras para o jantar, mudava as fraldas de Ben, jogava o lixo fora — e nunca antes vivera com outra pessoa de forma tão íntima. Meses se passaram e, para meu repetido espanto, descobri que eu possuía um talento para esse tipo de vida. Eu nascera para viver com Sophie e, pouco a pouco, pude sentir que ia ficando mais forte, pude sentir que ela me tornava melhor do que eu jamais havia sido. Era esquisito como Fanshawe nos havia unido. Se não fosse o seu desaparecimento, nada disso teria ocorrido. Eu tinha uma dívida com ele, mas a única maneira de recompensá-lo era fazendo o possível em favor de sua obra.

Meu artigo foi publicado e pareceu produzir o efeito desejado. Stuart Green ligou para dizer que era um "ótimo empurrão" — o que interpretei como um indicador de que agora ele se sentia mais seguro por ter aceitado publicar o livro. À luz de todo o interesse que o artigo despertou, Fanshawe não parecia mais um investimento tão arriscado. Em seguida, *Neverland* foi publicado e as resenhas foram unanimemente boas, algumas ótimas. Era tudo o que se podia esperar. Era o conto de fadas com que sonha todo escritor e admito que até eu estava um pouco espantado. Não se espera que essas coisas aconteçam na vida real. Apenas algumas poucas semanas após a publicação, as vendas foram maiores do que a tiragem prevista. Uma segunda edição veio a público, houve anúncios em jornais e revistas e então o livro foi vendido para uma editora de livros de bolso para ser relançado no ano seguinte. Não quero sugerir que o romance tenha sido um best-seller segundo os padrões comerciais ou que Sophie estivesse a caminho de se tornar milionária, mas em vista da seriedade e da dificuldade da obra de Fanshawe, e em vista da tendência do público a ficar alheio a obras desse tipo, foi um sucesso muito maior do que havíamos julgado possível.

Em certo sentido, é aqui que a história devia terminar. O jovem gênio está morto mas sua obra viverá, seu nome será lembrado pelo tempo afora. Seu amigo de infância socorreu a jovem e linda viúva, e os dois viverão felizes daí em diante. Isso pareceria colocar o ponto-final na história, restando apenas cair a cortina. Mas ocorre que isso é só o princípio. O que escrevi até aqui nada mais representa do que um prelúdio, uma rápida sinopse de tudo o que antecede a história que tenho para contar. Caso não houvesse nada mais além disso, na verdade não teria escrito coisa nenhuma — pois nada conseguiria me compelir a começar. Apenas a escuridão tem o poder de fazer um homem abrir seu coração para o mundo, e a escuridão é aquilo que me cerca toda vez que penso no que aconteceu. Se é preciso coragem para escrever sobre o assunto, sei também que escrever sobre isso constitui minha única chance de escapar. Mas duvido que tal coisa aconteça, mesmo que eu consiga contar a verdade. Histórias sem final nada podem fazer, senão prosseguir para sempre, e ser colhido por uma dessas histórias significa que devemos morrer antes que nosso papel tenha sido representado até o fim. Minha única esperança é que exista um final para aquilo que vou relatar, que em algum lugar eu descubra uma fenda na escuridão. Essa esperança é o que eu defino como coragem, porém se existe de fato razão para ter esperança é uma questão muito diferente.

Aconteceu cerca de três semanas depois da estreia das peças. Passei a noite no apartamento de Sophie, como de hábito, e de manhã fui para a minha casa, na parte alta da cidade, a fim de trabalhar. Recordo que eu devia concluir um artigo sobre quatro ou cinco livros de poesia — uma dessas resenhas frustrantes que juntam uma miscelânea de autores — e tinha dificuldade para me concentrar. Meu pensamento toda hora se afastava dos livros sobre a escrivaninha e de cinco em cinco minutos, mais ou menos, me levantava bruscamente da cadeira e andava pelo quarto. Uma história estranha me fora contada por Stuart Green no dia anterior e era difícil para mim parar de pensar no assunto. Segundo Stuart, estavam começando a dizer que Fanshawe nunca existira. O boato era de que eu havia inventado esse autor a fim de perpetrar uma farsa e tinha, na realidade, escrito eu mesmo os livros. Minha primeira reação foi rir, e fiz até uma piadinha em torno da ideia de que Shakespeare também não escrevera nenhuma de suas peças. Mas então, quando eu já havia refletido melhor, não sabia se me sentia insultado ou lisonjeado por aquele rumor. Será que as pessoas não acreditam que eu possa dizer a verdade? Por que me daria ao trabalho de criar todo o conjunto de uma obra para depois não querer receber o crédito por ela? Por outro lado... será que as pessoas me julgavam de fato capaz de escrever um livro tão bom quanto *Neverland*? Compreendi que tão logo todos os manuscritos de Fanshawe tivessem sido publicados, seria perfeitamente possível para mim escrever mais um ou dois livros sob o nome dele — escrever os livros eu mesmo e fazê-los passar como sendo dele. Eu não estava planejando fazer nada disso, é claro, mas a simples ideia trouxe à tona certos pensamentos bizarros e intrigantes: o que significa um autor pôr seu nome em um livro; por que alguns escritores preferem esconder-se atrás de um pseudônimo; será que um escritor, enfim, possui uma vida real? Perturbou-me a ideia de que escrever sob um outro nome pudesse ser algo de que eu gostasse — inventar uma identidade secreta para mim mesmo — e me perguntei por que achava essa ideia tão atraente. Os pensamentos se encadeavam sem parar e, quando o assunto estava esgotado, descobri que eu havia desperdiçado a maior parte da manhã.

Já passava de onze e meia — hora do correio — e fiz minha excursão ritual descendo de elevador para ver se havia alguma coisa na minha caixa de correspondência. Esse era sempre um momento crucial do dia, para mim, e percebi que era impossível aproximar-me dele calmamente. Havia sempre a esperança de que boas notícias estivessem ali dentro — um cheque inesperado, uma oferta de trabalho, uma carta que de algum modo iria mudar minha vida — e a essa altura o hábito de prever as coisas já constituía de tal forma uma parte de mim mesmo que eu mal conseguia olhar para a minha caixa de correspondência sem experimentar um alvoroço. Era o meu esconderijo, o único lugar do mundo que era só meu. No entanto, ele me ligava ao resto do mundo e, em sua escuridão mágica, se abrigava o poder de fazer as coisas acontecerem.

Só havia uma carta para mim naquele dia. Vinha em um envelope branco comum, com carimbo de Nova York e sem endereço de remetente. A caligrafia me era desconhecida (meu nome e endereço vinham grafados em letras maiúsculas), e eu nem pude tentar adivinhar de quem seria. Abri o envelope no elevador — e foi então, de pé, a caminho do meu apartamento no nono andar, que o mundo desabou em cima de mim.

"Não se zangue comigo por lhe escrever", começava a carta. "Mesmo correndo o risco de provocar em você um ataque cardíaco, quis lhe enviar uma última mensagem — obrigado pelo que fez. Eu sabia que você era a pessoa certa para pedir, mas as coisas acabaram saindo ainda melhor do que eu tinha imaginado. Você foi além do que parecia possível e sou seu devedor. Sophie e a criança terão alguém que tome conta delas e, em virtude disso, posso viver com a consciência tranquila.

"Não vou me explicar aqui. Apesar dessa carta, quero que você continue a pensar que estou morto. Nada é mais importante do que isso e você não deve contar a ninguém que teve notícias minhas. Não serei encontrado e falar a respeito de mim só serviria para trazer mais problemas do que o assunto merece. Acima de tudo, nada diga para Sophie. Faça com que ela se divorcie de mim e então case com ela assim que for possível. Confio em que você vai levar isso a cabo — e exprimo aqui minha gratidão. O menino precisa de um pai, e você é o único com quem posso contar.

"Quero que você entenda que não fiquei louco. Tomei determinadas resoluções que eram necessárias e, embora pessoas tenham sofrido por causa disso, partir foi a coisa melhor e mais bondosa que jamais fiz.

"Sete anos exatos após o dia do meu desaparecimento será o dia da minha morte. Eu me julguei e condenei, e não darei ouvidos a nenhuma apelação.

"Suplico que não procure por mim. Não tenho nenhuma vontade de ser encontrado e me parece que tenho o direito de viver o resto da minha vida da forma que julgar apropriada. Ameaças me inspiram repugnância — mas não tenho outra escolha senão lhe transmitir esta advertência: se por algum milagre você conseguir me localizar, vou matá-lo.

"Fico satisfeito em ver que meus escritos despertaram tanto interesse. Nunca tive a mais vaga noção de que algo desse tipo pudesse ocorrer. Mas tudo parece muito distante de mim agora. Escrever livros pertence a uma outra vida e pensar nisso, hoje, me deixa indiferente. Nunca tentarei reclamar para mim nenhuma parcela do dinheiro — e é com alegria que o deixo para você e Sophie. Escrever era uma doença que me infectou durante um longo tempo, mas agora já me recuperei desse mal.

"Fique seguro de que não farei outro contato com você. Está livre de mim, agora, e lhe desejo uma vida longa e feliz. Como foi bom que tudo acabasse dessa forma. Você é meu amigo, e minha única esperança é que você será sempre o que é agora. Quanto a mim, é uma outra história. Deseje-me sorte."

Não havia assinatura no final da carta e, em seguida, durante uma ou duas horas, tentei me persuadir de que se tratava de uma brincadeira. Se Fanshawe tivesse escrito a carta, por que se recusaria a assinar seu nome? Agarrei-me a isso como um indício de que se tratava de uma brincadeira, procurando desesperadamente um pretexto para negar o que havia acontecido. Mas esse otimismo não durou muito tempo e, pouco a pouco, me obriguei a encarar os fatos. Poderia haver inúmeras razões para o nome ter sido omitido e, quanto mais eu pensava no assunto, mais claramente percebia que era exatamente por isso que a carta devia ser considerada autêntica. Um gozador teria feito questão de incluir o nome, mas a pessoa verdadeira nem pensaria no assunto: apenas alguém destituído do intuito de enganar teria a autoconfiança para se permitir um aparente equívoco como esse. E a seguir vinham os termos finais da carta: "...você será sempre o que é agora. Quanto a mim, é uma outra história". Acaso isso significava que Fanshawe se tornara outra pessoa? Sem dúvida, estava vivendo sob um outro nome — mas como vivia — e onde? O selo de Nova York era uma boa pista, talvez, mas da mesma forma podia ser um disfarce, uma pitada de informação falsa a fim de me despistar. Fanshawe fora extremamente cuidadoso. Li a carta várias vezes, tentando esmiuçar o texto, procurando uma brecha, um modo de ler nas entrelinhas — mas não deu em nada. A tentativa de penetrar na carta foi inútil. Enfim, desisti, pus a carta em uma gaveta da escrivaninha e reconheci que estava perdido, que nada seria mais o mesmo para mim.

O que mais me incomodava, eu creio, era minha própria burrice. Recordando o caso, agora, percebo que todos os dados me foram apresentados desde o princípio — já no meu primeiro encontro com Sophie. Durante anos, Fanshawe nada publica, um belo dia diz à esposa o que fazer, caso alguma coisa aconteça com ele (entrar em contato comigo, cuidar da publicação de sua obra), e aí some. Era tudo tão óbvio. O homem queria ir embora, e foi. Simplesmente levantou da cama, um dia, e abandonou sua esposa grávida e, como ela confiava no marido, como era inconcebível para ela que o marido fizesse algo assim, não teve escolha senão acreditar que ele estava morto. Sophie se iludiu mas, em vista da situação, era difícil entender como poderia ter pensado de outro modo. Eu não tinha a mesma desculpa para mim. Desde o início, nem por uma vez, parei para refletir atentamente sobre o caso. Mergulhei de cabeça ao lado de Sophie, exultei ao aceitar a sua interpretação equivocada dos fatos e então parei totalmente de pensar no assunto. Pessoas já morreram por causa de crimes menores do que esse.

Os dias se passaram. Todos os meus instintos me diziam para confiar em Sophie, para informá-la acerca da carta e, no entanto, eu não conseguia fazê-lo. Estava temeroso demais, inseguro demais quanto à reação dela. Quando minha inquietação se tornava mais forte, argumentava comigo mesmo que ficar calado era o único modo de protegê-la. Que benefício poderia trazer para ela a informação de que Fanshawe a havia abandonado? Sophie iria culpar a si mesma pelo que havia ocorrido e eu não queria que ela se magoasse. Por trás desse silêncio tão nobre, contudo, havia um segundo silêncio de medo e pânico. Fanshawe estava vivo — e, se eu deixasse Sophie saber disso, o que seria de nós dois? A ideia de que Sophie pudesse querer Fanshawe de volta era insuportável para mim, e eu não tinha coragem para correr esse risco.

Esse foi talvez o maior dos meus fracassos. Se tivesse acreditado o suficiente no amor de Sophie por mim, estaria disposto a correr qualquer risco. Mas na época não parecia haver uma alternativa e, assim, fiz aquilo que Fanshawe me pedira — não por ele, mas por mim mesmo. Tranquei o segredo dentro de mim e aprendi a ficar de boca fechada.

Passaram-se mais alguns dias e propus casamento a Sophie. Já havíamos conversado sobre o assunto, mas dessa vez fui além dos limites da conversa, deixando claro que estava falando sério. Percebi que meu modo de agir não se parecia comigo (sem humor, inflexível), mas não soube como evitá-lo. Impossível continuar vivendo naquela incerteza: achei que tinha de resolver tudo naquele mesmo instante. Sophie notou a mudança em mim, é claro, mas, como desconhecia o motivo, interpretou-a como um excesso de paixão — o comportamento de um homem ansioso, demasiado ardente, arfando diante daquilo que mais desejava (o que também era verdade). Sim, disse ela, se casaria comigo. Será que em algum momento acreditei de fato que Sophie pudesse me rejeitar?

— E quero também adotar Ben — falei. — Quero que ele tenha o meu nome. É importante que ele cresça pensando em mim como seu pai.

Sophie respondeu que não desejava outra coisa. Nada senão isso faria sentido — para nós três.

— E quero que aconteça logo — prossegui —, o mais cedo possível. Em Nova York, você só poderia obter o divórcio dentro de um ano, e isso é tempo demais, não consigo esperar tudo isso. Mas pode ser feito em outros lugares. Alabama, Nevada, México, em qualquer parte. Podíamos sair de férias e, quando voltássemos, você estaria livre para se casar comigo.

Sophie respondeu que gostava dessa expressão, "livre para se casar comigo". Se era para viajar durante um tempo, ela iria, respondeu, para qualquer lugar que eu desejasse.

— Afinal — disse eu —, já faz mais de um ano que ele se foi, quase um ano e meio. São necessários sete anos para que uma pessoa desaparecida seja declarada oficialmente morta. Coisas acontecem, a vida não para. Pense só: já nos conhecemos faz quase um ano.

— Para ser exata — retrucou Sophie —, você entrou por esta porta pela primeira vez no dia 25 de novembro de 1976. Daqui a oito dias, completa um ano.

— Você lembra.

— Claro que lembro. Foi o dia mais importante da minha vida.

Pegamos um avião para Birmingham, Alabama, no dia 27 de novembro, e voltamos para Nova York na primeira semana de dezembro. No dia 11, casamos na sede da prefeitura e em seguida saímos para um jantar festivo com cerca de vinte amigos. Passamos aquela noite no Hotel Plaza, pedimos café da manhã no quarto e mais tarde, no mesmo dia, partimos de avião para Minnesota, com Ben. No dia 18, os pais de Sophie promoveram para nós uma festa de casamento em sua casa, e na noite do dia 24 comemoramos o Natal à moda da Noruega. Dois dias depois, Sophie e eu voltamos para Minnesota para pegar Ben. Nosso plano era começar a procurar um outro apartamento, assim que voltássemos a Nova York. Em algum ponto sobre o oeste da Pensilvânia, após cerca de uma hora de voo, Ben fez xixi no meu colo através da fralda, riu, bateu palminhas e então, olhando firme nos meus olhos, pela primeira vez chamou-me de pai.

# 5

Voltei toda a minha atenção para o presente. Vários meses transcorreram e, pouco a pouco, passei a achar que eu conseguiria sobreviver. Aquilo era viver dentro de uma trincheira, mas Sophie e Ben estavam lá comigo e isso era tudo o que eu desejava. Contanto que eu me lembrasse de não voltar os olhos para trás, o perigo não poderia nos ameaçar.

Mudamos para um apartamento na Riverside Drive em fevereiro. Até nos instalarmos no apartamento já estávamos em meados da primavera e eu tinha poucas oportunidades de pensar mais demoradamente a respeito de Fanshawe. Se a carta não havia evaporado inteiramente do meu pensamento, pelo menos já não representava a mesma ameaça de antes. Agora eu estava seguro com Sophie e sentia que nada poderia nos separar — nem mesmo Fanshawe, nem mesmo Fanshawe em carne e osso. Ao menos, era o que me parecia toda vez que eu pensava no caso. Compreendo agora quanto estava enganando a mim mesmo, mas não descobri isso senão muito mais tarde. Por definição, um pensamento é algo de que temos consciência. O fato de que não parei jamais de pensar em Fanshawe, de que ele estava dentro de mim dia e noite ao longo de todos aqueles meses, me era desconhecido na época. E se a gente não tem consciência de ter um pensamento, é legítimo afirmar que está pensando? Eu estava assombrado, talvez até possuído — mas não havia nenhum sinal disso, nenhuma pista para me indicar o que se passava.

A vida cotidiana, agora, para mim, corria bem cheia. Eu mal podia notar que trabalhava menos do que vinha fazendo havia muitos anos. Não tinha um emprego para onde ir todo dia de manhã e, uma vez que Sophie e Ben estavam no apartamento comigo, não era difícil arranjar pretextos para ficar longe da minha escrivaninha. Meu horário de trabalho se afrouxou cada vez mais. Em vez de começar às nove horas em ponto todos os dias, às vezes eu não tomava o rumo do meu pequeno escritório antes das onze ou onze e meia. Além disso, a presença de Sophie em casa representava uma tentação constante. Ben ainda tirava um ou dois cochilos por dia e, nessas horas tranquilas em que dormia, era difícil para mim não pensar no corpo de Sophie. Na maioria das vezes, acabávamos fazendo amor. Sophie tinha tanto apetite para isso quanto eu e, à medida que as semanas passavam, a casa foi lentamente erotizada, convertida em um reino de possibilidades sexuais. O mundo das profundezas subiu para a superfície. Cada cômodo adquiriu uma memória própria, cada local evocava um momento distinto, de tal modo que, mesmo na calmaria da vida prática, um trecho determinado do tapete, digamos, ou a soleira de uma certa porta já não eram mais estritamente uma coisa, e sim uma sensação, um eco de nossa vida erótica. Havíamos penetrado no paradoxo do desejo. Nossa necessidade mútua era inesgotável e, quanto mais fosse atendida, mais parecia crescer.

De tempos em tempos, Sophie falava em procurar um emprego, mas nenhum de nós sentia a menor pressa a respeito. Nosso dinheiro estava dando muito bem para as despesas e conseguíamos até poupar uma boa parte. O livro seguinte de Fanshawe, *Miracles*, estava em produção e o adiantamento pelo contrato fora mais polpudo do que o de *Neverland*. Segundo o cronograma que Stuart e eu havíamos traçado, os poemas viriam seis meses após *Miracles*, em seguida o primeiro romance de Fanshawe, *Blackouts*, e por último as peças de teatro. Os direitos autorais de *Neverland* começaram a ser pagos no mês de março, e quando de repente passaram a vir cheques de um lado e de outro, todos os problemas relativos a dinheiro sumiram. Como tudo o mais que parecia estar ocorrendo, essa também era uma experiência nova para mim. Durante os últimos oito ou nove anos, minha vida fora uma permanente luta pela sobrevivência, uma corrida frenética de um artigo trivial para o outro, e me considerava com sorte toda vez que conseguia ter trabalho garantido por mais um ou dois meses. A preocupação com o dinheiro estava incrustada em mim; era parte do meu sangue, de minhas moléculas, e eu mal sabia o que era respirar sem me perguntar se teria dinheiro para pagar a conta de gás. Agora, pela primeira vez desde que fui viver por conta própria, compreendia que não tinha mais de pensar nessas coisas. Certa manhã, quando estava sentado à minha escrivaninha lutando para inventar a última frase de um artigo, correndo às cegas atrás de uma frase que não estava ali, gradualmente despertou em mim a ideia de que me fora oferecida uma segunda chance. Eu podia desistir disso e começar outra vez. Não precisava mais escrever artigos. Podia me dedicar a outras coisas, começar a escrever a obra que sempre desejara fazer. Era a minha oportunidade de me salvar e concluí que seria um tolo se não a aproveitasse.

Passaram-se mais semanas. Toda manhã eu ia para o meu escritório, mas nada acontecia. Teoricamente, sentia-me estimulado, e sempre que não estava trabalhando, minha cabeça vivia repleta de ideias. Porém, toda vez que me sentava para pôr alguma coisa no papel, meus pensamentos pareciam evaporar. As palavras morriam no instante em que eu erguia a caneta. Iniciei vários projetos, mas nada chegou a se sustentar, de fato, e um a um eu os abandonei. Procurava desculpas para explicar por que não conseguia ir em frente. Isso não era problema e em pouco tempo eu havia composto toda uma ladainha de explicações: o ajuste à vida de casado, as responsabilidades da paternidade, meu novo escritório (que parecia muito apertado), o antigo hábito de escrever com um prazo de entrega, o corpo de Sophie, minha sorte repentina — tudo. Durante vários dias, cheguei até a brincar com a ideia de escrever uma história de detetive mas depois empaquei na trama e não consegui amarrar as pontas soltas. Deixei minha mente divagar sem rumo, na esperança de me persuadir de que o ócio era uma prova de que eu estava reunindo forças, um sinal de que algo estava prestes a acontecer. Durante mais de um mês, a única coisa que fiz foi copiar trechos de livros. Um deles, de Espinosa, eu preguei com tachinhas na parede: "E quando ele sonha que não quer escrever, não é capaz de sonhar que quer escrever; e quando sonha que quer escrever, não é capaz de sonhar que não quer escrever".

É possível que eu conseguisse escapar desse buraco. Ainda não estava claro para mim se era uma condição permanente ou uma fase passageira. Meu instinto diz que, por um tempo, estive de fato perdido, vagando aos tropeços e desesperado dentro de mim mesmo, mas não creio que isso signifique que meu caso era incurável. Muitas coisas estavam acontecendo comigo. Estava passando por grandes mudanças e ainda era muito cedo para dizer aonde elas iam dar. Depois, de forma inesperada, surgiu uma solução. Se esta for uma palavra positiva demais, vamos chamar de acordo. Seja lá o que for, ofereci uma resistência muito pequena a isso. Aconteceu em um momento vulnerável para mim e meu juízo não estava em plena forma. Foi o meu segundo erro crucial e decorria diretamente do primeiro.

Estava almoçando com Stuart, certo dia, perto do seu escritório no alto East Side. No meio da refeição, ele mencionou novamente os boatos sobre Fanshawe e, pela primeira vez, me ocorreu que Stuart começava efetivamente a sentir alguma dúvida. A questão parecia tão fascinante para Stuart que ele não conseguia manter-se afastado do assunto. Seu jeito era irônico, jocosamente conspirador mas, por baixo da pose, comecei a desconfiar de que ele tentava me apanhar em uma armadilha para eu confessar. Levei adiante a brincadeira com Stuart durante algum tempo e depois, cansado daquele jogo, declarei que um jeito muito simples de tirar a prova dos nove seria contratar alguém para escrever uma biografia. Fiz esse comentário com absoluta inocência (como uma proposição lógica, não a título de sugestão), mas para Stuart a ideia pareceu ótima. Desembestou a falar: é claro, é claro, o mito de Fanshawe explicado, absolutamente óbvio, é claro, a verdadeira história, afinal. Em questão de minutos, Stuart tinha o plano inteiro traçado. Eu escreveria o livro. Seria publicado após todos os livros de Fanshawe terem vindo a público e eu podia dispor do tempo que quisesse — dois anos, três anos, o que fosse. Teria de ser um livro extraordinário, acrescentou Stuart, um livro equivalente ao próprio Fanshawe, mas Stuart tinha grande confiança em mim e sabia que eu poderia fazer o trabalho. A proposta me apanhou desprevenido e eu a tratei como uma piada. Mas Stuart estava falando sério; não aceitaria uma resposta negativa. Pense melhor no assunto, disse ele, e depois me diga o que acha. Permaneci cético mas, para ser gentil, respondi que ia pensar no caso. Combinamos que eu lhe daria uma resposta definitiva no final do mês.

Conversei com Sophie sobre a ideia naquela noite mas, como eu não podia falar com ela de maneira franca, a conversa não me ajudou grande coisa.

— Depende de você — disse ela. — Se está com vontade de fazer, acho que deve ir em frente.

— Isso não a incomoda?

— Não. Pelo menos, acho que não. Já me havia ocorrido que mais cedo ou mais tarde teria de haver um livro sobre ele. Se tem mesmo de ser assim, é melhor que seja escrito por você do que por outra pessoa.

— Terei de escrever sobre você e Fanshawe. Pode ser um pouco esquisito.

— Algumas páginas serão o suficiente. Contanto que seja você que esteja escrevendo, eu não me preocupo.

— Talvez — falei, sem saber como prosseguir. — O problema mais difícil, acredito, é decidir se quero mesmo me comprometer a pensar tanto assim sobre Fanshawe. Talvez seja hora de deixar que ele desapareça.

— A decisão é sua. Porém o fato é que você pode fazer esse livro melhor do que qualquer um. E não precisa ser uma biografia tradicional, não é? Você podia fazer uma coisa mais interessante.

— Como o quê?

— Sei lá, alguma coisa mais pessoal, mais cativante. A história da sua amizade. Podia ser tanto sobre você como sobre ele.

— Pode ser. Pelo menos é uma ideia. O que me intriga é como você consegue ficar tão tranquila em relação a esse assunto.

— É porque estou casada com você e amo você, só isso. Se você resolver que é uma coisa que deseja fazer, então sou a favor. Afinal de contas, não sou cega. Sei que você anda com dificuldades no seu trabalho e às vezes acho que a culpa é minha. Quem sabe este seja o tipo de projeto de que você precisa para dar uma arrancada outra vez.

Em segredo, eu contava com Sophie para tomar a decisão por mim, supondo que ela iria recusar a ideia, supondo que iríamos conversar sobre o projeto uma vez só e seria o final da história. Mas aconteceu exatamente o contrário. Eu me metera em uma arapuca e toda minha coragem de repente sumiu. Deixei passar uns dias, liguei para Stuart e lhe disse que escreveria o livro. Isso me valeu mais um almoço de graça e, em seguida, eu tive de começar a me virar sozinho.

Revelar a verdade estava totalmente fora de questão. Fanshawe tinha de estar morto, senão o livro não faria sentido algum. Eu teria não só de deixar a carta de fora, como também de fingir que ela jamais fora escrita. Não tenho o menor pudor em dizer o que eu planejava. Desde o início estava claro para mim, e mergulhei de cabeça, com perfídia no coração. O livro era uma obra de ficção. Embora baseado em fatos, nada podia relatar senão mentiras. Assinei o contrato e depois me senti como um homem que tivesse vendido a alma.

Meu pensamento vagueou por várias semanas em busca de um modo de começar. A vida de uma pessoa é algo inexplicável, eu dizia a mim mesmo, o tempo todo. Não importa quantos fatos sejam relatados, quantos detalhes sejam oferecidos, o essencial não admite ser contado. Dizer que fulano nasceu em tal lugar e foi para tal cidade, que fez isso e aquilo, que se casou com fulana e teve tantos filhos, que ele viveu, morreu, deixou tais e tais livros, ou essa batalha, ou aquela ponte — nada disso nos diz muita coisa. Todos queremos ouvir histórias e as ouvimos do mesmo modo que fazíamos quando éramos pequenos. Imaginamos a história verdadeira por dentro das palavras e, para fazê-lo, tomamos o lugar do personagem da história, fingindo que podemos compreendê-lo porque compreendemos a nós mesmos. Isso é um embuste. Existimos para nós mesmos, talvez, e às vezes chegamos até a ter um vislumbre de quem somos realmente, mas no final nunca conseguimos ter certeza e, à medida que nossas vidas se desenrolam, tornamo-nos cada vez mais opacos para nós mesmos, cada vez mais conscientes de nossa própria incoerência. Ninguém pode cruzar a fronteira que separa uma pessoa da outra — pela simples razão de que ninguém pode ter acesso a si mesmo.

Recordei uma coisa que acontecera comigo oito anos atrás, em junho de 1970. Com pouco dinheiro e sem nenhuma perspectiva imediata para o verão, arranjei um emprego temporário de recenseador, no Harlem. Havia umas vinte pessoas no nosso grupo, um pelotão de assalto formado por pesquisadores de campo, contratados para localizar o paradeiro de pessoas que não haviam respondido aos questionários enviados pelo correio. Fizemos um treinamento de vários dias- em um sótão poeirento em uma casa de dois andares, em frente ao Teatro Apollo, e então, após dominar as complicações dos formulários e as regras básicas da etiqueta do recenseador, nos espalhamos pelo bairro levando a tiracolo nossas bolsas vermelhas, brancas e azuis, para bater nas portas, fazer perguntas e voltar trazendo dados. O primeiro lugar que visitei vinha a ser o quartel-general de um jogo de apostas clandestino. A porta entreabriu, uma cabeça apontou para fora (atrás dela, pude ver um punhado de homens em um aposento despojado escrevendo sobre compridas mesas de piquenique), e fui educadamente informado de que eles não queriam saber de nada. Isso pareceu dar o tom geral das visitas. Em um apartamento, conversei com uma mulher meio cega cujos pais haviam sido escravos. Após vinte minutos de entrevista, enfim ela se deu conta de que eu não era negro e soltou uma gargalhada. Ela havia desconfiado disso desde o início, disse a mulher, pois minha voz era diferente, mas achou difícil acreditar. Eu era a primeira pessoa branca a entrar em sua casa. Em outro endereço, deparei com um apartamento onde viviam onze pessoas, nenhuma com mais de vinte e dois anos. Mas na maioria das residências não havia ninguém. E quando estavam em casa não falavam comigo nem me deixavam entrar. Chegou o verão e as ruas ficaram quentes e úmidas, um clima intolerável como só Nova York conhece. Eu começava minha ronda bem cedo, cambaleando de uma casa para outra feito um idiota, me sentindo cada vez mais como um homem da Lua. Enfim conversei com o supervisor (um negro com muita lábia, que usava plastrom de seda e um anel de safira) e lhe expliquei meus problemas. Foi aí que entendi o que esperavam de mim, na verdade. Esse homem recebia uma quantia para cada formulário que os componentes de sua equipe entregassem. Quanto melhores os nossos resultados, mais dinheiro iria para o bolso do sujeito.

— Não vou lhe dizer o que fazer — respondeu ele — mas me parece que você se empenhou honestamente, por isso não deve ficar muito aborrecido.

— Devo desistir? — perguntei.

— Por outro lado — prosseguiu, em tom filosófico — o governo deseja formulários preenchidos. Quanto mais formulários conseguirem, mais contentes vão se sentir. Veja, sei que você é um rapaz inteligente e sei que para você dois mais dois não são cinco. Só porque uma porta não se abre quando você bate, não quer dizer que não tenha ninguém lá dentro. É preciso usar a imaginação, meu amigo. Afinal, não queremos que o governo fique chateado, queremos?

O serviço ficou bem mais fácil depois disso, porém não era mais o mesmo serviço. Meu trabalho de campo se transformara em um trabalho de escritório e, em vez de um investigador, eu era agora um inventor. A cada um ou dois dias, passava na repartição a fim de pegar um novo lote de formulários e entregar os que eu havia preenchido, mas afora isso eu não precisava sair do meu apartamento. Nem sei quantas pessoas inventei — mas devem ter sido centenas, talvez milhares. Eu sentava em meu quarto com o ventilador soprando na minha cara e uma toalha fria em torno do pescoço e preenchia questionários o mais depressa que minha mão conseguia escrever. Interessava-me por famílias numerosas — seis, oito, dez crianças — e sentia um orgulho todo especial em urdir estranhas e complexas redes de relacionamentos, recorrendo a todas as combinações possíveis: pais, filhos, primos, tios, tias, avós, concubinas, filhos adotivos, irmãos de criação, irmãs de criação e amigos. Acima de tudo, havia o prazer de criar nomes. Às vezes, eu tinha de refrear meu impulso para o extravagante — a gozação descarada, o trocadilho, o palavrão — mas em geral me contentava em permanecer no âmbito do realismo. Quando minha imaginação fraquejava, eu podia recorrer a alguns artifícios mecânicos: as cores (Brown, White, Black, Green, Gray, Blue), os presidentes (Washington, Adams, Jefferson, Fillmore, Pierce), personagens de ficção (Finn, Starbuck, Dimmesdale, Budd). Gostava dos nomes associados ao céu (Orville Wright, Amelia Earhart), ao cinema mudo (Keaton, Langdon, Lloyd), a célebres jogadas de beisebol (Killebrew, Mantle, Mays) e à música (Schubert, Ives, Armstrong). Por vezes, eu ia fisgar nomes de parentes distantes ou de antigos colegas de escola e em uma ocasião cheguei a usar um anagrama do meu próprio nome.

Era uma coisa meio infantil, mas eu não tinha nenhum remorso. Tampouco era algo difícil de justificar. O supervisor não reclamava; as pessoas que de fato moravam nos endereços indicados nos formulários não reclamavam (não queriam ser incomodadas, ainda mais por um rapaz branco que vinha meter o nariz em seus assuntos pessoais); e o governo não reclamava, pois aquilo que o governo desconhecia não poderia ofendê-lo, e com toda a certeza não poderia ofendê-lo mais do que ele já ofendia a si mesmo. Cheguei ao ponto de defender minha preferência por famílias numerosas com argumentos políticos: quanto maior a população pobre, mais obrigado se sentiria o governo a gastar dinheiro com ela. Era o engodo das almas mortas, com um toque americano, e minha consciência estava tranquila.

Isso se passava em um determinado nível. No fundo, estava o simples fato de que eu me divertia. Tinha prazer em extrair nomes do nada, inventar vidas que nunca existiram, que nunca iriam existir. Não era exatamente igual a criar personagens em uma história, mas algo maior, algo muito mais perturbador. Todo mundo sabe que as histórias são imaginárias. Qualquer que seja seu efeito sobre nós, sabemos que não são verdadeiras, mesmo quando nos mostram verdades mais importantes do que aquelas que podemos encontrar em outra parte. Em contraste com o escritor de ficção, eu oferecia minhas criações diretamente para o mundo real e assim me parecia possível que elas afetassem esse mundo real de um modo real, que pudessem, no fim, tornar-se parte do real, propriamente falando. Nenhum escritor poderia pedir mais do que isso.

Toda essa história me voltou à memória quando me sentei para escrever sobre Fanshawe. No passado, eu dera à luz milhares de almas imaginárias. Agora, oito anos depois, eu ia pegar um homem vivo e colocá-lo em seu túmulo. Eu era o responsável pelo velório, o clérigo que oficiaria a cerimônia desse funeral de mentira e meu trabalho consistia em dizer as palavras corretas, dizer aquilo que todo mundo queria ouvir. As duas ações eram opostas e idênticas, cada uma, o reflexo da outra em um espelho. Mas isso pouco me consolava. A primeira fraude fora uma piada, nada mais do que uma aventura de juventude, ao passo que a segunda fraude era séria, uma coisa sombria e assustadora. Afinal de contas, eu estava cavando uma sepultura e havia ocasiões em que eu começava a me perguntar se não estaria cavando minha própria sepultura.

A vida das pessoas não faz sentido, eu argumentava. Um homem vive e depois morre e aquilo que ocorre nesse meio-tempo não tem sentido. Pensei na história de La Chère, um soldado que participou de uma das primeiras expedições francesas para a América. Em 1562, Jean Ribaut deixou um punhado de homens em Port Royal (perto de Hilton Head, Carolina do Sul) sob o comando de Albert de Pierra, um alucinado que chefiava por meio do terror e da violência. "Ele enforcou com as próprias mãos um tocador de tambor que caiu em seu desagrado", escreve Francis Parkman, "e baniu um soldado, de nome La Chère, para uma ilha deserta, a três léguas do forte, onde o abandonou para morrer de fome." No fim, Albert morreu assassinado pelos seus soldados em um motim e La Chère acabou sendo resgatado da ilha, mais morto do que vivo. Seria de imaginar que La Chère agora estivesse a salvo, que ter sobrevivido a esse castigo terrível o isentaria de futuras catástrofes. Mas nada é tão simples assim. Não há como escapar do destino, não existem limites para a má sorte e a todo momento retomamos a luta, tão dispostos a levar um golpe baixo quanto estávamos um minuto antes. Entre os colonos, a situação ia de mal a pior. Os homens não possuíam aptidão para enfrentar a selva, e a fome e a nostalgia da terra natal se alastravam. Usando umas poucas ferramentas improvisadas, consumiram todas as energias na construção de um barco "digno de Robinson Crusoé", a fim de levá-los de volta para a França. No oceano Atlântico, outra catástrofe: não tinha vento, a comida e a água acabaram. Os homens começaram a comer seus sapatos e casacos de couro, alguns, em desespero, beberam água do mar e muitos morreram. Então veio o inevitável mergulho no canibalismo. "A sorte foi lançada", conta Parkman, "e o contemplado foi La Chère, o mesmo desafortunado que Albert condenara a morrer de fome em uma ilha deserta. Mataram-no e, com avidez esfomeada, repartiram sua carne. O repasto hediondo os sustentou até surgir a terra, quando, segundo se diz, em um delírio de alegria, eles já não mais foram capazes de conduzir seu barco e deixaram-no flutuar ao sabor da maré. Uma pequena embarcação inglesa aproximou-se deles, levou-os para bordo e, após deixar em terra os mais debilitados, transportou os demais, presos, para Queen Elizabeth."

Uso La Chère apenas como exemplo. Em vista do que são os destinos humanos, o de La Chère até que não é tão estranho assim — talvez seja mais brando do que o da maioria. Pelo menos ele percorreu uma linha reta, e isso em si já é uma coisa rara, quase uma bênção. Em geral, as vidas parecem dar guinadas abruptas de um lado para outro, sacudir, trombar e contorcer-se. A pessoa parte em uma direção, toma um desvio repentino no meio do caminho, empaca, roda a esmo, depois recomeça. Nunca se entende nada e, de forma inevitável, acabamos sempre chegando a um lugar muito diferente daquele aonde queríamos ir. Em meu primeiro ano como estudante em Columbia, todo dia eu passava por um busto de Lorenzo Da Ponte em meu caminho para a aula. Eu o conhecia vagamente como o libretista das óperas de Mozart, mas depois vim a saber que fora também o primeiro professor italiano em Columbia. As duas coisas pareciam incompatíveis e por isso resolvi pesquisar o assunto, curioso para saber como um homem podia viver duas existências tão diferentes. Conforme vim a descobrir, Da Ponte não teve duas, mas cinco ou seis vidas. Nasceu com o nome de Emmanuele Conegliano em 1749, filho de um judeu, comerciante de couro. Após a morte da mãe, o pai casou pela segunda vez com uma católica e resolveu que ele e seu filho deviam ser batizados. O jovem Emmanuele deu sinais de um futuro promissor como estudante e, quando tinha catorze anos, o bispo de Cenada (monsignore Da Ponte) tomou o menino sob sua proteção e pagou todas as despesas da sua educação para o sacerdócio. Conforme o costume da época, o discípulo recebeu o nome do seu benfeitor. Da Ponte foi ordenado em 1773 e se tornou professor em um seminário, interessando-se especialmente por literatura latina, italiana e francesa. Além de tornar-se um adepto do Iluminismo, teve um caso com uma nobre veneziana e, em segredo, gerou uma criança. Em 1776, patrocinou um debate público no seminário em Treviso, cujo tema consistia em determinar se a civilização conseguira tornar a humanidade mais feliz ou não. Em razão dessa afronta aos princípios da Igreja, foi forçado a deixar a cidade — seguindo primeiro para Veneza, depois para Gorizia e por fim para Dresden, onde deu início à sua nova carreira de libretista. Em 1782, partiu para Viena levando uma carta de apresentação para Salieri e foi enfim contratado como "poeta dei teatri imperiali", posto que conservou durante quase dez anos. Foi nesse período que conheceu Mozart e colaborou com três óperas que salvaram seu nome do esquecimento. Em 1790, contudo, quando Leopoldo II restringiu as atividades musicais em Viena em virtude da guerra com os turcos, Da Ponte se viu desempregado. Partiu para Trieste e se apaixonou por uma inglesa chamada Nancy Grahl ou Krahl (o nome correto ainda é controverso). De lá, os dois seguiram para Paris e depois para Londres, onde ficaram por treze anos. A obra musical de Da Ponte limitou-se a uns poucos libretos de ópera para compositores de pouco destaque. Em 1805, ele e Nancy emigraram para a América, onde Da Ponte passou os últimos trinta e três anos de sua vida, durante certo tempo trabalhando ainda como lojista em Nova Jersey e na Pensilvânia, vindo a morrer com oitenta e nove anos — um dos primeiros italianos a serem sepultados no Novo Mundo. Pouco a pouco, tudo havia mudado para ele. Do galante e melífluo mulherengo da juventude, do oportunista imerso nas intrigas políticas da Igreja e da corte, veio a se transformar em um perfeito cidadão comum de Nova York, que em 1805 devia parecer, para ele, o fim do mundo. Depois de tudo isso, acabou assim: um professor dedicado, um chefe de família responsável, pai de quatro filhos. Quando um de seus filhos morreu, diz-se, Da Ponte sentiu-se tão atormentado pela dor que se recusou a sair de casa durante quase um ano. A questão é que, no final, a vida de todas as pessoas é irredutível a qualquer outra coisa que não ela mesma. O que equivale a dizer: a vida não tem sentido.

Não pretendo me alongar a respeito desse assunto. Mas as circunstâncias que levam uma vida a mudar de curso são tão variadas que parece impossível dizer qualquer coisa sobre um homem até que esteja morto. Não só a morte representa o único árbitro autêntico da felicidade (pensamento de Solon), como também estabelece a única medida pela qual podemos julgar a vida em si mesma. Tempos atrás, conheci um vagabundo de rua que falava como um ator shakespeariano, um alcoólatra arruinado, de meia-idade, com cicatrizes no rosto e roupas em farrapos, que dormia na rua e me pedia dinheiro o tempo todo. Entretanto, em outros tempos, ele fora proprietário de uma galeria de arte na avenida Madison. Conheci outro homem que fora considerado o jovem romancista mais promissor da América. Na época em que o conheci, ele havia acabado de herdar quinze mil dólares do pai e estava de pé em uma esquina de Nova York distribuindo notas de cem dólares para desconhecidos. Era tudo parte de um plano para destruir o sistema econômico dos Estados Unidos, ele me explicou. Pense nas coisas que acontecem. Pense em como as vidas desmoronam. Goffe e Whalley, por exemplo, dois dos juízes que condenaram Carlos I à morte, vieram para Connecticut após a Restauração e passaram o resto de suas vidas em uma caverna. Ou a senhora Winchester, a viúva do fabricante de rifles, que temia que os fantasmas das pessoas mortas pelos rifles do marido viessem arrebatar sua alma — e por isso não cessava de acrescentar novos cômodos à sua casa, criando assim um monstruoso labirinto de corredores e passagens secretas, de tal modo que ela podia dormir em um quarto diferente a cada noite e assim ludibriar os fantasmas, mas a ironia da história reside em que, durante o terremoto de San Francisco de 1906, ela acabou trancada em um desses quartos e quase morreu de fome porque os criados não conseguiam encontrá-la. Há também o caso de M. M. Bakhtin, o crítico russo e teórico da literatura. Durante a invasão alemã da Rússia, na Segunda Guerra Mundial, Bakhtin fumou o único exemplar de um de seus manuscritos, um vasto estudo sobre a ficção alemã que levara anos para escrever. Uma a uma, tomava as páginas do seu manuscrito e usava o papel para enrolar seus cigarros, todo dia fumando uma parte do livro, até que a obra inteira se foi. Essas são histórias verdadeiras. Constituem também parábolas, talvez, mas só chegam a alcançar o seu significado porque são verdadeiras.

Em sua obra, Fanshawe demonstra um gosto especial por histórias desse tipo. Sobretudo em seus cadernos de anotações, encontramos uma constante repetição dessas pequenas anedotas e, como se mostram tão frequentes — e cada vez mais, à medida que nos aproximamos do fim —, terminamos desconfiando de que Fanshawe achava que elas de algum modo poderiam ajudá-lo a compreender a si mesmo. Uma das últimas (de fevereiro de 1976, apenas dois meses antes do seu desaparecimento) me parece especialmente significativa.

"Em um livro que li certa vez, de Peter Freuchen", escreve Fanshawe, "o célebre explorador do Ártico narra como se viu colhido por uma nevasca no norte da Groenlândia. Sozinho, vendo os suprimentos diminuírem, resolveu construir um iglu e esperar a tempestade terminar. Passaram-se muitos dias. Com medo, acima de tudo, de ser atacado por lobos — pois ouvira as feras perambulando famintas no telhado do seu iglu —, ele periodicamente saía e cantava a plenos pulmões a fim de assustar os animais. Mas o vento soprava com fúria e, por mais forte que cantasse, a única coisa que conseguia ouvir era o som do vento. Se isso já representava um problema sério, ainda maior era o problema do iglu. Pois Freuchen começara a perceber que as paredes do seu abrigo diminuto estavam aos poucos se fechando sobre ele. Em virtude das condições climáticas peculiares do lado de fora, a sua respiração estava literalmente se congelando nas paredes e, a cada expiração, elas se tornavam um pouco mais espessas, o iglu se tornava um pouco mais apertado, até que afinal quase não haveria mais espaço para o seu corpo. Sem dúvida, é algo aterrador imaginar a si mesmo respirando dentro de um caixão de gelo e, aos meus olhos, parece muito mais impressionante do que, digamos, *O poço e o pêndulo*, de Poe. Pois nesse caso é o homem mesmo o agente da própria destruição e, além disso, o instrumento dessa destruição vem a ser exatamente aquilo de que ele precisa para se manter vivo. Pois está claro que um homem não pode viver sem respirar. Porém, ao mesmo tempo, não vai viver se continuar a respirar. Curiosamente, não recordo como Freuchen conseguiu escapar dessa enrascada. Mas nem é necessário dizer que no final acabou por se salvar. O título do livro, se bem me lembro, é *Aventura no Ártico*. Está esgotado há muitos anos."

# 6

Em junho daquele ano (1978), Sophie, Ben e eu partimos
para Nova Jersey para visitar a mãe de Fanshawe. Havia muito
tempo meus pais não moravam mais lá (tinham se mudado para
a Flórida), e fazia anos eu não ia àquele local. Na condição de
avó de Ben, a senhora Fanshawe havia permanecido em contato
conosco, mas as relações eram um pouco difíceis. Parecia existir
nela uma hostilidade subjacente em relação a Sophie, como se,
em segredo, a culpasse pelo desaparecimento de Fanshawe, e
esse rancor vinha à tona de vez em quando em alguns comentários fortuitos. Sophie e eu a convidávamos para jantar a intervalos
razoáveis, mas ela só raramente aceitava e, quando vinha, ficava
sentada meio nervosa e sorria, matraqueando daquele seu jeito
áspero, fingindo admirar o neto, fazendo elogios despropositа-
dos a Sophie e dizendo como ela era uma moça de sorte, e depois
ia embora cedo, sempre se levantando no meio de uma conversa
e declarando de repente que tinha esquecido um compromisso
em algum outro lugar. Entretanto era difícil culpá-la por isso.
Nada havia corrido bem na sua vida e, a essa altura, a senhora
Fanshawe havia mais ou menos abandonado a esperança de que
um dia as coisas melhorassem. Seu marido tinha morrido; sua
filha sofrera uma longa série de colapsos nervosos e agora vivia
à base de tranquilizantes em uma casa perto dela; seu filho tinha
sumido. Ainda bonita aos cinquenta anos (quando menino, eu a
achava a mulher mais deslumbrante que já tinha visto), ela continuava a viver diversos e complicados casos amorosos (o rol de

homens estava sempre em movimento), inebriava-se em orgias de compras em Nova York e tinha uma paixão por golfe. O êxito literário de Fanshawe a apanhara de surpresa mas agora que ela já se habituara a isso, estava inteiramente disposta a assumir a responsabilidade por ter dado à luz um gênio. Quando lhe falei por telefone a respeito da biografia, ela me pareceu ansiosa para ajudar. Possuía cartas, fotografias e documentos, disse ela, e me mostraria aquilo que eu quisesse ver.

Chegamos no meio da manhã e, após cumprimentos um pouco constrangidos, seguidos por uma xícara de café na cozinha e uma longa conversa sobre o tempo, fomos levados ao andar de cima, para o antigo quarto de Fanshawe. A senhora Fanshawe havia se preparado cuidadosamente para a minha visita, e todo o material estava arrumado em pilhas bem ordenadas no que em outros tempos fora a escrivaninha de Fanshawe. Fiquei espantado com a quantidade. Sem saber o que dizer, agradeci a ela por se mostrar tão solícita — mas na verdade eu estava assustado, assombrado pelo volume esmagador do que se amontoava ali. Poucos minutos depois, a senhora Fanshawe desceu e foi para o quintal com Sophie e Ben (fazia um dia quente e ensolarado), e fiquei sozinho no quarto. Recordo ter olhado pela janela e visto Ben de relance, enquanto ele cruzava o gramado com seu passo gingado, vestindo seu macacão forrado por dentro com uma fralda, soltando um gritinho e apontando o dedo para cima quando um tordo passou planando sobre ele. Bati com os dedos na janela e, quando Sophie virou e olhou para cima, acenei para ela com a mão. Sophie sorriu, mandou-me um beijo e em seguida se afastou para observar um canteiro de flores com a senhora Fanshawe.

Instalei-me na escrivaninha. Era uma coisa terrível estar sentado naquele quarto, e eu não sabia quanto tempo conseguiria suportar aquilo. A luva de beisebol de Fanshawe estava em uma prateleira, com uma bola de beisebol toda esfolada metida dentro dela; nas prateleiras acima e abaixo, estavam os livros que ele lera quando menino; às minhas costas, estava a cama, com a mesma colcha xadrez de que me lembrava, de muitos anos atrás. Isso representava uma prova tangível, os restos mortais de um mundo extinto. Eu entrara em um museu do meu próprio passado e o que encontrei ali quase me esmagou.

*278*

Em uma das pilhas: a certidão de nascimento de Fanshawe, os boletins escolares de Fanshawe, os emblemas do clube de escoteiros de Fanshawe, o diploma da escola secundária de Fanshawe. Em outra pilha: fotografias. Um álbum de Fanshawe quando bebê; um álbum de Fanshawe com a irmã; um álbum da família (Fanshawe como um menino sorridente de dois anos, nos braços do pai, Fanshawe e Ellen abraçando a mãe no balanço do quintal, Fanshawe rodeado pelos primos). E depois fotos avulsas — em pastas dobráveis, em envelopes, em caixinhas: dúzias de fotos de mim e Fanshawe juntos (nadando, jogando bola, andando de bicicleta, fazendo caretas no quintal; meu pai levando nós dois nas costas; o corte do cabelo bem curto, as calças jeans folgadas, os carros antigos por trás de nós: um Packard, um DeSoto, uma caminhonete Ford com largos frisos de madeira). Fotos das turmas da escola, fotos dos times, fotos de acampamentos. Fotos de corridas, de jogos. Sentado em uma canoa, puxando uma corda em um cabo de guerra. E depois, mais embaixo, algumas fotos dos anos posteriores: Fanshawe tal como eu nunca o conhecera. Fanshawe de pé no jardim de Harvard; Fanshawe de pé no tombadilho de um petroleiro da Esso; Fanshawe em Paris, diante de um chafariz de pedra. E, por último, uma fotografia de Fanshawe ao lado de Sophie — Fanshawe parecendo mais velho, mais severo; e Sophie tão terrivelmente jovem, tão linda, e no entanto um pouco aturdida, como se não conseguisse concentrar-se. Respirei bem fundo e depois comecei a chorar, sem mais nem menos, sem perceber, até o último instante, que eu tinha dentro de mim aquelas lágrimas — soluçando com força, tremendo, com o rosto enfiado nas mãos.

Uma caixa à direita das fotos estava repleta de cartas, pelo menos umas cem, começando na idade de oito anos (a letra malfeita de criança, borrões de tinta de caneta e rasuras) e prosseguindo até o início dos anos 70. Havia cartas da faculdade, cartas do navio, cartas da França. A maioria dirigida a Ellen, e muitas delas bem longas. Percebi de cara que eram valiosas, sem dúvida mais valiosas do que qualquer outra coisa ali no quarto — mas não tive coragem para ler na hora. Esperei mais dez ou quinze minutos, depois desci para me juntar aos outros.

A senhora Fanshawe não queria que os originais saíssem da sua casa, mas não fazia objeção a que se tirassem fotocópias das cartas. Ela chegou a se oferecer para fazer isso, porém eu lhe disse que não seria preciso: eu viria outro dia e cuidaria de tudo.

Nosso almoço foi um piquenique no jardim. Ben dominava a cena, correndo até as flores e voltando para nós entre uma e outra mordida do seu sanduíche e, por volta das duas horas, estávamos prontos para ir embora. A senhora Fanshawe nos levou até a estação rodoviária e se despediu de nós três com um beijo, demonstrando mais emoção do que em qualquer outra ocasião da visita. Cinco minutos depois, o ônibus partiu, Ben pegou no sono no meu colo e Sophie segurou minha mão.

— Não foi um dia dos mais alegres, foi? — disse ela.

— Um dos piores — respondi.

— Imagine ter de conversar com essa mulher durante quatro horas. No instante em que entramos lá, fiquei sem ter o que dizer.

— É provável que ela não goste muito de nós.

— Não, acho que não gosta.

— Mas isso é o de menos.

— Foi duro ficar lá em cima sozinho, não foi?

— Muito duro.

— Está arrependido?

— Receio que sim.

— Dá para entender. A coisa toda está ficando um tanto macabra.

— Vou ter de repensar tudo outra vez. Neste momento tenho a impressão de que cometi um grande engano.


Quatro dias depois, a senhora Fanshawe telefonou para dizer que estava de partida para a Europa, onde ia passar um mês, e que talvez fosse uma boa ideia resolvermos nosso negócio agora (palavras dela). Eu vinha planejando cozinhar aquela história em banho-maria, contudo, antes que pudesse inventar uma desculpa razoável para não ir lá, ouvi minha voz concordando em fazer a viagem na segunda-feira seguinte. Sophie esquivou-se de me acompanhar e não insisti para que mudasse de ideia. Os dois percebíamos que uma visita familiar já fora o suficiente.

Jane Fanshawe me encontrou na estação rodoviária, toda sorrisos e cumprimentos afetuosos. Desde o instante em que entrei no seu carro, percebi que dessa vez as coisas seriam diferentes. Ela caprichara na aparência (calça branca, blusa vermelha de seda, o pescoço bronzeado e sem rugas à mostra), e era difícil não pensar que queria chamar minha atenção, queria que eu reconhecesse que ela ainda era linda. Mas não era só isso: um tom vagamente insinuante em sua voz, uma presunção de que, de algum modo, éramos velhos amigos, um direito a certa intimidade em virtude do nosso passado, e não era mesmo uma sorte que eu tivesse vindo sozinho, pois assim estávamos livres para conversar francamente. Achei tudo isso bastante desagradável e não falei nada além do necessário.

— Essa sua família é muito pequena, meu rapaz — disse ela, virando para mim quando paramos em um sinal vermelho.

— É sim — respondi. — Uma família bem pequena.

— O garoto é uma graça, é claro. Um verdadeiro doce. Mas um pouco levado demais, não acha?

— Tem só dois anos. Nessa idade, as crianças costumam ser mesmo agitadas.

— É claro. Mas acho também que Sophie paparica demais o menino. Ela parece rir de tudo sem parar, você sabe o que eu quero dizer. Não estou condenando o riso, mas um pouco de disciplina também não faria mal.

— Sophie age dessa forma com todo mundo — respondi. — Uma mulher alegre será sempre uma mãe alegre. Que eu saiba, Ben não tem do que se queixar.

Uma pequena pausa e então, quando recomeçamos, seguindo por uma larga avenida comercial, Jane Fanshawe acrescentou:

— É uma moça de sorte, essa Sophie. Teve sorte de conseguir se arrumar na vida. Sorte de arranjar um homem como você.

— Costumo pensar que a sorte foi minha — respondi.

— Não devia ser tão modesto.

— Não sou. Apenas sei do que estou falando. Até agora, a sorte foi toda minha.

Ela sorriu com isso — de leve, de uma forma enigmática, como se me considerasse um burro e como se, apesar disso, de algum modo me desse razão, ciente de que eu não ia fazer nenhuma concessão aos argumentos dela. Quando chegamos à sua casa alguns minutos depois, ela parecia ter abandonado sua tática inicial. Sophie e Ben não eram mais citados, e ela se mostrou um modelo de gentileza, dizendo-me quanto se sentia feliz por eu estar escrevendo o livro sobre Fanshawe, e se comportava como se o seu incentivo fosse algo da maior importância — uma espécie de aprovação definitiva não só do livro mas de quem eu era. Em seguida, entregando-me as chaves do carro, me explicou como chegar à loja de fotocópia mais próxima. O almoço, disse ela, estaria à minha espera quando voltasse.

Levei mais de duas horas para copiar as cartas e assim já era quase uma hora quando voltei. O almoço de fato estava ali e era de uma fartura impressionante: aspargos, salmão frio, queijos, vinho branco, tudo do bom e do melhor. O almoço estava servido na mesa da sala de jantar, acompanhado de flores e com o que obviamente vinha a ser a melhor louça da casa. A surpresa devia estar estampada na minha cara.

— Eu queria que fosse um almoço festivo — disse a senhora Fanshawe. — Você não pode imaginar como me sinto bem por ter você em casa. Todas as recordações que voltam. É como se as coisas ruins não tivessem acontecido.

Desconfiei de que ela já tivesse começado a beber enquanto eu estava fora. Ainda sob controle, ainda com os movimentos firmes, havia porém um certo espessamento que se insinuava em sua voz, uma oscilação, um timbre efusivo que não se encontrava ali antes. Quando sentamos à mesa, disse a mim mesmo para ficar atento. O vinho foi servido em doses generosas e, quando vi que ela prestava mais atenção à sua taça do que ao prato, limitando-se a beliscar a comida de vez em quando e, no final, passando mesmo a ignorá-la por completo, me pus a esperar pelo pior. Após uma conversa fiada sobre meus pais e minhas duas irmãs mais novas, o diálogo degenerou em monólogo.

— É estranho — disse ela — como as coisas se passam na vida da gente. A qualquer momento, tudo pode acontecer. Aqui está você, o menino que morava na casa ao lado. É a mesma pessoa que corria por esta casa com lama nos sapatos, agora já crescido, um homem. É o pai do meu neto, já pensou nisso? Casou com a esposa do meu filho. Se alguém me dissesse, dez anos atrás, que

*282*

esse seria o meu futuro, eu teria rido. É isso o que a gente acaba aprendendo da vida: como ela é estranha. Não dá para prever o que vai acontecer. Não dá nem para imaginar.

"Você até se parece com ele, sabe? Sempre se pareceram, na verdade, os dois, como irmãos, quase como gêmeos. Lembro, quando vocês eram pequenos, como eu confundia os dois, de longe. Eu nem conseguia saber qual era o meu.

"Sei quanto você o amava, sei como você venerava Fanshawe. Mas deixe-me dizer uma coisa, meu querido. Ele não valia metade do que você era. Ele era frio por dentro. Estava morto, no fundo, e não acho que jamais tenha amado ninguém — nem uma vez, nem sequer a própria vida. Às vezes eu observava você e a sua mãe no jardim em frente — o jeito que você corria para a sua mãe e passava os braços em volta do pescoço dela, o seu jeito de deixar que ela o beijasse — e bem ali, bem na minha cara, eu podia ver tudo o que eu não tinha com o meu filho. Ele não deixava que eu o tocasse, sabia? Após os quatro ou cinco anos de idade, ele se encolhia toda vez que eu chegava perto. Como você acha que uma mulher se sente com isso — ver que o próprio filho a despreza? Eu era tão absurdamente jovem, na época. Nem tinha vinte anos quando ele nasceu. Imagine só o que ser rejeitada desse jeito faz com a gente.

"Não estou dizendo que ele fosse mau. Era uma criatura à parte, uma criança sem pais. Nada que eu dissesse produzia qualquer efeito nele. A mesma coisa com o pai. Ele se recusava a aprender qualquer coisa conosco. Robert não cansava de tentar mas nunca conseguiu se comunicar com o menino. Mas não se pode castigar um menino porque ele não tem afeição, não é? Não se pode obrigar uma criança a amar a gente só porque é nosso filho.

"Havia Ellen, é claro. A pobre e torturada Ellen. Ele era muito bom com ela, nós dois sabíamos disso. Mas de algum modo ele era bom demais e, no final, isso não foi nada bom para Ellen. Ele fez uma lavagem cerebral na irmã. Tornou-a tão dependente dele que Ellen passou a não ter vontade de falar conosco. Era ele o único que a compreendia, o único que lhe dava conselhos, o único que podia solucionar seus problemas. Robert e eu não passávamos de figuras decorativas. No que dizia respeito à menina, nós quase não existíamos. Ellen confiava tanto no irmão que, enfim, entregou a alma para ele. Não digo que ele soubesse o que estava fazendo, mas o fato é que eu tenho de viver com as consequências até hoje. A menina tem vinte e sete anos mas age como se tivesse catorze — e isso quando está bem. É tão confusa, tão apavorada por dentro. Um dia ela acha que quero destruí-la, no dia seguinte me telefona trinta vezes. Trinta vezes. Você nem pode imaginar o que é isso.

"Ellen é a razão pela qual ele jamais publicou nenhum de seus livros, sabia? Foi por causa da irmã que ele deixou Harvard após o segundo ano. Ele escrevia poesia naquela época e, a intervalos de algumas semanas, Fanshawe sempre lhe enviava um pacote de manuscritos. Você sabe como são esses poemas. Quase impossíveis de entender. Muito exaltados, é claro, repletos de palavras bombásticas e exortações, mas tão obscuros que a gente pensa que foram escritos em código. Ellen passava horas quebrando a cabeça com os poemas, se comportava como se sua vida dependesse disso, tratava os poemas como mensagens secretas, oráculos escritos especialmente para ela. Não creio que ele tivesse a menor ideia do que estava ocorrendo. O irmão de Ellen fora embora, veja bem, e esses poemas eram tudo o que restara dele. A coitadinha. Tinha só quinze anos na época e, verdade seja dita, já estava desmoronando. Ela lia e relia essas folhas de papel até ficarem amassadas e sujas, as levava com ela aonde quer que fosse. Quando Ellen piorou de verdade, se dirigia a pessoas totalmente desconhecidas, no ônibus, e metia nas mãos delas os poemas, dizendo: leia esses poemas. Eles vão salvar sua vida.

"Por fim, é claro, teve o seu primeiro colapso nervoso. Um dia, ela se afastou de mim no supermercado e, antes que eu pudesse notar, estava derrubando da prateleira aqueles jarros de suco de maçã que se espatifavam contra o chão. Um depois do outro, como uma pessoa em transe, de pé no meio de todos aqueles cacos de vidro, os tornozelos sangrando, o suco escorrendo para todo lado. Foi horrível. Ela ficou tão fora de si que foram necessários três homens para segurá-la e levá-la para fora.

"Não quero dizer que o irmão tenha sido o responsável. Mas aqueles malditos poemas com toda a certeza não fizeram bem nenhum a Ellen e, certo ou errado, ele se culpou por isso. Daí em diante, nunca mais tentou publicar nada. Foi visitar Ellen no hospital e acho que isso foi demais para ele, ver a irmã daquele jeito, totalmente fora de si, totalmente enlouquecida — berrando com o irmão e acusando-o de odiá-la. Foi de fato uma crise esquizoide, entende, e ele não conseguiu assimilar o golpe. Foi aí que fez o voto de nunca mais publicar nada. Foi uma espécie de penitência, eu acho, e ele se manteve fiel a isso o resto da vida, não foi? Ele se aferrou a isso daquele seu jeito teimoso, brutal, até o fim.

"Uns dois meses depois, recebi uma carta dele comunicando que tinha largado a faculdade. Não estava pedindo minha opinião, veja bem, apenas estava me informando o que havia feito. Cara mamãe, e assim por diante, tudo muito digno e afetado. Estou largando a faculdade para livrá-la do fardo financeiro que representa pagar meus estudos. O que, nas condições em que Ellen se encontra, com o custo elevadíssimo dos médicos e mais isso e mais aquilo e toda aquela conversa mole.

"Fiquei furiosa. Um rapaz como ele jogando fora sua educação a troco de nada. Era um ato de sabotagem, mas não havia nada que eu pudesse fazer. Ele já tinha ido embora. O pai de um amigo dele em Harvard tinha alguma ligação com empresas de navegação — acho que representava o sindicato dos marinheiros ou algo assim — e Fanshawe conseguiu arrumar um passaporte por intermédio desse homem. Na ocasião em que recebi a carta, ele estava em algum local do Texas, e foi só isso. Não o vi durante mais cinco anos.

"Uma vez por mês, mais ou menos, chegava uma carta ou cartão-postal para Ellen, mas nunca havia o endereço do remetente. Paris, o sul da França, Deus sabe onde, mas ele tomava cuidado para que não pudéssemos descobrir um meio de entrar em contato com ele. Achei esse comportamento mesquinho. Covarde e mesquinho. Não me pergunte por que guardei as cartas. Lamento não ter queimado todas elas. É o que eu devia ter feito. Queimado até a última dessas cartas."

Ela continuou a falar desse modo durante mais de uma hora, suas palavras aos poucos se tornando cada vez mais amargas, em certos pontos alcançando um período de lucidez constante para em seguida, após mais uma taça de vinho, gradualmente ir perdendo a coerência. Sua voz era hipnótica. Enquanto falava, eu tinha a impressão de que nada mais conseguiria me tocar. Havia uma sensação de imunidade, de estar protegido pelas palavras que vinham da sua boca. Eu mal me dava ao trabalho de ouvir. Eu flutuava naquela voz, estava envolvido por ela, preso às bóias da sua persistência, oscilando ao sabor das sílabas, o aclive e o declive, as ondas. Enquanto a luz da tarde jorrava através das janelas sobre a mesa, cintilando nos molhos, na manteiga que derretia, nas garrafas verdes de vinho, tudo na sala se tornou tão radiante e imóvel que comecei a achar irreal que eu estivesse ali, no meu próprio corpo. Estou derretendo, disse a mim mesmo, vendo a manteiga amolecer no seu pratinho e por uma ou duas vezes cheguei a pensar que não devia permitir que isso continuasse, que não devia deixar aquilo me dominar, mas no final nada fiz, de algum modo sentindo que não poderia mesmo reagir.

Não tenho desculpa para o que aconteceu. A embriaguez nunca é mais do que um sintoma, não constitui uma causa absoluta e compreendo que seria enganoso da minha parte tentar me justificar. Contudo existe ao menos a possibilidade de uma explicação. Tenho certeza agora de que as coisas que se seguiram tinham tanto a ver com o passado quanto com o presente e acho esquisito, agora que encaro tudo isso a certa distância, constatar como um monte de emoções antigas acabaram se apoderando de mim naquela tarde. Enquanto eu estava ali sentado ouvindo a senhora Fanshawe, era difícil não lembrar como eu a vira quando menino e, tão logo isso começou a ocorrer, me vi tropeçando em imagens que não me eram visíveis havia vários anos. Uma em especial me atingiu com grande impacto: certa tarde, em agosto, quando eu tinha treze ou catorze anos, olhei pela janela do meu quarto que dava para o jardim da casa em frente e vi a senhora Fanshawe sair com um biquíni vermelho, despreocupadamente retirar a parte de cima e deitar-se em uma espreguiçadeira com as costas voltadas para o sol. Tudo isso aconteceu por acaso. Eu estava sentado na janela com o pensamento vagando à toa e aí, de forma inesperada, uma mulher deslumbrante surgiu caminhando languidamente em meu campo de visão, quase nua, inconsciente da minha presença, como se eu mesmo a tivesse esconjurado. Essa imagem permaneceu em minha memória por um longo tempo e, durante minha adolescência, eu voltava a ela com frequência: o desejo de um garoto, o cerne das fantasias noturnas.

Agora que essa mulher estava aparentemente se empenhando em me seduzir, eu mal sabia em que pensar. De um lado, eu achava a cena grotesca. De outro, havia nela algo natural, até mesmo lógico, e eu sentia que se eu não usasse toda a minha força para resistir, acabaria permitindo que a coisa acontecesse.

Não há a menor dúvida de que a senhora Fanshawe me fez ter pena dela. Sua versão de Fanshawe era tão sofrida, tão repleta dos sinais da genuína infelicidade que aos poucos fui enfraquecendo diante dela, caindo na sua armadilha. O que eu ainda não entendo, porém, é até que ponto ela estava consciente do que fazia. Teria planejado tudo de antemão ou a coisa simplesmente aconteceu sozinha? Seria a sua fala sem rumo uma estratégia para quebrar minha resistência, ou foi um surto espontâneo de sentimentos verdadeiros? Desconfio que ela estava contando a verdade sobre Fanshawe, pelo menos a verdade dela, mas isso não basta para me convencer — pois até uma criança sabe que a verdade pode ser usada para fins escusos. Mais importante ainda, existe a questão do motivo. Quase seis anos após o fato, ainda não atinei com uma resposta. Dizer que ela me achou irresistível seria absurdo e não tenho a mínima vontade de me iludir a respeito disso. Foi algo muito mais profundo, muito mais sinistro. Recentemente, passei a conjeturar se ela de algum modo não havia pressentido em mim um ódio em relação a Fanshawe, um ódio tão forte quanto o dela mesma. Talvez ela pressentisse esse vínculo tácito entre nós, talvez fosse o tipo de vínculo que só pode ser comprovado por meio de um ato insólito, bizarro. Trepar comigo seria como trepar com Fanshawe — como trepar com o próprio filho — e, nas trevas desse pecado, ela o teria de volta outra vez —, mas apenas a fim de destruí-lo. Uma vingança terrível. Se isso for verdade, não posso me dar ao luxo de me considerar uma vítima dela. Quando muito, um cúmplice seu.

Começou não muito depois de ela se pôr a chorar — quando enfim ela se esgotou e as palavras se romperam, esfarelando-se em lágrimas. Bêbado, tomado pela emoção, me levantei, andei até onde ela estava sentada e pus meus braços em torno dos seus ombros em um gesto de consolo. Isso nos levou para o outro lado da fronteira. O simples contato bastou para disparar o gatilho da reação sexual, uma lembrança opaca de outros corpos, de outros abraços e, um instante depois, estávamos nos beijando e aí, não muito tempo após isso, estávamos deitados nus na sua cama, no andar de cima.

Embora eu estivesse embriagado, não me achava tão fora de mim que não soubesse o que estava fazendo. Mas nem mesmo a culpa era o suficiente para me deter. Isso vai terminar, disse para mim mesmo, e ninguém ficará machucado. Nada disso tem a ver com a minha vida, nada disso tem a ver com Sophie. Mas depois, e mesmo enquanto acontecia, descobri que não era só isso. Pois o fato é que gostei de trepar com a mãe de Fanshawe — porém de um modo que nada tinha a ver com prazer. Eu estava esgotado e pela primeira vez na vida não encontrei dentro de mim nenhuma ternura. Estava trepando por puro ódio e transformei aquilo em um ato de violência, triturando aquela mulher como se quisesse pulverizá-la. Eu havia penetrado na minha própria escuridão e foi lá que aprendi a coisa mais tenebrosa de todas: que o desejo sexual pode ser também um desejo de matar, que chega a hora em que é possível para um homem escolher a morte em lugar da vida. Aquela mulher queria que eu a ferisse, e eu a feri, e me vi me deleitando na minha própria crueldade. Mas mesmo então eu sabia que estava apenas encenando uma farsa, ela não passava de uma sombra e eu a estava usando a fim de agredir o próprio Fanshawe. Quando a penetrei pela segunda vez — os dois cobertos de suor, gemendo como personagens de um pesadelo — enfim compreendi isso. Eu queria matar Fanshawe. Queria que Fanshawe morresse e ia matá-lo. Eu ia partir no seu encalço e dar cabo dele.

Deixei-a adormecida na cama, me esgueirei para fora do quarto e chamei um táxi pelo telefone no andar de baixo. Meia hora depois estava no ônibus a caminho de Nova York. No Terminal Rodoviário, fui ao banheiro masculino, lavei as mãos e o rosto, depois peguei o metrô para a parte alta da cidade. Cheguei em casa na hora em que Sophie estava pondo a mesa para jantar.

# 7

Aí começou a pior parte. Havia tantas coisas para esconder de Sophie que eu mal podia me mostrar diante dela, na verdade. Tornei-me irritável, esquivo, fechei-me no meu pequeno escritório, desejando apenas ficar sozinho. Durante um longo tempo, Sophie me aturou, agindo com uma paciência que eu não tinha o direito de esperar, mas no final até ela começou a se cansar e, mais ou menos no meio do verão, passamos a discutir, implicando um com o outro, brigando por coisas sem nenhuma importância. Um dia, entrei em casa e a encontrei chorando na cama, e eu soube nesse instante que eu estava prestes a arruinar minha vida.

Para Sophie, o problema era o livro. Quem sabe se eu parasse de trabalhar no livro as coisas voltariam ao normal? Eu fora muito precipitado, dizia ela. O projeto era um equívoco, eu devia deixar de ser teimoso e admitir isso logo de uma vez. Sophie tinha razão, é claro, mas continuei a discutir com ela defendendo a opinião contrária: eu me comprometera a fazer o livro, assinara um contrato e seria covardia voltar atrás. O que não contei foi que não tinha mais a menor intenção de escrever o livro. Ele existia para mim, agora, apenas na medida em que podia me conduzir até Fanshawe e, afora isso, não existia livro nenhum. Havia se tornado para mim um assunto secreto, algo não mais ligado ao ato de escrever. Toda a pesquisa para a biografia, todos os fatos que eu trazia à tona enquanto revolvia o passado, todo o trabalho que parecia ser pertinente ao livro — essas eram justamente as coisas que eu usaria para descobrir onde ele estava. Pobre Sophie.

Ela nunca teve a menor ideia do que eu pretendia — pois o que eu alegava estar fazendo não era, na verdade, em nada diferente daquilo que eu de fato fazia. Eu estava colando os pedaços soltos da história da vida de um homem. Estava reunindo informações, juntando nomes, datas, estabelecendo uma cronologia para os fatos. Por que eu insistia nisso é algo que ainda me desconcerta. Tudo fora reduzido a um só impulso: encontrar Fanshawe, falar com Fanshawe, defrontar-me com Fanshawe uma última vez. Mas eu jamais conseguia ir além desse ponto, nunca conseguia captar uma imagem do que pretendia alcançar por meio desse encontro. Fanshawe escrevera que iria me matar, mas essa ameaça não me assustou. Eu sabia que tinha de achá-lo — sabia que nada ficaria resolvido antes que eu o encontrasse. Isso era o pressuposto, o princípio básico, o mistério da fé: eu admitia isso, mas não me dava ao trabalho de questionar o assunto.

No fundo, não creio que eu quisesse de fato matá-lo. A visão assassina que me ocorrera em companhia da senhora Fanshawe não durou muito, pelo menos no nível do consciente. Houve ocasiões em que cenas rápidas fulguraram de passagem em minha mente — estrangular Fanshawe, apunhalar, dar um tiro no seu coração —, mas outros já haviam morrido de forma semelhante em meu pensamento ao longo dos anos e não prestei muita atenção a isso. O esquisito não era que eu pudesse ter vontade de matar Fanshawe, e sim que eu às vezes imaginasse que ele *queria* que eu o matasse. Isso só aconteceu uma ou duas vezes — em momentos de extrema lucidez — e fiquei convencido de que esse era o sentido verdadeiro da carta que ele tinha escrito. Fanshawe estava à minha espera. Ele me escolhera como seu carrasco e sabia que podia confiar inteiramente em mim para levar a missão a cabo. Mas era exatamente por isso que eu não ia fazê-lo. O poder de Fanshawe tinha de ser quebrado, e não acatado. A questão era provar a ele que eu não me importava mais — esse era o ponto crucial: ameaçá-lo na condição de morto, embora estivesse vivo. Mas antes de provar isso para Fanshawe, tinha de provar para mim mesmo, e o fato de que precisava prová-lo constituía, por sua vez, uma prova de que eu ainda me importava demais. Não me bastava deixar que as coisas seguissem seu curso normal. Eu tinha de agitar, criar uma crise.

Como ainda duvidava de mim mesmo, eu precisava correr riscos, me pôr à prova antes de enfrentar o maior perigo possível. Matar Fanshawe não significaria nada. A questão era achá-lo vivo — e depois escapar dele vivo.

As cartas para Ellen foram úteis. Ao contrário dos cadernos, que tendiam a se mostrar especulativos e desprovidos de detalhes, as cartas eram extremamente específicas. Eu sentia que Fanshawe se esforçava para entreter a irmã, alegrá-la com histórias divertidas e, em consequência, as referências eram mais pessoais do que em qualquer outra parte. Nomes, por exemplo, eram citados com frequência — colegas da faculdade, companheiros do navio, gente que conheceu na França. E se não havia nenhum endereço do remetente nos envelopes, em compensação muitos lugares eram comentados: Baytown, Corpus Christi, Charleston, Baton Rouge, Tampa, vários bairros de Paris, uma aldeia no sul da França. Essas coisas bastavam para me fornecer um ponto de partida e, durante várias semanas, fiquei fechado em meu escritório elaborando listas, correlacionando pessoas a lugares, lugares a datas, datas a pessoas, desenhando mapas e cronogramas, procurando endereços, escrevendo cartas. Eu estava atrás de pistas e tentava investigar qualquer coisa que tivesse a mais remota chance de levar a ele. Minha suposição era de que em algum ponto do seu trajeto Fanshawe cometera um erro — alguém sabia onde ele estava, alguém do passado o tinha visto. Isso não representava de modo algum uma certeza, mas parecia a única maneira plausível de começar.

As cartas da faculdade são um tanto enfadonhas e sinceras — comentários sobre os livros lidos, sobre as conversas com os amigos, descrições da vida no alojamento dos estudantes — mas elas pertencem ao período anterior ao colapso nervoso de Ellen e têm um tom íntimo, confidencial, que as cartas futuras abandonam. No navio, por exemplo, Fanshawe raramente comenta qualquer coisa sobre si mesmo — a menos que seja do interesse de alguma anedota que ele escolheu para contar. Vemos Fanshawe tentando se adaptar ao novo ambiente, na sala de recreação jogando cartas (e ganhando) com o encarregado da lubrificação das máquinas, nascido na Louisiana, jogando bilhar em vários bares sórdidos em terra (e ganhando), e depois explica seu sucesso como um mero lance de sorte: "Estava tão empenhado em não dar vexame que de algum modo acabei fazendo o impossível. Foi uma descarga de adrenalina, eu acho". Narrações das horas de serão na casa de máquinas do navio, "sessenta graus de temperatura, você nem acredita — meus tênis se enchiam com tanto suor que chapinhavam como se eu estivesse andando em poças de água"; conta como teve um dente de siso arrancado por um dentista bêbado em Baytown, Texas, "tinha sangue por todo lado e caquinhos de dente ficaram agarrados no buraco na minha gengiva durante uma semana". Na condição de novato, sem nenhuma autoridade, Fanshawe mudava de uma função para a outra. A cada porto, havia tripulantes que deixavam o navio para ir para casa e outros que embarcavam a fim de substituí-los, e se um desses recém-chegados preferisse o posto de Fanshawe ao que estava vago, o Garoto (como era chamado) acabava empurrado para outro trabalho. Fanshawe, portanto, exerceu funções variadas como marinheiro comum (esfregando e pintando o tombadilho), como criado (lavando o chão, arrumando as camas, limpando banheiros) e como ajudante no rancho (servindo a comida, lavando pratos). Este último serviço era o mais árduo, mas também o mais interessante, pois a vida do navio gira, sobretudo, em torno do tema comida: os vastos apetites estimulados pelo tédio, os homens praticamente vivendo de uma refeição para a outra, o surpreendente refinamento de alguns deles (homens gordos, rudes, julgando pratos com a petulância e o desdém de duques do século XVIII). Mas Fanshawe recebeu os conselhos de um veterano no dia em que começou a trabalhar no rancho: "Não deixe ninguém dizer desaforos para você", advertiu o homem. "Se um cara reclamar da comida, mande ele ficar de bico calado. Se ele insistir, finja que o cara não está ali e sirva a comida dele por último. Se isso não der certo, diga que vai pôr água gelada na sopa dele na próxima vez. Melhor ainda, diga que vai mijar na sopa do cara. Você tem de mostrar quem é que manda aqui".

Vemos Fanshawe levando o café da manhã para o capitão, certa manhã, após uma noite de tempestade violenta no cabo Hatteras: Fanshawe arrumando a toranja, os ovos mexidos e a torrada em uma bandeja, embrulhando a travessa em folha de estanho, depois embrulhando de novo com um pano de prato, torcendo para que os pratos não voassem para o mar quando ele estivesse na ponte do navio (pois o vento soprava sem parar a cento e dez quilômetros por hora); Fanshawe então subiu a escada, deu os primeiros passos na ponte e aí, de repente, quando o vento o atingiu, deu uma tremenda pirueta — o ar enfurecido empurrou a bandeja por baixo e puxou seus braços para cima da cabeça, como se ele estivesse agarrado a uma primitiva máquina voadora, prestes a aterrissar sobre a água; Fanshawe reuniu todas as forças para baixar a bandeja, enfim a segurou contra o peito, os pratos por milagre não haviam escorregado, e então, lutando para dar cada passo, percorreu toda a extensão da ponte, uma figura minúscula, imprensada pela força devastadora do ar à sua volta; Fanshawe, após muitos e muitos minutos, chegou ao outro lado do navio, entrou no castelo de proa, encontrando o capitão gorducho atrás do timão, e disse: "seu café da manhã, capitão", e o timoneiro virou para ele, dirigindo-lhe um rapidíssimo olhar de relance e respondeu, com uma voz distraída: "Obrigado, garoto. Pode pôr aí na mesa".

Entretanto, nem tudo era tão divertido para Fanshawe. Há referência a uma briga (não são oferecidos detalhes) que parece ter perturbado Fanshawe, juntamente com várias cenas desagradáveis a que assistiu em terra. Um caso de abuso contra um negro em um bar em Tampa, por exemplo: um bando de bêbados escarneceu de um negro idoso que tinha entrado com uma grande bandeira americana — querendo vendê-la — e o primeiro bêbado abriu a bandeira e disse que tinha estrelas de menos — "esta bandeira é falsa" — e o velho negou tudo, quase de joelhos pedindo misericórdia, enquanto os outros bêbados começavam a rosnar em apoio ao primeiro — a coisa toda terminou quando o velho foi atirado porta afora, indo cair de cara na calçada, e os bêbados sorriram e balançaram a cabeça em sinal de aprovação, dando o assunto por encerrado após alguns comentários sobre a necessidade de manter o mundo seguro em nome da democracia. "Eu me senti humilhado", escreveu Fanshawe, "com vergonha de estar ali."

Todavia as cartas têm em geral um tom jocoso ("Pode me chamar de Redburn",* assim começa uma delas) e no final dão a sensação de que Fanshawe conseguiu provar alguma coisa para si mesmo. O navio não passa de um pretexto, um recurso aleatório, um modo de se pôr à prova em face do desconhecido. Como se verifica em qualquer iniciação, a mera sobrevivência representa o triunfo. O que começa como possíveis transtornos — sua educação em Harvard, seus antecedentes de classe média — Fanshawe consegue transformar em vantagens e, no final de sua temporada, é reconhecido como o intelectual da tripulação, não é mais apenas o "Garoto" mas às vezes também o "Professor", convocado a fim de arbitrar disputas (quem foi o vigésimo terceiro presidente, qual é a população da Flórida, quem jogou na ponta esquerda em 1947 para o time dos Giants) e consultado o tempo todo como fonte para informações obscuras. Membros da tripulação pedem sua ajuda para preencher formulários burocráticos (tabelas de impostos, questionários de seguro, relatórios de acidentes), e alguns chegam a pedir que escreva cartas para eles (em um dos casos, dezessete cartas de amor de Otis Smart para sua namorada Sue-Ann, em Dido, Louisiana). A questão importante não é que Fanshawe se torna o centro das atenções, mas que ele consegue se adaptar, encontrar um lugar para si. O teste autêntico, afinal de contas, consiste em ser como todo mundo. Uma vez que isso aconteça, ele já não precisa mais pôr em questão a sua singularidade. Está livre — não só dos outros, mas de si mesmo. A prova suprema disso, eu creio, é que quando Fanshawe deixa o navio não se despede de ninguém. Demite-se certa noite, em Charleston, pega seu pagamento com o capitão e depois simplesmente some. Duas semanas mais tarde, chega a Paris.

Nenhuma palavra por dois meses. E então, durante os três meses seguintes, nada senão cartões-postais. Mensagens curtas, elípticas, rabiscadas nas costas de fotos de lugares-comuns turísticos: Sacré-Coeur, a Torre Eiffel, a Conciergerie. Quando começam a vir as cartas, chegam a intervalos irregulares e não dizem

(*) Alusão ao livro do escritor norte-americano Herman Melville (1819-91), *Redburn, His First Voyage; Being The Sailor-Boy, Confessions And Reminiscences Of The Son-Of-a-Gentleman, In The Merchant Service*. (N. T.)

nada de importante. Sabemos que nessa altura Fanshawe está mergulhado a fundo em sua obra (numerosos poemas, uma primeira versão de *Blackouts*), mas as cartas não fornecem nenhuma ideia verdadeira da vida que ele levava. Temos a sensação de que ele está em conflito, inseguro de si mesmo em relação a Ellen, não quer perder contato com ela mas ao mesmo tempo não consegue resolver o que deve ou não deve contar-lhe. (E o fato é que a maioria dessas cartas não é sequer lida por Ellen. Endereçadas para a casa em Nova Jersey, elas são obviamente abertas pela senhora Fanshawe, que as filtra antes de mostrar à filha — e, na maioria dos casos, Ellen não as vê. Fanshawe, eu creio, devia saber que isso acontecia, pelo menos devia desconfiar. O que vem complicar ainda mais o problema — pois de certo modo essas cartas não são em absoluto escritas para Ellen. Afinal, Ellen não passa de um artifício literário, o veículo pelo qual Fanshawe se comunica com a mãe. Daí a raiva da mãe. Pois enquanto Fanshawe fala para a mãe, pode ao mesmo tempo fingir que a ignora.) Durante cerca de um ano, as cartas tratam quase exclusivamente de objetos (prédios, ruas, descrições de Paris), elaborando minuciosos catálogos de coisas vistas e ouvidas, mas o próprio Fanshawe mal se mostra presente. Depois, aos poucos, começamos a ver alguns dos seus conhecidos, sentimos uma ligeira gravitação no sentido da anedota — contudo as histórias se acham dissociadas de qualquer contexto, o que lhes confere uma feição flutuante, incorpórea. Vemos, por exemplo, um velho compositor russo chamado Ivan Wyshnegradsky, com quase oitenta anos — pobre, viúvo, vivendo sozinho em um apartamento maltratado na rua Mademoiselle. "Encontro esse homem mais do que qualquer outra pessoa", declara Fanshawe. Em seguida, nenhuma palavra sobre a amizade entre eles, nem um vislumbre do que dizem um para o outro. Em vez disso, existe uma demorada descrição do piano afinado em quartos de tom, no apartamento dele, com seu móvel imenso e suas múltiplas teclas (fabricado especialmente para Wyshnegradsky, em Praga, quase cinquenta anos antes, e um dos poucos pianos de quarto de tom existentes na Europa), e então, sem fazer mais nenhuma alusão à carreira do compositor, a história de como Fanshawe dá uma geladeira de presente para o velho. "Eu estava de mudança para outro apartamento", escreve Fanshawe. "Como a casa já tinha uma geladeira nova, resolvi dar a velha de presente para Ivan. Assim como muita gente em Paris, ele nunca teve uma geladeira — durante todos esses anos, guardava a comida em uma caixinha na parede da cozinha. Mostrou-se muito satisfeito com minha ideia e providenciei o transporte da geladeira até a sua casa — carreguei-a até o andar de cima com a ajuda do homem que dirigiu o caminhão. Ivan saudou a chegada dessa máquina como um acontecimento importante em sua vida — tagarelando sem parar, feito uma criança — e no entanto ficou desconfiado, pude ver bem isso, até um pouco intimidado, bastante inseguro quanto ao que fazer com aquele objeto estranho. 'É tão grande', ficou repetindo, enquanto colocávamos a geladeira no lugar, e depois, quando a ligamos na tomada e o motor começou a funcionar — 'mas que barulheira'. Expliquei que ele logo ia se acostumar, salientando as vantagens desse moderno utensílio doméstico, as mil maneiras pelas quais aquilo facilitaria sua vida. Eu me sentia como um missionário: o grande Papai Sabe-Tudo redimindo a vida daquele homem da Idade da Pedra, mostrando-lhe a verdadeira religião. Passou mais ou menos uma semana e Ivan me telefonava quase todo dia para dizer como estava contente com a geladeira, enumerando todos os novos alimentos que agora podia comprar e guardar em casa. Então, o desastre. 'Acho que quebrou', disse ele um dia, parecendo muito pesaroso. O pequeno congelador, na parte de cima, ao que parece tinha se entupido de gelo e, sem saber como se livrar daquilo, Ivan usou um martelo, retirando a marteladas não só o gelo mas também a serpentina embaixo. 'Meu caro amigo', disse Ivan, 'lamento muito'. Expliquei que ele não precisava se aborrecer — eu ia arranjar um técnico para consertar a geladeira. 'Bem', respondeu Ivan, no final, 'acho que talvez tenha sido melhor assim. O barulho, você sabe. Fica difícil me concentrar. Vivi tanto tempo com a caixinha na parede que me sinto bastante ligado a ela. Meu caro amigo, não fique zangado. Receio que não se possa fazer nada com um homem velho como eu. A gente chega a um certo ponto da vida que já não dá mais para mudar as coisas.'"

Outras cartas continuam no mesmo espírito, mencionando vários nomes, aludindo a vários empregos. Deduzi que o dinheiro que Fanshawe ganhou no navio durou mais ou menos um ano e depois disso ele se virou do jeito que pôde. Parece que por um certo tempo Fanshawe traduziu uma coleção de livros de arte; em outra ocasião, há sinais de que trabalhou como professor particular de inglês para diversos alunos do *licée*; mais adiante, durante um verão, parece que trabalhou como telefonista no turno da noite no escritório do *New York Times* em Paris (o que, no mínimo, indica que tinha adquirido fluência no francês); e então vem um período bastante curioso no qual ele trabalhou de forma intermitente como produtor cinematográfico — corrigindo textos, traduzindo, preparando sinopses de roteiros. Embora haja poucas alusões autobiográficas em qualquer dos livros de Fanshawe, creio que certos incidentes de *Neverland* podem ser rastreados nessa última experiência (a casa de Montag no capítulo sete; o sonho de Flood no capítulo trinta). "O esquisito nesse homem", escreve Fanshawe (referindo-se ao produtor de cinema, em uma de suas cartas), "é que embora suas transações financeiras com os ricos cheguem às raias do crime (táticas implacáveis, mentiras descaradas), ele se mostra muito humano com os menos favorecidos pela sorte. Pessoas que lhe devem dinheiro raramente são pressionadas ou levadas a julgamento — mas têm uma oportunidade de saldar as dívidas prestando-lhe serviços. Seu motorista, por exemplo, é um marquês arruinado que o leva para um lado e outro em um Mercedes branco. Há um velho barão que não faz nada a não ser tirar cópias xerox. Sempre que visito seu apartamento para entregar-lhe meu trabalho, há um novo lacaio de pé no canto, algum nobre decrépito escondido atrás das cortinas, algum distinto financista que no fim não passa de um garoto de recados. E nada é desperdiçado. Quando o ex-diretor que morava no quarto do criado no sexto andar se suicidou no mês passado, eu herdei o seu sobretudo — que venho usando o tempo todo desde então. Um casacão preto que vem quase até meus tornozelos. Me dá a aparência de um espião."

Quanto à vida particular de Fanshawe, há apenas vagas indicações. Ele cita um jantar festivo, descreve o ateliê de um pintor, o nome Anne se insinua uma ou duas vezes — mas a natureza dessas ligações é obscura. Contudo era justamente desse tipo de coisa que eu precisava. Batendo perna quanto fosse necessário, saindo por aí e perguntando para Deus e o mundo, imaginei que acabaria conseguindo achar o rastro de algumas dessas pessoas.

Afora uma viagem de três semanas até a Irlanda (Dublin, Cork, Limerick, Sligo), Fanshawe parece ter permanecido mais ou menos no mesmo lugar. A versão definitiva de *Blackouts* foi concluída em algum ponto no decorrer do seu segundo ano em Paris; *Miracles* foi escrito no seu terceiro ano, junto com quarenta ou cinquenta poemas curtos. Tudo isso é bem fácil de determinar — uma vez que foi durante esse tempo que Fanshawe desenvolveu o costume de datar sua obra. Ainda não está claro o momento exato em que deixou Paris e voltou ao seu país, mas creio que ocorreu em algum ponto entre junho e setembro de 1971. As cartas se tornam esparsas justamente nesse período e mesmo os cadernos não fornecem mais do que uma lista dos livros que ele lia (a *História do mundo*, de Raleigh, e *Viagens*, de Cabeza de Vaca). Mas tão logo se instala na casa de campo, fornece uma narrativa minuciosa de como fora parar lá. Os detalhes em si não importam, mas surge um fato crucial: enquanto esteve na França, Fanshawe não escondia que era escritor. Seus amigos sabiam a respeito da sua obra, e se havia algum segredo, era destinado apenas à sua família. Esse foi um descuido flagrante da sua parte — a única vez, em todas as suas cartas, que ele se expõe. "Os Dedmon, um casal americano que conheci em Paris", escreve ele, "não vão poder visitar sua casa de campo durante o ano que vem (vão para o Japão). Como a casa já foi arrombada uma ou duas vezes, não querem deixá-la desocupada — e me ofereceram o emprego de caseiro. Não só posso morar de graça como também usar o carro, e ainda por cima ganho um pequeno salário (o bastante para me sustentar, se eu tiver muito cuidado). Isso é um lance de sorte. Eles disseram que preferiam pagar para eu ficar na casa escrevendo por um ano a alugá-la para desconhecidos." Uma coisa à toa, talvez, mas quando topei com isso na carta, fiquei animado. Fanshawe havia por um instante baixado a guarda — e se isso acontecera uma vez, não havia motivo para supor que não pudesse ocorrer de novo.

Como peças literárias, as cartas escritas no campo suplantam todas as outras. Nessa altura, o olhar de Fanshawe tornou-se incrivelmente aguçado e dá para sentir um novo manancial de palavras dentro dele, como se a distância entre ver e escrever se tivesse estreitado, os dois atos agora quase idênticos, partes de um gesto uno, indivisível. Fanshawe se preocupa com a paisagem e a todo instante se volta para ela, nunca se cansa de contemplá-la, de registrar suas alterações. Sua paciência diante dessas coisas sempre se mostra no mínimo impressionante e há trechos de descrições da natureza nas cartas assim como nos cadernos que estão entre os mais fulgurantes que já li. A casa de pedra onde vive (paredes com sessenta centímetros de espessura) foi construída no tempo da Revolução: de um lado fica um pequeno vinhedo, do outro, um prado onde as ovelhas pastam; há uma floresta atrás (pegas, gralhas, porcos-do-mato) e, na frente, do outro lado da estrada, os rochedos que vão dar na aldeia (população, quarenta habitantes). Nesses mesmos penhascos, ocultos em um emaranhado de moitas e árvores, há as ruínas de uma capela que em outros tempos pertenceu aos templários. Giesta, tomilho, carvalho-anão, terra vermelha, argila branca, o vento mistral — Fanshawe vive em meio a essas coisas durante mais de um ano e, pouco a pouco, elas parecem modificá-lo, assentar Fanshawe mais profundamente dentro de si mesmo. Hesito em falar de uma experiência mística ou religiosa (esses termos nada significam para mim), mas ao que tudo indica parece que Fanshawe ficou sozinho o tempo todo, quase sem ver ninguém, quase sem abrir a boca. A severidade dessa vida o disciplinou. A solidão tornou-se um caminho para o eu, um instrumento de descoberta. Embora ainda fosse muito novo na época, creio que esse período assinalou o começo de sua maturidade como escritor. Daí em diante, a obra já não é mais promissora — está completa, plena, inequivocamente sua. Começando com a longa série de poemas escritos no campo (*Ground Work*), e depois prosseguindo com as peças teatrais e o romance *Neverland* (inteiramente escrito em Nova York), Fanshawe se encontra em plena florescência. Pode-se procurar indícios de loucura, sinais do pensamento que, no final, acabaria voltando Fanshawe contra si mesmo — mas a obra não deixa transparecer nada desse tipo de coisa. Fanshawe é, sem dúvida, uma pessoa incomum mas, a julgar pelas aparências, é um homem mentalmente são e, quando volta para a América no outono de 1972, parece completamente no domínio de si mesmo.

\* \* \*

Minhas primeiras respostas vieram das pessoas que Fanshawe conhecera em Harvard. A palavra *biografia* parecia abrir as portas para mim e não tive dificuldade alguma em marcar encontros com a maioria das pessoas; vi duas ou três moças de Radcliffe que ele havia namorado. No entanto, consegui poucas informações úteis. De todas as pessoas com quem conversei, só uma disse algo de interessante. Era Paul Schiff, cujo pai conseguira a vaga para Fanshawe trabalhar no navio petroleiro. Agora, Schiff era pediatra no município de Westchester e conversamos em seu consultório, certa noite, até bem tarde. Havia nele uma seriedade que me agradava (um homem pequeno, vigoroso, o cabelo já rareando, com olhos firmes e uma voz suave e ressonante), e ele falava espontaneamente, sem nenhuma necessidade de pressão. Fanshawe fora uma pessoa importante em sua vida e ele se lembrava muito bem da amizade dos dois.

— Eu era um rapaz estudioso — disse Schiff. — Dedicado, obediente, sem muita imaginação. Fanshawe não se sentia intimidado com Harvard, como o resto de nós, e acho que fiquei assombrado com isso. Ele tinha lido mais do que qualquer um de nós, mais poetas, mais filósofos, mais romancistas, porém as matérias da faculdade pareciam entediá-lo. Não ligava para notas, matava uma porção de aulas, parecia seguir seu próprio caminho. No primeiro ano, nossos quartos davam para o mesmo corredor e, por algum motivo, Fanshawe me escolheu para ser seu amigo. Depois disso, eu mais ou menos vivia colado nele. Fanshawe tinha um monte de ideias a respeito de tudo, acho que aprendi mais com ele do que nas aulas. Foi um grave caso de culto ao herói, eu creio, mas Fanshawe me ajudou e eu não me esqueci disso. Foi ele que me ensinou a pensar sozinho, a fazer minhas próprias escolhas. Se não fosse ele, eu nunca me teria formado médico. Mudei para o curso de medicina porque Fanshawe me convenceu de que era isso que eu desejava fazer, e ainda sou grato a ele por isso.

"No meio do meu segundo ano, Fanshawe me disse que ia deixar de estudar. Isso não me surpreendeu muito. Cambridge não era o lugar certo para Fanshawe e eu sabia que ele era irrequieto, estava se coçando para ir embora. Falei com meu pai, que representava o sindicato dos marinheiros, e ele arranjou aquele emprego para Fanshawe no navio. Tudo foi resolvido de maneira muito correta. Fanshawe viu a burocracia andar depressa com seus documentos e após algumas semanas ele já havia partido. Tive notícias dele várias vezes — cartões-postais daqui e dali. Oi, como vai, essas coisas. Mas isso não me incomodava e estava feliz de ter podido fazer alguma coisa por Fanshawe. No entanto todos esses sentimentos afetuosos terminaram rebentando feito um tapa na minha cara. Eu estava na cidade, um dia, uns quatro anos atrás, caminhando pela Quinta Avenida, e de repente vi Fanshawe na minha frente, bem na esquina. Fiquei exultante em vê-lo, realmente surpreso e feliz, mas ele mal chegou a falar comigo. Foi como se tivesse esquecido quem eu era. Muito frio, quase rude. Tive de colocar meu endereço e telefone à força em sua mão. Fanshawe prometeu me telefonar mas é claro que nunca ligou. Isso me magoou muito, não tenha dúvida disso. O filho da mãe, pensei comigo mesmo, quem ele pensa que é? Nem me disse o que andava fazendo, só queria se esquivar das minhas perguntas e se livrar de mim. Para o inferno com os tempos da faculdade, pensei. Para o inferno com a amizade. Aquilo deixou um gosto ruim na boca. No ano passado, minha esposa comprou um dos livros dele e me deu de presente de aniversário. Sei que é infantil, mas não tive a menor vontade de abrir o livro. Está metido lá na estante juntando poeira. É muito estranho, não é? Todo mundo diz que é uma obra-prima mas acho que nunca vou conseguir me obrigar a ler o livro."

Foi o comentário mais esclarecedor que obtive nas minhas entrevistas. Alguns dos colegas do navio petroleiro tinham o que contar, mas nada que de fato servisse ao meu propósito. Otis Smart, por exemplo, lembrava as cartas de amor que Fanshawe escrevera para ele. Quando encontrei Smart por telefone, em Baton Rouge, ele falou muito tempo sobre suas recordações, chegando até a citar algumas expressões que Fanshawe havia criado ("minha querida cosquinha no dedão do pé", "meu doce purê de abóbora", "pecado em que atolo meus sonhos" e assim por diante), rindo enquanto falava. A grande sacanagem, disse ele, era que o tempo todo em que Smart mandava essas cartas para Sue-Ann, ela andava com um outro cara e, no dia em que chegou em casa, Sue-Ann anunciou que ia casar.

— Mas foi melhor assim — acrescentou Smart. — Encontrei Sue-Ann no ano passado e ela está com uns cento e quarenta quilos. Parece uma dessas mulheres gordas de desenho animado, que andam se bamboleando pela rua com calças elásticas alaranjadas e um monte de pirralhos encapetados berrando em volta. Aquilo me fez rir, mas rir mesmo, enquanto me lembrava das cartas. Aquele Fanshawe me fazia rebentar de tanto rir. Mal ele começava a inventar algumas daquelas suas expressões, eu já estava rolando no chão que nem um macaco. É muita pena ter acontecido isso com ele. Dá raiva saber que um cara ainda tão jovem já virou presunto.

Jeffrey Brown, agora chefe de cozinha em um restaurante em Houston, tinha sido ajudante do cozinheiro no navio. Lembrava-se de Fanshawe como o único tripulante branco que se mostrara simpático com ele.

— Não era mole — disse Brown. — A tripulação, na maioria, era um bando de brancos sulistas safados, e para eles era a mesma coisa me dar bom-dia ou cuspir na minha cara. Mas Fanshawe ficava sempre do meu lado, sem se importar com o que os outros pensassem. Quando chegávamos a Baytown e lugares assim, descíamos juntos para a terra para tomar umas bebidas, pegar umas garotas, essas coisas. Eu conhecia essas cidades melhor do que Fanshawe e disse a ele que se quisesse mesmo andar comigo a gente não poderia ir aos bares normais dos marinheiros. Eu sabia que levaria um pé na bunda nesses lugares e não queria saber de encrenca. Não tem problema, disse Fanshawe, e lá íamos nós para os bairros dos negros, sem o menor problema. Na maior parte do tempo, as coisas no navio ficavam muito calmas, nada que eu não pudesse contornar. Mas aí apareceu aquele cara casca-grossa que ficou no navio durante algumas semanas. Um cara chamado Cutbirth, se você puder acreditar numa coisa dessas, Roy Cutbirth. Era um branco burro que trabalhava na lubrificação das máquinas e que acabou demitido do navio quando o chefe da casa de máquinas descobriu que ele não entendia patavina de motores. Para conseguir o emprego, ele tinha colado na prova, realmente a pessoa ideal para ficar lá embaixo se você quiser explodir o navio.

Esse tal de Cutbirth era uma besta, um safado e um palhaço. Tinha aquelas tatuagens nos nós dos dedos, uma letra em cada dedo: A-M-O-R na direita e Ó-D-I-O na esquerda. Quando a gente vê esse tipo de maluquice, quer logo distância do sujeito. O cara, uma vez, veio botar banca para cima do Fanshawe contando como passava as noites de sábado na sua terra natal, o Alabama, sentado no alto de um morro, acima da estrada interestadual, atirando nos carros que passavam. Um sujeito encantador, pode ter certeza disso. E também tinha aquele olho doente, todo avermelhado e imundo. Mas ele gostava de se gabar disso também. Parece que um dia um caco de vidro entrou no seu olho. A coisa aconteceu em Selma, contou ele, quando jogava garrafas em Martin Luther King. Nem preciso dizer que esse Cutbirth não era muito meu amigo. Vivia me dirigindo uma porção de olhares maldosos, rosnando pragas para mim a meia-voz e fazendo que sim com a cabeça para si mesmo, mas eu não prestava nenhuma atenção. As coisas prosseguiram desse jeito durante um tempo. Aí ele tentou fazer isso com Fanshawe por perto e aconteceu de falar num tom tão alto que Fanshawe não pôde deixar de ouvir. Fanshawe para, vira para Cutbirth e diz: "O que foi que você disse?". E Cutbirth, todo metido a valentão, diz alguma coisa como: "Eu estava só querendo saber quando é que você e o seu docinho africano vão se casar, meu bem". Ora, Fanshawe sempre era afável e de boa paz, um verdadeiro cavalheiro, se você sabe o que isso quer dizer, por isso eu não esperava o que acabou acontecendo. Foi como ver o filme do Hulk na tevê, o homem que vira uma fera. De uma hora para outra, Fanshawe ficou furioso, quer dizer, possesso, quase fora de si de tanta raiva. Agarrou Cutbirth pela camisa e atirou-o contra a parede, apertou o cara de encontro à parede e ficou segurando, bufando bem na cara dele. "Nunca mais diga isso", disse Fanshawe, os olhos em chamas. "Nunca mais diga isso outra vez, senão eu mato você." E aposto que você ia acreditar nele, na hora em que falou isso. O cara estava mesmo pronto para matar, e Cutbirth sabia. "Só estava brincando", respondeu. "Era só brincadeira." E isso foi o final da história, bem rápido mesmo. A coisa toda não levou um piscar de olhos. Uns dois dias depois, Cutbirth foi despedido. O que também foi um lance de sorte. Se ele ficasse mais tempo por ali, nem sei o que podia ter acontecido.

Ouvi uma porção de declarações semelhantes — por meio de cartas, telefonemas, entrevistas. Isso se estendeu ao longo de meses e a cada dia o material se expandia um pouco mais, crescia em proporção geométrica, acumulando cada vez mais associações, uma cadeia de contatos que no final adquiriu vida própria. Era um organismo dotado de uma fome infinita e, no fim, vi que não havia nada capaz de impedir que se tornasse tão vasto quanto o mundo mesmo. Uma vida toca outra vida e esta, por sua vez, toca uma outra vida e muito depressa os vínculos se tornam inumeráveis, incalculáveis. Fiquei sabendo de uma mulher gorda em uma cidadezinha de Louisiana; fiquei sabendo de um racista desmiolado com tatuagens nos dedos e um nome que desafiava a compreensão. Tinha informações sobre um monte de gente de quem nunca tinha ouvido falar e cada uma delas fora uma parte da vida de Fanshawe. Tudo isso está muito bem, pode até ser, e alguém poderia perfeitamente dizer que esse excesso de conhecimento representava justamente a prova de que eu estava na direção certa. Afinal, eu era um detetive e meu trabalho consistia em andar à cata de pistas. Em confronto com um milhão de dados aleatórios, que induziam a um milhão de trilhas erradas, eu tinha de encontrar a única trilha que me levaria aonde eu desejava ir. Até então, o fato fundamental era que eu não a havia encontrado. Nenhuma daquelas pessoas vira ou tivera notícias de Fanshawe havia muitos anos e, a menos que eu duvidasse de tudo o que me contaram e começasse uma investigação a respeito de cada uma delas, eu tinha de supor que estavam dizendo a verdade.

No fundo, no fundo, eu acho, tratava-se de uma questão de método. Em certo sentido, eu já sabia de tudo o que havia para saber acerca de Fanshawe. As coisas que descobri não me serviam de nada, não acrescentavam nada ao já sabido. Ou, em outras palavras: o Fanshawe que eu conhecera não era o mesmo Fanshawe que eu procurava. Houve uma ruptura em algum ponto, uma ruptura súbita e incompreensível — e as coisas que ouvi das várias pessoas que interroguei não esclareciam isso. No final, as afirmações delas vinham apenas confirmar que o que tinha acontecido não poderia de forma alguma ter acontecido. Que Fanshawe era bondoso, que Fanshawe era cruel — isso era uma história antiga e eu já estava cansado de saber. O que eu procurava era algo diferente, algo que eu nem conseguia imaginar: um ato puramente irracional, uma coisa completamente fora do padrão, uma contradição de tudo o que Fanshawe fora até o momento em que sumiu. Continuei a ensaiar saltos para o desconhecido mas, toda vez que chegava ao fundo, me via em terreno já conhecido, cercado pelo que me era mais familiar.

Quanto mais longe eu ia, mais estreitas se tornavam as possibilidades. Talvez isso fosse positivo, não sei. Em compensação, eu sabia que toda vez que fracassava havia um lugar a menos para procurar. Passaram-se os meses, mais meses do que eu gostaria de admitir. Em fevereiro e março, consumi a maior parte do meu tempo à procura de Quinn, o detetive particular que havia trabalhado para Sophie. Por estranho que pareça, não consegui encontrar o menor vestígio dele. Tive a impressão de que Quinn já não trabalhava mais no ramo — nem em Nova York, nem em parte alguma. Durante um tempo, investiguei informações sobre corpos não reclamados por parentes, interroguei pessoas que trabalhavam no necrotério, tentei seguir os passos da família de Fanshawe — mas não deu em nada. Como último recurso, pensei em contratar um outro detetive particular a fim de procurar Fanshawe, mas resolvi não fazer isso. Um homem desaparecido já era o bastante, raciocinei, e então, pouco a pouco, esgotei as possibilidades que restavam. Em meados de abril, tentei a última de todas. Insisti durante mais alguns dias, na esperança de ter sorte, mas nada aconteceu. Na manhã do dia 21, enfim procurei uma agência de viagens e reservei uma passagem de avião para Paris.


Eu partiria em uma sexta-feira. Na terça-feira, Sophie e eu fomos comprar uma vitrola. Uma de suas irmãs mais novas ia se mudar para Nova York e planejávamos lhe dar nossa vitrola antiga de presente. A ideia de comprar uma nova estava no ar havia meses e isso veio, enfim, nos dar um pretexto para procurar um aparelho novo. Assim, fomos ao centro da cidade naquela terça-feira, compramos o trambolho e o arrastamos para casa em um táxi. Ligamos o aparelho no mesmo lugar do antigo e depois embrulhamos a vitrola velha na caixa nova. Uma solução inteligente, pensamos. Karen chegaria em maio e, nesse meio tempo, queríamos manter a vitrola escondida. Foi aí que esbarramos com um problema.

Os locais para guardar coisas eram limitados, como ocorre na maioria dos apartamentos de Nova York, e pelo visto não tínhamos mais nenhum sobrando. O único armário que oferecia alguma esperança ficava no quarto, mas a parte de baixo já estava abarrotada de caixas — três no fundo, duas de pé, quatro atravessadas — e não havia espaço na prateleira de cima. Eram as caixas de papelão que continham as coisas de Fanshawe (livros, roupas e bugigangas), e estavam ali desde o dia em que mudamos para o apartamento. Nem Sophie nem eu sabíamos o que fazer com as caixas quando ela esvaziou o antigo apartamento. Não queríamos ficar cercados por lembranças de Fanshawe em nossa nova vida mas ao mesmo tempo parecia errado simplesmente jogar fora suas coisas. As caixas representaram uma solução conciliatória e, no final, já nem parecíamos notar sua presença. Tornaram-se parte da paisagem doméstica — como a tábua quebrada do assoalho embaixo do tapete da sala, como a rachadura na parede acima da nossa cama — invisíveis no correr da vida cotidiana. Agora, quando Sophie abriu a porta do armário e olhou lá dentro, sua atitude de repente se alterou.

— Chega dessa história — disse ela, se agachando junto ao armário. Puxou para fora as roupas que pendiam acima das caixas, os cabides tilintando uns contra os outros enquanto, impelida pelo desgosto, abria caminho em meio à bagunça. Foi uma fúria repentina e parecia dirigida mais contra ela mesma do que contra mim.

— Chega de quê? — eu estava de pé, do outro lado da cama, olhando para as costas de Sophie.

— De tudo isso — respondeu, ainda revirando as roupas. — Chega de Fanshawe e das suas caixas.

— O que quer fazer com elas? — Sentei na cama e esperei uma resposta, mas Sophie não disse nada. — O que quer fazer com elas, Sophie? — perguntei de novo.

Ela virou e me encarou, e pude ver que Sophie estava com lágrimas nos olhos.

— De que adianta um armário se a gente nunca pode usar? — perguntou. Sua voz tremia, fugindo ao controle. — Quer dizer, ele está morto, não é? E se está morto, por que precisamos de todo este... todo este... — agitou as mãos, apalpando o ar, em busca da palavra — lixo. É como morar com um cadáver em casa.

— Se quiser, podemos ligar para o Exército da Salvação hoje mesmo — falei.

— Ligue agora. Nem precisa dizer mais nada.

— Vou ligar. Mas primeiro teremos de abrir as caixas e separar algumas coisas.

— Não. Quero me livrar de tudo. De uma vez só.

— Quanto às roupas, está bem — respondi. — Mas eu gostaria de conservar os livros por um tempo. Eu queria fazer uma lista e ver se há anotações nas margens. Podia resolver isso em meia hora.

Sophie olhou para mim espantada.

— Você não entende nada mesmo, não é? — exclamou. E então, quando se levantou, as lágrimas enfim desceram de seus olhos, lágrimas de criança, lágrimas que não sabiam se conter de modo algum, escorrendo pelo rosto como se ela nem soubesse que estavam ali. — Não consigo mais fazer você me entender. Nem escuta o que estou dizendo.

— Faço o melhor que posso, Sophie.

— Não, não faz, não. Pensa que faz, mas não faz. Será que não enxerga o que está acontecendo? Você o está trazendo de volta à vida.

— Estou escrevendo um livro. Só isso, apenas um livro. Mas se eu não levar o trabalho a sério, como posso ter esperança de um dia terminar?

— Mas não é só isso. Eu sei, posso sentir. Se nós dois vamos ficar juntos, ele tem de continuar morto. Não entende isso? Mesmo que esteja vivo, tem de ficar morto.

— Do que você está falando? É claro que está morto.

— Não por muito tempo. Não se você continuar.

— Mas foi você mesma quem me fez começar. Você queria que eu escrevesse o livro.

— Isso foi cem anos atrás, meu bem. Morro de medo de perder você. Não poderia suportar se isso acontecesse.

— Já está quase terminando, eu prometo. Essa viagem é o último passo.

— E depois, o quê?

— Veremos. Não posso saber o que vou encontrar até estar lá.

— É disso que tenho medo.

— Você podia ir comigo.

— A Paris?

— A Paris. Nós três podíamos ir juntos.

— Não acho bom. Não do jeito que as coisas estão agora. Você vai sozinho. Pelo menos, se você voltar, será porque quer voltar.

— Mas o que você quer dizer?

— Isso mesmo. "Se." Como em "se você voltar".

— Você não devia pensar numa coisa dessas.

— Mas penso. Se as coisas continuarem desse jeito, vou acabar perdendo você.

— Não fale assim, Sophie.

— Não consigo impedir. Você já está muito perto de ir embora. Às vezes penso que posso ver você desaparecendo diante dos meus olhos.

— Isso é um absurdo.

— Você se engana. Estamos chegando ao fim, meu bem, e você nem percebe. Você vai sumir, e eu nunca mais vou ver você.

308

# 8

As coisas me pareciam estranhamente maiores em Paris. O céu se mostrava mais presente do que em Nova York, tinha caprichos mais sutis. Eu me vi atraído para ele e, nos dois primeiros dias, voltava os olhos para o céu a todo instante — no meu quarto de hotel, sentado, examinando as nuvens, à espera de que alguma coisa acontecesse. Eram nuvens do norte, nuvens oníricas que vivem mudando de forma, se aglomeram em enormes montanhas cinzentas, descarregam breves aguaceiros, se dissipam, se agrupam outra vez, rolam na frente do sol, refratam a luz em padrões que a cada momento parecem diferentes. O céu de Paris tem suas leis próprias e elas funcionam de forma independente em relação à cidade abaixo. Se os prédios parecem sólidos, ancorados na terra, indestrutíveis, o céu é vasto e amorfo, sujeito a constantes distúrbios. Na primeira semana, tive a sensação de ter sido virado de cabeça para baixo. Essa era uma cidade do Velho Mundo e nada tinha a ver com Nova York — com seus céus parados e suas ruas caóticas, suas nuvens serenas e seus prédios agressivos. Eu fora deslocado e isso me deixou inseguro. Senti meu autocontrole se afrouxando e pelo menos uma vez a cada hora eu tinha de recordar a mim mesmo o motivo pelo qual estava ali.

Meu francês não era nem bom nem mau. Sabia o bastante para entender o que as pessoas me falavam, mas falar eu mesmo já era bem mais difícil e havia ocasiões em que as palavras não vinham aos meus lábios e eu lutava para dizer as coisas mais banais. Havia um certo prazer nisso, eu creio — experimentar a língua como um agrupamento de sons, ser retido à força na superfície das palavras, ali onde o sentido se esvanece — mas era também bastante cansativo e tinha o efeito de me deixar encerrado em meus próprios pensamentos. Para entender o que as pessoas diziam, eu precisava traduzir tudo para o inglês em silêncio, o que significava que, mesmo quando entendia, eu estava entendendo em segunda mão — trabalhava duas vezes mais e só obtinha metade dos benefícios. Nuances, associações subliminares, subentendidos — todas essas coisas se perdiam em mim. No final, provavelmente não seria errado dizer que tudo se perdia em mim.

Apesar disso fui em frente. Levei alguns dias para começar a investigação mas, assim que fiz meu primeiro contato, outros logo se seguiram. Houve, porém, uma porção de frustrações. Wyshnegradsky tinha morrido; não consegui localizar nenhum dos antigos alunos particulares de Fanshawe; a mulher que havia contratado Fanshawe no *New York Times* tinha ido embora, já não trabalhava ali havia anos. Essas coisas eram de esperar mas eu as levava muito a sério, ciente de que a menor lacuna poderia ser fatal. Elas eram espaços em branco para mim, vazios na imagem e, por mais sucesso que eu obtivesse ao compor as outras áreas, permaneceriam certas dúvidas, o que significava que o trabalho nunca poderia ser realmente concluído.

Falei com os Dedmon, falei com os editores dos livros de arte para os quais Fanshawe havia trabalhado, falei com a mulher chamada Anne (uma namorada, como vim a saber), falei com o produtor de cinema.

— Trabalhos esporádicos — disse-me ele em um inglês com forte sotaque russo —, é isso o que ele fazia. Traduções, resumos de roteiros, escrevia algumas coisas que minha esposa depois assinava. Era um rapaz esperto, mas muito inflexível. Muito literário, se é que você me entende. Eu quis lhe dar uma oportunidade de ser ator, cheguei a me oferecer para lhe dar aulas de esgrima e montaria para um filme que íamos produzir. Eu gostava da aparência do rapaz, achava que podia fazer dele um astro. Mas Fanshawe não se mostrou interessado. Tenho mais que fazer, disse ele. Ou algo parecido. Deixei para lá. O filme rendeu milhões e afinal o que me importa se o rapaz quer ou não ser ator?

Havia algo a ser investigado ali mas, quando sentei diante desse homem no seu apartamento monumental na avenida Henri Martin, aguardando com ansiedade cada frase da sua história, entre um telefonema e outro, de repente me dei conta de que não precisava mais ouvir nada. Só uma pergunta interessava, e esse homem não poderia respondê-la para mim. Se eu ficasse ali e o ouvisse, receberia mais detalhes, mais informações irrelevantes, mais uma pilha de anotações inúteis. Já fazia muito tempo que eu vinha fingindo escrever um livro e aos poucos acabei esquecendo o meu verdadeiro propósito. Já chega, disse para mim mesmo, conscientemente ecoando as palavras de Sophie, já chega dessa história, e aí me levantei e fui embora.

A questão é que não tinha mais ninguém me olhando. Eu já não precisava mais envergar uma máscara, como fazia em casa, não precisava mais iludir Sophie, inventando intermináveis pretextos para dar a impressão de que estava trabalhando muito. A pantomima tinha acabado. Eu podia, afinal, descartar o meu livro inexistente. Durante uns dez minutos, caminhando de volta para o meu hotel do outro lado do rio, sentia uma felicidade que fazia meses não conhecia. As coisas tinham ficado mais simples, reduzidas à nitidez de um único problema. Mas então, no instante em que assimilei esse pensamento, compreendi como minha situação era realmente difícil. Agora eu estava chegando ao final e ainda não havia encontrado Fanshawe. O erro pelo qual eu procurava não tinha vindo à tona. Não havia indícios, pistas, rastros que eu pudesse seguir. Fanshawe havia se enterrado em algum lugar, e sua vida inteira estava enterrada junto com ele. A menos que ele quisesse ser encontrado, eu não tinha a mínima chance de achá-lo.

Apesar disso, fui em frente, tentando chegar ao fim, ao final da linha, fuçando às cegas em meio às últimas entrevistas, relutando em desistir antes de ter falado com todo mundo. Tinha vontade de ligar para Sophie. Um dia cheguei a caminhar até a agência telefônica e esperar na linha a telefonista internacional, mas não concluí a ligação. Na época, as palavras a todo instante me fugiam e entrei em pânico em face da ideia de perder o controle no telefone. Afinal, o que eu ia dizer? Em lugar do telefonema, mandei para ela um cartão-postal com uma foto do Gordo e o Magro. Atrás, escrevi: "Os casamentos autênticos nunca fazem sentido. Olhe só a dupla da foto do outro lado. Prova que tudo é possível, não é? Quem sabe a gente devesse passar a usar cha-péu-coco. Pelo sim, pelo não, lembre-se de esvaziar o armário antes de eu voltar. Um abraço no Ben".

Falei com Anne Michaux na tarde seguinte e ela levou um pequeno susto quando entrei no café onde havíamos combinado nos encontrar (Le Roquet, Boulevard Saint-Germain). O que ela me contou acerca de Fanshawe não é importante: quem beijou quem, o que aconteceu em tal lugar, quem falou o quê, e assim por diante. Não havia nisso novidade nenhuma. O que vou salien-tar, porém, é que a surpresa inicial de Anne Michaux foi provo-cada pelo fato de ter me confundido com Fanshawe. Só por um piscar de olhos, como ela disse, e depois a impressão se desfez. A semelhança já fora notada antes, é claro, mas nunca de forma tão visceral, com um impacto tão imediato. Eu devo ter demons-trado minha reação, pois ela tratou logo de se desculpar (como se tivesse feito alguma coisa errada) e voltou para o mesmo assunto várias vezes durante as duas ou três horas que ficamos juntos — a certa altura chegou até a se desviar do que estava falando a fim de se contradizer:

— Não sei no que eu estava pensando. Você não parece nem um pouco com ele. Deve ser porque vocês dois são americanos.

No entanto achei aquilo perturbador, não pude deixar de me sentir apavorado. Algo monstruoso estava ocorrendo e eu não tinha mais nenhum controle sobre o caso. O céu estava escu-recendo por dentro — isso era mais do que certo; a terra estava tremendo. Eu tinha dificuldade em ficar parado e achava difícil me movimentar. A cada instante, eu tinha a impressão de estar em um lugar diferente, de esquecer onde me encontrava. Os pen-samentos param onde o mundo começa, eu vivia dizendo a mim mesmo. Mas o eu também está no mundo, eu retrucava, bem como os pensamentos que vêm dele. O problema era que eu não conseguia mais fazer as distinções corretas. Isto não pode jamais ser aquilo. Maçãs não são laranjas, pêssegos não são ameixas. Sentimos a diferença na língua e aí reconhecemos, como se fosse uma coisa que vem de dentro de nós. Mas tudo começava a ter o mesmo gosto para mim. Eu já não tinha mais fome, não conseguia mais me obrigar a comer.

*312*

Quanto aos Dedmon, talvez haja ainda menos a dizer. Fanshawe não poderia ter escolhido benfeitores mais adequados e, de todas as pessoas que vi em Paris, os Dedmon foram as mais gentis, as mais simpáticas. Convidado para ir ao seu apartamento tomar uns drinques, acabei ficando para jantar e depois, quando estávamos no segundo prato, eles já insistiam para que eu visitasse sua casa no Var — a mesma casa onde Fanshawe havia morado, e não precisava ser uma visita breve, explicaram os Dedmon, pois não pretendiam ir lá senão em agosto. Havia sido um lugar importante para Fanshawe e sua obra, disse o senhor Dedmon, e sem dúvida o meu livro teria a ganhar se eu visse a casa por mim mesmo. Eu não podia discordar dele e, assim que essas palavras saíram de minha boca, o senhor Dedmon já estava no telefone acertando tudo para a minha visita, falando o seu francês elegante e preciso.

Nada mais me prendia em Paris, por isso peguei o trem na tarde seguinte. Era o final da linha para mim, minha viagem para o Sul, rumo ao esquecimento. Qualquer esperança que eu houvesse tido (a remota possibilidade de que Fanshawe tivesse voltado para a França, a ideia ilógica de que se refugiaria duas vezes no mesmo lugar) se evaporou no instante em que cheguei lá. A casa estava vazia; não havia sinal de pessoa alguma. No segundo dia, examinando os cômodos no andar de cima, topei com um poema curto que Fanshawe escrevera na parede — mas eu já conhecia esse poema e sob ele vinha a data: 25 de agosto de 1972. Fanshawe nunca mais voltara. Me senti um idiota por ter imaginado uma coisa dessas.

Na falta de coisa melhor para fazer, passei vários dias conversando com pessoas da região: os agricultores dos arredores, os moradores da aldeia, habitantes das cidadezinhas próximas. Apresentava-me mostrando uma foto de Fanshawe, fingia ser seu irmão, mas na verdade me sentia um detetive particular dos mais ordinários, um bufão se pendurando na corda bamba. Algumas pessoas se lembravam dele, outras não, e outras ainda não tinham certeza. Mas não fazia diferença nenhuma. Achei impenetrável o sotaque do Sul (com seus erres enrolados e finais anasalados) e mal conseguia entender uma palavra do que me diziam. De todas as pessoas com quem conversei, só uma ouvira falar de Fanshawe depois que ele se fora dali. Tratava-se do seu vizinho mais próximo — um fazendeiro que arrendava suas terras e morava a um quilômetro e meio dali, descendo pela estrada. Era um sujeitinho interessante, com uns quarenta anos, mais sujo do que qualquer outra pessoa com quem falei. Sua casa era um pardieiro úmido do século XVII, caindo aos pedaços, e ele parecia morar ali sozinho, sem nenhuma companhia a não ser seu cachorro farejador de trufas e seu rifle de caça. Estava na cara que ele tinha orgulho de ter sido amigo de Fanshawe e, a fim de provar como foram íntimos, mostrou-me um chapéu branco de caubói que Fanshawe lhe enviara depois de voltar para a América. Não havia razão para duvidar da sua história. O chapéu ainda estava em sua caixa original e pelo visto nunca fora usado. Ele me explicou que estava guardando o chapéu para o momento apropriado e depois enveredou por uma lenga-lenga política que tive dificuldade de acompanhar. A revolução estava vindo, disse ele e, quando chegasse, ia comprar um cavalo branco e uma metralhadora, colocar seu chapéu de caubói e cavalgar pela rua principal da aldeia, mandando bala em todos os comerciantes que colaboraram com os alemães durante a guerra. Igualzinho na América, acrescentou. Quando perguntei do que ele estava falando, o homem proferiu uma preleção desvairada e delirante sobre índios e caubóis. Mas isso foi há muito tempo, retruquei, tentando interrompê-lo. Não, não, o sujeito insistiu, ainda acontece hoje em dia. Por acaso eu não sabia dos duelos travados na Quinta Avenida? Não tinha ouvido falar dos apaches? Não adiantava discutir com ele. Para justificar minha ignorância, expliquei que eu morava em outro bairro.

Permaneci na casa durante mais alguns dias. Meu plano era não fazer nada enquanto pudesse, apenas descansar. Estava exausto e precisava de uma chance para me recuperar antes de voltar a Paris. Um dia ou dois se passaram. Caminhava pelos campos, visitava as florestas, me sentava sob o sol lendo traduções francesas de romances policiais americanos. Isso deveria ser a cura perfeita: meter-se naquele fim de mundo e deixar a mente divagar à vontade. Mas, afinal, nada adiantava. A casa não permitia que eu me sentisse confortável, e no terceiro dia tive a sensação de que não estava mais sozinho, de que nunca poderia ficar sozinho naquele lugar. Fanshawe estava ali e, por mais que eu tentasse não pensar nele, não conseguia escapar. Isso foi inesperado, irritante. Agora que eu havia parado de andar atrás dele, Fanshawe se mostrava mais presente do que nunca. O processo inteiro fora invertido. Após tantos meses tentando encontrá-lo, agora tinha a sensação de que era eu quem estava sendo procurado. Ao invés de procurar Fanshawe, na verdade eu vinha fugindo dele. O trabalho que eu me comprometera a fazer — o falso livro, os intermináveis rodeios — não passava de uma tentativa de me esquivar de Fanshawe, uma escaramuça para mantê-lo o mais distante possível de mim. Pois se eu conseguisse me convencer de que estava à procura de Fanshawe, a conclusão necessária era que ele se achava em algum outro lugar — algum lugar fora de mim, fora dos limites da minha vida. Mas eu estava enganado. Fanshawe estava exatamente onde eu estava, e estivera ali desde o início. Desde o instante em que recebera sua carta, eu vinha lutando para imaginá-lo, para vê-lo tal como devia ser — mas tudo o que minha mente conseguia evocar era um vazio. Quando muito, me vinha uma imagem pobre: a porta de um quarto fechado. Tratava-se do prolongamento do seguinte: Fanshawe sozinho dentro desse quarto, condenado a uma solidão mítica — talvez vivendo, talvez respirando, sonhando Deus sabe o quê. Esse quarto, descobri então, se situava dentro do meu crânio.

Coisas estranhas aconteceram comigo depois disso. Voltei a Paris, mas, uma vez lá, me vi sem ter o que fazer. Não queria encontrar nenhuma das pessoas com quem conversara antes e não tinha coragem de voltar para Nova York. Fiquei inerte, uma coisa incapaz de se mover e, pouco a pouco, parei de registrar na memória o que acontecia comigo mesmo. Se sou capaz de dizer alguma coisa a respeito desse período é apenas porque possuo certos indícios documentais que me ajudam. Os carimbos dos vistos no meu passaporte, por exemplo; minha passagem de avião, minha conta do hotel e assim por diante. Essas coisas comprovam para mim que fiquei em Paris durante mais de um mês. Mas é muito diferente de lembrar e, apesar do que sei, ainda acho isso impossível. Vejo as coisas que aconteceram, encontro imagens de mim mesmo em diversos lugares, mas apenas vistas de longe, como se eu estivesse vigiando uma outra pessoa. Nada disso dá a sensação da memória, a qual sempre fica ancorada dentro de nós; o que vejo está do lado de fora, para além do que posso sentir ou tocar, para além de tudo o que tem a ver comigo. Perdi um mês da minha vida e até agora isso é uma coisa difícil de confessar, uma coisa que me enche de vergonha.

Um mês é muito tempo, mais do que o bastante para um homem sucumbir. Aqueles dias voltam a mim em fragmentos, quando chegam a voltar, pedaços e cacos que se recusam a se juntar. Vejo-me caindo bêbado no meio da rua, certa noite, me levantando, cambaleando em direção a um poste de luz e depois vomitando em cima dos sapatos. Vejo-me sentado em um cinema com as luzes acesas, olhando a multidão que se levanta das filas à minha volta, incapaz de lembrar o filme a que tinha acabado de assistir. Vejo-me zanzando pela rua Saint-Denis, à noite, apanhando prostitutas para dormir comigo, minha cabeça ardendo com a imagem dos corpos, uma infindável barafunda de peitos nus, coxas nuas, bundas nuas. Vejo meu pau sendo chupado, vejo-me em uma cama com duas moças se beijando, vejo uma enorme mulher negra de pernas abertas sobre um bidê lavando a boceta. Não vou tentar dizer que essas coisas não são reais, que elas não aconteceram. Digo apenas que não posso responder por elas. Eu trepava feito um louco, enchia a cara até o mundo virar de pernas para o ar. Mas se a questão era dar cabo de Fanshawe, minha farra foi um sucesso. Fanshawe se fora — e eu também, junto com ele.

O final, porém, está bem claro para mim. Não o esqueci e considero uma sorte ter conservado isso na cabeça. A história toda se resume ao que aconteceu no final e, sem esse fim dentro de mim agora, eu nem teria começado este livro. O mesmo vale para os dois livros que o antecedem, *Cidade de vidro* e *Fantasmas*. As três histórias são, enfim, uma mesma história, mas cada uma representa um estágio diferente da minha consciência da questão. Não pretendo ter solucionado nenhum problema. Apenas sugiro que, em determinado momento, eu já não temia mais encarar aquilo que acontecera. Se as palavras se seguiram foi apenas porque eu não tinha outra escolha senão aceitá-las, assumi-las como minhas e seguir para onde elas desejassem me levar. Mas isso não torna necessariamente as palavras importantes. Desde muito tempo eu vinha lutando para dizer adeus a alguma coisa, e essa luta é, na verdade, tudo o que importa. A história não está nas palavras; está na luta.

Certa noite, me descobri em um bar perto da place Pigalle. *Descobri* é bem o termo que desejo usar, pois não tenho a menor ideia de como fui parar ali, nenhuma recordação de ter chegado a esse lugar. Era uma dessas casas noturnas que passam os fregueses para trás, muito comuns naquele bairro: seis ou oito moças no bar, uma oportunidade de sentar-se a uma mesa com uma delas e comprar uma garrafa de champanhe a um preço exorbitante e depois, se a pessoa tiver vontade, há a possibilidade de entrar em um acordo financeiro e se retirar para a privacidade de um quarto no hotel ao lado. A cena para mim começa quando estou sentado a uma das mesas com uma moça e acabo de receber o balde de champanhe. A moça era do Taiti, me lembro, e era linda: não mais de dezenove ou vinte anos, muito miúda e usava um vestido branco de malha sem nada por baixo, cordões entrecruzados sobre a pele morena e lisa. O efeito era esplendidamente erótico. Recordo os peitos arredondados bem visíveis através das aberturas em forma de losango, a deslumbrante maciez do pescoço quando me debrucei sobre ela e o beijei. A moça me disse seu nome mas insisti em chamá-la de Fayaway, dizendo-lhe que ela era uma exilada de Typee e que eu era Herman Melville, um marinheiro americano vindo da remota Nova York para salvá-la. A moça não tinha a menor ideia do que eu estava falando mas continuou a sorrir, sem dúvida pensando que eu era doido, enquanto eu tagarelava no meu francês embrulhado, imperturbável, rindo quando eu ria, deixando-me beijá-la sempre que eu quisesse.

Estávamos em um nicho no canto do bar e, da minha cadeira, eu podia ver o resto do salão. Homens entravam e saíam, alguns metiam a cabeça na porta e iam embora, outros ficavam para tomar uma bebida no balcão, um ou dois foram para uma das mesas, como eu tinha feito. Depois de uns quinze minutos, entrou um jovem que era obviamente americano. Ele me pareceu nervoso, como se nunca tivesse estado em um lugar como aquele, mas seu francês era incrivelmente bom e, quando com perfeita fluência

*317*

pediu um uísque no balcão e começou a conversar com uma das moças, percebi que pretendia ficar por um tempo. Observei-o do meu pequeno reduto, sem parar de correr a mão pela perna de Fayaway e fuçar sua pele com meu rosto, mas quanto mais o rapaz ficava ali, mais eu me sentia perturbado. Ele era alto, de compleição atlética, com cabelo ruivo e um jeito extrovertido, um pouco infantil, calculei que tivesse uns vinte e seis ou vinte e sete anos — talvez um estudante de pós-graduação, ou até um jovem advogado trabalhando para uma empresa americana em Paris. Eu nunca vira aquele homem antes e no entanto havia nele alguma coisa familiar, algo me impedia de desviar dele a minha atenção: uma breve centelha, uma misteriosa sinapse de reconhecimento. Experimentei vários nomes para ele, fiz sua figura correr vários trilhos do passado, desenrolei o novelo de associações — mas nada aconteceu. Ele não é ninguém, disse para mim mesmo, enfim desistindo. E então, sem mais nem menos, em decorrência de alguma emaranhada cadeia de raciocínios, concluí o pensamento acrescentando: se ele não é ninguém, então deve ser Fanshawe. Ri alto da minha piada. Sempre atenta, Fayaway riu junto comigo. Eu sabia que nada poderia ser mais absurdo, mas disse de novo: Fanshawe. E ainda outra vez: Fanshawe. E quanto mais eu dizia, mais me agradava dizê-lo. Cada vez que a palavra vinha à minha boca, seguia-se mais um acesso de riso. Eu estava intoxicado pelo som do nome; meu riso acabou adquirindo um timbre estridente e, aos poucos, Fayaway passou a se mostrar cada vez mais embaraçada. Na certa ela imaginou que eu estava me referindo a algum costume sexual, fazendo alguma piada que ela não conseguia entender, mas minhas repetições gradualmente despojaram o nome do seu significado e a moça passou a ouvi-lo como uma ameaça. Eu olhava para o homem do outro lado do bar e mais uma vez repetia a palavra. Minha felicidade era imensurável. Eu exultava com a absoluta falsidade da minha afirmação, rejubilava com o novo poder que eu havia acabado de outorgar a mim mesmo. Eu era o sublime alquimista capaz de transformar o mundo ao meu bel-prazer. Aquele homem era Fanshawe porque eu disse que era Fanshawe, e nada mais que isso. Nada mais poderia me deter. Sem sequer parar para pensar, cochichei no ouvido de Fayaway que eu voltaria num instante, desenredei-me de seus braços maravilho-

*318*

sos e marchei na direção do pseudo-Fanshawe, no balcão. Com a minha melhor imitação do sotaque de Oxford, falei:

— Bem, meu velho, quem diria? Nos encontramos de novo.

Ele se voltou e me fitou atentamente. O sorriso que começara a se formar retraiu-se lentamente num franzir do rosto.

— Conheço você? — perguntou, enfim.

— Claro que conhece — respondi, muito expansivo e bem--humorado. — O nome é Melville. Herman Melville. Talvez tenha lido um de meus livros.

Ele não sabia se me tratava como um bêbado brincalhão ou um psicopata perigoso e a confusão se estampou no seu rosto. Era uma confusão soberba e apreciei aquilo vivamente.

— Bem — disse ele, afinal, forçando um ligeiro sorriso. — Devo ter lido um ou dois livros seus.

— Sem dúvida, o que fala da baleia.

— Sim. O que fala da baleia.

— Fico contente em saber — comentei, fazendo que sim com a cabeça, com um ar amigável, e depois pus o braço em torno do seu ombro. — Mas e aí, Fanshawe — falei — o que traz você a Paris nessa época do ano?

A confusão voltou ao seu rosto.

— Desculpe — disse ele. — Não entendi o nome que disse.

— Fanshawe.

— Fanshawe?

— Fanshawe. F-A-N-S-H-A-W-E.

— Bem — disse ele, relaxando em um largo sorriso, de repente seguro de si outra vez. — O problema está justamente aí. Você me confundiu com outra pessoa. Meu nome não é Fanshawe. É Stillman. Peter Stillman.

— Não tem problema nenhum — retruquei, apertando um pouco mais o meu abraço. — Se você quiser que eu chame você de Stillman, por mim tudo bem. Os nomes não têm importância, afinal de contas. O que interessa é que eu sei quem você é de verdade. Você é Fanshawe. Reconheci no instante em que entrou. "Aí está o velho pilantra em pessoa", falei. "Mas o que será que veio fazer em um lugar como este?"

O rapaz agora começava a perder a paciência comigo. Retirou meu braço do seu ombro e recuou.

— Já chega — disse ele. — Você cometeu um engano e vamos dar essa história por encerrada. Não quero mais falar com você.

— Tarde demais — respondi. — Seu segredo foi revelado, meu amigo. Não tem mais como se esconder de mim.

— Me deixe em paz — disse ele, pela primeira vez demonstrando aborrecimento. — Não converso com malucos. Me deixe em paz ou vamos ter encrenca.

As outras pessoas no bar não conseguiam entender o que falávamos mas a tensão se tornara óbvia e eu podia sentir que era observado, podia sentir que a atitude geral havia mudado à minha volta. Stillman de repente pareceu em pânico. Dirigiu um olhar para a mulher atrás do balcão, voltou-se com ar apreensivo para a moça ao seu lado e em seguida resolveu de forma abrupta ir embora do bar. Empurrou-me do seu caminho e rumou para a porta. Eu podia ter deixado por isso mesmo, mas não deixei. Estava tomando gosto por aquilo e não queria que meu entusiasmo se desperdiçasse. Voltei para onde Fayaway estava sentada e coloquei na mesa algumas centenas de francos. Ela fingiu uma expressão amuada, em resposta.

— C'est mon frère — falei. — Il est fou. Je dois le poursuivre.

E então, quando ela estendeu a mão para pegar o dinheiro, eu lhe soprei um beijo, dei as costas e saí.

Stillman estava a vinte ou trinta metros de mim, caminhando ligeiro pela rua. Ajustei meus passos ao seu ritmo, mantendo-me à distância a fim de não ser notado, mas sem deixar que ele sumisse de vista. De vez em quando, ele olhava para trás, sobre o ombro, como se pensasse que eu viria atrás dele, mas não creio que me tenha visto até estarmos bem afastados do bairro, longe da multidão e do tumulto, penetrando no âmago sombrio e silencioso da Rive Droite. O encontro o havia deixado aturdido e Stillman se comportava como um homem que fugisse para salvar a vida. Mas isso não era difícil de compreender. Eu era aquilo que todos tememos mais do que tudo: o desconhecido agressivo que surge das sombras, a faca que nos apunhala pelas costas, o carro em alta velocidade que nos atropela e mata. Ele estava certo em correr, mas seu medo só servia para me incitar ainda mais, me instigava a persegui-lo, suscitava em mim uma obstinação enraivecida. Eu não tinha plano nenhum, nenhuma ideia do que ia fazer, mas o seguia sem a menor hesitação, ciente de que toda a minha vida dependia disso. É importante salientar que a essa altura eu estava inteiramente lúcido — nenhuma oscilação, nenhuma embriaguez, minha cabeça absolutamente clara. Percebi que estava agindo de forma ultrajante. Stillman não era Fanshawe — eu sabia disso. Ele era uma escolha arbitrária, completamente inocente e desnorteado. Mas era justamente isso que me instigava — o caráter aleatório, a vertigem do acaso puro. Não fazia sentido e, por essa mesma razão, fazia todo o sentido do mundo.

Veio o momento em que o único ruído nas ruas eram os nossos passos. Stillman olhou para trás de novo e, por fim, me viu. Começou a andar mais depressa, irrompendo em um trote. Gritei atrás dele:

— Fanshawe. — Gritei de novo: — É tarde demais. Sei quem você é, Fanshawe. — E depois, na rua seguinte: — Está tudo acabado, Fanshawe. Você não vai conseguir escapar.

Stillman não disse nada em resposta, nem se deu ao trabalho de se virar para trás. Eu queria continuar a falar com ele mas a essa altura Stillman já estava correndo e, se eu tentasse falar, acabaria me atrasando. Desisti dos meus gritos de escárnio e corri atrás dele. Não tenho a menor ideia de quanto tempo corremos, mas pareceu durar horas. Ele era mais novo do que eu, mais novo e mais forte, e quase o perdi, quase não consegui manter o ritmo. Eu me compelia a seguir rua abaixo, na escuridão, já além do ponto de exaustão, da dor, arremetia freneticamente em sua direção, sem deixar meu corpo parar. Muito antes de alcançá-lo, muito antes de sequer saber que iria alcançá-lo, tive a sensação de que eu já não estava mais dentro de mim mesmo. Não consigo encontrar nenhum outro modo de exprimir isso. Eu já não conseguia mais sentir a mim mesmo. A sensação de vida tinha escoado de dentro de mim e em seu lugar havia uma euforia milagrosa, um veneno doce fluía em meu sangue, o inequívoco odor do nada. Este é o momento da minha morte, disse a mim mesmo, é aqui que eu morro. Um segundo depois, alcancei Stillman e o golpeei por trás. Tombamos aos trambolhões pela calçada, os dois gemendo com o choque. Eu usara toda a minha força e agora estava demasiado sem fôlego para poder me defender, exaurido demais para lutar. Nenhuma palavra foi dita. Por vários segundos, nos atracamos na calçada mas então ele conseguiu se desvencilhar das minhas mãos e depois disso não havia nada que eu pudesse fazer. Começou a me golpear com os punhos, me chutar com a ponta dos sapatos, massacrar o meu corpo todo. Lembro-me de tentar proteger o rosto com as mãos; lembro-me da dor e de como me deixou atordoado, lembro-me de como doía e com que desespero eu desejava não sentir mais aquilo. Mas não pode ter durado muito tempo, pois nada mais me vem à memória. Stillman me espancou à vontade e, quando terminou, eu estava desacordado. Lembro-me de voltar a mim, na calçada, e ficar surpreso por ainda ser noite, mas é o máximo a que posso chegar. Tudo o mais desapareceu.

Durante os três dias seguintes, não saí do meu quarto de hotel. O choque não decorria tanto do fato de eu estar cheio de dor, mas de a dor não ser forte o bastante para me matar. Compreendi isso no segundo ou terceiro dia. A certa altura, ali deitado na cama e olhando as ripas de madeira das venezianas fechadas, entendi que eu havia sobrevivido. Era estranho estar vivo, quase incompreensível. Um dos meus dedos estava quebrado; as duas têmporas estavam com cortes profundos; doía até quando eu respirava. Mas, de certo modo, tudo isso não tinha importância. Eu estava vivo e, quanto mais pensava no assunto, menos entendia. Não parecia possível que eu tivesse sido poupado.

Mais tarde, nessa mesma noite, telegrafei para Sophie avisando que ia voltar para casa.

# 9

Estou quase no fim, agora. Não sobrou mais nada, mas isso não ocorreu senão mais tarde, depois que se passaram três anos. Nesse meio-tempo, houve muitas dificuldades, muitos dramas, mas não creio que pertençam à história que estou tentando contar. Após meu regresso a Nova York, Sophie e eu moramos separados por mais ou menos um ano. Ela desistira de mim e houve meses de confusão antes que eu afinal conseguisse Sophie de volta. Do privilegiado ponto de observação deste momento (maio de 1984), esta é a única coisa que importa. Ao lado disso, os fatos da minha vida são meramente acessórios.

No dia 23 de fevereiro de 1981, nasceu o irmãozinho de Ben. Demos a ele o nome de Paul, em homenagem ao avô de Sophie. Meses depois (em julho) mudamos para o outro lado do rio, alugando os dois andares de cima de uma casa de arenito pardo, no Brooklyn. Em setembro, Ben entrou no jardim de infância. Fomos todos a Minnesota para passar o Natal e, quando voltamos, Paul já estava andando sozinho. Ben, que aos poucos o foi tomando sob sua proteção, reclamava para si todo o crédito pelo progresso do irmão.

Quanto a Fanshawe, Sophie e eu nunca mais conversamos sobre ele. Este era o nosso pacto de silêncio e, quanto mais tempo não falássemos nada, mais provaríamos nossa lealdade um ao outro. Após eu ter devolvido o adiantamento que recebera de Stuart Green e, em caráter oficial, ter parado de escrever a biografia, mencionamos Fanshawe apenas uma vez. Foi no dia em que resolvemos morar juntos de novo e o assunto foi enquadrado em termos estritamente práticos. Os livros e as peças de Fanshawe continuaram a nos proporcionar uma boa renda. Se íamos ficar casados, disse Sophie, estava fora de questão usar o dinheiro para nós mesmos. Concordei com ela. Achamos outros meios de ganhar a vida e depositamos o dinheiro dos direitos autorais em nome de Ben — e depois também em nome de Paul. Como último passo, contratamos um agente literário a fim de gerenciar os negócios relativos à obra de Fanshawe: solicitações para encenar peças, negociações para reedições, contratos, tudo o que precisasse ser feito. Até onde podíamos agir, o fizemos. Se Fanshawe ainda tinha o poder de nos destruir, era apenas porque desejávamos que o tivesse, porque queríamos destruir a nós mesmos. Foi essa a razão pela qual nunca me dei ao trabalho de contar a Sophie a verdade — não porque isso me assustasse, mas porque a verdade já não tinha mais importância. Nossa força residia em nosso silêncio e eu não tinha a menor intenção de rompê-lo.

Contudo eu sabia que a história ainda não tinha terminado. Meu último mês em Paris me ensinara isso e, pouco a pouco, aprendi a aceitá-lo. Era uma mera questão de tempo antes que algo acontecesse. Isso me parecia inevitável e, em lugar de continuar a negá-lo, em lugar de me iludir com a ideia de que eu poderia um dia me livrar de Fanshawe, tentei me preparar para isso, tentei me preparar para qualquer coisa que viesse. É o poder dessa *qualquer coisa*, quero crer, que torna a história tão difícil de contar. Pois quando pode acontecer qualquer coisa — esse é o exato momento em que as palavras começam a fracassar. A intensidade com que Fanshawe se tornara inevitável era a mesma intensidade com que ele não estava mais presente. Aprendi a aceitar isso. Aprendi a viver com ele do mesmo modo que vivia com o pensamento de minha própria morte. Fanshawe mesmo não era a morte — mas era como a morte e funcionava como um tropo da morte dentro de mim. Se não fosse minha crise em Paris, eu jamais teria compreendido isso. Não morri lá, mas cheguei perto e houve um momento, talvez vários momentos, em que senti o gosto da morte, em que me vi morto. Não há cura para um choque como esse. Uma vez que ocorre, não para mais de ocorrer; vivemos com isso pelo resto da vida.

A carta chegou no início da primavera de 1982. Dessa vez o selo do correio era de Boston e a mensagem era tensa, mais ansiosa do que a anterior. "Não dá para aguentar mais", dizia. "Preciso conversar com você. Columbus Square 9, Boston. Dia 1º de abril. Vai ser o final, prometo."

Eu tinha menos de uma semana a fim de inventar uma desculpa para ir a Boston. Isso se mostrou mais difícil do que eu esperava. Embora eu insistisse em não deixar que Sophie soubesse de nada (com o sentimento de que isso era o mínimo que eu podia fazer por ela), de algum modo eu me recusava a contar outra mentira, por mais que isso fosse necessário. Dois ou três dias se passaram sem nenhum progresso e no final forjei uma história capenga acerca da necessidade de consultar uns documentos na biblioteca de Harvard. Não consigo nem lembrar que documentos seriam esses. Tinham algo a ver com um artigo que eu ia escrever, eu acho, mas pode não ter sido isso. O importante é que Sophie não fez nenhuma objeção. Tudo bem, disse ela, vá em frente, e assim por diante. Meus instintos dizem que ela desconfiou de alguma coisa, mas é só uma sensação e seria um despropósito especular aqui a respeito disso. Quando se trata de Sophie, tendo a acreditar que não existe nada escondido.

Reservei uma passagem no primeiro trem no dia 1º de abril. Na manhã de minha partida, Paul acordou um pouco antes das cinco horas e subiu na nossa cama. Levantei uma hora depois e me esgueirei para fora do quarto, fazendo uma breve pausa na porta a fim de olhar Sophie e o menino sob a luz pálida e cinzenta — esparramados, invioláveis, os corpos aos quais eu pertencia. Ben estava na cozinha no andar de cima, já vestido, comendo uma banana e fazendo desenhos. Preparei uns ovos mexidos para nós dois e lhe disse que eu ia pegar um trem para Boston. Ele quis saber onde ficava Boston.

— A uns trezentos e vinte quilômetros daqui — respondi.

— É tão longe quanto o espaço?

— Se a gente for sempre em frente, vai chegar perto.

— Acho que você devia ir para a Lua. Um foguete é melhor do que um trem.

— Vou fazer isso na volta. Há voos regulares de Boston para a Lua às sextas-feiras. Vou reservar uma passagem para mim assim que chegar lá.

— Legal. Depois vai me contar como foi.

— Se encontrar uma pedra lunar, vou trazer para você.

— E o Paul?

— Vou trazer uma para ele também.

— Não, obrigado.

— Como assim?

— Não quero uma pedra lunar. Paul ia colocar na boca e engasgar.

— Então o que você gostaria que eu trouxesse?

— Um elefante.

— Não existem elefantes no espaço.

— Eu sei. Mas você não vai para o espaço.

— É verdade.

— E aposto que não existem elefantes em Boston.

— Provavelmente você tem razão. Quer um elefante cor-de-rosa ou branco?

— Um elefante cinzento. Um bem gordo com uma porção de rugas.

— Sem problemas. São os mais fáceis de encontrar. Quer embrulhado ou em uma caixa, ou será que eu devia trazer o elefante em uma coleira?

— Acho melhor você vir montado no elefante. Sentado em cima com uma coroa na sua cabeça. Feito um imperador.

— Imperador de quê?

— O imperador dos meninos.

— E vou ter uma imperatriz?

— Claro. Mamãe é a imperatriz. Ela ia gostar. Quem sabe a gente acorda a mamãe e conta para ela?

— Acho melhor não. Prefiro fazer uma surpresa quando voltar para casa.

— Boa ideia. Ela não ia mesmo acreditar até ver você no elefante.

— Exatamente. E não queremos que ela fique decepcionada. No caso de eu não achar um elefante.

— Ah, você vai achar, sim, pai. Não se preocupe com isso.

326

— Como pode ter certeza?

— Porque você é o imperador. Um imperador pode conseguir tudo o que quiser.


Choveu a viagem toda, o céu ameaçou até nevar quando cheguei a Providence. Em Boston, comprei para mim um guarda-chuva e completei os últimos quatro ou cinco quilômetros a pé. As ruas estavam melancólicas sob o ar muito cinzento e, enquanto eu caminhava para South End, não vi quase ninguém: um bêbado, um grupo de adolescentes, um funcionário da companhia telefônica, dois ou três cães vira-latas. A Columbus Square consistia em dez ou doze casas enfileiradas, de frente para uma ilha de pedestres feita de paralelepípedos, que se abria no meio da via principal. O número 9 era o prédio em pior estado — quatro andares, como o resto, mas desmoronando, com tábuas sustentando a entrada e a fachada de tijolos precisando de reparos urgentes. No entanto, havia no prédio uma sensação impressionante de solidez, uma elegância do século XIX que continuava a se manifestar através das rachaduras. Imaginei cômodos amplos com teto alto, varandas confortáveis junto a janelas de correr, ornamentos de gesso no reboco. Mas acabei não vendo nada disso. Ocorreu que não fui além da saleta de entrada.

Havia uma aldrava de metal enferrujado na porta, um semicírculo com uma alavanca no centro e, quando girei a alavanca, ela emitiu o som de algo vomitando — um ruído abafado, sufocado, que não durou muito. Esperei, mas nada aconteceu. Toquei a campainha de novo, mas ninguém atendeu. Então, experimentando a porta com a mão, vi que não estava trancada — abri, parei um momento e entrei. A saleta de entrada estava vazia. À minha direita ficava a escada, com o corrimão de mogno e degraus de madeira sem tapete; à esquerda, uma porta dupla fechada, barrando o caminho para o que, sem dúvida, era a sala de estar; bem à frente, havia outra porta, também fechada, que provavelmente levava para a cozinha. Hesitei um instante, optei pela escada e estava em via de subir quando escutei algo atrás da porta dupla — um débil estalido seguido de uma voz que não consegui entender.

Desviei-me da escada e olhei para a porta, ouvindo se a voz soava de novo. Nada aconteceu.

Um longo silêncio. Então, quase como um sussurro, a voz falou outra vez.

— Aqui dentro — disse.

Fui até a porta dupla e encostei o ouvido na fenda entre as duas folhas.

— É você, Fanshawe?

— Não use este nome — respondeu a voz, dessa vez mais clara. — Não permitirei que use este nome.

A boca da pessoa lá dentro estava bem na direção do meu ouvido. Só havia a porta entre nós e estávamos tão próximos que eu tinha a sensação de que as palavras estavam sendo despejadas diretamente dentro da minha cabeça. Era como ouvir o coração de um homem batendo em seu peito, como procurar sentir a pulsação em um corpo. Ele parou de falar e pude sentir sua respiração deslizando através da fresta.

— Deixe-me entrar — falei. — Abra a porta e me deixe entrar.

— Não posso — respondeu a voz. — Teremos de falar assim.

Agarrei a maçaneta e sacudi as portas, frustrado.

— Abra — insisti. — Abra ou então vou arrebentar essa porta.

— Não — respondeu a voz. — A porta vai ficar fechada.

Mas a essa altura eu já estava convencido de que era Fanshawe que estava lá dentro. Eu bem que desejava que fosse um impostor, mas reconheci naquela voz o bastante para não poder fingir que fosse outra pessoa a não ser ele.

— Estou armado — disse ele — e a arma está apontada para você. Se passar por esta porta, vou atirar.

— Não acredito em você.

— Escute isto — disse ele, e o ouvi se afastar da porta. Um instante depois, uma arma foi disparada, seguindo-se o barulho de reboco caindo no chão. Tentei, nesse meio-tempo, espiar através da fresta, na esperança de captar um relance do aposento, mas o intervalo era estreito demais. Não consegui ver mais do que um fio de luz, um único filamento cinza. Em seguida, a boca voltou e não pude mais ver nem isso.

— Tudo bem — respondi —, você tem uma arma. Mas se não me deixar ver você, como vou saber que é quem diz ser?

— Eu não disse quem sou.

— Vamos dizer de outro modo. Como posso saber se estou falando com a pessoa certa?

— Você tem de confiar em mim.

— A essa altura dos acontecimentos, confiança é a última coisa que você devia esperar.

— Garanto a você que sou a pessoa certa. Isso deve bastar. Veio ao lugar certo e sou a pessoa certa.

— Pensei que quisesse me ver. É o que você disse na sua carta.

— Disse que queria conversar com você. É diferente.

— Vamos deixar de besteiras.

— Só estou lembrando a você o que escrevi.

— Não me provoque, Fanshawe. Nada me impede de ir embora.

Ouvi uma inspiração repentina e depois uma mão bateu com violência contra a porta.

— Fanshawe, não! — gritou. — Fanshawe, não! Nunca mais!

Deixei passarem alguns momentos a fim de não provocar outro acesso de raiva. A boca se afastou na fresta e imaginei ouvir suspiros em algum ponto no meio do aposento — suspiros ou soluços, não conseguia saber ao certo. Fiquei ali de pé esperando, sem saber o que dizer em seguida. No final, a boca voltou e, após outra longa pausa, Fanshawe disse:

— Você ainda está aí?

— Sim.

— Me desculpe. Não queria começar desse jeito.

— Veja bem — falei. — Só estou aqui porque você me pediu para vir.

— Sei disso. E sou grato a você.

— Seria bom se explicasse por que me chamou.

— Mais tarde. Não quero falar disso por enquanto.

— E sobre o que vai falar?

— Outras coisas. As coisas que aconteceram.

— Estou ouvindo.

— Porque não quero que você tenha ódio de mim. Pode compreender isso?

— Não tenho ódio de você. Houve uma época em que tive, mas agora já acabou.

— Hoje é o meu último dia, sabe? E eu precisava ter certeza.

— Foi aqui que viveu todo esse tempo?

— Vim para cá uns dois anos atrás, acho.

— E antes disso?

— Fiquei mudando de endereço. Aquele homem estava atrás de mim e eu tinha de ficar me deslocando. Acabou criando em mim um interesse por viajar, um verdadeiro gosto por isso. Bem diferente do que eu esperava. Meu plano sempre foi ficar quieto e deixar o tempo passar.

— Está falando de Quinn?

— Sim. O detetive particular.

— Ele encontrou você?

— Duas vezes. Uma em Nova York. A outra no extremo sul.

— Por que ele mentiu sobre isso?

— Por que eu o deixei morrendo de medo. Quinn sabia o que ia acontecer com ele caso alguém descobrisse.

— Ele desapareceu, sabia? Não consegui encontrar o menor sinal dele.

— Está em algum lugar. Não importa.

— Como foi que se livrou dele?

— Virei tudo pelo avesso. Quinn pensou que estava me seguindo mas na verdade era eu que estava atrás dele. Quinn me achou em Nova York, é claro, mas fugi, me esgueirei por entre os seus braços. Depois disso, foi como um jogo. Eu o induzia para uma direção, deixando pistas em toda parte, tornando impossível para ele não me encontrar. Mas eu o vigiava o tempo todo e, quando chegou a hora, eu o apanhei, ele veio direto para a minha armadilha.

— Muito esperto.

— Não. Foi burrice. Mas eu não tinha escolha. Era isso ou então eu acabaria apanhado, o que significaria ser tratado como um louco. Tive ódio de mim mesmo por causa disso. Quinn estava apenas fazendo o seu trabalho, afinal, e fiquei com pena dele. A pena me dá nojo, sobretudo quando a encontro em mim mesmo.

— E depois?

— Eu não consegui saber ao certo se meu truque tinha mesmo funcionado. Quinn poderia vir atrás de mim outra vez. E assim continuei me mudando de um lugar para o outro, mesmo quando não precisava. Perdi um ano desse jeito.

— Aonde você foi?

— Para o Sul, o Sudoeste. Queria ficar num lugar quente. Viajava a pé, entende, dormia ao ar livre, tentava ir aonde não houvesse muita gente. É um país enorme, você sabe. Absolutamente espantoso. A certa altura, fiquei no deserto durante uns dois meses. Mais tarde, morei em um barracão na orla da reserva dos índios hopi, no Arizona. Os índios fizeram um conselho tribal antes de me autorizar a ficar ali.

— Está inventando essas coisas.

— Não estou pedindo que acredite em mim. Estou contando a história, só isso. Pode pensar o que bem entender.

— E depois?

— Eu estava em algum lugar no Novo México. Um dia, entrei em uma lanchonete na beira da estrada a fim de comer alguma coisa e alguém tinha deixado um jornal no balcão. Peguei o jornal e li. Foi então que descobri que um livro meu tinha sido publicado.

— Ficou surpreso?

— Não é bem essa a palavra que eu usaria.

— Qual seria, então?

— Não sei. Aborrecido, eu acho. Contrariado.

— Não entendo.

— Fiquei aborrecido porque o livro era uma porcaria.

— Os escritores nunca sabem avaliar sua obra.

— Não, o livro era mesmo uma porcaria, acredite em mim. Tudo o que escrevi era uma porcaria.

— Então por que não o destruiu?

— Eu estava ligado demais a ele. Mas isso não o tornava bom. Um bebê também se sente ligado ao seu cocô, mas ninguém dá bola para isso. É estritamente um assunto particular dele.

— Então por que fez Sophie prometer que ia me mostrar sua obra?

— Para apaziguar Sophie. Mas você já sabe disso. Já entendeu isso muito tempo atrás. Essa foi minha desculpa. Minha razão verdadeira era encontrar um novo marido para ela.

— Deu certo.

— Tinha de dar certo. Não escolhi uma pessoa qualquer, você sabe.

— E os manuscritos?

— Pensei que você ia jogar tudo fora. Nunca me passou pela cabeça que alguém fosse levar meus livros a sério.

— O que fez depois que leu que o livro tinha sido publicado?

— Voltei para Nova York. Era uma coisa absurda de se fazer, mas eu estava um pouco descontrolado, incapaz de pensar com clareza. O livro me apanhou na armadilha das coisas que eu tinha escrito, sabe, e eu tinha de lutar com aquilo tudo outra vez. Uma vez que o livro já fora publicado, eu não podia mais fugir.

— Pensei que estivesse morto.

— É o que vocês deveriam pensar. Pelo menos, aquilo veio provar para mim que Quinn já não representava mais um problema. Mas esse novo problema era muito pior. Foi aí que escrevi a carta para você.

— Foi uma coisa cruel da sua parte.

— Eu estava aborrecido com você. Queria que você sofresse, passasse as mesmas coisas que eu tinha de passar. No instante em que pus a carta na caixa do correio, me arrependi.

— Tarde demais.

— Pois é. Tarde demais.

— Quanto tempo ficou em Nova York?

— Não sei. Seis ou sete meses, eu acho.

— Como é que vivia? Como ganhava dinheiro para viver?

— Roubava coisas.

— Por que não me conta a verdade?

— Estou fazendo o melhor que posso. Estou contando tudo que posso contar.

— O que mais fazia em Nova York?

— Vigiava você. Vigiava você, Sophie e a criança. Houve até uma ocasião em que acampei diante do prédio de vocês. Por duas ou três semanas, talvez um mês. Seguia você a toda parte. Uma ou duas vezes, esbarrei em você no meio da rua, fitei você bem nos

*332*

olhos. Mas você nunca percebeu. Era incrível a maneira pela qual você não me enxergava.

— Está inventando tudo isso.

— Posso não ter mais a mesma aparência de antes.

— Ninguém consegue mudar tanto assim.

— Acho que fiquei irreconhecível. Mas isso foi um lance de sorte para você. Se alguma coisa acontecesse, na certa eu teria matado você. Durante todo aquele tempo em Nova York andei dominado por pensamentos assassinos. Coisas ruins. Lá, cheguei perto de uma espécie de horror.

— O que o deteve?

— Consegui tomar coragem para ir embora.

— Foi nobre da sua parte.

— Não estou tentando me defender. Só estou lhe contando a história.

— E depois?

— Embarquei num navio outra vez. Ainda tinha meu registro na Marinha Mercante e me empreguei em um cargueiro grego. Foi detestável, realmente detestável do início ao fim. Mas eu bem que merecia; era exatamente o que eu desejava. O navio foi para toda parte: Índia, Japão, o mundo inteiro. Não desembarquei uma única vez. Toda vez que chegávamos a um porto, eu descia para a minha cabine e me trancava lá dentro. Passei dois anos desse jeito, sem ver nada, sem fazer nada, vivendo feito um morto.

— Enquanto eu tentava escrever a história da sua vida.

— Era isso que estava fazendo?

— Parece que sim.

— Um grande equívoco.

— Nem precisa me dizer. Descobri isso sozinho.

— O navio, um dia, atracou em Boston e resolvi desembarcar. Tinha guardado um monte de dinheiro, mais do que o suficiente para comprar esta casa. Desde então estou aqui.

— Que nome tem usado?

— Henry Dark. Mas ninguém sabe quem sou. Nunca saio. Tem uma mulher que vem duas vezes por semana e me traz o que preciso, mas nunca a vejo. Deixo para ela um bilhete no pé da escada, junto com o dinheiro do pagamento. É um arranjo simples e eficaz. Você é a primeira pessoa com quem falo em dois anos.

— Já passou pela sua cabeça que pode estar louco?

— Sei que parece ser o caso, mas não estou louco, acredite. Não quero nem gastar meu fôlego discutindo esse assunto. O que preciso é muito diferente do que as outras pessoas precisam.

— Esta casa não é um tanto grande para uma só pessoa?

— Grande demais. Não vinha ao térreo desde o dia em que me mudei para cá.

— Mas então por que a comprou?

— Foi quase de graça. E gostei do nome da rua. Tinha um certo apelo para mim.

— Columbus Square?

— Sim.

— Não entendo.

— Parecia um bom augúrio. Voltar para a América e encontrar uma casa em uma rua com o nome de Colombo. Havia nisso uma certa lógica.

— E é aqui que planeja morrer?

— Exatamente.

— Sua primeira carta falava em sete anos. Ainda falta um ano.

— Já cheguei aonde queria. Não há mais necessidade de continuar. Estou cansado. Já vivi o bastante.

— Você me pediu para vir aqui porque achou que eu ia detê-lo?

— Não. De jeito nenhum. Não estou esperando nada de você.

— Então, o que você quer?

— Tenho umas coisas para dar a você. A certa altura, entendi que lhe devia uma explicação pelo que fiz. Pelo menos uma tentativa. Passei os últimos seis meses tentando pôr isso no papel.

— Pensei que tinha parado de escrever para sempre.

— É diferente. Não tem nenhuma ligação com o que eu fazia antes.

— Onde está?

— Atrás de você. No fundo do armário embaixo da escada. Um caderno vermelho.

Virei, abri a porta do armário e peguei o caderno. Era um caderno espiral comum, com duzentas páginas pautadas. Dei uma rápida olhada no conteúdo e vi que todas as páginas tinham sido preenchidas: a mesma caligrafia já familiar, a mesma tinta preta, as

*334*

mesmas letrinhas miúdas. Levantei e voltei à fenda entre as duas folhas da porta.

— E agora? — perguntei.

— Leve para casa. Leia.

— E se eu não conseguir?

— Então guarde para o garoto. Ele pode querer ler quando crescer.

— Não acho que você tenha o direito de pedir isso.

— É meu filho.

— Não, não é, não. É meu.

— Não vou insistir. Leia você mesmo, então. Afinal, foi mesmo escrito para você.

— E Sophie?

— Não. Você não deve contar nada a ela.

— Essa é a única coisa que nunca vou entender.

— Sophie?

— Como é que você pôde deixar Sophie desse jeito? O que foi que ela fez a você?

— Nada. Não foi culpa dela. Você deve saber muito bem disso, a essa altura. Só que eu não havia sido feito para viver como as outras pessoas.

— E como é que você devia viver?

— Está tudo no caderno. O que eu conseguisse dizer agora só serviria para distorcer a verdade.

— Há mais alguma coisa?

— Não, creio que não. Provavelmente chegamos ao final.

— Não creio que você tivesse coragem de atirar em mim. Se eu arrombasse a porta agora, você não faria nada.

— Não se arrisque. Você morreria por nada.

— Eu tiraria a arma da sua mão. Daria um soco e deixaria você desacordado.

— Não há nenhum motivo para isso. Já estou morto. Tomei veneno horas atrás.

— Não acredito.

— Você não tem como saber o que é verdade ou não. Nunca vai saber.

— Vou chamar a polícia. Eles vão pôr essa porta abaixo e arrastar você ao hospital.

— Um único ruído na porta e uma bala vai atravessar minha cabeça. Não há nenhum modo de você vencer.

— A morte é assim tão tentadora?

— Vivi com isso por muito tempo, é a única coisa que me restou.

Eu não sabia mais o que dizer. Fanshawe me deixara esgotado e, enquanto o ouvia respirar do outro lado da porta, tinha a sensação de que a vida estava sendo sugada de mim.

— Você é um tolo — falei, incapaz de pensar em qualquer outra coisa. — É um tolo e merece morrer. — Então, esmagado pela minha própria fraqueza e estupidez, passei a esmurrar a porta feito uma criança, tremendo e esbravejando, soltando perdigotos, quase chorando.

— É melhor ir embora — disse Fanshawe. — Não há motivo para esticar essa história.

— Não quero ir embora — retruquei. — Ainda temos o que conversar.

— Não, não temos nada. Está tudo encerrado. Pegue o caderno e volte para Nova York. É tudo o que peço a você.

Estava tão esgotado que, por um momento, pensei que ia sucumbir. Agarrei-me à maçaneta da porta para me apoiar, minha cabeça escurecia por dentro, eu lutava para não se apagar. Depois disso, não tenho nenhuma lembrança do que aconteceu. Eu me vi do lado de fora, diante da casa, o guarda-chuva em uma das mãos e o caderno vermelho na outra. A chuva tinha parado mas o ar ainda estava úmido e eu podia sentir a umidade em meus pulmões. Vi um grande caminhão passar chacoalhando pela rua, segui com os olhos suas lanternas traseiras vermelhas até não conseguir mais enxergar. Quando prestei atenção, vi que já era quase noite. Comecei a andar para longe da casa, mecanicamente colocando um pé diante do outro, incapaz de me concentrar na direção aonde eu estava indo. Acho que tombei uma ou duas vezes. A certa altura, lembro-me de esperar em uma esquina e tentar apanhar um táxi, mas nenhum parou para mim. Alguns minutos depois, o guarda-chuva escorregou da minha mão e caiu em uma poça. Não me dei ao trabalho de apanhá-lo.

Foi só depois das sete horas que cheguei à South Station. Um trem para Nova York partira quinze minutos antes e o seguinte estava previsto só para as oito e meia. Sentei em um dos bancos de madeira com o caderno vermelho no colo. Alguns poucos passageiros iam chegando a intervalos; um faxineiro passava um esfregão pelo chão de mármore; escutei dois homens conversando atrás de mim sobre o clube de beisebol Red Sox. Após dez minutos de luta contra o impulso, abri enfim o caderno. Fiquei lendo direto durante quase uma hora, saltando as páginas para frente e para trás, tentando entender o que Fanshawe havia escrito. Se nada digo aqui sobre o que encontrei no caderno é porque compreendi muito pouco. Todas as palavras eram familiares e no entanto pareciam ter sido combinadas de uma forma estranha, como se o seu propósito final fosse anular umas às outras. Não consigo imaginar outra maneira de exprimir o que li. Cada frase cancelava a frase anterior, cada parágrafo tornava impossível o parágrafo seguinte. É estranho, portanto, que a sensação que subsiste da leitura desse caderno seja a de uma lucidez notável. É como se Fanshawe soubesse que sua última obra devia subverter todas as expectativas que eu tinha. Não eram palavras de um homem que se arrependia do que quer que fosse. Ele respondera a pergunta fazendo uma outra pergunta e, portanto, tudo permanecia em aberto, inconcluso, para ser iniciado outra vez. Perdi o rumo após a primeira palavra e a partir daí só consegui avançar com passos tateantes, tropeçando no escuro, cegado pelo livro que fora escrito para mim. Todavia, subjacente a essa confusão, sentia que havia alguma coisa muito almejada, muito perfeita, como se no final a única coisa que ele havia de fato desejado fosse fracassar — ainda que ao preço de aniquilar a si mesmo. Eu podia estar enganado, contudo. Não me achava de forma alguma em condições de ler qualquer coisa naquele momento e meu juízo talvez seja equivocado. Eu estava lá, li aquelas palavras com meus próprios olhos e no entanto acho difícil confiar no que estou dizendo.

Caminhei até a beira dos trilhos muitos minutos antes da hora. Estava chovendo de novo e dava para ver minha respiração à minha frente, saindo da minha boca em pequenas explosões de fumaça. Uma a uma, rasguei as páginas do caderno, amassei-as na mão e joguei em uma lata de lixo na plataforma. Cheguei à última página bem na hora em que o trem ia partir.

*(1984)*

1ª EDIÇÃO [1999] 3 reimpressões
2ª EDIÇÃO [2007] 6 reimpressões

ESTA OBRA FOI COMPOSTA EM GARAMOND LIGHT PELA HELVÉTICA EDITORIAL
E IMPRESSA PELA GRÁFICA BARTIRA EM OFSETE SOBRE PAPEL PÓLEN
DA SUZANO S.A. PARA A EDITORA SCHWARCZ EM MAIO DE 2024

A marca FSC® é a garantia de que a madeira utilizada na fabricação do papel deste livro provém de florestas que foram gerenciadas de maneira ambientalmente correta, socialmente justa e economicamente viável, além de outras fontes de origem controlada.